La Jeunesse de la cordonnière
de Pauline Gill
est le six cent trentième ouvrage
publié chez
VLB ÉDITEUR.

La collection « Roman »
est dirigée par Jean-Yves Soucy.

L'auteure remercie la Société de développement des arts et de la culture de Longueuil.

VLB éditeur bénéficie du soutien de la Société de développement des entreprises culturelles du Québec (SODEC) pour son programme d'édition.

Gouvernement du Québec – Programme de crédit d'impôt pour l'édition de livres – Gestion SODEC.

Nous reconnaissons l'aide financière du gouvernement du Canada par l'entremise du Programme d'aide au développement de l'industrie de l'édition (PADIÉ) pour nos activités d'édition.

Nous remercions le Conseil des Arts du Canada de l'aide accordée à notre programme de publication.

LA JEUNESSE
DE LA CORDONNIÈRE

DE LA MÊME AUTEURE

La Porte ouverte, Montréal, Éditions du Méridien, 1990.

Les Enfants de Duplessis, Montréal, Libre Expression, 1991.

Le Château retrouvé, Montréal, Libre Expression, 1996.

Dans l'attente d'un oui, Montréal, Édimag, 1997.

La Cordonnière, Montréal, VLB éditeur, coll. « Roman », 1998.

Le Testament de la cordonnière, Montréal, VLB éditeur, coll. « Roman », 2000.

Et pourtant elle chantait, Montréal, VLB éditeur, coll. « Roman », 2001.

Les fils de la cordonnière, Montréal, VLB éditeur, coll. « Roman », 2003.

Pauline Gill

LA JEUNESSE
DE LA CORDONNIÈRE

roman

vlb éditeur

VLB ÉDITEUR
Une division du groupe Ville-Marie Littérature
1010, rue de La Gauchetière Est
Montréal, Québec H2L 2N5
Tél.: (514) 523-1182
Téléc.: (514) 282-7530
Courriel: vml@sogides.com

Maquette de la couverture: Nicole Morin
Illustration de la couverture: Charles Courtney Curran, Super Stock

Données de catalogage avant publication (Canada)

Gill, Pauline

    La Jeunesse de la cordonnière
    (Roman)

    Publ. antérieurement sous le titre: Le château retrouvé. Montréal: Libre Expression, [1996].

    ISBN 2-89005-711-9

    I. Titre.   II. Titre: Le château retrouvé.

PS8563.I479C42	1999	C843'.54	C99-940447-4
PS9563.I479C42	1999		
PQ3919.2.G54C42	1999		

DISTRIBUTEURS EXCLUSIFS:

• Pour le Québec, le Canada
et les États-Unis:
MESSAGERIES ADP*
955, rue Amherst
Montréal, Québec H2L 3K4
Tél.: (514) 523-1182
Téléc.: (514) 939-0406
* Filiale de Sogides ltée

• Pour la France et la Belgique:
Librairie du Québec / DEQ
30, rue Gay-Lussac, 75005 Paris
Tél.: 01 43 54 49 02
Téléc.: 01 43 54 39 15
Courriel: liquebec@noos.fr

• Pour la Suisse:
Transat S.A.
4 Ter, route des Jeunes
C.P. 1210
1211 Genève 26
Tél.: (41.22) 342.77.40
Téléc.: (41.22) 343.46.46

Pour en savoir davantage sur nos publications,
visitez notre site: **www.edvlb.com**
Autres sites à visiter: www.edhomme.com • www.edjour.com
www.edtypo.com • www.edhexagone.com • www.edutilis.com

À Pierre et Françoise,
qui m'ont fait découvrir Victoire et les siens.

À Jean-François, Dominic, Karine et Jean-Noël,
pour leur compréhension et
leur inébranlable confiance.

À tous ceux qui ont cru en moi et
en la réalisation de cet ouvrage.

La saga des Dufresne

Victoire Du Sault n'attend que ses quinze ans et la fin de son année scolaire pour dévoiler son choix de vie. Forte de la discrète complicité de sa mère et de son grand-père Joseph, l'audacieuse jeune fille annonce à un père autoritaire sa décision de devenir créatrice de chaussures. Elle sait bien qu'en plein XIXᵉ siècle, exercer un métier réservé aux hommes – et qui plus est de le faire avec l'originalité qui lui est propre – provoquera l'indignation, le mépris et les sarcasmes de l'entourage ; pourtant, elle ne démordra pas de son idée.

Avec l'entrée de Victoire Du Sault dans le clan Dufresne commence une formidable aventure qui propulsera cette famille rurale au sommet de la grande bourgeoisie industrielle canadienne-française de Montréal. À son mari et à son fils Oscar, Victoire transmettra son savoir de cordonnière : le succès sera tel que la famille viendra s'établir à Montréal où elle fera fortune dans le commerce de la chaussure avant de se lancer dans la construction des ponts. Leur production sera exportée à l'étranger, jusqu'au Caire. Leur goût prononcé pour toutes les formes d'art, façonné par les nombreux voyages qu'ils font en Europe et aux États-Unis, inspirera à Oscar et à Marius les plans qu'ils traceront pour la Cité de Maisonneuve. Engagés sur la scène municipale de cette ville, Oscar et Marius, réciproquement conseiller et ingénieur civil, ne négligeront rien pour préparer leur cité à recevoir l'Exposition universelle de 1917. Malheureusement, la Première Guerre mondiale fera échec à ce projet et cette déconvenue ternira injustement la renommée de la famille Dufresne.

La Jeunesse de la cordonnière raconte les trente premières années de la saga des Dufresne. Sur les rives du lac Saint-Pierre, dans la région de Yamachiche et de Pointe-du-Lac, Victoire se bat pour un métier qu'elle adore et qui lui méritera des prix d'excellence à Lyon et à New York.

Femme hors du commun luttant pour la reconquête de certains droits – tel celui de la reconnaissance juridique de la femme mariée –, Victoire sait s'entourer d'hommes à la hauteur de ses rêves et de son audace. Un seul de ses soupirants saura gagner son cœur... Pourtant, c'est la passion secrète qu'elle vit pour un homme de vingt ans son aîné qui bouleversera sa vie et marquera le destin exceptionnel de ses descendants.

Le deuxième tome, *La Cordonnière,* nous plonge au centre d'un dilemme amoureux aux multiples rebondissements. Au cours de ces seize années de non-dits, d'intrigues et de passions difficilement maîtrisées, Victoire Du Sault et son mari nous entraînent avec eux dans l'ère industrielle naissante. Ils sont convaincus que l'avenir appartient aux plus audacieux: le destin leur donnera raison. Victoire, fortement éprouvée par le deuil de plusieurs de ses enfants, ira chercher le réconfort non seulement dans l'exercice de ses dons créateurs, mais aussi auprès de Georges-Noël dont elle partagera les tourments amoureux, la perte de ses filles et un grand chagrin d'amour, avant d'accueillir ses dernières paroles comme un testament éternel.

Sur les traces de sa mère – qui, modéliste de métier, était une des rares femmes du rang de la Rivière-aux-Glaises à savoir lire –, Victoire se démarquera de ses contemporaines en menant de front carrière et maternité. Ayant appris l'anglais d'un «quêteux savant», elle pourra s'inspirer des modes américaines et exposer ses modèles aux États-Unis où elle gagnera plusieurs prix.

Porté par la confiance que Victoire lui témoigne, Thomas développera au mieux ses qualités personnelles et manifestera un sens des affaires remarquable. Instigateur d'un procès digne des annales juridiques du XIXe siècle, il aura lancé la carrière de Nérée Le Noblet Duplessis.

La mort de Georges-Noël survient en 1890, quelques mois avant le départ de Victoire et de sa famille pour la grande ville. Le roman *Les Fils de la cordonnière* relate leur prodigieuse aventure dans l'est de Montréal où prolifèrent les manufactures de chaussures dont les propriétaires font des gains mirobolants. Les Dufresne ne seront à l'abri ni de la concurrence sauvage ni de l'escroquerie d'un de leurs associés; lorsque l'entreprise sera en danger, c'est Victoire qui la relancera en usant de procédés révolutionnaires pour l'époque.

Les nombreux voyages de la famille, tant en Europe qu'aux États-Unis, inspireront son quotidien et ses diverses entreprises, sans compter une implication de plus en plus marquée sur la scène sociale et politique.

Son sérieux et son sens des affaires vaudront à Oscar la gérance de la manufacture de chaussures de son père, la Dufresne & Locke, et en feront un précieux conseiller à la gestion de la Cité de Maisonneuve. Avec la complicité de son frère Marius, ingénieur civil et architecte, il tracera les plans d'un développement unique pour cette cité promise à un avenir non moins reluisant que celui de Westmount.

Hanté par le progrès, les œuvres charitables, la promotion des arts, l'éducation des enfants et l'épanouissement de la Cité de Maisonneuve, Oscar s'impliquera activement dans tous ces domaines, mais en exigeant l'anonymat dans la plupart des cas. Tout semble réussir à cet homme et à sa famille. Ainsi, lorsque, au tournant du siècle, cinq mille ouvriers de la chaussure déclenchent une grève générale qui perturbe les exportations, entraînant des pertes considérables pour les fabricants, seule la famille Dufresne voit son chiffre d'affaires se maintenir. Millionnaire, Oscar ne sera pas le seul à se faire construire une somptueuse résidence sur le boulevard Pie-IX. Grâce à leurs activités au sein des entreprises familiales, ses frères – Marius, Candide et Romulus – habiteront des demeures dignes de la haute bourgeoisie canadienne-française.

Toutefois, l'entrée de la famille de Thomas Dufresne dans le XXe siècle ne se fait pas sans douleur : Victoire est atteinte d'un cancer au sein gauche. Le combat s'engage alors contre la maladie. « Il n'est pas dit que je me contenterai de voir mes fils marcher sur mes traces. Je veux m'assurer que la route qu'ils emprunteront les conduira à la réussite sur tous les plans. » Ainsi, quoique diminuée, Victoire continue de s'intéresser aux affaires de ses proches et notamment à celles d'Oscar, qu'elle interrogera sur une situation qui pourrait être lourde de conséquences, la stérilité de son couple.

Après huit années de luttes, Victoire sera finalement vaincue par la maladie et quittera les siens le 15 septembre 1908.

Toutefois, l'histoire des Dufresne ne s'arrête pas là. Une nouvelle venue, la jeune Laurette – qui adoptera le nom de Dufresne et qu'Oscar considérera comme sa fille –, fera la connaissance d'un homme dont elle tombera follement amoureuse, mais qu'elle ne pourra épouser pour des raisons qu'Oscar devra lui dévoiler... Cet événement provoquera une crise indescriptible au sein de la famille Dufresne. L'avenir de l'héritière déjouera toute prophétie...

Chapitre premier

Les couleurs de l'aurore

Victoire s'éveilla en sursaut. L'éblouissante clarté d'un soleil vigoureux dorait ses paupières alors qu'aucune cloche n'était encore venue la sortir du sommeil. L'appréhension de se voir de nouveau punie pour être demeurée au lit sans une quelconque maladie chassa de son esprit les dernières torpeurs de la nuit. Trop de fois déjà, Victoire avait été contrainte de se déplacer toute la journée avec son oreiller dans les bras, sous les coups d'œil ironiques et les rires étouffés de ses compagnes de pensionnat. Au risque de croiser le regard sarcastique d'une responsable de discipline attendant avec une jouissance à peine voilée que Mlle Du Sault se réveille pour l'informer de sa punition, Victoire devait trouver le courage d'ouvrir les yeux. Soulevant à peine une paupière, elle ne décela cependant aucune ombre, aucune présence… Elle pouvait reprendre son souffle. Puis, à travers les boucles châtaines de sa chevelure éparse sur l'oreiller, elle reconnut la broderie de sa mère…

Rentrée du pensionnat la veille au soir, Victoire découvrait avec bonheur que ces couvertures étaient bien les siennes et que ces murs baignés de lumière ne pouvaient être autres que ceux de sa chambre. Rassurée, elle referma les yeux pour mieux s'enivrer du parfum de lilas qui frôlait ses narines au gré du vent chaud qui gonflait les rideaux, les laissant se poser doucement sur le rebord de la fenêtre pour les relancer vers le pied de son lit. Portée par cette brise légère tout imprégnée des vapeurs du lac Saint-Pierre, la Saint-Jean de 1860 venait lui offrir son premier jour de vacances. Des vacances sans fin, se jura Victoire, à peine entrée dans sa quinzième année. Désormais, elle serait seule à disposer de sa personne. Jamais plus on ne lui imposerait un horaire étouffant, des tenues qu'elle jugeait démodées et des principes qui la confinaient à des rôles de femme soumise et effacée comme elle en voyait déjà trop autour d'elle.

Victoire en avait assez de cette vie de couventine et de tout son cortège d'interdits !

Le projet qu'elle mûrissait en secret et pour lequel elle avait préparé plus d'un scénario la tira de son lit, emportée qu'elle était par l'impérieux besoin d'en franchir les premières étapes. Debout devant son miroir, elle souriait. Aucun doute n'avait encore réussi à se frayer un chemin dans son esprit : son grand-père Joseph admettrait qu'elle ne devait plus retourner au couvent et qu'il était temps pour lui de s'adjoindre une aide dans son atelier. Victoire ne serait-elle pas toute désignée pour travailler à ses côtés, elle qui, à peine âgée de quatre ans, jouait à la cordonnière et n'avait cessé depuis de nourrir un intérêt grandissant pour ce métier ?

De sa malle entrouverte, dégorgeant de vêtements qui exhalaient une odeur d'encaustique, elle retira une liasse qu'elle déposa soigneusement sur sa paillasse avant d'aller dissimuler cette malle sous une courtepointe aux couleurs délavées, dans un coin de sa chambre. Soulagée, Victoire revint s'asseoir sur son lit, replaçant sur ses jambes croisées les dessins qu'elle avait retouchés dans les moindres détails et qui rallumaient en elle cette fureur de vivre que dix autres mois de pensionnat avaient refrénée. Le rideau frôlait sa joue et faisait voleter ses cheveux. Elle était grisée par un bien-être qu'elle ne pouvait imaginer exister ailleurs que dans sa chambre de Yamachiche ou dans la cordonnerie de son grand-père Joseph qui, à coup sûr, se laisserait séduire par l'originalité de ses modèles. «Du jamais vu!» dirait-il en les recevant. Soudain envahie par une folle envie de courir à l'atelier, elle allait retirer sa chemise de nuit et revêtir son costume des jours de fête quand le cri d'un charretier la fit se précipiter à la fenêtre. Une voiture chargée de caisses et d'objets divers s'engageait dans la montée menant à la maison de Madeleine Dufresne. Deux hommes se trouvaient à bord. À celui qui, l'air gaillard et l'allure fière, se tenait debout au milieu de la charrette, Victoire n'aurait pas donné plus de trente ans.

Que, de si bonne heure, des visiteurs se présentent chez la veuve Dufresne, et par surcroît ainsi équipés, sortait de l'ordinaire. Du nouveau se préparait chez leur voisine, jugea Victoire. Mais que Françoise, sa mère, ne lui en ait pas soufflé mot la veille au soir l'étonna. N'eût été le risque de perdre quelque élément intéressant de cette scène, Victoire serait descendue aussitôt la rejoindre dans la cuisine.

Au rez-de-chaussée, menue, toujours endimanchée, la coiffure en chignon, Françoise préparait le déjeuner. Rémi Du Sault, son mari, allait bientôt rentrer de la traite et il ne pouvait tolérer que son assiette ne le précède pas à la table. Aguerri par les rudes travaux de la ferme, le cœur emprisonné sous des dehors auxquels la tendresse seyait mal, Rémi n'éprouvait pas moins un amour profond pour les siens. Un amour qui, hélas, se dissimulait trop souvent sous ses attitudes autoritaires, lui infligeant une blessure secrète qu'il comptait bien apaiser auprès de Victoire. Françoise comprenait sa douleur et la portait, impuissante. Après plus de trente-cinq ans de vie commune, elle avait renoncé à traduire les sentiments de son homme, autant qu'à exhorter ses enfants à les déceler sur son visage taillé à la serpe et sous ses irréfutables exigences.

Un troisième couvert, celui de Victoire, avait repris sa place à la droite de Rémi, reformant le triangle Du Sault. Françoise le considéra avec bonheur. Sa benjamine lui avait beaucoup manqué. Chaque pas au-dessus de sa tête évoquait ces années à la fois si proches et si lointaines où elle avait multiplié ses propres pas, du berceau à sa table de chapelière, heureuse qu'à quarante ans une grossesse menée à terme lui ait fait cadeau d'une deuxième fille. Cette naissance était survenue deux semaines après le départ de Mathilde, son aînée, pour le couvent. Des jours d'une profonde nostalgie avaient suivi ce Vendredi saint particulièrement déchirant où Françoise avait embrassé sa grande fille, oppressée par le sentiment de le faire pour la dernière fois. La tentation de la supplier de ne pas partir l'avait rivée dans l'embrasure de la porte, où elle était demeurée jusqu'à ce que la courbe ait dérobé la jeune femme à sa vue, pour la conduire au noviciat des Dames de la Congrégation. Accablée par cette déchirure et par quarante semaines de grossesse, Françoise s'était laissée choir sur le lit de Mathilde, lasse d'essayer de comprendre. Ravivé par le départ de sa fille pour le couvent, le souvenir de l'été de ses seize ans était revenu l'assaillir. La culpabilité qu'elle avait éprouvée à la suite des agressions dont elle avait été victime lui avait à tel point ravi son innocence et sa quiétude qu'au printemps suivant, lorsqu'elle donna la vie à Mathilde, Françoise éprouva le cruel sentiment qu'un obscur destin marquerait l'existence de cette enfant. Et devant la mort prématurée de toutes les petites filles qu'elle mit au monde par la suite, il s'en fallut de peu qu'elle crût qu'un mauvais sort allait ainsi s'abattre sur ses enfants de sexe féminin. Hostile à la moindre pensée teintée de superstition, Françoise n'avait cessé d'espérer en dépit des événements, et d'une fécondité qui touchait à sa fin. Et elle avait eu raison, car au printemps 1845, la sage-femme avait placé sur son cœur l'enfant tant attendue. « En voilà une qui ne manquera pas de caractère, madame Du Sault. Une gaillarde, celle-là ! » Françoise exultait. Cette fois, il n'y avait rien à craindre pour la vie de son enfant.

Penchée sur le berceau de sa petite Victoire, elle s'était réjouie à l'idée que, de nouveau, elles seraient deux à tempérer de leur tendresse et de leur douceur l'austérité de Rémi et la turbulence des trois garçons. Victoire n'avait d'ailleurs pas attendu ses quinze ans pour faire preuve d'un ascendant capable d'ébranler l'invincible Rémi Du Sault.

Des pas dans l'escalier arrière surprirent Françoise. Ses souvenirs l'avaient entraînée si loin qu'elle ne savait plus où elle en était dans la préparation du déjeuner.

— On dirait bien que la veuve a trouvé son acheteur, commenta Rémi en pénétrant dans la cuisine. Son Georges-Noël vient d'arriver chez elle avec sa charrette…

Il n'était pas encore huit heures que des caisses s'entassaient déjà sur la galerie et que Madeleine Dufresne trottinait, soucieuse de ne pas faire attendre son fils.

— Je me demande bien qui a les moyens d'acheter ça… au prix qu'elle demande, ajouta Rémi, en se savonnant les mains au-dessus du bassin d'eau claire préparé par Françoise.

— Tu penses qu'elle a vendu, toi? Il me semble que si c'était le cas, Madeleine m'en aurait touché un mot… Je serais plutôt portée à croire qu'elle a tout simplement décidé de faire du ménage.

— Avoir su qu'elle finirait par la laisser aller, je l'aurais marchandée, sa terre, continua le mari, persuadé que ce branle-bas ne pouvait être occasionné que par un déménagement. Du bon bétail, de l'équipement en masse, puis une terre défrichée comme ça d'un bout à l'autre…

«On dirait qu'il ne se rend pas compte de son âge!» pensa Françoise, consciente qu'elle ne devait surtout pas alléguer ses soixante ans pour apaiser ses regrets.

— Tu ne trouves pas, Rémi, que tu en fais assez comme ça? Tu trimes sans arrêt du matin au soir!

— N'empêche que ça aurait été bon à prendre… Reste à voir si celui qui l'achète sera en mesure de la garder bien longtemps…

Puis Rémi prit son déjeuner en silence. Françoise n'allait surtout pas le forcer au dialogue. Les sourcils froncés sur un regard perdu dans quelque rêve déçu, il hochait la tête en signe de protestation. Françoise pouvait aisément deviner sa pensée. C'est à force d'acharnement et de travail constant que, de ses quarante arpents de broussailles et de sol argileux, son mari avait fait une terre meuble et productive. Et l'idée de finir ses jours sur un domaine plus généreux et beau à voir l'habitait depuis toujours. Il n'était de dimanche où, admirant les fermes alignées le long du rang de la Rivière-aux-Glaises, il ne s'en soit ouvert à sa femme. Il avait le sentiment que la vie lui devait cette gratification. Qu'il n'ait fait aucune allusion à Victoire qui piétinait là-haut en disait long sur sa déception de devoir définitivement renoncer à la ferme des Dufresne.

Debout devant la fenêtre, il mordillait le tuyau de sa pipe, ne la retirant de ses lèvres que pour informer sa femme des faits nouveaux qui survenaient chez leur voisine. Les deux hommes, dont Georges-Noël, le fils aîné de Madeleine Dufresne, commençaient à empiler dans la charrette les caisses déjà déposées sur la galerie.

— Qu'est-ce que je te disais, Françoise… Viens voir.

— Tu as peut-être raison.

À l'instar de son père, le nez collé à la fenêtre de sa chambre, Victoire suivait la scène avec un intérêt accru. Elle ne pouvait quitter des yeux l'homme qui, les bras chargés, allait de la galerie à la voiture avec une aisance telle qu'elle pouvait deviner l'imposante musculature que cachait sa chemise de drap fin. Jamais encore elle n'avait vu un homme qui sache marier si naturellement robustesse et élégance. Sa démarche lui rappelait, non sans l'émouvoir, la grâce d'un danseur. Elle l'imaginait la soulevant de terre dans une farandole endiablée. Et le vœu qu'elle avait formulé à l'occasion de ses quinze ans lui apparut alors plus ardent que jamais : l'été ne passerait pas sans qu'elle ait arraché à son père la permission de danser. « Mademoiselle, me feriez-vous l'honneur de la prochaine valse ? » lui semblait-il entendre, abandonnée aux fantaisies de son imagination. Sa conscience allait s'égarer dans d'indécentes rêveries lorsqu'elle vit le visiteur sauter dans la voiture où le charretier l'attendait déjà. Le retenir, trouver prétexte à le retarder. Mais comment ? Françoise et Rémi, empruntant le sentier qui jalonnait ces deux terres voisines, allaient le faire pour elle. « Quelle chance ! » se dit-elle. Bien qu'empressée à les rejoindre, elle fut retenue par quelque chose d'indicible au moment de franchir le seuil de sa chambre.

≈

En dépit du caractère pointilleux de Madeleine Dufresne, le couple Du Sault venait offrir ses services. À l'expression de son regard et à l'amas de meubles qui encombrait l'entrée de la cuisine, Françoise comprit que son mari avait deviné juste et que Madeleine quittait sa demeure.

— Vous avez sûrement besoin d'un coup de main, Madeleine. Je vais aller chercher Victoire…

— J'ai mes hommes, lui répondit-elle sèchement, à bout de souffle.

Françoise ne fut pas surprise. Trente ans de voisinage lui avaient appris à mieux comprendre cette femme qui, se sentant redevable envers tous, évitait à tout prix d'accroître sa dette. Benjamine d'une famille de dix-sept enfants, donnée très jeune à deux tantes célibataires scrupuleuses et hargneuses, Madeleine avait dû, à coup de dévouement et de docilité, acheter l'amour de ceux qui l'entouraient. Condamnée à une perfection qu'elle ne parvenait pas à atteindre et de ce fait accusée de méchanceté, elle avait appris très tôt à se mépriser, ne s'accordant pas le droit d'exiger quoi que ce soit des autres. Adulte, elle avait conservé ce regard sur elle-même et sur ses enfants, convaincue de devoir user d'une plus grande sévérité envers ses filles. «C'est par la femme que vient le mal», lui avait-on répété pour bien enraciner en sa conscience les propos tenus du haut de la chaire. Terrorisée dans son enfance et sa jeunesse, elle en portait encore les stigmates et son physique en témoignait largement : d'une maigreur cadavéreuse, la réprobation au coin de l'œil, les épaules alourdies de toutes les fautes de l'humanité, elle semblait toujours fuir une menace imminente. Le souci d'amasser des mérites pour l'au-delà avait longtemps nourri son hésitation à se défaire de la terre de son défunt mari. Et qui plus est, derrière la démesure du prix réclamé, Madeleine cachait son intention de décourager tout acheteur, s'accordant ainsi le temps de convaincre l'un ou l'autre de ses deux fils de s'en porter acquéreur, soi-disant à meilleur compte.

Exaucée au-delà de ses espoirs par l'acquiescement de Georges-Noël à ses inlassables supplications, la veuve Dufresne, comme on la désignait, avait choisi le jour de la Saint-Jean pour aller s'établir définitivement au village. Encore sentait-elle le besoin de s'en justifier, alléguant ses soixante-cinq ans, le fardeau des hommes à gages sur sa ferme et les avantages d'habiter tout près de l'église.

Adossés à la charrette chargée des effets de Madeleine, Georges-Noël et Rémi examinaient les bâtiments et devisaient des améliorations à apporter. Distrait par ses déboires, mais davantage renversé d'apprendre que Georges-Noël quitterait son moulin pour s'établir sur la terre de son père, Rémi se concentrait difficilement sur les propos que lui tenait son futur voisin.

— Tu auras beau dire que ça ne me regarde pas, Georges-Noël Dufresne, mais je ne comprends pas qu'un homme instruit puisse laisser une affaire qui marche si bien pour venir s'installer sur une terre.

Le moulin du domaine de la Rivière-aux-Glaises faisait effectivement l'envie de tous ses concurrents. La comtesse de Montour elle-même, propriétaire du moulin seigneurial, était allée jusqu'à poursuivre Georges-Noël en justice, dans l'espoir d'obtenir la fermeture de ce moulin qui, par sa triple fonction de moulin à scie, à farine et à carde, lui raflait ses clients. À la surprise générale, le juge avait donné gain de cause à Georges-Noël, rehaussant du même coup sa notoriété et la popularité de son entreprise. Thomas Garceau, homme d'affaires prospère qui avait décidé d'installer ses sept fils dans des moulins rentables, n'attendait que les résultats de ce jugement pour présenter une offre d'achat à Georges-Noël. Mais ce dernier avait refusé toutes propositions jusqu'à ce que des circonstances particulières, qu'il n'avait pas l'intention de dévoiler, le fassent changer d'avis. Devant les soupçons exprimés par Rémi, il s'était contenté de sourire, pour revenir aussitôt à ses projets de rajeunissement de la ferme et de rénovation de la

maison. Mais son voisin n'allait pas capituler si facilement.

— Je veux bien croire que ce n'est pas n'importe
quelle terre, mais tout de même…

Non moins tenace mais plus habile que lui, Georges-
Noël déjoua son insistance par une offre formelle.

— J'ai pensé à vous, monsieur Du Sault. J'ai besoin
d'un ouvrier habile et fier de son ouvrage. Comme ça,
juste à côté… cela pourrait être pratique pour tout le
monde. Qu'est-ce que vous en pensez?

N'eût été le désir de se faire prier, Rémi aurait
spontanément acquiescé, heureux d'être remplacé sur la
ferme par Louis, son fils aîné établi à moins de deux
kilomètres de la maison paternelle, et de s'adonner l'été
durant au métier qu'il chérissait plus que tout autre.
«Louis cesserait ainsi de végéter d'un ouvrage à l'autre
et aurait de quoi nourrir sa Delphine et ses sept enfants»,
pensa Rémi.

— C'est à considérer.

Anticipant la réponse, Georges-Noël lui exposa le
plan qu'il avait ébauché:

— Il faudrait commencer par le solage. L'enfoncer
dans le sol de quatre bons pieds. Pas moins. Je veux
m'assurer que mes bâtisses vont tenir le coup si jamais
les crues du lac Saint-Pierre les atteignent encore.

Rémi l'approuva, rongé par le regret. «C'est ce que
j'aurais dû faire quand j'ai construit ma maison», se dit-
il. Et comme pour se racheter de cette omission, il proposa:

— Tant qu'à entreprendre des grosses réparations,
aussi bien refaire la couverture et corriger la pente pour
que la neige glisse au lieu de s'entasser dessus…

Avant de reprendre la route vers le village, Georges-Noël avait agréé la proposition et soumis à la réflexion du menuisier d'expérience le remplacement des fenêtres et des galeries.

Sur le sentier traversant les deux lots aux limites de Yamachiche et Pointe-du-Lac, Rémi avançait lentement, les mains dans les poches et les yeux rivés sur cette terre, désormais celle de Georges-Noël Dufresne. «Avoir eu son instruction à vingt ans, pas un diable ne m'aurait mis une pioche puis un godendard dans les mains, jura Rémi. Un gars instruit, en moyen, qui se retrouve sur une terre... c'est le monde à l'envers. Dire que quand j'ai voulu faire instruire mes gars, je souhaitais surtout leur éviter d'être condamnés à gagner leur vie aussi misérablement.» Hélas! aucun d'eux n'avait accepté de poursuivre ses études. Louis, son aîné, déjà las à trente-deux ans, se traînait les pieds, faute d'avoir trouvé le métier qui lui convenait. Gustave, le cadet, était parti un bon matin, soi-disant pour la drave, et n'avait écrit que bien des années plus tard pour annoncer qu'il avait ruiné sa santé dans «les shops des States». Une lettre d'un voisin les avait informés de son décès peu de temps après. Le troisième, André-Rémi, après avoir délaissé son cours classique, était allé se perdre en ville, à la direction d'un hôtel de Montréal.

De son côté, Georges-Noël avait entrepris des études poussées lorsque le décès de son père, mais plus encore, l'aveu de sa désaffection grandissante pour la prêtrise, en avaient marqué le terme. Trois deuils consécutifs, dont celui de son mari et de ses deux filles aînées, avaient forcé Madeleine à le rappeler à la maison, à lui confier le rôle de pourvoyeur de la famille. Georges-

Noël, affligé par ces événements et par la soudaine nécessité de mettre en veilleuse la carrière d'avocat à laquelle il se destinait, avait refusé de regagner le nid familial. L'atmosphère de triste résignation et d'éloge du sacrifice qui y régnait lui répugnait autant que le métier d'agriculteur auquel Madeleine voulait l'astreindre.

Au terme d'une réflexion sérieuse, instruit mais inexpérimenté, Georges-Noël était allé au moulin de son oncle, Augustin Dufresne, pour offrir ses services. Jamais il n'oubliera ce jour. «L'instruction, c'est une bonne chose, lui avait dit ce dernier, mais ce n'est pas plus qu'un outil parmi d'autres… Si tu es capable de me prouver que tu as du cœur au ventre, je te fournirai du travail tant que tu en voudras, puis de l'avancement, peut-être bien…» Georges-Noël devait-il considérer comme déplorables les événements qui l'avaient conduit là, que de tels propos l'en firent douter. Dès lors, il fut déterminé à apprendre le métier et à développer son endurance. Il y était parvenu tant et si bien que, moins de deux ans plus tard, Augustin lui offrait de prendre seul la gestion du moulin. Au grand étonnement de son oncle, Georges-Noël avait hésité avant d'y consentir: cette responsabilité signait le renoncement définitif à la poursuite de ses études et par là même le sacrifice de sa carrière en droit. Renoncement qui n'allait pas de soi malgré le privilège qui lui était offert et le plaisir qu'il éprouvait à exercer le métier de meunier. Or, les charges familiales pesaient encore sur ses épaules et personne d'autre que son jeune frère Joseph ne pourrait les assumer avant deux ou trois ans. Une fois de plus contraint dans ses choix, Georges-Noël avait dû recourir à de nouvelles perspectives d'avancement pour conserver son ardeur au travail. Dès l'année suivante, il faisait construire un appentis qui permettrait aux gens de la région d'y venir traiter leur laine, et il entreprenait l'exploitation de l'érablière du domaine.

Georges-Noël Dufresne, à peine entré dans sa majorité, pouvait déjà compter sur un avenir brillant et prospère. Que venait-il donc faire sur la ferme de son père, quinze ans plus tard?

~

Le claquement de la porte du fournil annonça le retour de Françoise. Victoire, qui avait déjà trop langui devant sa fenêtre, sortit de sa chambre en courant et dégringola l'escalier, légère comme une gazelle dans sa chemise de nuit bleue. Les questions se bousculaient sur ses lèvres. Avant même qu'elle n'ait eu le temps d'en formuler une seule, l'intervention de Françoise la cloua sur place.

— Combien de fois je t'ai dit de ne pas sortir de ta chambre dans cet accoutrement-là? Ton père risque de rentrer d'une minute à l'autre.

Stupéfaite, indignée, Victoire tourna les talons en maugréant:

— C'est aussi pire qu'au couvent ici.

Adossée à la porte qu'elle venait de claquer sur son dépit, Victoire préféra attribuer à l'influence de leur voisine l'excès de sévérité dont elle avait envie d'accuser sa mère. « La vieille », comme elle surnommait Madeleine Dufresne, avait plus d'une fois heurté la susceptibilité de Victoire, ne ratant aucune occasion de lui faire la morale et exhortant Françoise à plus de vigilance à son égard. Bien plus, elle avait encouragé Rémi dans sa détermination à confier aux religieuses l'éducation de sa benjamine. Et depuis, Victoire lui portait une rancune à la mesure de l'aversion qu'elle éprouvait pour le couvent.

Sa chemise de nuit lancée elle ne savait où derrière elle, Victoire se para de ses atours des jours de fête, et s'arrêta devant son miroir pour retoucher sa coiffure. «Cette mine renfrognée ne saurait lui plaire», se dit-elle en pensant au sourire aimant et aux yeux taquins de son grand-père Joseph qu'elle s'apprêtait à surprendre. «Heureusement que les vieux ne sont pas tous pareils!» conclut-elle, impatiente de se rendre à sa boutique.

Juste en dessous, Françoise tressait la paille d'un chapeau avec des gestes lents et distraits. Sa fille était devenue une femme et cela la troublait. Elle ne pouvait évidemment pas attribuer ce malaise à l'effet de surprise. Serait-ce donc qu'à travers le tissu léger qui voilait les courbes gracieuses de cette jeune fille, Françoise se soit reconnue? Bien sûr, son corps s'était alourdi, ses mains avaient perdu leur aspect satiné et l'éclat de ses yeux s'était estompé à force de chagrins et de désillusions. Mais en dépit des traces du temps, elle retrouvait en sa fille les traits communs aux Desaulniers, leur regard vif et une démarche volontaire qui contrastait avec l'apparente fragilité de leurs membres et la gracilité de leur silhouette. Un souvenir effleura son esprit. Comme elle avait pleuré le départ de Mathilde, elle tremblait aujourd'hui pour sa belle Victoire. «Comment la protéger?» se demandait Françoise.

En quête de distraction, elle déposa les tresses de paille sur la table et rejoignit son mari qui revenait de chez Madeleine. Avertie par le bruit des pas de sa mère, Victoire profita de son absence pour filer à l'anglaise. Elle allait franchir le seuil lorsqu'elle constata qu'elle avait oublié ses dessins. En moins d'une minute, elle les avait pris et glissés soigneusement dans la poche de son jupon, et était sortie de la maison.

— Où vas-tu comme ça? lui demanda Françoise.

La réponse se fit attendre.

— C'est ce qu'on t'a appris au couvent? reprit Rémi.

— Je vais voir grand-père, répondit-elle, sans se retourner.

— Tu te dépêches de revenir aider ta mère, ordonna Rémi. Il y a de l'ouvrage à faire ici.

— Je le ferai demain, marmonna Victoire.

Il valait mieux pour elle que Rémi ne l'ait point entendue.

«Je me demande pourquoi j'avais tant hâte de revenir», se dit-elle, rebutée par les exigences de ses parents.

Le roulement des cailloux sous les roues d'une charrette la tira brusquement de ses lamentations. Le visiteur de Madeleine Dufresne allait bientôt la dépasser dans l'allée qui menait au rang de la Rivière-aux-Glaises. Il lui serait donc donné de le voir de près. Victoire sentit son esprit s'affoler. Garder la tête droite malgré l'irrésistible tentation de dévisager cet homme lui sembla de mise.

— Vous voulez monter, jeune fille? On s'en va au village.

Sur le point de refuser gentiment l'invitation, Victoire hésita, impressionnée par la douceur de la voix et la beauté des yeux. Des yeux d'un bleu de cristal.

— Je ne vais pas de ce côté-là, monsieur, expliqua-t-elle sur un ton qui dissimulait à peine le regret qu'elle en éprouvait.

— Une prochaine fois, peut-être? fit le visiteur.

De trois coups de cordeaux, le charretier avait remis le cheval au trot alors que Victoire, ravie, murmurait comme on multiplie les redites d'un premier mot d'amour: «Une prochaine fois, peut-être...» Il allait donc revenir! Et ce jour-là, elle saurait s'accorder le temps de faire sa connaissance. Du bout des doigts, elle effleurait les marguerites qui bordaient la route de terre sablonneuse. Au chant des oiseaux, elle ajouta le fredonnement léger d'une mélodie dont elle avait oublié les paroles, mais qui se prêtait bien à l'allégresse de ses pas. Au creux de la courbe, un campanile se dessinait progressivement dans le ciel. Encore quelques dizaines de mètres et la cordonnerie tout entière lui ferait signe de son toit d'herbe à liens et de sa façade aux volets de feu. Victoire ne put s'empêcher de courir.

— Grand-père! C'est moi! cria-t-elle, assurée qu'il l'entendrait par la fenêtre ouverte.

— Te voilà enfin revenue! s'exclama-t-il en clopinant vers elle, les bras grands ouverts.

Victoire s'y élança avec une joie d'autant plus intense que la matinée lui avait réservé quelques émotions...

— Recule un peu que je te regarde à mon aise, demanda le grand-père encore sémillant.

Victoire était radieuse. De son abondante chevelure rehaussée d'une boucle de satin blanc tombaient de fines mèches dorées qui papillonnaient nonchalamment sur ses épaules. Un corsage de lin orné de dentelles, harmonisé avec une longue jupe d'organdi rose, dévoilait les courbes gracieuses de son corps de jeune fille.

— Dis donc, tu es devenue aussi belle que ta mère !

Flattée plus qu'elle ne le fit paraître, Victoire offrit le bras à son grand-père et l'entraîna en toute hâte vers l'atelier. Il lui tardait d'en retrouver l'atmosphère, de respirer l'odeur des bottines fraîchement vernies, de palper ce cuir docile et d'en vérifier toute la solidité. L'imminence d'un orage ajouta à son empressement.

— Regardez donc le gros nuage noir, au-dessus du village. Il va bientôt nous tomber des clous sur la tête… Entrons vite, grand-père !

— Tu es sûre que ce n'est pas la fin du monde qui s'en vient, ma Victoire ? reprit Joseph d'un ton moqueur.

Lentement, Joseph emboîta le pas, heureux que pour la quatrième fois la Saint-Jean lui ramenât sa petite-fille.

Ce jour apportait avec lui une fièvre de vivre que le vieux cordonnier attribuait, sans l'ombre d'un doute, à la seule présence de Victoire à ses côtés. Dans ses grands yeux rêveurs, il retrouvait une candeur qu'il aurait souhaité n'avoir jamais perdue. Et comme si l'espièglerie en eût été la reconquête, il ne manquait plus une occasion de badiner.

— Tu vas m'étourdir si tu continues, fit-il remarquer à Victoire qui sans arrêt passait de la table aux étagères, délaissant une bottine pour en examiner une autre, questionnant sans même attendre les réponses, toute à l'excitation de retrouver son grand-père et la cordonnerie.

Soudain, il plut à verse sur Yamachiche, alors qu'au-dessus du lac Saint-Pierre, à quelques kilomètres de là, un ciel tout bleu narguait la pluie.

— Ce n'est pas normal, il me semble, d'entendre le tonnerre et de voir le soleil en même temps. Vous ne trouvez pas, grand-père?

Joseph sourit.

— Ça, ma belle, ça veut dire que le diable est en train de battre sa femme. Puis, avant qu'il s'en prenne à nous autres, dépêchons-nous de coudre nos bottines.

Les plaisanteries de son grand-père lui avaient tant manqué que Victoire n'hésita pas à s'en faire complice. Feignant la peur, elle se hâta de gagner sa place à l'autre bout de la table. Rayonnant de joie, Joseph renchérit:

— Six mois à rattraper! C'est de l'ouvrage, ma petite fille. Avant que tu m'aies raconté tout ce qui s'est passé dans ta vie depuis Noël, on risque de se faire surprendre par la brunante. Ta mère n'apprécierait pas trop que je laisse partir sa belle jeune fille toute seule à cette heure-là.

Ne voulant pas déplaire à son grand-père, Victoire s'interdit d'exprimer tout haut son peu d'empressement à retourner à la maison. Un sourire de complaisance glissa sur ses lèvres, et son visage reprit cet air fripon qui ressuscitait en ce vieil homme des bonheurs que l'habitude de vivre avait subrepticement affadis. La main figée sur un peloton de corde, fasciné par le regard vif et pur de sa petite-fille, par les traits de son visage découpés comme une fine dentelle, Joseph se questionnait: «Comment le bon Dieu peut bien s'y prendre pour nous donner d'aussi belles créatures? Moi qui pensais que pas une femme au monde ne pourrait être aussi jolie que ma Marie-Reine…»

Depuis qu'elle l'avait quitté pour «un monde meilleur», comme disait le curé dans ses prêches, Joseph n'avait trouvé personne avec qui partager ses inquiétudes. Il lui arrivait de se tourmenter pour Victoire, d'avoir mal à son premier chagrin d'amour. De craindre de ne pouvoir lui épargner les blessures du cynisme et de la dérision si jamais elle s'entêtait à exercer le métier de cordonnière jusque-là réservé aux hommes. Bien qu'il se fût réjoui de voir naître et grandir en elle cette passion pour la confection des chaussures, il déplorait maintenant qu'elle en ait fait un choix de vie. Mais tant qu'elle se tenait là, à ses côtés, le regardant poser un œillet ou insistant pour qu'il lui enseigne le métier, il avait le sentiment de la protéger, de reculer ce moment où, contrariée dans sa ténacité et blâmée pour son originalité, elle aurait à se frotter à la vraie vie et à l'intolérance humaine.

Accoudée à l'autre bout de la table, le menton appuyé sur ses mains jointes, Victoire se laissait aller à l'enchantement. «C'est le plus merveilleux des grands-pères», estima-t-elle. Une chevelure d'un blanc immaculé, des yeux d'un bleu paradis dans un visage à peine effleuré par le temps lui donnaient une allure de patriarche. «Comme dans mon *Manuel d'histoire sainte*!» reconnut-elle.

— J'avais tellement hâte de me retrouver avec vous, grand-père! Quand je m'ennuyais, au couvent, je dessinais puis je pensais à vous. Je vous imaginais en train de vernir votre plus belle paire de bottines. Il me semblait vous entendre dire: «Quand Victoire va voir ça!»

— Puis, tu penses que je n'avais pas hâte que tu reviennes, moi? D'un congé à l'autre, je me demande toujours si tu ne seras pas obligée de faire le «grand voyage » pour me retrouver, ajouta-t-il sur un ton faussement badin.

— Ah! Grand-père! Je n'aime pas quand vous faites des farces avec ça.

— Faudra bien que tu te mettes dans la tête que ça va arriver, un jour. À moi comme aux autres...

Et, l'œil coquin, il enchaîna :

— Je vois déjà ma Marie-Reine venir en courant se jeter au cou du plus bel homme de toute la Mauricie!

Victoire ne put s'empêcher de rire aux éclats.

— Savez-vous ce que j'aimerais, grand-père?

Joseph laissa tomber la bottine sur la table, tout disposé à l'entendre.

— Passer toutes mes journées avec vous... et pas seulement pendant les vacances!

Joseph ne fut pas surpris mais, le regard inquiet, il racla sa chevelure de ses doigts décharnés, cherchant la répartie qui eût pu dissuader sa petite fille. S'il n'avait écouté que les penchants de son cœur, il aurait acquiescé avec bonheur. Mais il y avait Rémi. Celui-là ne verrait pas d'un bon œil que sa fille ne terminât pas ses études. N'ignorant pas davantage l'aversion que Victoire ressentait pour les travaux de la ferme, Joseph cherchait un compromis.

— Tu ne penses pas que ta mère apprécierait ton aide?

Victoire fit la moue.

— J'aime bien mieux coudre des bottines avec vous.

— Tu tiens tant que ça à t'écorcher les doigts sur une alène qui s'entête à ne pas entrer dans le cuir? Tu vas admettre avec moi que c'est pas mal moins difficile de travailler avec du feutre ou de la paille.

— Je le sais, mais maman n'a pas besoin de moi. Elle en a toujours d'avance, des chapeaux. Les femmes n'en achètent pas si souvent, vous savez.

— C'est vrai, mais tu as l'air d'oublier que ta mère n'est pas éternelle! Je m'en vais sur mes soixante-quinze ans. Ce qui veut dire qu'elle n'est pas loin de cinquante-cinq…

— Cinquante-quatre, corrigea Victoire.

— Admettons! Ce n'est pas un an de moins qui va faire une grosse différence au bord de l'éternité… Sans compter qu'elle est bien plus fragile que son vieux père, la belle Françoise.

— Comment ça, plus fragile?

— Pour la simple raison que c'est une femme…

Contrariée, Victoire n'était plus d'humeur à plaisanter. La moindre allusion, si anodine fût-elle, à l'apparence malingre de la femme l'offusquait. Ses lèvres pincées, son empressement à se remettre au travail et ses gestes nerveux en témoignaient. À travers semelles et empeignes éparpillées sur la table, elle cherchait en maugréant, à défaut de trouver son aiguille, le ligneul qu'elle venait de passer dans le chas. Joseph l'observait, un sourire narquois sur les lèvres.

— Ne me dis pas que je vais être obligé de te prêter mon lorgnon.

Elle allait s'impatienter lorsqu'elle les découvrit sur la bavette du tablier de son grand-père.

— Vous n'êtes pas tanné de jouer des tours? Il me semblait qu'on était pressés…

— Ma petite fille, il n'y a rien d'assez urgent pour nous empêcher de nous faire du plaisir. Trop de sérieux, ce n'est pas bon pour la santé. Je te regarde aller, puis ça m'inquiète des fois.

— Justement, grand-père. Je voulais vous montrer quelque chose.

Tirant de la poche de son jupon les feuilles qu'elle avait soigneusement pliées en quatre, elle les lui exposa avec un enthousiasme soudainement recouvré.

— Regardez ce que j'ai dessiné, dit-elle, poussant une feuille sous le nez du cordonnier chevronné.

— Plus proche, Victoire, réclama en badinant le vieux Joseph.

— Grand-père, c'est important. Regardez comme il faut.

L'aïeul hocha la tête, visiblement embarrassé. Croyant deviner la raison de son malaise, Victoire expliqua :

— Ce serait pour les jours de fête, celles-là.

Et, passant à une deuxième feuille :

— Puis celles-ci seraient réservées aux petites filles. Il est à peu près temps qu'elles portent des bottines différentes de celles des garçons, vous ne trouvez pas ?

Les yeux rivés sur les croquis, Joseph demeurait songeur. N'était-ce pas assez de vouloir devenir cordonnière, sans en plus verser dans la création de nouvelles modes ? se demandait-il, en songeant aux obstacles que Victoire aurait à surmonter, aux désillusions qu'elle rencontrerait sur sa route avant de réaliser son rêve... si toutefois elle y parvenait.

— Pensez-vous qu'on pourrait en faire des parcilles ? enchaîna Victoire.

Il y avait tant d'espoir dans son regard que Joseph fut peiné de la réponse qu'il devait lui donner.

— Ma pauvre petite fille, tu ferais mieux de ne pas trop compter sur ton grand-père pour apprendre à faire ce genre de chaussures. Quand il a fourni le canton, puis réparé les savates de tout un chacun, il est temps qu'il se repose. Il n'a plus trente ans, tu sais.

— Mais je vais vous aider, grand-père. Vous aurez juste à me dire comment faire, au début. Après, je pourrai continuer toute seule. C'est presque tout le temps moi qui les couds les semelles, maintenant. Si vous voulez, je vais vous montrer que je suis capable de les tailler aussi.

Le temps de le dire, et la jeune apprentie tenait une bottine solidement appuyée sur sa poitrine et en découpait la semelle avec une facilité qui étonna Joseph.

— Tant qu'à y être, rase-la, fit-il en lui tendant un morceau de vitre.

— Je vais pouvoir les vernir avant de partir?

— Pas si vite, jeune fille! Une étape à la fois! Tu auras bien le temps de l'apprendre, l'été vient juste de commencer.

Joseph s'était plu, tout au cours du dîner, à évoquer avec bonheur les jeunes années de Victoire. Il lui avait rappelé comment, à l'occasion des réunions de famille chez sa fille Émilie, elle réussissait toujours à se faufiler à la sauvette dans son atelier, là où il la surprenait, le tablier de cordonnier noué au cou, debout sur la pointe des pieds pour attraper pièces de cuir et ficelle, ou à genoux sur un banc, jouant à la cordonnière. Et s'il la pressait de revenir auprès des autres enfants, elle résistait, le suppliant de la laisser coudre ses bottines.

— Peut-être bien qu'avant la fin des vacances, si je suis encore de ce monde, je t'aurai appris comment faire une bottine… ordinaire, dit-il en s'installant dans sa chaise berçante, le temps d'un roupillon.

Rémi n'était pas de bonne humeur. Avec sa cuillère, il frappait bruyamment le fond de son bol, s'obstinant à en tirer une dernière goutte de potage. Françoise imaginait facilement ce qui pouvait le mettre en pareil état : non seulement Victoire n'était pas revenue aider sa mère, comme il le lui avait ordonné, mais à l'heure du souper elle n'était toujours pas là. Le couple Du Sault avait donc dû commencer sans elle. Toute tentative de conversation ayant échoué, Françoise appréhendait le retour de sa fille.

Un pas de course dans l'allée, une porte qui claque et un bonjour essoufflé : Victoire faisait son entrée. Pleine d'exubérance, heureuse de la promesse que venait de lui faire son grand-père, elle avait oublié que sa conduite du matin et la résistance aux ordres de son père risquaient de lui attirer des ennuis. Un sourcillement de sa mère le lui rappela avant que Rémi n'éclate. S'éclipser de nouveau ne faisait que reculer une échéance à laquelle elle ne pourrait de toute façon se soustraire. Sur un ton résolument pondéré, elle chuchota à l'oreille de Françoise :

— Allez vous asseoir, maman, je vais continuer de servir...

D'une main craintive, elle déposa devant son père une assiettée des haricots et du bœuf que Françoise avait cuisinés. Avant qu'elle n'ait eu le temps de retirer son bras, Rémi lui serra le poignet, la fixa droit dans les yeux et, sans ménagement, l'enjoignit de se mettre au travail :

— Tu laves la vaisselle, puis tu vas sarcler le jardin jusqu'à ce qu'il ne reste plus l'ombre d'une mauvaise herbe. Tu m'as compris ?

Victoire acquiesça d'un signe de tête et des larmes gonflèrent ses paupières. Avec toute la fierté de ses quinze ans, elle luttait pour n'en rien laisser voir. Françoise vit bien que Rémi avait le cœur gros. Souhaiter ne jamais devoir recourir à la sévérité avec sa benjamine ne l'empêchait pas d'être exaspéré par son opiniâtreté et la désinvolture de ses répliques. Il fut un temps où il crut que l'âge adoucirait son caractère. La discipline imposée par ses éducatrices l'avait rendue un peu plus réfléchie dans ses propos, mais non moins tenace.

Dans ce silence lourd des regrets de chacun, des pas résonnèrent sur la galerie avant, et on frappa à la porte. Françoise accourut.

— De la grande visite! Tu prendras bien une tasse de thé avec nous autres?

Oreille et œil tendus, Victoire retint son souffle. La voix qui agréait les politesses de Françoise avait de ces résonances qui lui tournèrent les sangs.

— Amène-toi, Georges-Noël, cria Rémi. Tire-toi une chaise.

À peine Victoire eut-elle le temps de rattacher à son chignon les quelques mèches qui frôlaient son cou qu'il était là, à quelques pas de la table, lui, le gentilhomme du matin. Un frisson lui parcourut le dos lorsqu'il passa derrière elle.

L'allure affable, remarquablement serein, Georges-Noël vint s'asseoir au bout de la table, face à Rémi. Les doigts croisés sur la tasse de thé que Françoise venait de lui servir, il promenait sur ses hôtes un regard bienveillant, s'arrêtant sur Victoire avant de s'adresser à ses parents d'un ton ravi.

40

— Voulez-vous bien me dire ce que vous avez fait au bon Dieu pour avoir une si belle fille ?

Victoire rougit, jeta un coup d'œil vers Rémi qui, encore choqué par sa désobéissance, mordit dans son pain pour éviter de se montrer désobligeant.

La main de Victoire tremblait sur sa fourchette. Son appétit s'était évanoui.

La simplicité de ces gens plaisait à Georges-Noël. Bien que, au demeurant, quelque chose l'intriguât. Devant lui, deux femmes au visage gracieux et limpide encadraient un homme dont les traits et les gestes trahissaient l'âpreté des combats qu'il avait dû mener. « Des asters sur un roc aride », pensa Georges-Noël, avant de convenir que cet homme pouvait aussi être ce courant fort et majestueux à qui la pierre polie doit son incomparable douceur. Et comme s'il eût pénétré sa pensée, Rémi se fit courtois et lui souhaita de nouveau la bienvenue :

— Ça va nous faire du bien d'avoir du sang neuf dans le canton.

Venant de Rémi Du Sault, ces propos pour le moins accueillants réconfortèrent Georges-Noël qui, même s'il s'en cachait, avait l'impression de s'amputer d'une partie de lui-même en renonçant à son métier de meunier pour reprendre le bien paternel. Et pourtant, ici même, trois personnes vivaient sur une ferme et n'en semblaient pas moins gratifiées. De plus, le calme qui émanait de cette maison et de son environnement lui fit prendre conscience de la constante agitation qui l'entourait chez lui. La question de Françoise vint le rejoindre là, au domaine de la Rivière-aux-Glaises.

— Domitille va bien ?

— Encore un peu fragile, mais rien qu'à penser que c'est son dernier été à vivre dans l'inquiétude, elle se sent déjà mieux.

Le couple Du Sault échangea un regard furtif. «Il ferait ça à cause d'elle?» se demanda Rémi, aussi stupéfait de la vraisemblance de ce motif que du déménagement lui-même.

Contrainte au silence, Victoire baignait en plein mystère. Hélas, rien dans les propos qui suivirent ne vint satisfaire sa curiosité. Georges-Noël avait abordé tout de go le sujet qui motivait sa visite et il ne semblait pas devoir dévier de sitôt.

Avant de les quitter pour entreprendre le désherbage du jardin, Françoise offrit aux hommes une deuxième tasse de thé et désigna à Victoire le tas de vaisselle sale qui l'attendait.

Toute à la conversation des deux hommes, la jeune fille plongeait les plats dans l'eau savonneuse avec une délicatesse inouïe. Les reflets de la fenêtre qui surmontait l'évier lui permettaient d'observer l'un et l'autre, fuyant le regard de Georges-Noël lorsqu'il se posait sur elle. Malgré l'indifférence totale dans laquelle la laissaient les sujets discutés, elle était fascinée par le discours de ce M. Dufresne. Un français impeccable, et des manières quelque peu aristocratiques chez un homme d'une telle virilité l'étonnaient. L'enchantaient même.

— Je veux deux lucarnes, et une cheminée à l'angle sud du toit, précisa Georges-Noël en crayonnant sur un papier qu'il venait de sortir de la poche de sa chemise.

De telles instructions, ajoutées au brouhaha du matin, donnaient tout lieu de croire qu'il se présenterait souvent à la maison des Dufresne au cours de l'été. Victoire comptait sur Françoise pour le lui confirmer.

Les recommandations de Georges-Noël quant à l'embellissement qu'il voulait apporter à ses bâtiments vinrent intensifier dans le cœur de l'adolescente le regret qu'elle avait toujours éprouvé que cette maison ne fût pas la leur. Déjà impressionnante par sa façade longue de quatorze mètres, cette demeure retenait l'attention avec son heurtoir en fonte à l'effigie de la reine Victoria, sur la porte centrale. Les quatre larges fenêtres avant correspondaient au plan qu'avait tracé Joseph Dufresne, le grand-père de Georges-Noël, de sorte que le soleil puisse venir à la rescousse du chauffage au bois pendant les mois d'hiver. Aussi appelée fournil, la cuisine d'été, de hauteur légèrement inférieure, prenait un air de petite sœur timide, parce qu'en retrait de la maison.

Sur le point de quitter la cuisine pour rejoindre sa mère au désherbage, Victoire osa un regard franc vers M. Dufresne. Il le lui rendit avec une complaisance qui lui fit monter le rouge au visage. Elle s'empressa de sortir pour cacher son malaise et échapper au reproche muet mais non moins acerbe qu'elle devinait dans l'œil averti de son père.

— Tu en as mis du temps à laver la vaisselle, lui fit remarquer Françoise, accroupie entre les rangs de persil et d'échalotes.

— Il y en avait beaucoup, répondit Victoire sur un ton enjoué. Par quel rang voulez-vous que je commence?

Tant d'empressement et de jovialité dissuadèrent Françoise de revenir sur la conduite de sa fille, à plus d'un égard répréhensible. L'eût-elle voulu que ses remarques se seraient vite perdues dans l'avalanche de questions que Victoire brûlait de lui poser. Que cet homme fût le fils de Madeleine lui sembla hors de toute vraisemblance. Comment deux personnes aussi différentes pouvaient-elles être mère et fils? «À moins qu'il n'ait hérité du caractère de son père», se dit Victoire en quête d'explications. Puis, elle demanda:

— Qu'est-ce qui est arrivé à la veuve pour qu'elle exige, comme le disait tantôt M. Dufresne, de «ne rien ménager pour faire solide, beau et confortable»?

— Mais ce n'est pas pour Madeleine qu'il retape tous ses bâtiments, précisa Françoise. C'est pour Domitille.

— Domitille?

— Sa femme. Domitille.

Victoire se leva brusquement, quitta le rang qu'elle était à désherber et se dirigea vers l'autre extrémité du jardin. Faute de pouvoir justifier son dépit, elle préféra le ruminer seule, loin du regard perspicace de sa mère. Soudain envahie par une grande morosité, elle crut d'abord devoir s'en prendre à sa mère qui l'avait enjointe de retourner à sa chambre le matin, sans lui laisser le temps de formuler ses questions. L'attitude autoritaire et réprobatrice de Rémi était venue, à son tour, heurter sa fierté de jeune femme. Et pourtant, le bonheur de retrouver grand-père Joseph n'avait-il pas éclipsé toutes ces contrariétés? Était-ce la déception ressentie en apprenant que cet homme si courtois et si élégant avait une amoureuse pour laquelle il semblait prêt à remuer ciel et terre qui l'avait mise de si mauvaise humeur?

Du cri du charretier à sa visite-surprise à l'heure du souper, Victoire s'était laissé subjuguer. Son cœur avait vibré aux intonations de cette voix, et son regard avait été ébloui par le spectacle d'une grâce virile dont le pensionnat l'avait privée au cours des quatre dernières années. Victoire découvrait les délices de l'envoûtement.

Malgré sa déconvenue, elle revint à la charge, désireuse d'en savoir davantage au sujet de M. Dufresne. Sur le point de croiser sa mère, Victoire s'apprêtait à revêtir sa carapace lorsque Françoise, avec un naturel désarmant, poursuivit la conversation là où elle s'était arrêtée une demi-heure plus tôt.

Même si elle eût cherché à s'en défendre, d'une question à l'autre et bien involontairement, Victoire avait dévoilé l'irrésistible attrait qu'elle ressentait pour Georges-Noël. Tout en convenant qu'il était naturel qu'une jeune fille de quinze ans fût séduite par un homme aussi charmant, Françoise s'imposa de dissiper toute ambiguïté à son sujet. Beaucoup trop de femmes, considérait-elle, avaient vu leur vie brisée par des lubies ou par des engagements prématurés. Sans oublier sa propre expérience, elle se mit à penser tout haut à l'épouse de Georges-Noël.

— Heureusement qu'il avait pris le temps de bien s'installer dans son travail avant de se mettre une femme sur les bras…

— Pourquoi dites-vous ça, maman? demanda Victoire, d'autant plus étonnée qu'elle n'avait jamais entendu sa mère discréditer qui que ce soit.

— Parce que c'est une enfant qu'il a mariée, ce brave Georges-Noël.

— Elle ne doit pas être aussi enfant que vous le prétendez si elle a réussi à en mettre trois au monde, répliqua Victoire.

— Ça ne veut rien dire, mettre des enfants au monde. Combien de choses la nature fait bien sans qu'on y mette d'efforts. Mais elle ne fait pas tout…

Derrière les sous-entendus et l'attitude mystérieuse de sa mère, Victoire percevait une commisération qu'elle n'arrivait pas à s'expliquer. Qu'avait-elle de si particulier cette Domitille? L'obscurité, les forçant à cesser le désherbage, vint clore un chapitre que Victoire eût volontiers prolongé par quelques incursions dans l'intimité du couple Dufresne. Or, il appartenait à Georges-Noël, et à lui seul, de lever le voile sur les événements qui l'avaient amené à épouser Domitille. « Un garçon aussi bien établi ne doit plus lambiner à prendre femme », lui avait servi son oncle, à l'occasion de son vingtième anniversaire de naissance. « Les soupirantes trépignent autour de toi comme des abeilles autour d'une ruche, puis on dirait que tu ne les vois pas. » Une seule jeune fille dans tout Pointe-du-Lac pouvait séduire Georges-Noël, c'était Domitille Houle-Gervais. Ce joli petit bout de femme l'avait charmé dès les premiers regards. Compagne de classe de sa jeune sœur Éléonore, elle avait accompagné cette dernière au pensionnat jusqu'au jour où la maladie l'avait obligée à abandonner ses études. Madeleine l'avait alors prise sous son aile, lui accordant le plus grand soin. Quelques rencontres avaient suffi pour que Georges-Noël soit, à son tour, fasciné par son extraordinaire intelligence, par son raffinement et plus encore par sa beauté. Une chevelure aux reflets cuivrés encadrait généreusement son visage au teint clair et son regard avait la douceur d'une anémone. Au grand ravissement de Madeleine, il avait épousé sa princesse, comme il se plaisait à la désigner, lui offrant une demeure prestigieuse sur le domaine de la Rivière-aux-Glaises, celle-là même que lui léguait son oncle Augustin. Domitille n'avait alors que seize ans.

Les plus beaux rêves avaient droit de cité au foyer du jeune couple Dufresne. Georges-Noël se voyait « entouré de garçons costauds et d'une ribambelle de filles toutes aussi jolies que leur mère ». Hélas ! lors de l'épidémie de l'hiver 1855, le choléra emportait la petite Georges-Cérénique, leur aînée. Une consolation les attendait cependant le 2 mars de cette année fatidique : Thomas naissait, vigoureux. Trois ans plus tard, il fut suivi d'un autre garçon, à la grande désolation de Domitille. Désolation qui, bien que demeurée secrète, avait bouleversé son quotidien et rongé ses espérances.

CHAPITRE II

L'audace de l'espoir

L'été s'achevait. Une odeur de moissons montait des champs jonchés de gerbes blondes. Fournis et dociles au passage de la faucheuse, les épis de blé avaient réjoui le cœur de Rémi. Et comme chaque soir de la douce saison, épuisé mais presque heureux, il était venu se reposer sur la galerie avant de la maison, là où il pouvait se taire sans essuyer de reproches, sans que personne lui demandât s'il était fâché. D'un naturel peu bavard, Rémi portait sur son visage des rides qui, à elles seules, témoignaient de ses luttes acharnées contre les épidémies et les sécheresses qui trop de fois s'étaient attaquées à ses récoltes.

Assis dans sa berçante, il tirait sur sa pipe avec délectation, priant la quiétude de se frayer un chemin dans son esprit rongé par le ressentiment. « La vie ne m'a pas donné autant de chance qu'à d'autres », prétendait-il. Ne lui suffisait-il pas pour s'en convaincre de citer ses voisins immédiats, les Desaulniers, Gélinas, Berthiaume, Dufresne et Duplessis? Ceux-là, doués pour les études, avaient amassé un bagage intellectuel dont ils bénéficiaient encore, alors que lui, l'«efflanqué à Du Sault», n'avait gardé de sa brève expérience scolaire que le souvenir du ridicule dont il avait été l'objet. Plusieurs d'entre eux avaient aussi hérité des biens et de la fortune de leur famille, tandis que le jeune Du Sault avait dû gagner sa terre arpent par arpent. En épousant Françoise Desaulniers, instruite «comme une maîtresse d'école», il avait eu le sentiment de prendre sa revanche. Sa fille aînée, enseignante et par surcroît religieuse, avait à son tour ajouté à sa fierté. Et maintenant, au terme de ses études secondaires, Victoire était sur le point de se choisir un métier honorable, il en était convaincu.

— Je vous cherchais, papa. J'ai quelque chose à vous demander.

Le rythme des pas de sa fille sur le perron n'avait laissé aucun doute dans son esprit. À sa démarche assurée, presque triomphante, il aurait parié qu'elle venait lui servir un nouvel argument pour gagner la permission de danser, faveur qu'elle avait sollicitée à son anniversaire de naissance, et que ses parents lui avaient alors refusée, convenant entre eux de la lui accorder pour le temps des fêtes. Rémi souriait. Rares avaient été les occasions où il avait pu s'adresser à sa fille pour lui annoncer une bonne nouvelle, mais ce soir il s'offrirait le plaisir de lui apprendre qu'elle serait exaucée pour la soirée du nouvel an.

Victoire vint se placer droit devant son père, les mains sur les hanches, résolue à le faire discourir.

— D'après vous, qu'est-ce que je serai devenue dans cinq ans?

Même en admettant qu'il s'était fourvoyé, Rémi n'en conserva pas moins sa bonne humeur.

— Hum! Mme Gélinas, peut-être?

— Vous savez bien que ce n'est pas ce que je veux dire. Qu'est-ce que ça change que je m'appelle Mme Ceci ou Mme Cela?

— Mais ça change tout, Victoire! Qu'est-ce qu'une jeune fille comme toi a de mieux à souhaiter qu'un bon parti? ajouta-t-il sur un ton moqueur.

N'eût été le sérieux de ses intentions, Victoire aurait apprécié l'exceptionnelle jovialité de son père. Réflexion faite, elle y puisa tout de même l'inspiration pour continuer.

— Si vous aviez eu à choisir, il y a quarante ans, entre une maîtresse d'école qui n'aimait pas son métier puis une autre femme moins instruite mais qui aimait ce qu'elle faisait, laquelle auriez-vous demandée en mariage?

Question piège, s'il en fut! Victoire n'aurait pu trouver mieux pour mettre son père dans l'embarras. Assis sur le bord de sa chaise, Rémi se frottait le menton. De toute sa vie, aucune situation ne l'avait encore contraint à révéler qu'il n'avait pas eu l'honneur de demander la main de Françoise Desaulniers. Les circonstances pour le moins déplorables qui avaient entouré leur union avaient toujours fait l'objet de la plus grande discrétion, et Rémi n'avait pas l'intention de violer ce secret, surtout pas devant sa fille. «À moins que Françoise…» Mais il rejeta aussitôt cette hypothèse, car Victoire était trop jeune pour que sa mère s'en soit ouverte à elle.

Du coin de l'œil, Rémi observait sa fille, en quête d'un indice: que pouvait-elle bien essayer de lui faire dire? Une probabilité, une seule, lui traversa l'esprit. Et même si l'éventualité d'une réponse positive le troublait déjà, il crut devoir l'envisager.

— Tu as quelqu'un en vue?

— Quelqu'un, non, mais quelque chose, oui, répondit Victoire, souriante et sereine.

Soulagé, Rémi éclata de rire et s'installa confortablement dans sa berçante.

— Je gage que c'est…

— Ne gagez rien, papa! Surtout pas. Vous perdriez.

— Comment peux-tu en être si sûre?

— Vous n'avez pas arrêté de dire à tout le monde que je ferais une maîtresse d'école…

Rémi cessa de se bercer, saisi par l'appréhension. Victoire avait détourné son regard, croisé les bras et fait provision de courage.

— Puis je ne serai pas garde-malade, non plus. Rien de tout ça ne m'intéresse.

Stupéfait, Rémi ne savait que dire.

— Pour être bien franche avec vous, je vous dirai même que vous perdez votre argent en m'envoyant au pensionnat, je ne m'en servirai pas de mes études. Je n'en ai pas besoin pour ce que j'ai envie de faire…

— Mais tu vas faire quoi, bon Dieu?

— Travailler dans une cordonnerie. Grand-père est prêt à me prendre avec lui.

Figé dans sa chaise, l'air ébahi, Rémi croyait rêver.

— Veux-tu me répéter ça? lui demanda-t-il enfin d'un ton qu'il voulut posé.

Il avait bien entendu. Sa benjamine se préparait elle aussi à le décevoir. Des cinq enfants qui avaient survécu et pour qui il avait trimé toute sa vie, n'y avait-il que Mathilde pour le récompenser? L'un après l'autre, ses trois fils avaient contrarié ses plans. Était-ce nécessaire d'ajouter à sa déconvenue l'anéantissement de ses derniers espoirs? Rémi n'allait pas, cette fois, céder aux lubies de sa fille. Ses sourcils froncés et son regard noir de menace en témoignaient.

Parce qu'elle avait prévu la réaction de son père, Victoire avait maintes fois supplié sa mère d'intercéder en sa faveur, elle qui, pour les avoir expérimentés pendant près de quarante ans, connaissait les mots et les gestes qui pouvaient apaiser Rémi et tempérer ses colères. Mais Françoise s'était fermement opposée à faire les premiers pas dans cette cause. L'été avait déjà entamé sa dernière tranche, et Victoire ne disposait plus que de trois semaines pour obtenir de son père la permission de ne pas retourner au couvent.

Impassible, à la limite de l'insolence, elle attendait l'explosion en roulant entre ses doigts le coin de son tablier. Dans ce regard froid et inflexible, Rémi reconnut celui de son fils, André-Rémi, l'enfant qu'il avait chassé de sa maison parce qu'il lui avait tenu tête, mais qu'il ne continuait pas moins d'aimer. Depuis dix ans, malgré un indomptable silence, Rémi avait mal à cette absence, mal à la cruauté des mots que sa colère lui avait dictés, mal à la souffrance dont il avait depuis affligé sa famille et, combien plus, sa femme. Il ferma les yeux et pria le ciel de lui épargner un autre drame. Jamais il ne pourrait se pardonner de perdre sa fille, par sa faute.

— Tu ferais mieux de monter dans ta chambre, lui ordonna-t-il, dents et poings serrés sur un emportement qu'il avait réprimé de justesse.

Rémi crut l'entendre murmurer: «Je sais ce qu'il me reste à faire, d'abord», avant de quitter la galerie.

~

Les cloches de l'église n'avaient pas encore annoncé l'angélus du matin que déjà Victoire filait d'un pas alerte vers la demeure de sa tante Émilie, là où, depuis la mort de son épouse, Joseph logeait et tenait sa cordonnerie. Une bruine parsemait sa coiffure et son visage de fines gouttelettes, et un doux enchantement la grisait. Les troupeaux avaient été ramenés à l'intérieur des bâtiments pour la traite et les écureuils s'en donnaient à cœur joie sur les traverses des clôtures, ravissant à leurs semblables graines et fruits durs destinés à renouveler leurs provisions. La rapidité de leurs déplacements et leurs gestes enjoués faisaient écho au plan que Victoire avait mûri, soit séduire son grand-père par l'humour pour l'inciter à intervenir auprès de ses parents. «Arrive-moi pas ici à dix heures du matin avec des traces d'oreiller sur les joues, lui avait-il recommandé la veille. C'est ta dernière leçon, demain. C'est là que tu auras à prouver que tu es aussi habile que moi. Sinon, tu sais ce qui va t'arriver! Le couvent, ma petite fille. Le couvent pour le reste de tes jours!»

Non seulement Victoire arrivait-elle toute disposée à apprendre comment découper des talons sans accroc, mais elle avait prévu devancer son maître à la cordonnerie et s'accorder le temps nécessaire pour réussir par elle-même la dernière étape de son apprentissage. Elle l'imaginait entrant dans son atelier, à moitié endormi, le souffle coupé par la surprise de la trouver là, déjà à l'œuvre. «J'ai une demi-journée de faite, moi», pourrait-elle lui lancer.

La maison de sa tante Émilie semblait encore plongée dans l'engourdissement de la nuit. L'oreille collée à la porte, Victoire s'assura qu'aucun bruit ne provenait de ces murs avant de se diriger vers l'entrée de la cuisine. À Émilie, occupée à nouer ses cheveux devant le miroir du poêle, elle fit signe de ne rien révéler de sa présence. Moins complice que sa tante, le plancher de la salle à manger craqua sous chacun de ses pas et la porte de la cordonnerie fit entendre l'un de ces gémissements capables de réveiller toute une maisonnée. Victoire demeura figée, la main sur la clenche, persuadée qu'elle verrait surgir son grand-père avant même d'avoir eu le temps de se rendre à sa table de travail. Un répit, si bref qu'il fut, lui permit de refermer cette porte grinçante et d'aller vite s'asseoir à sa place, heureuse d'y trouver la pièce de caoutchouc dans laquelle elle pourrait découper un talon. Pendant que d'un gros crayon à la mine équarrie elle en traçait le contour, son imagination se meublait des mimiques et des réparties que lui servirait Joseph à son lever. À peine avait-elle commencé à labourer de la lame de son couteau le large tracé noir, qu'elle crut percevoir un glissement de chaussettes sur le plancher de bois franc. Ses immanquables raclements de gorge et le claquement du loquet qui céderait sous la pression de son pouce charnu n'allaient pourtant pas tarder à se faire entendre. Victoire était sur le point de s'inquiéter lorsqu'elle se dit que son grand-père était beaucoup plus rusé qu'elle ne pouvait l'être. Grâce à son imbattable perspicacité, il était capable de déjouer son stratagème et de la laisser ainsi dans l'attente jusqu'à ce qu'elle se lasse et se livre d'elle-même. Levant discrètement un coin du rideau, elle n'aperçut dans la cuisine que sa tante Émilie qui se dirigeait vers la cordonnerie.

— Pensez-vous que grand-père dort encore? lui demanda-t-elle, de la porte entrebâillée.

— Ça ne lui ressemble pas, répondit Émilie, soucieuse.

Victoire suivit sa tante jusqu'à la chambre de son grand-père. Aucun bruit. Le visage d'Émilie se crispa. Derrière la porte qu'elle avait poussée avec appréhension, le vieil homme gisait, haletant, les yeux hagards, statufié sur sa paillasse. Joseph avait été frappé de paralysie sans que quiconque ait pu lui porter secours.

Pendant la nuit, réveillée en sursaut par une étrange sensation d'angoisse, par le pressentiment d'un malheur imminent, Émilie avait prêté l'oreille et, n'entendant aucun appel à l'aide, aucune plainte, elle avait cherché à retrouver sa quiétude dans le sommeil.

En apercevant les membres rigides du vieillard, elle se reprocha de n'avoir pas décelé dans ce réveil brutal et lugubre l'effroi de son père, seul, sentant la mort rôder autour de lui. Dans quelle atroce solitude avait-il dû lutter pour s'accrocher au mince fil qui le tenait encore en vie! Déchirée par la douleur et le remords, Émilie le suppliait de tenir bon. «On va vous sauver, papa. Je vous jure qu'on va vous sauver.»

Victoire était demeurée à l'entrée de la chambre, muette de frayeur, après avoir cru un instant qu'il s'agissait d'une autre espièglerie du vieux cordonnier. Elle fixait le lit avec une sorte d'acuité dans le regard, l'expression d'un ailleurs où elle avait dû se réfugier pour nier cette macabre découverte. Douleur et révolte l'assaillaient, l'une lui ordonnant de secouer son grand-père, de le conjurer de revenir, par amour pour elle, l'autre lui parlant de la vie comme d'une suite d'igno-

bles trahisons. Sans la guérison de grand-père, les promesses d'hier devenaient stériles, l'aujourd'hui, vide. Et
son avenir de cordonnière serait en péril.

— Je t'en supplie, Victoire. Ne reste pas là. Approche-
toi. Ton grand-père a besoin de nous.

Émilie prit la main de sa nièce et vint la poser doucement sur la poitrine du malade.

— Tu sens bien que son cœur bat encore…

Victoire l'approuva en s'efforçant de ne pas pleurer.

— Maintenant, tu ne le quittes plus. Tu lui parles
sans arrêt. Tu lui dis n'importe quoi, mais tu ne cesses
pas de lui parler. Je cours demander à quelqu'un d'aller
chercher le docteur.

À genoux près du grand lit de chêne, Victoire
essayait de reprendre contact avec cet homme inerte en
qui elle ne reconnaissait de son grand-père que la douceur de la peau sur ses mains nécrosées. Appuyant sa
tête contre celle de Joseph, elle le suppliait de s'accrocher de toutes ses forces en attendant le médecin.
Étreinte par la peur de le perdre à jamais, Victoire caressait le front dégarni de son grand-père, impuissante à
retenir les larmes brûlantes qui glissaient sur la joue fié-
vreuse du malade. En lutte contre la désespérance, elle
multipliait serments et promesses pour obtenir un
miracle. «Je prendrai soin de vous. Vous n'aurez plus
qu'à me regarder travailler en me racontant des histoi-
res. On se jouera encore des tours et je ne me fâcherai
plus. Je vous en prie, revenez!» Un instant, elle crut
apercevoir un léger mouvement des paupières, une
expression sur son visage. L'espoir renaissant, elle serra
sa main plus fort, s'efforçant de lui parler d'une voix
plus sereine, avec des mots persuasifs. Hélas! la mort ne

cessait de la narguer à travers les traits figés et les membres ankylosés de son grand-père. Seul le docteur Héroux pouvait encore quelque chose… s'il n'arrivait pas trop tard.

Après avoir examiné le malade, le médecin sortit de la chambre et fit signe à Émilie de le suivre dehors. Victoire comprit qu'elle allait peut-être devoir dire adieu à son grand-père.

— M. le curé s'en vient, annonça Émilie. Le docteur dit que c'est plus prudent, à cause de son âge.

~

Yamachiche, 18 août 1860

Bonjour grand frère!

Tu m'as souvent dit dans tes lettres de ne pas hésiter à demander ton aide si j'en avais besoin.

André-Rémi, ce qui vient d'arriver est plus terrible que personne ne peut l'imaginer autour de moi. Grand-père est paralysé et le docteur dit qu'il ne marchera plus jamais. Il ne parle même plus. Tante Émilie soutient qu'il nous entend. Je n'en suis pas toujours sûre. Tu sais comme moi que de tous mes projets, je ne peux en réaliser un seul sans lui. Qu'est-ce que je vais devenir?

Il ne me reste que trois semaines pour trouver un autre moyen de ne pas retourner au couvent. Je n'ai plus aucune raison valable de refuser de poursuivre mes études, «à part le caprice», comme le prétend notre père. Pire encore, je suis allée jusqu'à promettre au bon Dieu d'y retourner une autre année si grand-père guérissait. Il n'est pas vraiment guéri, mais il bouge sa main droite depuis hier… Le verrais-tu comme un signe, toi? Plus la date d'entrée approche, plus je regrette d'avoir fait cette promesse. J'en suis à penser que je pourrais faire des « bêtises », comme dit maman, plutôt que de me voir enfermée pendant de longs mois, loin de grand-père, en plus.

Tu as une solution pour moi, André-Rémi? On ne pourrait pas devancer ce que tu m'avais proposé quand je t'ai envoyé mes derniers dessins?

Réponds-moi vite, grand frère.

Ta petite sœur préférée,

Victoire

Sensible au chagrin et au désarroi de sa fille, Françoise avait promis de parler à Rémi. Mais rien n'autorisait encore Victoire à mettre les ciseaux dans sa tunique de couventine.

À quelque dix jours de la rentrée, l'augure ne semblait guère meilleur qu'au milieu de l'été.

«Mais on dirait des voix d'enfants!» constata Victoire, occupée à faire la lessive tout près du puits creusé à mi-chemin entre l'étable et la maison. Chez les voisins Dufresne, un bambin de quatre ou cinq ans chantonnait, poussait des cris de joie et sautillait autour des hommes occupés à retirer des meubles d'une charrette. Victoire comprit que c'était le grand jour. Elle poussa un soupir de satisfaction, présumant que cette jeune famille pourrait lui apporter un peu de distraction. Les mains figées sur le bord de sa cuve, elle observait la scène: les colis arrivaient dans les bras de l'un pour être aussitôt repris par le suivant, comme si le déchargement de la voiture eût été un jeu. Victoire se rendit compte pour la première fois que la compagnie d'hommes vigoureux et pleins d'entrain lui manquait. Pourquoi fallait-il que l'éloignement d'André-Rémi la privât d'un tel dynamisme et d'une telle jovialité? Pour mieux se défendre contre la nostalgie que cette absence provoquait, Victoire tourna le dos à la propriété des Dufresne.

Les rires s'éteignirent soudain. À l'exception de Georges-Noël et du garçonnet que Victoire vit venir vers elle, tous étaient passés à l'intérieur, sans doute heureux de s'y rafraîchir tant la chaleur se faisait accablante. Intriguée mais réjouie, Victoire s'empressa de s'éponger le front avec son tablier. En moins de trois enjambées, Georges-Noël fut là, accoudé sur la clôture, enchanté de lui présenter Thomas, son fils aîné. À cheval sur la traverse la plus haute, le garçonnet observait les moindres faits et gestes de la jeune femme, la questionnant sans répit. Séduite par l'intelligence de cet enfant et par l'éclat de ses yeux du vert-bleu de l'avoine, elle n'avait d'attention que pour lui lorsque Georges-Noël intervint.

— Les vacances achèvent?

— Ça dépend pour qui.

— Je me suis laissé dire que ton père avait bien l'intention de faire de sa fille une autre maîtresse d'école. Tu as peut-être un de tes futurs élèves devant toi, ajouta-t-il sur un ton moqueur.

— J'en serais surprise, monsieur Dufresne. Ce qu'il ne vous a pas dit, mon père, c'est que je ne suis pas du genre à marcher sur les traces des autres. Pas plus sur celles de ma sœur que sur celles de ma mère.

La brusquerie du ton fit hésiter Georges-Noël.

— Est-ce que je vous aurais blessée, mademoiselle Du Sault?

— À vous d'en juger, répondit-elle, soudain pressée de retourner à sa lessive.

« Je n'ai jamais vu plus imprévisible qu'une femme ! » se dit Georges-Noël, navré de devoir mettre fin à un échange qu'il eût voulu cordial. Serrant dans sa main celle de son fils, il marchait à ses côtés, inattentif au discours que lui tenait ce dernier. L'étonnante réaction de Victoire ajoutait à la déception que Domitille lui avait causée dans la matinée. Loin du ravissement imaginé, Georges-Noël n'avait trouvé que l'esquisse d'un sourire sur le visage de sa femme quand il lui avait ouvert les portes de sa nouvelle demeure. Pourtant, n'est-ce pas dans cette maison que Domitille avait souhaité vivre, loin du brouhaha et du danger constant que le moulin représentait pour les enfants? Le jeune Thomas, d'une curiosité insatiable, lui avait donné froid dans le dos à plus d'une reprise. Les voitures des fermiers, la proximité de l'étang, et les gigantesques meules et roues dentelées utilisées dans les bâtiments la rendaient folle d'inquiétude, disait-elle. À un Georges-Noël navré, elle avait réclamé la faveur de quitter le domaine et d'emménager dans la maison des Dufresne, là où elle avait passé de si bons moments en compagnie de sa grande amie Éléonore, la jeune sœur de Georges-Noël, trop tôt disparue.

Parmi les raisons invoquées, Domitille n'avait cependant pas dévoilé celle qui lui tenait le plus à cœur : partager la demeure des Dufresne avec une femme qui, depuis son enfance, l'avait comblée d'égards et de louanges. Après la mort de ses trois filles, Madeleine Dufresne s'était davantage attachée à Domitille, ne voyant plus en elle que sa fille Éléonore dont elle rappelait la délicatesse, la sensibilité et l'intelligence. Que pouvait-elle souhaiter de mieux que de la voir épouser son fils aîné ? Jour de bonheur que celui-là, où Georges-Noël fut de nouveau dans les bonnes grâces de sa mère. Présumant que Madeleine ne souhaitait rien de mieux que de finir sa vie en leur compagnie, Domitille n'avait pas cru opportun de s'en assurer. Lorsqu'elle tenta timidement de connaître les raisons de ce départ, Georges-Noël allégua simplement qu'il était préférable pour leur vie de couple que sa mère quittât la maison en lui vendant la ferme.

~

Rémi ne cessait d'entrer et de sortir alors qu'on l'avait cru déjà parti pour le village.

— Ton père mijote quelque chose, chuchota Françoise à l'oreille de Victoire. Continue ton balayage et essaie de rester calme si jamais il t'appelle.

Françoise descendit rejoindre son mari dans la cuisine. Le visage tourmenté, Rémi tournait en rond. Pour la troisième fois, il sortit sa blague à tabac de sa poche et l'y replaça sans avoir bourré sa pipe. Il s'arrêta soudain, observant Françoise qui s'agitait à son tour entre le poêle et les armoires, multipliant les gestes incohérents et les pas inutiles. Le temps était vraiment venu, annonça-t-il, de jouer cartes sur table quant à l'orientation de leur fille.

— Ses bagages sont prêts pour la semaine prochaine ?

La question appréhendée était posée et ne prêtait à aucune équivoque. Le regard suppliant et la voix intentionnellement sereine, Françoise répliqua avec la finesse que lui avaient apprise tant d'années de frictions :

— Tu devrais jeter un coup d'œil sur ses dessins, Rémi. Tu verrais que ta fille a vraiment du talent.

Des croquis de chaussures étaient étalés çà et là sur les meubles de la salle à manger. Rémi les réunit sur la table et les considéra attentivement, en triturant les dernières brindilles de tabac éparpillées au fond de sa blague.

— Va me la chercher, dit-il à sa femme, sur un ton étrange.

— Reste calme, recommanda Françoise qui choisit de se tenir à l'écart.

Victoire tremblait. Chaque pas qui la rapprochait de la cuisine amplifiait son appréhension. «Pourquoi mon frère ne m'a-t-il pas encore répondu ? » soupirait-elle.

Sans lever les yeux vers sa fille, Rémi pointa l'une des feuilles.

— C'est toi qui as fait ça ?

— Oui, s'exclama Victoire, agréablement surprise de l'intérêt que lui manifestait son père. Puis j'ai beaucoup d'autres modèles dans ma chambre, si vous voulez les voir.

Victoire s'était montrée obligeante et elle en retirait une certaine assurance. Elle allait se précipiter vers l'escalier lorsqu'une autre question la ramena vers la table.

— Penses-tu que c'est pour barbouiller du papier qu'on t'a envoyée au couvent ?

— Ce n'est pas du barbouillage, corrigea Victoire, outragée.

— Appelle ça comme tu voudras, mais il faut plus que du crayonnage pour réussir dans la vie. Sans compter qu'une fille intelligente comme toi, ce n'est pas fait pour passer sa jeunesse le nez dans les savates.

Victoire maîtrisa difficilement son indignation.

— Justement, papa, je n'ai pas l'intention de passer ma vie dans les savates, comme vous dites. Je veux travailler dans du neuf, moi. Comme maman avec ses chapeaux. Je n'ai pas besoin de copier les modèles des autres. Je suis capable d'inventer les miens et de les réaliser toute seule. Grand-père m'a montré.

— Avec l'instruction qu'on t'a payée, ma petite fille, on serait en droit de s'attendre à ce que tu choisisses un métier… un métier honorable, au moins!

— Parce que ce n'est pas honorable de faire des chapeaux ou des chaussures?

— Pas quand on a l'instruction pour être maîtresse d'école.

— C'est vous, papa, qui m'avez obligée à aller au couvent. Je ne vous ai jamais demandé ça. Maintenant vous voudriez me forcer à faire un métier qui ne m'intéresse pas?

Visiblement désarmé, Rémi forma deux spirales de fumée dans le rai de soleil qui traversait la cuisine. Victoire crut le moment propice à une autre intervention.

— Voulez-vous voir les petites bottines que j'ai faites à la cordonnerie de grand-père avant qu'il tombe malade? Il paraît qu'elles pourraient même intéresser les gens de la ville, tellement…

Furieux, Rémi retira vivement sa pipe et devint si virulent que Victoire s'en mordit les doigts.

— Les gens de la ville! Les gens de la ville! Parlons-en des gens de la ville. Comme si c'était un honneur de leur plaire!

Tremblant de colère, Rémi se dirigea vers la fenêtre qui donnait sur la terre des Dufresne. Son visage trahit une profonde détresse où logeait le souvenir de ses querelles avec son fils André-Rémi et l'immense douleur qu'il en ressentait encore. Combien de fois, depuis, n'avait-il pas remis en question la façon dont il s'était résolument opposé à ce que ce garçon achetât l'hôtel du village pour y gagner sa vie. André-Rémi avait dû fuir vers la ville pour réaliser son rêve, tant son père avait juré de tout faire pour l'en empêcher.

Le dos courbé sous le poids de tant de déceptions, Rémi vint s'appuyer au cadre de la porte donnant sur la cuisine d'été, le regard perdu sur les lattes du plancher. Sa chevelure blanche, à peine poivrée, retombait sur son front. « Quelque chose m'a échappé », dut-il s'avouer. L'attitude de Victoire, tout comme celle d'André-Rémi, lui parlait pourtant de sa propre ténacité. Et celle de ses enfants, il avait eu tort de ne l'attribuer qu'aux Desaulniers. Comment oublier la promesse qu'il avait faite au père de Françoise en apprenant que cette dernière apportait en dot une terre en bois debout : « Monsieur Desaulniers, je vous gage ma jument qu'en moins de cinq ans je déboise suffisamment ce lot-là pour y faire vivre ma famille puis tout un troupeau de bêtes à cornes. Ce n'est pas parce que je ne suis pas instruit que votre fille risque de manquer de quelque chose. » Non seulement il n'avait pas eu à sacrifier sa jument, mais il était devenu un agriculteur prospère. Un travail acharné et une constante vigilance avaient eu raison de la pauvreté du sol et des débordements du lac Saint-Pierre. Force lui était de reconnaître que ce succès, il le devait à quelqu'un qui avait su lui donner ce qu'il était convenu d'appeler sa première chance. Mais là où le bât blessait, c'était qu'en choisissant d'exercer un métier jusque-là réservé aux hommes, Victoire l'outrageait dans sa fierté et dans ses ambitions. Qu'une femme fût cordonnière lui semblait aussi indigne de sa fille que le titre d'hôtelier lui avait paru déshonorant pour son fils.

Rémi sortit de la maison l'air accablé, traînant les pieds, semant derrière lui inquiétude, désarroi et confusion.

~

— Une lettre pour votre demoiselle Victoire, monsieur Du Sault, et personnelle à part ça, précisa le maître postier.

Rémi la lui tira des mains sans la moindre courtoisie envers celui qui s'était mérité la réputation d'« écornifleux », comme on le qualifiait au village. Ses mains tremblaient. L'enveloppe était bien adressée à Victoire Du Sault, et portait la mention personnel. Quelque chose se tramait dans son dos. Ce qu'il ressentait confusément depuis quelques semaines lui apparut, plus redoutable qu'il n'avait pu l'imaginer. Que Victoire cherchât des alliés pour parvenir à ses fins, il en était sûr, mais qu'elle eût recours à André-Rémi, ce fils perdu, dépassait tout entendement.

Il sauta dans sa calèche, pressé de quitter le village où il était venu acheter les provisions de sucre destinées aux compotes et confitures. À deux kilomètres de ce pâté de maisons blotties autour de l'église, la route se prolongeait, bordée de bâtiments et de maisons de ferme. À la bretelle du rang Brise-Culotte, Rémi regarda autour de lui, immobilisa son cheval près d'une touffe d'herbes et sortit la lettre de sa poche. L'écriture, identique à celle qu'il avait vue sur les lettres adressées régulièrement à Françoise, ne pouvait être autre que celle d'André-Rémi. De ses doigts rugueux, il palpa l'enveloppe. À n'en pas douter, elle contenait plus d'un feuillet. C'est alors que Rémi fut tenté de commettre un acte que, de toute sa vie d'homme imparfait, il ne s'était jamais permis. Il retournait l'enveloppe entre ses mains, de plus en plus persuadé que Victoire s'était confiée à son frère, implorant une aide qu'il avait toutes les raisons de redouter. «Comment éviter le pire, maintenant?» se demanda-t-il, déchiré à la seule pensée de voir sa fille le quitter brusquement pour suivre, loin de lui, une route qu'il n'avait cessé de décrier.

Dans la cuisine d'été, Victoire et sa mère causaient de Joseph. En dépit du diagnostic qui l'avait déjà condamné, les deux femmes s'entêtaient à croire que leur foi et les meilleurs soins possibles pouvaient encore faire des miracles.

— Tant que son cœur est bon, soutint Françoise, tous les espoirs sont permis.

Étonnée de ne pas entendre l'assentiment spontané de sa fille, elle se détourna de la fenêtre dont elle s'était approchée pour enfiler son aiguille et elle s'aperçut que Victoire pleurait. Plus que trois jours avant le redoutable départ. Les derniers où il lui était encore possible de voir son grand-père vivant.

— Ne perds pas confiance, Victoire. Si tu lui demandes de t'attendre pour Noël, je suis convaincue qu'il va le faire. Il comprend tout ce qu'on lui dit, même s'il ne peut pas réagir. C'est en le stimulant comme ça qu'on peut le mieux l'aider à guérir.

Un toussotement annonça l'arrivée de Rémi. Victoire s'épongea vite la figure et tourna le dos à la porte. Les gestes brusques de son père et sa démarche autoritaire lui firent courir un frisson dans le dos. Sans préambule, les deux mains appuyées sur le bord de la table, Rémi réclama leur attention.

— Je me rends bien compte, ma fille, que malgré tout ce que j'ai essayé de te faire comprendre, tu n'es pas intéressée à terminer tes études…

Étonnée du ton presque plaintif sur lequel Rémi lui parlait, Victoire se tourna vers lui, oubliant ses yeux rougis et les questions auxquelles elle s'exposait.

— Je vois bien aussi que ta mère ne t'encourage pas plus qu'il faut à choisir un métier de femme instruite, enchaîna-t-il.

Consternée, Françoise allait répliquer, mais Rémi s'y opposa.

— Même si je n'approuve pas tes idées de cordonnerie, pour t'éviter de faire d'autres bêtises, je te laisse décider. Fais-en des chaussures, si c'est ce que tu veux. Tout ce que je demande, c'est de te voir heureuse, puis pas à l'autre bout du monde, bon Dieu!

L'émotion avait étouffé sa voix. Françoise ressentit toute la détresse que cachait un si imprévisible dénouement. Son mari était tourmenté et cette douleur la blessait à son tour.

Jamais Rémi n'avait révélé autant de fragilité. Et c'est au cœur de cette fragilité que Victoire pouvait le rejoindre, éveiller en lui toute la tendresse qu'il y avait enfouie, faute d'avoir trouvé les mots et les gestes pour la traduire. Il aurait aimé serrer sa benjamine contre lui, comme on étreint un enfant sauvé par miracle. Il crut qu'il allait y arriver lorsque, s'élançant dans ses bras, Victoire lui murmura à l'oreille :

— Merci, papa ! Merci beaucoup !

Touché plus qu'il ne l'avait été de toute sa vie de père, Rémi ne réussit pas à se montrer heureux de cet élan qu'il avait attendu depuis la naissance de Mathilde, et que pas un de ses enfants n'avait osé jusqu'à ce jour. Affligé de se voir une fois de plus impuissant à exprimer son amour, il se surprit à envier la paralysie de Joseph. Comme si elle eût pu lui offrir une dernière chance, il posa la main sur la lettre d'André-Rémi qu'il gardait dans la poche de sa chemise, et il fila vers ses bâtiments.

~

— Dis donc, mon grand garçon, tu n'es pas à l'école, aujourd'hui ? demanda Madeleine, venue rendre visite à Domitille.

Thomas fit la moue.

— Maman me trouve encore trop petit. Mais Mlle Victoire dit que je suis déjà très bon. Elle m'a montré juste une fois et je peux écrire mon nom tout au long.

— De quoi elle se mêle ? se récria Madeleine, s'adressant à Domitille. Elle devrait peut-être attendre d'avoir fini ses études avant de se prendre pour une maîtresse d'école.

Par sa bru, Madeleine apprit alors que Victoire n'était pas retournée au couvent. Insinuant que cette dernière avait probablement en cela enfreint l'autorité de ses parents, elle avait profité de l'occasion pour exhorter son petit-fils à ne pas suivre un tel exemple.

— Mais elle n'a plus besoin d'aller à l'école, Mlle Victoire, s'empressa d'expliquer Thomas. Elle sait tout. Elle sait même faire des chaussures pour tout le monde. Elle me les a montrées quand je suis allé avec papa.

Madeleine ronchonnait.

— Des chaussures! Tu as entendu ça, Domitille? Quand je te disais que rien ne fait autant plaisir à cette jeune dévergondée que de choquer les gens. Tu vois bien que j'avais raison.

Domitille tomba des nues en voyant s'emporter de la sorte cette femme pour qui elle avait toujours nourri une admiration sans réserve.

— Papa n'était pas choqué, grand-mère, reprit Thomas, étonné d'entendre de tels propos au sujet de cette voisine dont le charme l'avait conquis. Il lui a fait beaucoup de compliments, ajouta-t-il avec candeur.

— Il ne manquait plus que ça! s'écria Madeleine. Méfie-toi, Domitille. Cette fille-là est capable de tourner la tête de ton mari avec ses extravagances.

Devant l'apparent scepticisme de sa bru, Madeleine avait cru devoir la prévenir du danger de côtoyer une jeune femme aussi rebelle, sans respect pour l'autorité ni pour les traditions. Plus admirative envers ses parents, elle gardait pourtant une certaine réserve à l'égard de Françoise. Bien que le comportement irréprochable de celle-ci et son inlassable dévouement aient pu nuancer les préjugés que suscitait sa marginalité comme modiste et mère de famille, Madeleine ne lui attribuait pas moins une part de responsabilité dans l'inconduite de Victoire.

— Une femme qui ne sait pas se contenter de bien servir son mari et d'élever ses enfants chrétiennement ne peut se vanter d'avoir toujours donné le bon exemple, soutenait-elle.

Domitille écoutait les recommandations de Madeleine, rongée par la tentation de lui avouer que, depuis le début de l'été, Georges-Noël ne tarissait pas d'éloges sur cette demoiselle talentueuse et volontaire dont ils allaient devenir les voisins. De peur d'amplifier le sentiment de jalousie contre lequel elle avait déjà fort à se défendre, Domitille résista.

～

Victoire n'avait pas entendu venir Georges-Noël. Stimulée par la tournure des événements, elle avait besogné toute la matinée et entreprenait avec vigueur le nettoyage des tapis de sa future cordonnerie.

— Bonjour, Victoire! J'ai rarement vu une fille de ton âge mettre tant de cœur à l'ouvrage.

Le sourire franc et le regard pétillant de bonheur, elle lui annonça que, dans une semaine au plus, le fournil serait complètement transformé en cordonnerie. À l'emballement qu'elle mettait à lui exposer son projet dans chacune de ses étapes, à l'ardeur avec laquelle elle lui parlait de ses outils, de la qualité du cuir qu'elle comptait utiliser et de l'indescriptible satisfaction que procurait la liberté de créer à son goût, en y laissant chaque fois un peu de soi, Georges-Noël comprit qu'il ne s'agissait pas que d'un caprice. Ses accents étaient ceux de son propre enthousiasme de jeune meunier, un enthousiasme que quinze ans de travail acharné n'avaient en rien atténué.

Du bout du pied, Georges-Noël grattait machinalement le sol argileux pendant que son esprit cherchait à comprendre celle qui n'avait cessé de l'étonner depuis qu'il en avait fait la connaissance. La volonté de sortir des sentiers battus et de demeurer fidèle à ses inspirations quoi qu'il en coûte témoignaient d'une force de caractère peu commune. Ce qu'il eût souhaité à son épouse qui, non moins douée, se montrait cependant peu déterminée et plus sujette à la mélancolie.

Sereine et cordiale, Domitille l'était demeurée jusqu'à la naissance de cette petite fille que le choléra avait emportée, à la veille de ses trois ans. «C'est comme si elle ne s'était jamais remise de ce deuil», pensait Georges-Noël, en se remémorant les six années de bonheur et d'amour tendre qu'ils avaient connues après leur mariage. Pendant que les moulins fonctionnaient à pleine capacité, qu'à chaque printemps l'érablière offrait généreusement sa sève, la douce et charmante Domitille devenait le point de mire du domaine de la Rivière-aux-Glaises, grâce à ses remarquables talents de dessinatrice. Nombre de clients du moulin entrés chez elle en étaient ressortis émerveillés par l'exactitude et la finesse avec lesquelles elle avait tracé leur portrait. Et depuis, insidieuse, une morosité l'envahissait, prenant prétexte tantôt de la maladie, tantôt d'un surcroît de travail ou de l'isolement auquel la condamnaient ses tâches familiales et les nouvelles fonctions de maire de son mari. Georges-Noël n'avait pas encore trouvé la formule magique qui eût le pouvoir de rendre à sa femme sa joie de vivre. Désolé mais peu enclin à la résignation, il n'était pas loin de croire que le voisinage de deux femmes énergiques et joviales comme Françoise et sa fille serait de nature à remonter le moral de Domitille.

Émergeant de son retour sur le passé, Georges-Noël demanda enfin :

— As-tu deux minutes ? J'aimerais te présenter à ma femme.

Victoire aurait voulu trouver une excuse qui l'eût dispensée d'avouer que cette invitation l'intimidait. Le peu qu'elle avait appris sur Domitille par les remarques de Françoise ne lui avait pas permis de s'en faire une idée précise. Plus encore, elle craignait qu'à la moindre courtoisie de Georges-Noël, la maîtrise d'elle-même lui faisant défaut, son trouble ne se manifestât.

— En même temps, tu pourrais voir comment ton père a retapé l'intérieur de la maison.

Victoire appuya son balai à la clôture et partit en compagnie de Georges-Noël. Elle l'écoutait louanger Rémi, charmée par ses propos et par le timbre de sa voix. « Il est vraiment différent des autres fermiers », se dit-elle, en examinant ses habits de travail, lesquels lui donnaient l'allure d'un bourgeois plus que d'un agriculteur. Ne s'imposant de participer aux travaux de la ferme qu'en périodes de corvées, Georges-Noël avait réembauché les deux employés que Madeleine avait gardés à son service depuis plus de dix ans, dont son frère Joseph. « Ça me laisse du temps pour des choses plus importantes », avait-il répondu à Victoire qui avait osé lui en demander la raison. Il allait lui faire part de « certains projets qu'il envisageait de réaliser sur cette ferme », lorsque Thomas les rejoignit, interrompant leur entretien par ses exclamations de joie. Il n'avait pas encore monté les premières marches de l'escalier arrière que déjà il criait :

— Maman! Maman! On a de la visite. Mlle Victoire arrive avec papa.

La jeune fille fut vite conquise par le reflet doré des parquets, les poutres chanfreinées qui traversaient le plafond du salon et se prolongeaient dans la grande cuisine où trônait un poêle à trois ponts, brillant comme un sou neuf. Elle était encore sous le charme des coloris bien harmonisés des tentures et des fauteuils de velours, lorsqu'elle vit apparaître une jeune femme d'une indéniable beauté. Sa chevelure cuivrée encadrait avec bonheur un visage au teint clair et aux traits finement dessinés. Ses yeux d'un vert bleuté avaient quelque chose d'étrange, d'exceptionnel. Thomas entraîna Victoire dans la salle à manger.

— C'est elle, Mlle Victoire, annonça-t-il à sa mère.

Domitille la salua avec réserve et dignité. La visiteuse sentit un embarras s'installer entre elle et l'épouse de M. Dufresne. Au premier abord, cette femme n'avait rien de ce qu'elle avait pu imaginer. Les propos de Françoise insinuant l'immaturité de Domitille étaient démentis par ses airs de châtelaine. Une châtelaine chez qui la gaieté semblait demeurer en veilleuse, masquée par une expression d'agacement, de déplaisir…

Mal à l'aise, Victoire dirigea son attention sur le bambin qui se cramponnait à la jambe de sa mère et suçait son pouce.

— C'est Ferdinand, mon petit frère. Il a deux ans, dit Thomas en tirant l'enfant par le bras pour le présenter à Victoire.

Ferdinand refusa de la regarder et se mit à pleurer. Domitille le prit dans ses bras en le couvrant de gestes tendres.

— Habituellement, il dort encore à cette heure-là, dit-elle, s'adressant à son mari.

Victoire comprit que sa visite importunait Mme Dufresne. Elle souhaitait partir au plus tôt, mais Georges-Noël avait déjà étalé quelques dessins sur la table de la salle à manger, et l'invita à les admirer.

— Est-ce que maman les a vus ? demanda Victoire, manifestement émerveillée.

— Elle est venue hier, répondit Domitille, avec des accents presque joyeux qui surprirent Victoire.

Mais lorsque Georges-Noël lui suggéra de montrer ses portraits, Domitille s'y opposa, expliquant qu'ils n'avaient pas été sortis des cartons, et qu'il ne lui convenait pas de le faire maintenant.

Désolé de la maladresse qu'il venait de commettre, Georges-Noël s'empressa d'excuser Domitille en arguant de tout le travail qu'exigeaient la réorganisation d'une maison et le soin de deux jeunes enfants. Victoire adressa un sourire de compréhension à Mme Dufresne qui soutint son regard sans la moindre émotion. Bien que séduite par la remarquable gentillesse de la jeune fille, Domitille ne pouvait oublier l'insistante recommandation de Madeleine : « Méfie-toi de ses airs enjôleurs si tu veux éviter les problèmes. » Occupé à replacer les dessins de Domitille dans un tiroir du buffet, Georges-Noël poursuivit avec enthousiasme :

— Elle pourrait te dessiner à la perfection, même si elle ne t'a vue que quelques minutes. Je ne connais pas un client du moulin qui n'a pas son portrait chez lui, déclara-t-il avec une fierté qui, en d'autres circonstances, eût ravi Domitille.

Georges-Noël crut le moment propice et entreprit de faire aussi l'éloge de Victoire, étayant ses propos des divers talents dont elle faisait preuve, tant dans la chaussure que dans le tissage des tapis et le brayage du lin.

Domitille présenta ses félicitations à Victoire avec une telle sincérité que Georges-Noël espéra que des rapports de bonne camaraderie seraient possibles entre elle et sa jeune voisine. Peut-être le dynamisme de Victoire allait-il rallumer une joie de vivre dans le regard de Domitille? Épiloguant sur les avantages d'un échange de savoirs et de services, Georges-Noël se vit interrompre par Victoire qui invoqua l'urgence de terminer sa lessive pour prendre congé de Domitille. Le regard perçant et les silences inquisiteurs de cette dernière lui étaient devenus à ce point insupportables qu'elle crut préférable d'éviter la compagnie de cette femme qui, tout comme elle, avait le pouvoir de fasciner Georges-Noël autant que de le désarmer.

∼

Lorsque Victoire lui avait appris qu'elle devait se rendre au village le lendemain pour y faire des provisions de cuir et d'accessoires pour sa cordonnerie, Rémi s'était de nouveau emporté.

— Viens pas me faire croire qu'il est impossible de sortir une bonne douzaine de bottines de tout ce que tu as récupéré dans la boutique de ton grand-père!

— Mais j'ai besoin de cuir de veau, répliqua Victoire. Grand-père n'en utilisait pas, lui.

— Puis comme il faut toujours que tu fasses autrement que les autres…

Le choix du fournisseur venant ajouter à l'exaspé-ration de Rémi, il dit :

— Trouve-moi une bonne raison d'acheter chez Gélinas plutôt qu'à la Tannerie du Canton, à part faire parler plus de gens au village que partout ailleurs.

— Mais c'est justement ce que je veux, papa. Il faut que le plus de familles possible sachent que j'ouvre une cordonnerie et que j'aurai de nouveaux modèles à leur offrir.

Rémi ne pouvait se résigner à voir sa fille se singula-riser ainsi, et s'exposer à la risée du village. Il s'évertuait à la convaincre qu'il valait mieux s'approvisionner d'abord à la Tannerie du Canton, mais Victoire maintenait que, située sur le haut des terres et n'attirant de ce fait que les clients du moulin Saint-Louis, elle ne satisfaisait pas ses projets. Infléchissable, elle ne fut donc pas étonnée que, le temps venu d'atteler la vieille jument à la calèche, Rémi se montrât particulièrement grognon. Mais comme elle était loin de soupçonner le double motif de ce mécontente-ment ! En plus de contrecarrer de nouveau les volontés de son père, Victoire l'incitait, par son opiniâtreté, à garder cachée dans un coin du fenil la lettre qu'il ne se pardon-nait pas de lui avoir dérobée.

Victoire n'avait pas parcouru deux kilomètres sur le chemin de la Rivière-aux-Glaises que l'euphorie de cette première démarche officielle en tant que cordon-nière avait complètement résorbé le désagrément créé par les rebuffades de son père. « Hue ! » cria-t-elle à Roussette qui se mit à trotter courageusement, l'usure et l'âge ne lui permettant plus de galoper.

Les premiers gels avaient à peine commencé à empourprer les érables. En cette première semaine d'octobre, Victoire eut le pressentiment que jamais plus l'automne ne viendrait injecter dans ses veines le cafard qu'elle avait connu pendant ses années au pensionnat. Pour la jeune cordonnière, cette saison allait devenir la plus exaltante de l'année, débordante d'activités et d'heureuses réalisations. Alors qu'autour d'elle tout parlait de récolte, elle se sentait portée par l'enthousiasme d'une semence dont, à n'en pas douter, les fruits seraient abondants et de qualité. Elle imaginait que, le jour de l'An venu, nombre de fillettes et de dames du village exhiberaient, l'une d'élégantes bottines, et l'autre des souliers dernier cri, tous sortis de la boutique de Victoire Du Sault. Il lui suffirait d'exposer ses modèles pour qu'on lui passe des commandes à profusion, croyait-elle. Pour cela, elle comptait sur la gentillesse bien connue de M. Gélinas.

Parmi les clients accoudés au comptoir de la tannerie, Victoire reconnut Isidore Pellerin, un jeune homme au début de la vingtaine, et son père, cordonnier de métier.

— Comme ça, ton grand-père va vraiment mieux, s'exclama ce dernier en écoutant Victoire énumérer les articles qu'elle venait chercher, dont trois mètres ou même tout ce qui restait de cuir de veau.

— Ce n'est pas pour lui, répliqua Victoire, fière de l'occasion qui lui était offerte d'annoncer l'ouverture imminente de sa cordonnerie et d'étaler ses croquis sous le regard ébahi de chacun.

Devant les sourires ironiques de M. Pellerin, les souhaits empreints de méfiance de M. Gélinas et les propos sarcastiques de clients adossés à la vitrine, Victoire crut un instant qu'elle allait déserter la boutique en laissant sur le comptoir de chêne tout ce qu'elle avait rêvé de rapporter chez elle. Mais l'air insistant d'Isidore Pellerin lui donna le courage de riposter :

— Riez si vous voulez, mais je suis sûre qu'un jour je ne réussirai même plus à répondre à la demande tant…

Elle n'avait pas terminé sa phrase qu'Isidore intervint.

— Moi, je l'approuve. Puis ce n'est pas parce que ça ne s'est jamais fait que c'est impossible.

— Tu es sûr, mon Isidore, que c'est son idée que tu trouves intéressante? demanda M. Gélinas, d'un ton railleur.

Plus offusqué que Victoire ne semblait l'être elle-même, Isidore avait prétexté le travail qui les attendait à la maison pour inciter son père à quitter la tannerie. Puis, Victoire avait payé sa facture sans solliciter la faveur d'exposer ses croquis dans la vitrine du tanneur. Elle allait se frayer un chemin à travers flâneurs et clients lorsque M. Gélinas l'interpella :

— Hé! mademoiselle Du Sault, vous ne me laissez pas une couple de dessins?

— La prochaine fois, si jamais je reviens, répondit-elle, comme on prend congé d'un importun.

— Bonne chance, mademoiselle Du Sault! lui cria Isidore, le cou tordu, de l'arrière de la calèche qui s'éloignait.

~

— C'est tout ce que tu manges, Victoire? demanda Françoise. Tu n'iras pas bien loin avec un si maigre déjeuner.

Au cœur de cet octobre flamboyant, Victoire écrivait la première page de sa vie de cordonnière.

Ce moment dont elle avait tant rêvé, pour lequel elle avait plus d'une fois pleuré la laissait ce matin dans un état de contentement mêlé de tristesse. C'est aux côtés de grand-père Joseph qu'elle avait appris les rudiments de son métier, et c'est sous son œil admiratif qu'elle avait imaginé l'exercer. Maintenant, il ne lui restait plus de cet homme que les outils que sa tante Émilie lui avait fait porter et le faible espoir que, derrière ce regard éteint, une conscience puisse encore capter, comprendre et vibrer. Accrochée à cette espérance, Victoire s'efforçait de donner à l'allégresse toute la place qui lui revenait en un jour pareil.

Dans les armoires débarrassées de la vaisselle de tous les jours, pièces de cuir, outils et accessoires avaient été rangés. Les tablettes destinées à l'étalage des produits finis qui avaient été ajoutées sur le mur opposé étaient encore tout imprégnées de l'odeur du vernis. Après maintes considérations, Victoire avait choisi de placer sa table de travail près de la fenêtre donnant à l'est, et qui plus est, sur la propriété des Dufresne. Dans l'un des tiroirs, une surprise l'attendait : son vieux tablier de jute avait fait place à un tablier de toile résistante, bordé d'un point de fantaisie.

Campée derrière la porte à carreaux, Françoise surveillait les moindres gestes de sa fille, prête à partager la joie de sa découverte. Françoise imaginait sans peine l'enchantement de Victoire en se remémorant le jour où elle avait reçu de Rémi tout un nécessaire de fabrication de chapeaux. Après quatre ans de supplications infructueuses, elle se souvenait d'avoir pleuré de joie en sortant d'un sac laissé, soi-disant par hasard, sur le milieu de la table, tout un assortiment de feutres, de rubans et de fils aux coloris les plus diversifiés. Son mari avait enfin manifesté une générosité et un souci de la rendre heureuse qui avaient tardé à s'exprimer, mais dont elle avait eu raison de ne jamais douter. Bouleversé par la perte de cinq enfants en bas âge, Rémi en avait gardé une telle amertume que toute autre que Françoise l'eût cru désormais fermé à l'amour, indifférent à toute tendresse. Derrière son apparente insensibilité se cachait une immense volonté de voir les siens bénéficier de ce qu'il portait de meilleur en lui : probité, endurance et fidélité.

Ce geste était venu ajouter l'admiration à la gratitude et à l'attachement que Françoise avait toujours éprouvés pour son mari.

Le claquement des portes d'armoires et le glissement des tiroirs ouverts et refermés les uns aussi vite que les autres ramenèrent Françoise près de Victoire qu'elle rejoignit dans l'atelier.

— Tu cherches quelque chose ?

Victoire se retourna vers sa mère, visiblement peinée. Le tablier neuf était demeuré sur le dossier de la chaise…

— Je ne croyais pas que tu accordais encore tant d'importance à ton vieux tablier de jute.

— C'est celui de grand-père, maman.

Le mettre au rebut c'était, pour Victoire, tourner le dos à tous les moments d'heureuse complicité, de taquinerie et de bonheur simple vécus avec son grand-père. Ce tablier, c'était un peu de lui qui la regarderait travailler, qui la féliciterait ou qui lui rappellerait les méthodes oubliées. Françoise en convint et le lui rendit.

Au moment de quitter l'atelier, elle fut distraite par les deux croquis épinglés sur le bord d'une tablette, l'un représentant une bottine d'enfant, à la tige plus longue que celle des modèles connus, et l'autre exhibant un soulier de dame, au talon carré et au bout pointu, retenu à la cheville par une fine courroie boutonnée sur le côté.

— Tu ne commenceras pas par ces modèles-là, j'espère?

Victoire n'en démordait pas, appuyant son choix sur l'appréciation de son frère. «On se les arracherait à Montréal», lui avait-il écrit, la félicitant de l'originalité de cette chaussure à la forme effilée, «encore plus féminine», avait-il ajouté.

À l'évocation de cette correspondance entre Victoire et André-Rémi, le visage de Françoise s'assombrit. Le dimanche précédant l'ouverture de la cordonnerie, Rémi lui avait montré l'enveloppe qu'il tenait cachée, lui laissant le soin de la remettre à Victoire en temps opportun. Et depuis, Françoise cherchait ce moment, redoutable à plus d'un égard.

— On s'inquiète parfois, ton père et moi, à propos de vous deux… Serais-tu allée le rejoindre si…? lui demanda Françoise, jugeant l'heure venue.

Victoire avoua y avoir songé, mais comme à un dernier recours si son père s'était fermement opposé à ce qu'elle exerçât le métier de cordonnière. Françoise lui tendit alors la lettre dissimulée dans la poche de son jupon.

— Tiens, c'était pour toi.

L'heureuse surprise céda vite le pas à une flambée de colère lorsque, reconnaissant l'écriture de son frère, Victoire remarqua que cette lettre lui avait été adressée trois semaines auparavant. Son indignation fut toutefois atténuée lorsqu'elle constata que l'enveloppe n'avait pas été ouverte.

— Ton père ne pouvait pas se résigner à te la remettre avant.

— Il n'avait pas le droit de me faire ça, cria Victoire, vexée. J'avais besoin des conseils d'André-Rémi. Je lui avais dit que c'était urgent et je n'arrivais plus à l'excuser de tant tarder à me répondre, clama-t-elle, au bord des larmes. C'est sa faute si j'ai douté de mon frère.

La main crispée sur son couteau à découper, elle enfonça la fine lame dans la pièce de cuir sur laquelle elle avait préalablement tracé une épaisse ligne noire.

Semelles, empeignes et contreforts s'empilèrent sur sa table jusqu'à ce qu'elle fût libérée de sa colère. De par sa simplicité, la couture de ces trois morceaux lui apporta l'apaisement nécessaire à la lecture de sa lettre. Elle la parcourut, fort peu étonnée, presque déçue de ce qu'elle y trouva: «[…] Je ne voudrais pas que tu aies à vivre ce qui m'est arrivé avec notre père. Fais tout ce que tu peux pour trouver un terrain d'entente. Puis, si à un moment donné tu en as assez d'attendre et de te battre, tu n'auras plus que le choix de faire tes bagages. Au fait, aurais-tu oublié grand-père Joseph dans tout ça? Tu imagines la peine que tu lui ferais? Comment va-t-il, cette semaine?»

Victoire prévoyait tarder délibérément à répondre à cette lettre tant attendue lorsqu'elle se rappela qu'André-Rémi n'y était pour rien. Au seul responsable de cette maladresse, elle se promettait de dire sa façon de penser, sans ménagement.

~

L'enthousiasme qui avait marqué les premières semaines de la vie de la jeune cordonnière avait fait place à un climat d'insatisfaction dont Françoise n'arrivait pas à cerner la cause. En réponse aux questions persistantes de sa mère, Victoire avait exprimé son ressentiment contre Rémi, mais combien plus contre Domitille qui, estimait-elle, l'avait ridiculisée la veille, lors du brayage du lin.

Accrochée au bras de son mari, Domitille n'avait assisté à la corvée que le temps de jeter un regard dédaigneux vers elle, Victoire, la brayeuse au visage en sueur et aux vêtements couverts de suie et de poussière. « Mais elle a tous les talents, ta Victoire », s'était écrié Georges-Noël en voyant venir vers eux un Rémi aussi fier de sa récolte que de sa fille. « Il n'est pas né celui qui va la mériter », avait-il répliqué, pointant de son œil averti les quelques prétendants qui comptaient sur l'occasion pour manifester ouvertement leurs intentions. Il s'en était fallu de peu que dès lors Victoire oubliât sa rancune contre son père et s'amusât de l'allure altière de Domitille dans ses habits soignés.

— Ce n'est quand même pas ça qui te rendait si maussade les jours précédents, remarqua Françoise.

Victoire remuait constamment sa cuillère dans son potage, hésitant à répondre, de peur que Rémi arrive sur-le-champ.

— C'est moins facile que tu pensais, hein ? C'est ça ?

Un dernier coup d'œil vers la porte de la salle à manger et Victoire lançait, comme un aveu déshonorant :

— C'est trop dur pour moi…

Et elle s'arrêta.

Françoise apprit finalement que sa fille ne disposait plus que de quelques-uns des talons préparés par son grand-père avant ce matin fatidique où il devait lui apprendre la technique du découpage. Victoire s'était acharnée à le faire, découragée et par la force qu'exigeait cette tâche et par les piètres résultats obtenus.

— Tu n'as pas pensé à demander de l'aide?

Sa mère ne faisait-elle pas allusion à Rémi? Or, le ressentiment que Victoire nourrissait contre lui, et la crainte qu'il ne saisisse cette occasion pour la dissuader de continuer l'incitèrent à prier sa mère d'intervenir. Françoise s'y refusa, alléguant que si elle avait pu tenir tête à son père tout l'été, il ne lui serait pas plus difficile de réclamer ses services.

Offusquée, Victoire avait menacé de ranger son tablier plutôt que d'en arriver là.

CHAPITRE III

Un ciel d'orage

L'automne avait pris d'assaut les prairies qui longeaient le lac Saint-Pierre.

Victoire attendait impatiemment le début de novembre. D'une part, ce mois ramenait dans la cuisine des Du Sault une dizaine d'hommes qui venaient s'y asseoir pour écouter Françoise leur faire la lecture des journaux. Ces soirées comptaient parmi les plus belles dont le pensionnat l'ait privée. D'autre part, pour des raisons qu'elle n'avait révélées qu'à sa mère, la jeune cordonnière avait choisi de profiter de la criée du jour des Morts pour, du moins l'espérait-elle, lancer la vente de ses chaussures.

Dans la fenêtre de la cordonnerie, suspendues au bouton de la targette, tel un talisman, deux bottines d'enfant posaient candidement. Victoire les admirait avec une fébrilité qu'elle considéra comme le présage d'un succès assuré, rejetant l'idée qu'elle puisse être l'écho d'une inquiétude non avouée.

Mais voilà qu'au moment de reproduire sur une pièce de cuir le croquis tracé, Victoire tremblait. Malgré la facilité avec laquelle elle avait réussi sa première paire de chaussures pour enfant, elle ne se décidait pas à enfoncer la lame de son couteau dans la peau lisse et docile qui allait céder à son passage. «Vaut mieux plus de précautions que pas assez», lui avait maintes fois répété son grand-père. Victoire déposa l'outil et revint à son esquisse. Passer de la fabrication d'une bottine pour bambin à celle d'une bottine de fillette nécessitait un parfait respect des proportions. L'effet recherché en parant cette bottine d'agrafes de fantaisie sur une tige allant à hauteur de mollet en dépendait. L'apprentie cordonnière savait fort bien que la moindre entorse à cette exigence compromettrait irrémédiablement la réussite de sa chaussure. Aussi Victoire dut-elle se rendre à l'évidence : elle ne parviendrait à maîtriser sa nervosité qu'en s'accordant le droit de rater une première paire.

Cette constatation aidant, elle entreprit le découpage et la couture des pièces minutieusement préparées et se réjouit que l'empeigne complétée s'ajustât admirablement bien à la semelle, de même que les talons laissés par grand-père Joseph. Pas un centimètre de cuir n'avait été gaspillé.

«Plus malléable que du cuir de veau, ça ne se trouve pas», se disait Victoire pour qui l'assemblage devenait un jeu. Bien que la pose des œillets exigeât force et précision elle y était déjà parvenue avec aisance à l'atelier de son grand-père. Enthousiasmée par l'allure que prendrait cette bottine avec ses agrafes finement ciselées, Victoire n'avait pas prévu l'obstacle qui l'attendait. N'ayant toujours utilisé que des œillets, Joseph ne lui avait laissé ni outil ni méthode pour la pose des agrafes.

Elle devait trouver un moyen de les fixer à la tige sans en abîmer la boucle. Elle allait questionner Françoise lorsqu'elle pensa aux outils de son père, si nombreux qu'ils couvraient tout un mur de sa remise. « C'est tout à fait ça ! » s'exclama Victoire en découvrant un marteau à la romaine parmi les rabots, scies, haches et vilebrequins. Il ne lui restait plus qu'à obtenir la permission d'en retirer le manche. « Il n'en est pas question », répondit Rémi qui, pour renforcer sa protestation, avait planté sa fourche dans une gerbe de blé.

Victoire n'était pas d'humeur à quémander. Elle sortait de la grange, cherchant une nouvelle idée, lorsqu'elle aperçut Georges-Noël qui se dirigeait vers ses bâtiments.

Le temps de lui exposer le but de sa démarche et elle fut invitée à le suivre dans sa remise.

— Pour les fois où je m'en sers de ce marteau-là, ça me fait plaisir de te le donner, ma belle demoiselle.

Pendant qu'il travaillait à libérer l'œil du marteau, Victoire l'observait. « Je défie quiconque de trouver homme plus généreux et plus compréhensif dans toute la Mauricie », se dit-elle. Et pensant à Thomas et à Ferdinand, elle se surprit à les envier. « En voilà deux qui ne seront pas obligés de faire les quatre volontés de leur père pour obtenir des faveurs. » La reconnaissance lui était facile, et Victoire en eût exprimé davantage si elle n'avait été interrompue par la réplique de Georges-Noël.

— Ce n'est pas une corvée de rendre service à quelqu'un qui a ton courage et tes talents. C'est un honneur !

— Vous êtes vraiment exceptionnel, monsieur Dufresne ! lui déclara Victoire, émue d'entendre de sa bouche le plus beau compliment qu'elle pouvait espérer.

Le cœur en fête, elle reprit le sentier qui la ramena à son atelier, pressée de se mettre au travail. « Merveilleux ! » s'écria-t-elle après un premier essai, plus que satisfaite devant la rangée d'agrafes parfaitement alignées. Portée par cette euphorie, elle imaginait ce que serait l'emballement des mères et de leurs jeunes filles lors de la criée du 2 novembre. N'eût été l'insistance de Françoise appelée à la cordonnerie pour admirer ce chef-d'œuvre, Victoire aurait entrepris la deuxième bottine sans prendre le temps d'avaler l'assiettée de gibelotte qui l'attendait dans la cuisine.

— Si je pouvais trouver une idée aussi fantastique pour découper des talons sans avoir à forcer autant, je pourrais lui montrer que je n'ai plus besoin de lui, confia-t-elle à sa mère, en parlant de Rémi.

Françoise l'exhortait à moins d'arrogance lorsqu'elle entendit son mari qui, de l'atelier, demandait à sa fille de l'y rejoindre. Victoire posa ses ustensiles dans son assiette, jeta un regard suppliant vers sa mère et fila vers la cordonnerie, déçue que Françoise ne la suivît point.

— Tiens, ton marteau, dit Rémi qui revenait de la grange.

— Mais je croyais que vous ne vouliez pas...

— Où as-tu pris celui-là ? demanda-t-il, désignant l'outil offert par Georges-Noël.

Rien dans la réaction de Rémi lorsqu'elle lui en apprit la provenance ne ressemblait à ce qu'elle avait appréhendé. Serrant sa casquette entre son pouce et son index, il se grattait la tête comme s'il eût cherché des mots, ou une manière d'aborder un sujet embarrassant. Victoire le regardait, muette d'étonnement.

— C'était donc bien pressant, dit-il enfin. Il te manque autre chose?

— Peut-être un couteau, pour tailler des talons dans ça.

Rémi considéra longuement la pièce de caoutchouc sur laquelle sa fille avait tracé une dizaine de talons. «Il lui faudrait un gabarit, puis un vrai couteau de cordonnier, bien affûté», pensa-t-il.

— Donne-moi quelques minutes…

Se dirigeant vers la remise, il en revint peu de temps après et tendit à la jeune cordonnière deux talons parfaitement découpés.

— Tu les aimerais comme ça, ou…?

— Je ne peux pas demander mieux, s'exclama Victoire qui, dans un élan de reconnaissance, se jeta au cou de son père.

— Il n'y a pas de quoi, marmonna Rémi, regrettant aussitôt cette maladroite réaction.

Victoire le regardait s'éloigner, encore abasourdie. Quelque chose dans l'attitude de son père l'invitait à faire abstraction de ses airs grincheux et à lui offrir des occasions d'exprimer sa générosité. Qu'il fût spontanément négatif était-il inconciliable avec la possibilité qu'il revînt sur ses positions et se montrât compréhensif? Aussi, malgré les gentillesses dont l'avait comblée Georges-Noël, Victoire regretta d'être accourue si impulsivement vers lui, sans donner à Rémi une meilleure chance de satisfaire à sa requête.

Fruit de quatre jours d'un travail assidu, ses bottines, éclatantes d'un vernis fraîchement appliqué, répondaient parfaitement à l'image que Victoire s'en était faite en les dessinant. La deuxième paire de chaussures, bien que fort différente, devait être aussi élégante, et même davantage, puisqu'elle était destinée aux dames bien nanties, pour les jours de fête.

Craintive, elle devait se l'avouer, Victoire s'y consacra avec un acharnement qui ne tarda pas à influer sur son humeur. Bien qu'elle fût finement traitée à la Tannerie Gélinas, la peau de bœuf, contrairement au cuir de veau qu'elle réservait aux chaussures d'enfants, se montrait rebelle sous la lame du couteau, forçant Victoire à coiffer son doigt d'un dé à coudre pour parvenir à le transpercer. Le résultat fut tel que le découpage avait perdu de sa précision, et les coutures, de leur régularité. Sur une bottine, ces imperfections auraient pu être camouflées alors que sur un soulier, elles ne devenaient que plus évidentes. Déçue, à la limite de l'exaspération, Victoire dut déposer son tablier. L'éclairage de la lampe à huile ne lui procurait pas autant de confort que la lumière du jour, en cette période où l'automne devenait de plus en plus envahissant. Pour éviter de gaspiller une autre pièce de ce précieux cuir, elle préféra remettre au lendemain le découpage d'une empeigne qu'elle voulait parfaite.

~

Plus squelettiques que les bouleaux blancs dépouillés de leur feuillage, les érables avaient perdu leur panache flamboyant. La Toussaint venue, Louis Du Sault et plusieurs autres hommes étaient repartis pour le chantier naval de Lévis, laissant derrière eux des femmes que l'hiver forcerait à s'encabaner. Ceux qui étaient demeurés près des leurs suppliaient le ciel de laisser choir une bonne bordée de neige, tant les routes et toute la plaine avaient pris une allure de cloaque depuis l'été des Indiens.

« C'est une chance pour toi que de toutes les criées de l'année, celle du 2 novembre soit la plus courue », dit Françoise qui partageait l'enthousiasme de Victoire devant les deux paires de chaussures qui allaient être soumises à l'appréciation des paroissiens.

Ce jour vint où plusieurs fidèles, qui en avaient pris l'habitude, quittèrent l'église bien avant l'*Ite, missa est* afin de préparer leur marchandise pour l'encan. Victoire se réjouit de n'avoir pas à le faire, tant elle se sentait déjà nerveuse à la pensée de ce qui allait se dérouler dans quelques minutes. Les criées comptaient pourtant parmi les activités les plus trépidantes auxquelles elle avait assisté depuis son enfance. Mais jamais encore elle n'avait eu à exposer quoi que ce soit. N'aurait-elle pas fait preuve de témérité en présumant que, déçues de n'avoir pas misé davantage, nombre de dames intéressées s'empresseraient, après la criée, de lui commander une paire de bottines ou de souliers ? Et si au lieu d'un engouement général il y avait absence de mises ?

Les objections de Rémi à ce qu'elle participât à cet encan lui semblèrent tout à coup d'un à-propos qu'elle n'avait pas envisagé. Une soudaine envie lui vint de courir rejoindre son père dans la calèche sans même y assister. Elle saisit le sac qu'elle avait placé sous l'agenouilloir, moins sûre que jamais d'en présenter le contenu au crieur.

« Qui dit mieux ? » demanda ce dernier, tenant par les pattes « le coq le plus fringant de tout Yamachiche ».

Trois fermiers se le disputaient quand le crieur trancha, pressé de s'en défaire et d'exhiber la « magnifique pièce d'étoffe de Mme notaire Biron ».

— Je l'achète, dit Victoire après la deuxième mise, aussitôt approuvée par Françoise, dans l'espoir de bénéficier d'un juste retour des choses, le moment venu.

— Voici maintenant du jamais vu, annonça le crieur.

Victoire retint son souffle.

— Une magnifique paire de souliers pour dame. Des souliers faits de la main même de Mlle Victoire Du Sault, ici présente. Combien pour ces souliers, messieurs ?

L'oreille tendue vers la voix qui allait, de ci ou de là, s'empresser de réclamer « ces petits bijoux de souliers », comme l'avait répété le crieur, Victoire attendait la première offre. Des chuchotements inaudibles meublèrent fort heureusement le retard que mettaient les assistants à se prononcer.

— Cette manie qu'il a aussi de ne s'adresser qu'aux hommes, marmonna Victoire à l'oreille de Françoise qui se contenta de sourciller.

— Allons, messieurs ! Soyons généreux envers les âmes de nos parents et amis défunts. Combien pour les souliers de Mlle Du Sault ?

Mme Biron ne cessait de prier son mari de miser, et ce dernier se vit forcé de justifier son refus.

— Jour des Morts tant que tu voudras, il n'y a pas de raison de gaspiller de l'argent pour des chaussures qui ne valent pas grand-chose.

Après trois criées infructueuses, Émilie s'était portée acquéreur des deux paires de chaussures.

Meurtrie, Victoire allait quitter le parvis, lorsque Madeleine Dufresne l'accosta.

— Ça t'apprendra à tenir tête à tes parents, puis à te penser plus fine que les autres. Tu as bien vu aujourd'hui que le monde n'en veut pas de tes inventions.

Des ricanements étaient venus ajouter à l'offense. Victoire pensait trouver du réconfort dans le regard de sa mère, mais Françoise, pressée de quitter les lieux, lui avait déjà tourné le dos. Il n'y eut que tante Émilie pour s'accrocher à son bras, la féliciter de son talent et de son courage, et l'engager à garder confiance.

— C'est parce que c'est nouveau, ma petite fille. Laisse-leur le temps de s'habituer. Tu verras que les gens vont finir par aimer ce que tu fais. En tout cas, moi, je connais au moins deux personnes qui en sont fières…

Victoire s'était retournée vers elle retenant à peine les larmes qui gonflaient ses paupières.

— Moi, puis ton grand-père, quand je vais les lui montrer en arrivant à la maison.

Au moment où, le sac de chaussures sous le bras, Émilie prenait congé de Victoire, celle-ci vit que Georges-Noël faisait demi-tour après s'être, selon toute apparence, dirigé vers elle.

Dans un silence absolu, chacun prit place dans la voiture, portant dans le secret de son âme, l'un l'humiliation et la colère, l'autre l'appréhension, et Victoire, le sentiment que des gens capables d'une telle hostilité ne méritaient pas qu'elle vive et exerce son métier parmi eux. Aussi résolut-elle de donner suite à ce que lui avait proposé André-Rémi pour le jour où le grand-père Joseph ne serait plus là.

Françoise n'avait pas à l'entendre de la bouche de Victoire pour soupçonner que sa benjamine était, à son tour, tentée de faire ses bagages et de partir pour la ville. En ce moment plus que jamais, elle comprenait cette douleur qui avait incité Rémi à intercepter la lettre adressée à Victoire, et que manifestaient en ce moment les longs soupirs de son mari. « Le temps peut encore arranger les choses. Puis tu sais bien que Victoire n'est pas de la trempe à baisser les bras au premier obstacle », lui avait-elle affirmé lorsque, chemin faisant, Rémi, qui redoutait beaucoup plus de perdre sa fille que de la voir ranger son tablier, avait exprimé ses craintes.

De retour à la maison, enfermée dans sa cordonnerie, Victoire refusa de manger. Accoudée sur sa table de travail, elle ruminait devant la réplique des deux paires de chaussures dénigrées à l'encan, malgré les éloges d'André-Rémi pour ces modèles et l'émerveillement de sa mère qui lui avait spontanément déclaré : « Ils sont même plus beaux que sur tes dessins. » Constatant que toutes les personnes qui lui avaient apporté son appui comptaient parmi les plus précieuses dans sa vie, Victoire se rassura. Pensant à son grand-père, elle se demanda pourquoi ce fâcheux événement qui risquait de la gagner à l'argumentation de son père et au désaveu de Madeleine Dufresne ne servirait pas à fouetter son courage, la disposant mieux que jamais à ne pas trahir cette flamme intérieure qui la poussait vers du « jamais vu », vers cette quête d'une beauté qui ne demandait qu'à prendre forme.

Le cri d'un charretier l'attira à la fenêtre. Les mauvaises surprises se succédant, ce fut Madeleine Dufresne qui descendit de la voiture de Georges-Noël. Les dents serrées sur sa colère, Victoire la regardait clopiner vers la galerie.

Françoise frappa et suggéra :

— Viens manger un peu pendant que ton père fait sa sieste. Je t'ai gardé de la soupe au chaud.

Victoire comprit que sa mère l'invitait à lui confier sa peine et elle ne s'y opposa point. À mi-voix, elle regimbait contre les remarques acerbes de Madeleine Dufresne et le manque de goût des agriculteurs.

— Tu as tort de t'en prendre à eux, Victoire. Les gens haut placés qui étaient là ce matin ne se sont pas montrés plus entichés que les autres, lui fit-elle remarquer, interrompue par le grincement de la porte extérieure de la cordonnerie.

En apercevant leur visiteur, Françoise s'inquiéta. Victoire tremblait. L'attitude mystérieuse de Georges-Noël, son front soucieux et son regard braqué sur Victoire, tout présageait du but de sa visite.

— Je vous rejoins dehors, déclara Victoire en attrapant sa crémone.

Georges-Noël salua Françoise et attendit Victoire.

— Tu es encore fâchée ?

Elle se contenta de baisser la tête.

— Je peux te dire que je le suis moi aussi, et plus encore que je ne l'étais pendant la criée.

N'ayant pas réussi à convaincre Madeleine de s'excuser auprès de Victoire, Georges-Noël avait décidé de le faire lui-même, alléguant l'âge de sa mère, l'éducation qu'elle avait reçue et les préjugés que suscitait le fait qu'une femme exerçât un métier réservé aux hommes et, par surcroît, « une toute jeune femme comme toi », avait-il pris soin de préciser. Victoire avait marché à ses côtés, silencieuse. Adossée à la calèche près de laquelle ils venaient de s'arrêter, elle dit enfin, comme on se libère d'un fardeau :

— Je suis fâchée contre tout le monde, mais plus encore contre elle. Elle a toujours essayé de me noircir. Chaque fois qu'elle me voyait assise dans ma balançoire, elle me criait : « Ramasse ta robe. » Et quand je prenais plaisir à chasser les papillons : « Tu n'as pas honte de courir comme ça à ton âge ? » Sans parler de toutes les fois où je l'ai entendue recommander à ma mère de me surveiller davantage. Si je vous disais que c'est comme ça qu'elle a fini par convaincre mon père de m'envoyer au pensionnat. La pire chose que j'aie connue de toute ma vie.

Quoique cet aveu fût de nature à la calmer, Georges-Noël ne s'en tint pas à cela et la pria de ne pas accorder d'importance aux paroles désobligeantes de Madeleine.

— Tu as bien mieux à faire que de t'arrêter aux propos de gens qui n'en pèsent pas la portée, Victoire. Penses-y un peu. Tu as toutes les raisons de croire au succès, et je suis persuadé que tu vas y arriver si tu ne te laisses pas entraîner par la tentation de brûler les étapes.

— Brûler les étapes ? répéta Victoire, souhaitant que Georges-Noël explicitât sa pensée.

Ce qu'il fit, compte tenu de l'ouverture d'esprit de son interlocutrice et de l'envie qu'il éprouvait de lui être utile.

Pendant que Victoire écoutait religieusement ses recommandations, de la fenêtre de la cuisine Madeleine les épiait, prêtant à la longueur de leur entretien une signification dont elle ne démordait pas.

— Je t'aurai prévenue, Domitille. Si elle se met dans la tête de s'enticher de ton mari, elle ne sera pas à court de moyens pour y arriver, crois-moi.

Domitille continuait à se montrer sceptique.

— Je te dis qu'elle est plus rusée que tu ne l'imagines, cette fille-là, poursuivit Madeleine, incitant sa bru à ne pas trop miser sur la confiance qu'elle avait en son mari. C'est bien connu, les hommes résistent plus difficilement à ce genre de choses que nous, les femmes.

⁓

— Enfin! L'hiver! Ça va nous distraire de toute cette grisaille, s'exclama Françoise en finissant de préparer les journaux pour la séance de lecture.

La Minerve, *Le Pays* et *L'Événement* portaient déjà des signets.

Assise à l'extrémité de la table, face à la porte de la cordonnerie, Victoire feuilletait distraitement *Le Canadien*, appréhendant l'arrivée imminente des auditeurs. L'humiliation publique essuyée lors de la criée du jour des Morts l'incitait à douter qu'elle puisse être encore le point de mire. Celle à qui on réserverait les premiers égards. Aussi, elle n'avait pas attendu les mises en garde de Françoise pour se disposer à faire face à la critique. Mais, depuis l'ouverture de la cordonnerie, elle ne pouvait présumer de l'attitude de Rémi tant il s'était parfois montré grognon, et en d'autres moments d'une grande affabilité. «Tiens, organise-toi avec ça en attendant qu'un gars qui a de l'allure fasse de toi une vraie femme», lui avait-il lancé en lui annonçant que l'aménagement de l'atelier était terminé. Mais c'est avec une fierté à peine voilée qu'il s'empressait de lui découper des talons, aussitôt qu'il apercevait sur son établi une pièce de caoutchouc prête à tailler.

Pour Françoise, la reprise des séances de lecture évoquait, non sans une certaine nostalgie, le rêve qu'elle avait nourri de devenir maîtresse d'école. Elle en causait avec bonheur lorsque Victoire l'interrompit, curieuse de connaître les raisons qui l'avaient empêchée de le réaliser.

— Il fallait choisir. C'était le métier ou le mariage.

— Je n'ai jamais compris pourquoi vous vous êtes mariée si jeune. Seize ans! Il fallait être drôlement mal prise, il me semble, pour choisir un homme à cet âge-là, et à plus forte raison, un homme aussi difficile à comprendre que papa… À moins qu'il ait bien changé en vieillissant, osa Victoire.

Amenée à un aveu qui eût été prématuré, Françoise se réjouit d'entendre arriver les premiers auditeurs.

— J'y vais, dit Victoire chez qui le goût de vivre des moments grisants dissipa soudain toute crainte.

Pressée de prendre place à sa table de travail, elle entreprit de coudre une semelle, s'assurant ainsi de mieux maîtriser ses réactions, s'il arrivait qu'on fît quelques remarques désobligeantes à son égard.

— Comme c'est changé ici! remarqua Trefflé Berthiaume.

— Il fallait bien, répondit Rémi en désignant avec une étonnante fierté la tablette garnie de chaussures neuves. Hormis le petit coup de pouce de son père pour tailler les talons, ma Victoire a fait tout le reste par elle-même, dit-il à son ami Berthiaume.

Ce soir, Rémi se félicitait, non seulement d'avoir épousé l'une des rares femmes qui sachent lire dans le rang de la Rivière-aux-Glaises, mais tout autant d'être le père d'une «fille aussi délurée et habile de ses mains», avait-il convenu, en entendant les commentaires des messieurs les plus jeunes.

Témoin discret des efforts que Victoire avait dû fournir pour mener ses chaussures à une telle perfection, Rémi avait pris sur lui, cette fois, de la protéger contre toute réflexion tant soit peu malveillante. Pour avoir lui-même été choqué et par le choix de ce métier et par l'originalité des modèles créés par Victoire, pour avoir assisté de loin à la criée du 2 novembre, il imaginait aisément les désaveux muets de ses amis et le franc-parler de ceux qui se croyaient en droit d'exprimer leur opinion.

— Avec le temps, on finira bien par s'y faire, avait-il conclu, devant quelques mines sceptiques.

Rémi n'avait donc pas fini d'étonner Victoire à qui force était de reconnaître que sa mère avait eu raison de répéter que sous des dehors récalcitrants, cet homme cachait une sensibilité et une générosité dont il ne fallait jamais douter.

Victoire distingua, venant du perron, une voix qui la troublait chaque fois qu'elle se faisait entendre à l'improviste. Que venait-il faire, qui venait-il voir à cette heure, puisqu'il était inconcevable, selon elle, que Georges-Noël participât aux lectures. Elle se serait précipitée dans la cuisine pour s'en informer auprès de sa mère si, n'ayant encore eu l'occasion de voir tout le travail de sa jeune voisine, Georges-Noël ne s'y était attardé.

— Il ne s'en est jamais fait de pareilles ici! s'exclamat-il, en posant un regard émerveillé sur les chaussures.

D'autres hommes passèrent, avares de commentaires. Il y en eut pour lui balbutier : «C'est bien beau», mais elle les entendit à peine, tant l'enchantement de Georges-Noël la comblait. Et lorsqu'il emboîta le pas au dernier arrivé, Victoire présuma que sa mère, soucieuse de compter parmi ses auditeurs des hommes capables d'étoffer les discussions, l'avait invité à se joindre à eux.

Trois jeunes d'une vingtaine d'années écoutaient la lecture d'une oreille distraite, constamment tournés vers une demoiselle Du Sault qui, assise à l'écart, s'amusait à les ignorer. Guère plus attentive qu'eux, lorsque Françoise eut replié le dernier journal, Victoire n'avait retenu des textes que les réactions qu'ils avaient suscitées chez Georges-Noël Dufresne. Les répliques de ce nouveau venu à l'esprit éclairé avaient provoqué l'indignation des plus conservateurs, et l'admiration de ceux qui déploraient de ne posséder ni sa verve ni son assurance.

Le carillon sonna ses neuf coups, marquant la fin de la séance. Comment, par comparaison avec le souvenir que Victoire avait gardé de lectures précédentes, ces deux heures avaient-elles pu lui paraître si courtes ? Jugeant qu'il était de mise d'accompagner les hommes vers la sortie, elle précéda les premiers, accueillant leurs politesses, inquiète du retard que Georges-Noël mettait à quitter la salle à manger. Lorsqu'elle eut refermé la porte sur les trois jeunes auditeurs maladroitement galants, elle l'aperçut derrière elle, un soulier à la main.

— C'est un style que Domitille aimerait sûrement. Je ne serais pas étonné qu'elle vienne t'en commander une paire au cours de la semaine.

Et se tournant vers Rémi, il ajouta avec une sincérité dont ni Victoire ni son père ne doutèrent :

— Votre fille est vraiment dépareillée !

Le regard étincelant d'admiration, Georges-Noël parlait avec la même émotion que le jour où il lui avait donné un marteau.

Spontanément porté à projeter sur Victoire les rêves qu'il avait nourris pour sa fille Georges-Cérénique, il lui arrivait encore de se révolter à l'idée d'être privé de cette fillette qui aurait eu bientôt dix ans. Qu'il fût porté à gratifier Victoire de ce qu'il n'aurait jamais le bonheur d'offrir à sa propre fille, Georges-Noël pouvait se l'avouer sans la moindre hésitation. Il quitta l'atelier, laissant derrière lui une jeune femme qui profita du rangement à faire sur sa table de travail pour dérober aux regards suspicieux de son père l'émoi que lui avaient causé la présence et les éloges de Georges-Noël.

~

Une neige abondante n'avait cessé de tomber depuis la veille, couvrant le sol d'un magnifique tapis blanc sur lequel Thomas brûlait de faire glisser son traîneau.

— Passe ton pied. Pousse plus fort. Dépêche-toi, Ferdinand, sinon je ne t'emmène pas.

Il n'en fallait pas plus pour qu'ainsi bousculé par un grand frère au caractère bouillonnant, Ferdinand se mit à pleurer, sensible et habitué qu'il était aux ménagements de sa mère. Entrant alors de l'écurie, contrarié de ne pas trouver Domitille auprès de ses fils, Georges-Noël gronda Thomas pour son impatience :

— Il a deux ans, ton frère. Pas cinq ans. On dirait que tu l'oublies des fois. Allez, maintenant, dit-il, après avoir consolé le bambin et pris soin de le couvrir chaudement.

Des pas firent craquer le plafond de la cuisine. « Pourquoi n'est-elle pas descendue s'occuper des enfants ? » se demanda Georges-Noël.

Hélas ! il n'était pas à son premier questionnement depuis leur emménagement sur la ferme. De moins en moins volubile, et cela jusque dans ses relations avec ses fils, Domitille ne semblait pas plus heureuse qu'au moulin. Son mari lui avait proposé de se distraire en compagnie de Françoise et de Victoire, ou de se faire conduire chez Madeleine aussi souvent qu'elle le souhaitait puisqu'elle semblait apprécier sa compagnie, mais elle avait écarté toutes ses suggestions, prétextant une trop grande fatigue. Et pourtant, le docteur Rivard qui l'avait maintes fois examinée ne trouvait rien qui puisse expliquer son état. « Je vais te trouver une bonne », lui avait-il alors offert, persuadé d'avoir enfin réponse à ses besoins. « Je ne veux pas d'une étrangère dans ma maison », avait-elle objecté.

De l'escalier, Georges-Noël constata que la porte de la chambre d'Éléonore était entrouverte. Il savait que Domitille avait pris l'habitude de venir y pleurer en secret. Debout devant la fenêtre, elle souhaitait cacher à son mari le spectacle désolant de ses yeux rougis. Le déplaisir éprouvé par Georges-Noël en entrant dans la cuisine s'estompa, faisant place à un sentiment qui mariait compassion, amour et empathie.

— Tu es sûre que c'est bon pour toi de revenir dans cette chambre à tout moment ? lui demanda-t-il en l'invitant à se blottir dans ses bras.

Domitille s'y refusa et demeura collée à la fenêtre, comme on poursuit la lecture d'une page que l'on n'avait pas fini de parcourir.

— Dans un sens, ça me fait du bien de repenser à ce que tu étais dans le temps, dit-elle, la voix assourdie par une émotion que Georges-Noël ne pouvait définir. Dire que j'avais quinze ans, moi aussi, quand j'ai demandé à ta sœur si tu allais te marier bientôt, ajouta-t-elle en détournant son regard de la cordonnerie de Victoire.

Bien que cette allusion à ses quinze ans le laissât perplexe, Georges-Noël préféra ne pas interrompre Domitille.

— J'entends encore le rire d'Éléonore qui m'avait répondu : « Lui ? Pas de danger, il n'a même pas commencé à regarder les filles ! »

Enfin, elle parlait !

— Deux ans avant que tu me donnes un signe. Deux ans à t'épier et à essayer d'attirer ton attention chaque fois que tu venais voir ta famille.

Le visage soudain radieux, elle lui demanda :

— Tu te rappelles le premier dessin que j'ai fait de toi ? C'était un dimanche après-midi. Tu t'étais endormi sous le bouleau, là, dit-elle, le lui désignant par la fenêtre. Ta mère était partie à l'église, et pour une fois j'avais tout le temps de te regarder, sans en être gênée. Tu allais avoir vingt et un ans, m'avait dit Éléonore. Et c'est sous ce même arbre qu'un an plus tard, tout endimanché, tu étais venu nous rejoindre, ta sœur et moi, sous prétexte de nous poser une devinette.

Georges-Noël ne s'en souvenait que trop bien. De peur qu'elle ne se taise, il s'interdit de le lui signifier autrement que par un sourire.

— Tu faisais plus vieux que ton âge, et cela me rendait encore plus fière que tu aies daigné m'adresser la parole. Je te dévorais des yeux. Tu nous avais demandé…

— Qu'est-ce qui est aussi vide qu'un château sans châtelaine? enchaîna Georges-Noël.

— Et ta sœur s'était empressée de répondre: «La tête de Georges-Noël Dufresne», reprit Domitille dans un éclat de rire.

Georges-Noël remarqua qu'il ne l'avait pas entendue rire depuis… sept ou huit mois. Un an, peut-être.

Il la pressa longuement sur sa poitrine, ravi de retrouver sa Domitille des jours heureux. S'il lui avait plu, jadis, de clamer que le domaine de la Rivière-aux-Glaises, sans Domitille Houle-Gervais, était aussi froid qu'un château sans châtelaine, il devait aujourd'hui avouer qu'une châtelaine d'une telle langueur semait la grisaille dans son foyer et minait son bonheur. La soudaine conscience d'avoir, au fil du quotidien, enterré la spontanéité de leurs rires et de leurs jeux l'envahit d'une profonde tristesse. Comment oublier les délicates attentions de cette femme, sa gaieté naïve, les élans de son amour? Comment croire qu'il faille y renoncer à jamais? Comment garder les bras croisés quand l'amour commande tendresse et baisers et qu'on ne peut plus souffrir de se les voir refuser?

En caressant les cheveux de Domitille, Georges-Noël lui dédiait, comme un poème d'amour pour lequel il ne s'était jamais reconnu le talent, chaque flocon de neige qui venait se déposer sur la vitre, en étoile évanescente. À peine eut-il effleuré sa bouche qu'elle se dégagea et s'assit sur le bord du lit, se couvrant le visage de ses frêles mains. Sur ses épaules secouées de courts sanglots, Georges-Noël remonta le châle de laine qui avait glissé et s'installa près d'elle, déterminé cette fois à ne point la quitter avant qu'elle n'ait avoué la cause de son chagrin.

— Tu regrettes le domaine, c'est ça?

Domitille protesta d'un signe de tête. Georges-Noël se demanda ce qui jadis avait pu lui apporter le bonheur et dont elle fût privée maintenant.

— Mais tu ne dessines plus! dit-il soudain. C'est peut-être ça qui te manque.

Elle se redressa brusquement et posa sur lui un regard accablant de reproche.

— Qui veux-tu que je dessine? Il ne vient personne ici. Si ta mère était là, au moins.

— Ma mère? Mais tu peux l'inviter aussi souvent que tu en as envie, répliqua Georges-Noël, presque offensé. Tu as toute la liberté d'inviter des amis, de la parenté, à ta convenance.

Georges-Noël marchait de long en large dans la chambre, hostile à l'idée d'imputer tous les malheurs de sa femme à l'absence de Madeleine dans la maison. Devait-il en endosser l'entière responsabilité pour en avoir fait une condition préalable à l'achat de la ferme? Il n'oubliait pas pour autant la mélancolie de Domitille au cours de leurs dernières années au domaine de la Rivière-aux-Glaises.

— C'est de temps avec toi que j'ai besoin, murmura-t-elle enfin, d'une voix suppliante. Du temps, puis un peu plus d'attention.

— C'est vrai que tu es souvent seule avec Ferdinand, admit-il d'une voix à peine audible.

Les labours étant terminés, et les animaux, en hivernage, les services des deux hommes à gages n'étaient plus nécessaires avant le temps des sucres. D'autre part, impatient de réaliser le projet qui l'avait motivé à reprendre le bien paternel, Georges-Noël consacrait tout son temps à la préparation de ses écuries, et la plupart de ses soirées aux lectures chez Françoise. Et Thomas, lorsqu'il n'était pas avec lui dans les écuries, on le trouvait à l'atelier de Victoire.

Disposé à ne rien négliger pour satisfaire sa douce Domitille, Georges-Noël suggéra de mettre fin à sa participation aux lectures et lui proposa de l'entraîner à la préparation des chevaux pour l'exposition de la Puissance à Montréal.

— Tu pourrais m'accompagner, le printemps prochain. Puis si tu trouves l'expérience intéressante, je te ferai choisir un cheval à ton goût, que tu dresseras toi-même.

Domitille ne dit mot. Flairant un entêtement quelque peu puéril dans l'attitude apathique de sa femme, Georges-Noël n'en fit cas, persuadé qu'une fois revenue à de meilleures dispositions, elle se prendrait d'enthousiasme pour le projet dont il allait lui faire part : les chevaux de race étant plus en demande aux États-Unis qu'à Montréal, il n'attendait que l'obtention d'un premier prix au Québec pour s'inscrire aux concours américains.

— Je prévois qu'avant longtemps, on prendra tous les deux le train pour New York, Boston, Philadelphie.

Une faible lueur brilla dans ce regard que la douleur de vivre avait menacé d'éteindre à tout jamais.

Sans que Domitille soit parvenue à la définir, cette douleur s'était insidieusement glissée dans son quotidien, empruntant tour à tour les traits de la nostalgie et ceux du désenchantement. Encore attachée à un passé douillet, elle n'éprouvait pour le présent qu'ennui et lassitude, et l'avenir l'angoissait. La naissance de son premier enfant était venue, croyait-elle, lui ravir l'admiration de son mari qui ne trouvait de temps et ne tarissait d'éloges que pour sa petite Georges-Cérénique. Dès lors, Domitille avait commencé à promener un regard terne sur Georges-Noël et sur tout ce qui meublait son existence, dépitée de sa joie de vivre parce que devenue incapable d'en éprouver elle-même.

Attiré par les éclats de rire de ses fils, Georges-Noël se précipita vers la fenêtre, prenant plaisir à les regarder se rouler dans la neige. Leurs ébats le ramenèrent à ce moment inoubliable où, à quelques jours de son mariage, il avait conduit sa fiancée dans un champ de marguerites, les prenant à témoin des serments d'amour et des promesses dont il la comblait. En ce bel après-midi de juillet, sa Domitille n'avait rien à envier à la plus jolie fleur de toute la Mauricie, lui avait-il déclaré, passionnément amoureux. Après l'avoir gracieusement déposée sur une large pierre au beau milieu de ce pré fleuri, il était demeuré là, devant elle, admiratif, insatiable, avant de lui offrir une broche en argent incrusté d'ivoire, et de la sacrer «princesse» de son royaume.

Douze années de vie commune n'avaient en rien altéré son amour pour elle, mais son admiration avait souffert des insatisfactions constantes qu'elle manifestait depuis l'arrivée des enfants.

— Tu devrais te distraire un peu plus. Françoise et Victoire pourraient t'aider à le faire, entreprenantes et de bonne compagnie comme elles sont.

Domitille ne pleurait plus. Que son mari louangeât Françoise, elle y consentait volontiers étant donné toute l'estime qu'elle lui portait. Mais qu'il l'incitât à rechercher la compagnie de Victoire l'indigna. Avait-elle été influencée plus qu'elle ne le croyait par les mises en garde de Madeleine ? Peut-être bien.

Plus froide que l'hiver qui les menaçait, Domitille se leva, le fixa droit dans les yeux et descendit à la cuisine d'où elle enjoignit à ses fils de rentrer à la maison.

~

Victoire n'en croyait pas ses oreilles tant elle avait désespéré de vendre une seule paire de chaussures avant le temps des fêtes. « C'est mon frère qui m'a parlé de vous », lui avait appris Gervaise Pellerin, venue commander une paire de souliers hors du commun pour ses fiançailles.

Depuis l'ouverture de sa cordonnerie, Victoire n'avait vu défiler dans son atelier que des gens qui, à l'exception de sa tante Émilie et de Georges-Noël Dufresne, cachaient derrière des expressions qui se voulaient courtoises, la même déception, la même réprobation. Et lorsqu'en ce premier dimanche de décembre, une carriole s'engagea dans l'allée et qu'une jeune femme en descendit pour venir frapper à sa porte, jamais Victoire n'aurait pu imaginer l'issue de cette visite.

— Vous vous souvenez d'Isidore Pellerin, celui qui vous a défendue à la Tannerie Gélinas, il y a quelques mois ? demanda Gervaise en désignant le jeune homme qui l'attendait à l'extérieur.

— Bien sûr que je m'en souviens! Mais faites-le entrer, dit Victoire à qui s'offrait l'occasion de lui exprimer sa gratitude.

Isidore n'avait pas attendu de se débarrasser de son chapeau et de son manteau de rat musqué alourdis de neige pour servir à Victoire des propos susceptibles de la flatter.

— Mon père a eu beau essayer et réessayer, il n'a pas réussi à assembler une seule chaussure qui se rapproche des modèles que vous nous aviez montrés à la tannerie.

Eu égard aux bonnes intentions d'Isidore et à la reconnaissance qu'elle lui devait, Victoire dissimula son mépris pour quelqu'un qui, après l'avoir ridiculisée devant les clients de la boutique, s'autorisait à copier ses modèles. Elle se réjouit que le jeune homme ne cessât d'épiloguer, lui évitant ainsi de répondre.

— Il nous en faut des personnes comme vous, mademoiselle Du Sault, pour apporter du nouveau dans le village. C'est ce que j'essaie de faire comprendre à mon père. Il aurait bien aimé chausser lui-même sa fille pour ses fiançailles, mais il n'a jamais fait d'autres sortes de chaussures que celles qui sont portées depuis des générations.

Occupée à prendre les mesures précises du pied de Gervaise, Victoire ne lui offrait pour toute réplique que son sourire approbateur et bienveillant.

— Tu te rappelles, Gervaise, que quand tu as voulu t'intéresser à son travail, notre père a dit: «Mêle-toi pas de ce qu'une femme ne peut pas comprendre.»

Isidore espérait obtenir ainsi un commentaire de la belle cordonnière.

Lasse des trop nombreuses controverses qu'elle avait soulevées dans son entourage depuis six mois, et toute à la joie de servir sa première cliente, Victoire n'allait surtout pas permettre à une opinion aussi désobligeante d'assombrir ce moment tant attendu.

— Un peu plus et je pouvais vous laisser partir avec ces souliers-là, mademoiselle Pellerin.

— Dommage qu'ils soient un peu trop courts, dit Gervaise. Mais je les veux exactement comme ceux-ci, précisa-t-elle, visiblement entichée de ces modèles exclusifs.

Victoire en fut d'autant plus touchée que Gervaise avait préféré la première paire qu'elle avait créée pour l'ouverture de sa cordonnerie.

— Même que je verrais bien des jeunes filles en porter des semblables, s'exclama Isidore, ravi de l'étincelle qu'il venait d'allumer dans le regard de Victoire. Tu imagines notre petite sœur Charlotte chaussée comme ça pour tes fiançailles? ajouta-t-il.

Isidore venait de lancer Victoire dans la confection d'une nouvelle collection de chaussures plus audacieuses que celles qu'elle avait imaginées en allongeant la tige des bottines pour jeunes filles, leur donnant une allure plus féminine. L'idée la charmait et elle ne s'en cacha pas à Isidore qui promit de revenir au cours de la semaine avec les mesures du pied de sa jeune sœur.

N'eût été l'interdiction faite à tous les chrétiens de travailler le dimanche, Victoire se serait aussitôt mise à la tâche. Isidore le sentit dans l'empressement à peine dissimulé avec lequel elle les avait invités à quitter son atelier. Aussi lui plut-il d'attribuer à cette fièvre d'agir qu'il connaissait bien, le peu de cas que la belle Victoire avait fait de ses galanteries.

À voir l'exubérance de sa fille venue la rejoindre dans la salle à manger avec une pile de papiers sur le bras, Françoise présuma que les deux jeunes gens qui étaient passés à la cordonnerie n'étaient pas repartis sans laisser une commande.

— Ça y est, maman! Ils en veulent de mes modèles!

Françoise serra Victoire dans ses bras, heureuse du bonheur de sa cordonnière, libérée de l'inquiétude qu'elle avait vécue en secret depuis l'automne. Plus loquaces et plus créatrices que jamais, chacune y allait tantôt d'un ajout approprié, tantôt d'une modification judicieuse aux croquis que Victoire traçait pour les souliers de la jeune Charlotte Pellerin.

Ce merveilleux dimanche aurait glissé jusqu'au lundi dans la plus douce euphorie si Rémi, qui avait feint de dormir dans sa chaise près du poêle de la cuisine, n'était venu leur rappeler abruptement qu'il fallait plus de deux clients pour brandir la bannière du succès.

~

La nuit n'avait pas complètement libéré les prairies de son obscure chape que Victoire sentait déjà l'agitation monter de la cuisine à sa chambre. Les portes d'armoires claquaient et les pas précipités de Françoise sur le plancher de bois franc couvraient une voix qui, à cette heure, ne pouvait être celle de Rémi. À peine avait-elle eu le temps de se vêtir convenablement pour descendre rejoindre sa mère qu'elle eut l'impression d'entendre grincer la porte extérieure de son atelier. De la fenêtre de la cuisine, elle reconnut Georges-Noël Dufresne, emmitouflé dans son capot de chat sauvage, suivi de Françoise pour qui il avait dû tracer un sentier dans les trente centimètres de neige qui s'étaient abattus sur la région depuis deux jours. Un fort vent du nord-est s'acharnait à les repousser vers la demeure des Du Sault, ce que Victoire eût souhaité tant l'événement piquait sa curiosité. Plus elle échafaudait des hypothèses, plus il lui semblait que seule la maladie de l'un des Dufresne avait pu inciter Georges-Noël à réclamer une intervention aussi rapide de Françoise. Victoire pensa d'abord au petit Ferdinand dont le teint blafard et les membres décharnés dénotaient une santé fragile. «À moins que ce soit Thomas», se dit-elle, inquiète de ce qui avait pu lui arriver.

Victoire prenait soudain conscience que cet enfant avait, par sa jovialité, compensé la tolérance qui avait fait défaut chez nombre d'adultes qu'elle avait côtoyés depuis sa sortie du pensionnat. Elle sourit en se remémorant le plaisir qu'elle éprouvait à se faire complice de ses espiègleries, à répondre à ses questions venues elle ne savait d'où, et à se laisser fasciner par ses explosions de joie devant les moindres plaisirs semés sur sa route.

Partie en toute hâte, Françoise n'avait pu terminer la préparation du déjeuner, et il allait de soi que Victoire prît la relève.

— Il faut bien que février fasse des siennes avant de déguerpir, soupira Rémi en revenant de l'étable. Je ne serais pas surpris qu'on en ait encore pour trois ou quatre jours de cette tempête-là.

— Votre assiette est servie, papa.

Rémi se retourna aussitôt, surpris de constater qu'il ne s'était pas adressé à sa femme.

— Ta mère n'est pas là?

— Non. Je l'ai vue aller avec M. Dufresne, il y a une bonne demi-heure de ça, puis elle n'est pas encore revenue.

Et même s'il ne se montrait guère plus bavard qu'à l'accoutumée, Rémi semblait particulièrement de bonne humeur, et Victoire risqua une question:

— Êtes-vous au courant de quelque chose, vous?

— Pas le moindrement! Je te ferai juste remarquer qu'hormis les fois où il est question de ses chevaux, il me paraît plutôt songeur, notre voisin, ces temps-ci.

Au cours des derniers mois, quelques faits étranges avaient inquiété Victoire: Georges-Noël n'assistait aux lectures que très rarement, partant très souvent aux premiers coups de vingt et une heures, et Domitille n'était jamais venue commander de chaussures.

Une bourrasque précipita Françoise dans la cuisine. Haletante, le visage raidi par le froid, elle appela Victoire à son secours.

— Va en haut me tailler quelques carrés de feutre. Puis en même temps, descends-moi deux ventouses.

Victoire se hâtait, affolée à la pensée qu'un des petits puisse être en danger. Lorsqu'elle redescendit dans la cuisine, son père balbutiait: «Ce n'est quand même pas l'épuisement…», ce qui la porta à croire qu'il s'agissait plutôt de Mme Dufresne. Elle allait s'en informer lorsque Françoise lui coupa la parole.

— Tu vas t'occuper des lectures, Victoire. Prépare-toi pour ce soir, même s'il est peu probable que les hommes se présentent par un temps pareil.

Victoire fut figée sur place.

— Moi ? Faire les lectures ?

— Oui, toi, Victoire.

Avant qu'elle n'ait eu le temps d'invoquer l'embarras dans lequel la mettait cette responsabilité, Rémi appuyait Françoise.

— De toute façon, c'est toi qui aurais dû les reprendre en novembre. Il est à peu près temps que tu te serves de l'instruction qu'on t'a payée…

Victoire parut fort vexée. Son regard fulgurant et ses gestes brusques le démontraient.

— Maintenant, il faut que j'aille, annonça Françoise. Cette pauvre femme est dans un bien piteux état. Tu t'occupes des repas, dit-elle à Victoire, se pressant de retourner auprès de Domitille.

Le silence que lui opposa Victoire en disait long sur son déplaisir. Mais quoi qu'en pensât Françoise, l'indignation de sa fille n'était pas imputable qu'à la remarque de Rémi. Victoire en avait contre la très effacée et très discrète Mme Dufresne dont les silences et la retenue l'agressaient plus encore qu'une attaque ouverte. Non seulement Domitille n'était pas encore venue visiter son atelier de chaussures, mais jamais elle ne prenait l'initiative de lui adresser la parole, ne serait-ce que pour la saluer. Son regard fuyant, ajouté au dédain manifesté le jour du brayage, amenait Victoire à présumer qu'elle s'était rangée du côté de Madeleine. Et ce matin, derrière les ordres de Françoise et de Rémi, c'est Domitille Dufresne qui s'imposait, l'affectant, par sa maladie, à une tâche qui l'intimidait plus que nul n'aurait pu le soupçonner, de par l'éventuelle présence de Georges-Noël.

Aux premiers gargouillements de son estomac, Victoire constata avec stupéfaction que midi allait bientôt sonner et qu'elle n'avait cessé de penser au couple Dufresne : à Domitille pour nourrir son aversion pour tout le pouvoir qu'elle exerçait autour d'elle ; à Georges-Noël, parfois pour le plaindre, plus souvent pour se laisser habiter par la flamme que l'évocation de son regard et de sa voix allumait en elle.

Un baluchon à la main, l'haleine fumante et les sourcils givrés, Françoise entra dans la cordonnerie, juste le temps d'y prendre onguents forts et herbes médicinales.

— Elle fait de la fièvre à en délirer, la pauvre femme.

Victoire fit la sourde oreille.

— Qu'est-ce qui te met dans un état pareil ? lui demanda sa mère en remarquant son air renfrogné.

— C'est elle ! marmonna Victoire, espérant que Françoise ne l'ait point entendue.

Faute de pouvoir sur-le-champ s'enquérir du sens exact de ces mots, Françoise se promit d'y revenir en temps opportun.

Les prédictions de Rémi sur la tempête qui n'était pas près de se calmer et les nouvelles que Françoise avait rapportées de chez les Dufresne en fin de soirée étaient de bon augure. La gravité de la maladie de Domitille lui permettrait de se familiariser avec sa nouvelle tâche du soir, loin du regard intimidant de Georges-Noël qui, de ce fait, ne pourrait s'y présenter avant plusieurs semaines.

~

L'après-midi avait été d'une extrême platitude. Rémi était sur le lac où il vérifiait ses pièges à rats musqués, pendant que Françoise, comme chaque dimanche, s'adonnait à son immanquable correspondance.

— Rien ne ressemble à un jour de la fin de mars, soupira Victoire chez qui la morosité semblait avoir trouvé refuge depuis la maladie de Domitille.

— L'hiver n'en finit plus, aussi. Pas étonnant que les gens n'aient pas l'idée de se toiletter pour Pâques, répliqua Françoise, sachant bien sur quoi portaient les doléances de sa fille. Dis-toi bien que je n'ai pas vendu plus de chapeaux que tu n'as reçu de commandes de chaussures.

Victoire dut avouer qu'elle avait refusé toutes les demandes qui lui avaient été présentées.

— Mais pourquoi? demanda Françoise, indignée.

— Ils le savent que je ne veux pas plus réparer leurs savates que leur en fabriquer des semblables. Qu'ils aillent ailleurs ou qu'ils commandent les modèles que j'expose, c'est tout.

Françoise ne savait quel argument invoquer pour la convaincre de franchir cette étape, toute contrariante fût-elle, si elle voulait gagner la sympathie des gens de la région et s'attirer une clientèle qu'elle pourrait ensuite intéresser à ses nouveautés.

— Quand on fait le choix de servir le public, ma fille, on s'impose de l'apprivoiser en douceur, faute de quoi on se voit réduit, tôt ou tard, à fermer boutique. Et ça ne se passe pas comme ça seulement à la campagne, ajouta-t-elle, inquiète de l'attrait qu'exerçaient sur sa benjamine la liberté et les mondanités de la ville.

N'ayant jamais considéré sa mère comme une rivale et encore moins comme une femme étroite d'esprit, Victoire était bouleversée. En quelques minutes, ces propos l'avaient placée devant son attitude revêche comme devant un miroir qui lui retournait certains défauts de Rémi, ceux-là même qu'elle avait condamnés.

— Vous pensez que c'est par toquade que je ne veux faire que mes modèles ? demanda-t-elle avec toute la sincérité que Françoise souhaitait.

— C'est ce que je pense, Victoire. Je ne te demande pas de renoncer à tes projets. Je te suggère seulement de les remettre à plus tard pour mieux y revenir. Tu as de si grands talents, ce serait trop dommage que tu les gaspilles en prenant pour de la constance ce qui n'est qu'entêtement.

Songeuse, Victoire monta à sa chambre. De sous sa paillasse, elle retira des feuilles sur lesquelles elle laissa couler ses réflexions, confiant à l'impulsion du dernier moment le soin de décider si elle les joindrait ou non à la lettre que Françoise allait adresser à André-Rémi.

~

— Vous ne pourrez jamais deviner ! s'exclama Victoire, délirante, les mains crispées sur une enveloppe que son père lui avait rapportée du bureau de poste. Il s'en vient, maman !

— Oh ! Mon Dieu !

Françoise qui avait commencé à décorer des masques pour la fête de la plantation du mai laissa tomber une fleur de papier sur la table couverte de brimborions de toutes sortes.

— C'est vrai, maman. C'est ce qu'il a écrit…

— Montre, dit Françoise, craignant d'avoir mal compris.

Un pli de la lettre portait la signature d'André-Rémi. De joie, ou de douleur ressuscitée, le cœur de Françoise allait se briser. Elle tenta de lire la première page, mais en vain, tant les larmes embrouillaient sa vue.

— Je me demandais si je verrais son retour avant de mourir…

— Dans deux jours il sera avec nous, maman ! Deux jours ! Il me semble que ça fait des lunes qu'il ne nous est rien arrivé de plaisant, s'exclama Victoire, pensant à ses créations qui s'empoussiéraient sur les tablettes de la cordonnerie, alors qu'elle s'ennuyait à remonter des bottines pour lesquelles elle ne ressentait aucune sympathie.

Françoise pressait cette lettre sur sa poitrine avec le sentiment de tenir son fils dans ses bras. Il serait comme avant, ce fils qui hantait ses veilles et ses jours depuis dix ans. Comme à chaque retour du collège où, à peine un pied dans la maison, il laissait tout tomber derrière lui pour s'élancer dans ses bras et lui balbutier, à bout de souffle : « Que je suis content, maman ! Ça fait si longtemps… » Bien sûr, son visage aura perdu de sa jeunesse, mais il n'en sera que plus beau, se dit Françoise. Et encore plus élégant, sans doute.

Levant la tête vers sa fille, elle se plut à retrouver sur son front l'audace d'André-Rémi, et dans son regard, la même vivacité.

— Mais qu'est-ce qui a bien pu le décider à venir, le sais-tu ?

— C'est grand-père Joseph!

Depuis sa paralysie, dans toutes ses lettres André-Rémi lui destinait quelques paragraphes. Le triste départ de son filleul et la coupure qui en avait résulté avaient infligé au grand-père Joseph une blessure qui, avec le temps, s'était aggravée. Les larmes qui humectaient son oreiller chaque fois que Victoire lui faisait la lecture de ses missives et la pression de sa main sur celle de sa petite-fille témoignaient d'un incessant désir de revoir le jeune homme.

— Il faudra t'attendre au pire, maintenant, dit Françoise en s'effondrant dans sa chaise. Il n'en a plus pour longtemps avec nous…

— Il ne faut pas parler de ça, maman, protesta vivement Victoire.

Les mots avaient, croyait-elle, ce pouvoir à la fois magique et maléfique de créer les événements.

— Souvent, les grands malades n'attendent que de revoir une personne qui leur est chère pour se laisser glisser, poursuivit Françoise, comme si l'interdiction de Victoire n'avait même pas effleuré son oreille.

— Pas grand-père Joseph, maman! Il ne fera pas ça, lui.

Victoire était horrifiée à l'idée qu'il faille perdre son grand-père pour retrouver son frère. Aussi, s'empressat-elle de revenir à l'allégresse que cette bonne nouvelle était venue ajouter à l'atmosphère de joie que les préparatifs de la plantation du mai avaient déjà créée dans la maison.

Mais il y avait Rémi. Et comme il incombait à Françoise de lui apprendre la nouvelle, elle n'avait plus l'esprit à festoyer.

— Parle-t-il de son père? demanda-t-elle à Victoire, dans l'espoir de puiser dans sa lettre des mots capables d'étouffer tout relent d'amertume dans le cœur de Rémi.

Victoire lui tendit une feuille où il était écrit: « Demande à maman si ce serait bon que je me rende à la fête sur le pont de glace ou si je ferais mieux de n'aller qu'à la soirée de danse… »

Comment pouvait-elle le savoir alors que son mari n'avait plus jamais prononcé le nom d'André-Rémi dans la maison? Pas plus qu'il n'avait demandé de ses nouvelles, bien qu'il ait pris de la main du facteur toutes les lettres que son fils adressait tantôt à M. et Mme Rémi Du Sault, tantôt à Mlle Victoire Du Sault. Dix ans à espérer une question à son sujet, comme il l'avait fait pour son fils décédé aux États-Unis. Dix ans à souhaiter que l'enveloppe laissée intentionnellement sur un coin du buffet ait été déplacée et qu'il y ait lu les passages où son fils réclamait des signes de pardon… Pendant toutes ces années, Rémi avait tu sa blessure, tu une douleur que Françoise devinait lorsqu'elle le trouvait blotti sous un arbre, jonglant pendant des heures. Il suffisait qu'elle s'approche pour qu'il se lève aussitôt, fuyant de toute évidence l'aveu de sa détresse. Comment, dès lors, espérer que la démarche d'André-Rémi opère en cet homme le miracle que ni son amour pour sa femme ni la peur de perdre sa fille n'avaient encore accompli?

Les mains de Françoise tremblaient sur son pinceau, l'obligeant à mettre ses masques de côté. À quelques jours des festivités, de nombreuses tâches s'imposaient encore.

Depuis l'abolition du régime seigneurial, peu de seigneurs avaient maintenu la tradition du banquet de clôture de la plantation du mai. À Pointe-du-Lac, la seigneu-resse de Montour accueillait tous ses anciens censitaires dans la maison domaniale de la famille de Tonnancour, mais les fiefs de Yamachiche ayant été subdivisés, il reve-nait au détenteur le plus avantagé par le démembrement de recevoir les habitants pour manger, boire et danser. Or, la santé précaire de Domitille avait forcé Georges-Noël à céder son privilège aux Duplessis. Ayant égard aux récen-tes relevailles de Mme Duplessis, Françoise s'était engagée à fournir les déguisements pour toute sa maisonnée.

En son for intérieur, Victoire s'était réjouie de la tour-nure des événements. Quelque chose en elle se rebiffait à la pensée de fêter chez Domitille. Mais depuis qu'il lui avait été donné d'espérer la présence d'André-Rémi pour cette célébration, jamais elle n'avait connu pareil enchan-tement. Elle se voyait valser dans les bras de celui que seules elle et sa mère sauraient identifier sous son dégui-sement. Entendre cette voix dont elle avait oublié les accents, retrouver dans ces yeux l'espièglerie qui lui avait laissé tant de bons souvenirs, se prêter aux plus secrètes confidences qui puissent se faire entre frère et sœur. Cette idée la transportait d'allégresse. Cependant le regard inquiet de sa mère lui rappela la gravité du moment et des gestes qui allaient être faits.

— S'il fallait que ton père refuse de le voir, je serais encore plus déchirée que lorsqu'il est parti. Je n'arrive plus à penser, Victoire. J'ai beau chercher la façon de l'aborder, c'est le vide total dans ma tête.

— Il vaut peut-être mieux ne plus penser, maman. Grand-père me disait souvent: «Si tu veux trouver, il faut te calmer, puis ça va venir tout seul.»

Françoise l'approuva.

— En attendant une solution, pourquoi on n'irait pas au grenier choisir un costume pour André-Rémi ? Il doit bien y en avoir un qui lui conviendrait.

Sans attendre la réponse de sa mère, Victoire grimpa à l'échelle du grenier, poussa la trappe qui en fermait l'accès et se mit à vider les coffres de cèdre dans lesquels Françoise entassait les déguisements pour les fêtes du Mardi gras et de la plantation du mai. Lorsque sa mère la rejoignit, Victoire s'était arrêtée, se rendant compte qu'elle ne pouvait se figurer la taille de son frère.

— Ça, c'est le dernier de mes soucis ! répliqua Françoise en lui montrant un costume de chef huron qui pouvait habiller le plus costaud de tous les Du Sault.

— Et si on en prévoyait deux, proposa Victoire qui venait de découvrir un habit d'allure princière.

Le claquement d'une porte et des toussotements familiers avertirent les deux femmes de l'arrivée de Rémi. Il n'allait sûrement pas tarder à appeler Françoise. Il n'en fut rien. Quelques instants de silence, puis des pas qui semblaient s'approcher de l'échelle, mais qui furent aussitôt dirigés vers la chambre à coucher des parents, les laissèrent perplexes.

— On ferait mieux de descendre, chuchota Françoise que l'anxiété venait de regagner.

En pénétrant dans la salle à manger, elle s'arrêta, ébahie. Les trois feuilles de la lettre d'André-Rémi avaient été retirées de leur enveloppe et étaient maintenant éparpillées sur les fleurs de papier et sur les masques entassés là pêle-mêle. Que Rémi se soit réfugié dans la chambre à coucher en plein après-midi n'avait plus rien d'étonnant. Il avait lu. Françoise ferma les yeux, réfléchit un instant et conclut :

— Je vais lui parler, Victoire. Autant battre le fer pendant qu'il est chaud.

~

Le lendemain matin, Françoise confiait à sa fille une petite boîte en fer blanc dans laquelle elle avait rangé sucre à la crème et bonbons à la mélasse.

— Apporte-lui ça, puis embrasse-le fort pour moi, en attendant… Dis-lui bien que j'ai fait mon possible, mais que ton père est resté muet comme une carpe, lui demanda Françoise, chagrinée par l'attitude de Rémi.

Cette journée n'allait pas nécessairement lui rendre son fils. Lui serait-il au moins donné de le voir ? Tout reposait maintenant sur la décision d'André-Rémi.

Victoire n'avait pas pris le temps de déjeuner, tant l'excitation lui avait enlevé le besoin de dormir et de manger. Elle piétinait d'impatience autour de sa mère qui n'en finissait plus d'ajouter recommandation sur recommandation.

— Je pense n'avoir rien oublié, dit enfin Françoise, reconsidérant le contenu des sacs destinés à son fils. Tu peux y aller maintenant, Victoire.

De la fenêtre du salon, Françoise la regardait s'éloigner avec une tristesse teintée de révolte. Comme il lui semblait absurde de ne pouvoir aller serrer dans ses bras celui qui, après tant d'années d'absence, l'espérait à moins d'un kilomètre de chez elle. Les costumes à terminer, les tâches quotidiennes pour lesquelles personne ne prendrait la relève, et plus encore le prochain retour de son mari à la maison valaient-ils qu'elle se refusât ce bonheur ? Françoise pleurait d'impuissance et de déchirement. Tout dans cette maison ne parlait plus que d'absence.

Sitôt la traite terminée, Rémi avait rejoint le groupe de paysans chargés de rapporter le plus beau sapin de Yamachiche, celui autour duquel une cinquantaine d'hommes étaient attendus pour la salve. Une autre équipe devait les précéder sur le pont de glace, prête à dépouiller l'arbre de son écorce, ne conservant que le bouquet pour lequel Françoise et d'autres femmes avaient confectionné des ornements. Avant que le trou destiné à recevoir ce mai ne soit percé dans la glace du lac, les hommes en avaient pour quatre heures, estimait Françoise qui aurait volontiers troqué cette longue tranquillité contre une escapade chez sa sœur Émilie. Prisonnière de ses engagements, elle se demandait à quoi lui servait maintenant de disséquer les pourquoi et les comment de la réaction de Rémi. Eût-elle réinventé le scénario de la veille au soir en le menant au plus heureux des dénouements, la réalité n'en serait pas moins celle dont Rémi et son fils décideraient au moment de leur rencontre.

Pendant que ses doigts s'activaient tantôt sur un dernier bouton à coudre, tantôt sur une barbe de laine à coller sur un carton, son esprit survolait le pont de glace où, dans quelques heures, le pire comme le meilleur risquaient de se produire. Plus qu'à nul autre moment de sa vie, Rémi détenait à la fois le pouvoir d'infliger à sa femme la plus profonde des blessures et celui d'enchanter son cœur.

On frappa à la porte. Avant d'apercevoir les jeunes Duplessis venus chercher les déguisements destinés à leur famille, Françoise avait imaginé André-Rémi et son père, heureux de lui faire la surprise de sa vie. « Je perds la raison!» se dit-elle, reconnaissant l'invraisemblance de ce geste.

Le cri d'un charretier la fit sursauter. Devant la porte de l'entrée principale, un attelage s'était arrêté, conduit par un homme-loup qui en descendit. À moins d'une demi-heure du début de cette fête où hommes et femmes allaient décharger leurs armes sur le mai, Françoise tremblait, croyant sa dernière heure arrivée.

— Mais c'est toi? s'écria-t-elle, découvrant la prunelle de Rémi à travers le masque qu'il portait. Veux-tu bien me dire qu'est-ce qui t'a pris?

D'un geste de la main, il l'interrompit pour réclamer les cornes de poudre et les fusils qu'il avait préparés et posés sur le buffet, et lui suggérer de revêtir son déguisement.

— Tu me fais peur, Rémi. Dis quelque chose.

L'homme-loup la rassura d'un doigt posé sur sa bouche et alla l'attendre dans la calèche.

À quelques kilomètres du pont de glace, on pouvait entendre des cris conviant les retardataires sur les rives du lac, là où des dizaines d'attelages étaient déjà alignés le long d'une clôture dentelée de bottes de foin. Le pont semblait obéir aux mouvements de cette cohue aux aspects les plus saugrenus. Au premier coup d'œil, il sembla à Françoise que ni Victoire ni son frère ne figuraient au nombre des participants rassemblés. La fête allait donc commencer sans eux.

Dès son arrivée chez sa tante Émilie la veille au soir, André-Rémi s'était présenté dans la chambre de son grand-père. Bien que surpris en plein sommeil, Joseph avait mis peu de temps à comprendre que le jeune homme qui venait de déposer un baiser sur son front était bien celui qu'il attendait. Son bonheur fut tel qu'il crut en défaillir. Plus un instant ne devait leur être enlevé. Aussi André-Rémi ne quitta pas son grand-père de la nuit. Lorsqu'il voulut s'absenter en douce, le temps d'aller chercher dans la cuisine de quoi calmer son estomac affamé, la main du malade s'agrippa à son poignet avec insistance.

Malgré la paralysie qui le condamnait au plus déchirant des silences, Joseph avait pu recueillir de son petit-fils plus de confidences qu'aucune sollicitation n'en aurait provoqué.

Une traînée lumineuse à la surface du lac annonçait une journée splendide. D'après sa tante, Victoire allait apparaître d'une minute à l'autre.

Entre la chambre de son grand-père et la fenêtre de la cuisine, André-Rémi ne s'arrêtait que le temps d'engloutir une cuillerée de gruau ou de mordre dans un morceau de pain, tant il lui tardait de voir ce qu'était devenue la petite fille de six ans qu'il n'avait pu consoler lors de son départ pour Montréal. «C'est elle!» se dit-il soudain, posant aussitôt son assiette sur la table pour accourir vers la porte. La personne qui avançait d'un pas de valse sous sa longue mante de drap bourgogne dépassait en beauté et en élégance les jeunes filles qu'il connaissait à Montréal.

Au pied de l'escalier, Victoire, le regard vif, s'était arrêtée. Son frère venait d'apparaître sur le seuil. Ils étaient enfin là, tous les deux, à la fois si ébahis et si charmés que leurs bras ne parvenaient pas à se tendre vers cet autre qu'ils auraient dit étranger. La jeune fille laissa choir sur la dernière marche ce que sa mère lui avait confié et se lança au cou de son frère en sanglotant de bonheur. Ému de la voir si ravissante, André-Rémi essuya une larme sur sa joue.

— Un peu plus et je te prenais pour maman tellement tu es belle, Victoire. Entre vite.

Puis il s'empressa de la débarrasser de ses sacs et de son manteau. De nouveau extasié, le grand frère tant attendu la regardait sans se lasser.

— Tu vas faire des malheurs, petite sœur, s'exclamat-il devant la grâce de ses gestes et les lignes si parfaitement harmonieuses de ses traits et de sa taille.

Tout à l'euphorie des retrouvailles, André-Rémi et sa sœur s'étaient interdit de revenir sur un passé qui les avait trop longtemps privés l'un de l'autre.

Assise de l'autre côté du lit, Victoire observait son frère avec tendresse. André-Rémi était encore plus séduisant qu'elle ne l'avait imaginé. Son sourire narquois et ses yeux coquins rappelaient on ne peut plus fidèlement ceux de son grand-père. Sa chemise blanche au col rigide lui donnait une allure de gentilhomme. Victoire l'écoutait, fascinée par cet accent d'ailleurs qu'avait pris son discours. Plus encore qu'elle ne l'avait anticipé, la présence de son frère préféré aux côtés de celui qui jusqu'à sa paralysie avait été témoin de ses joies les plus pures comme de ses tourments d'enfant et de jeune fille, la comblait d'un indescriptible bonheur.

Joseph s'était assoupi. Victoire et son frère allaient sortir de la chambre sur la pointe des pieds lorsque André-Rémi vit des larmes couler sur les tempes dégarnies du malade. De sa main tendue, Joseph les implorait de ne pas le quitter.

— Je m'en vais faire la paix avec papa, lui expliqua André-Rémi. Vous qui êtes si près de Celui que l'on dit tout-puissant, lui demanderiez-vous cette grande faveur pour chacun de nous, mais surtout pour maman ? précisa André-Rémi, d'une voix éteinte par l'émotion.

Émilie s'approcha du lit et leur fit signe de se retirer.

— C'est comme ça chaque fois qu'il reçoit de la visite, dit-elle à son neveu.

Victoire n'en était pas sûre. Jamais elle ne l'avait vu si touché par une absence qui pourtant ne devait durer que quelques heures.

Dans l'ancienne cordonnerie de Joseph, André-Rémi déballait avec frénésie les déguisements qu'on lui avait destinés. Entre les deux costumes, il préférait celui du « sauvage », faute de pouvoir endosser celui d'une « brebis galeuse », dit-il, sur un ton qui, se voulant enjoué, ne cachait pas pour autant l'appréhension qu'il éprouvait à l'idée d'être, dans moins d'une heure, sous le même toit que son père.

Des airs de quadrilles couraient de la maison des Duplessis jusqu'au petit pont de la Rivière-aux-Glaises. André-Rémi fit ralentir la jument et regarda Victoire d'un air si désemparé qu'elle crut qu'il allait faire demi-tour.

— Tu ne vas pas reculer ? lui demanda Victoire, suppliante. Pas maintenant.

Les sourcils froncés sur un regard anxieux, André-Rémi scrutait l'horizon.

— Tu ne pouvais pas choisir meilleure occasion, André-Rémi. N'oublie pas que s'il a lu ta lettre, comme tout porte à le croire, papa s'attend à ce que tu viennes à la soirée. Tu ne te pardonnerais jamais d'avoir manqué de courage alors que tu es si proche du but.

— S'il avait donné un signe d'espoir… Un seul. Mais non. Rien. Absolument rien en dix ans !

Victoire posa affectueusement sa main sur celle de son frère, l'exhortant à reprendre confiance. Ragaillardi, André-Rémi relança son attelage. À environ deux kilomètres de la demeure des Duplessis, il se mit à siffloter la mélodie que les violoneux reprenaient pour la énième fois. Victoire poussa un long soupir de soulagement.

Les invités n'en étaient pas à leur première danse. André-Rémi et Victoire se glissèrent dans les rangs, tremblant à la pensée de se trouver face à Rémi. Dans son costume d'archange, Victoire avait beau tendre le cou pardessus les épaules des uns et des autres, pas un participant de la taille de son père ne figurait en tenue de colonel.

— Je ne le trouve pas, chuchota-t-elle à l'oreille de son frère.

— Il n'est peut-être pas venu?

— Attends-moi ici. Tu vois une gitane à l'autre bout de la salle? C'est maman. Je vais lui demander ce qui se passe.

Surprise de ne pas trouver sa mère là où elle l'avait vue en entrant, Victoire le fut davantage lorsque, se retournant, elle l'aperçut en compagnie d'André-Rémi qui n'avait pu se résigner à l'attendre. Forcée de limiter son étreinte à une simple poignée de main, Françoise pleurait de joie. Son maquillage n'en était que plus réel sous les coulisses qui barbouillaient son visage.

— Vous faites la plus belle bohémienne de la terre, maman.

Françoise réprimait de toutes ses forces les sanglots qui l'étranglaient. André-Rémi entoura ses épaules avec tout cet amour qui l'incitait à se moquer des convenances et à enlacer sans retenue celle qui avait le plus souffert de cette rupture.

— Je vous réserve pour la prochaine danse, belle gitane, lui murmura le chef huron.

Françoise exultait. Le quadrille qu'attaquaient les musiciens allait faire courir dans leurs bras toute la joie de ces retrouvailles.

Dans l'espoir d'apaiser les inquiétudes de Victoire qui ne retrouvait pas son père, Françoise dut expliquer qu'il avait changé de déguisement et qu'il valait mieux le laisser agir à sa guise.

— Je ne crois pas qu'on gagnerait quelque chose à provoquer la rencontre. Je suis certaine qu'il ne t'a pas quitté des yeux depuis votre arrivée. Et si jamais une réconciliation devait avoir lieu ici, elle ne pourrait venir que de lui. Amusez-vous donc comme si vous n'étiez pas à sa recherche.

L'assentiment d'André-Rémi convainquit Victoire qui se rallia aux recommandations de leur mère.

Avant d'aller se joindre à un autre groupe qu'on eût cru composé de femmes, Françoise s'était arrêtée à quelques pas de l'homme-loup, assez loin pour ne pas lui imposer sa présence, mais suffisamment près pour lui faciliter une démarche discrète s'il le souhaitait. Toujours à l'écart, Rémi n'avait jusque-là participé à aucune danse, échangeant tantôt avec la personne qui paradait dans son déguisement de colonel, tantôt avec cet autre qui, coiffé d'une superbe perruque blanche, se pavanait dans une tenue à la Napoléon. Soupçonnant qu'il pouvait s'agir de Georges-Noël Dufresne, Françoise brûlait d'envie de questionner Victoire qui, depuis plus d'une heure, virevoltait dans les bras de cet homme. « Quelle imprudence ! » pensa-t-elle, au fait des rumeurs que Madeleine avait commencé à répandre au sujet de sa fille. Victoire agissait-elle par inconscience ou par désinvolture ? Il n'en demeurait pas moins que sa persistance à ne danser qu'avec ce personnage attirait l'attention et risquait d'éveiller des soupçons. « Au moins, Domitille est partie ! » pensa Françoise qui l'avait reconnue sous son déguisement.

Mais voilà que la gitane, aussi populaire que l'archange, avait perdu de vue André-Rémi et sa sœur. Partant à leur recherche, Françoise croisa Jean-Baptiste Duplessis, venu lui apprendre que Rémi l'attendait dehors. Consternée, elle ne savait que penser lorsqu'une idée lui vint. Se pouvait-il qu'André-Rémi soit avec lui ? Peut-être Victoire y était-elle aussi ? Et s'il n'eût manqué que sa présence pour célébrer les retrouvailles ? Bien que navrée de ne trouver personne sur son chemin qui puisse la guider, Françoise sortit de la maison en toute hâte. Seul dans sa calèche, Rémi l'attendait… pour rentrer à la maison.

Le retour se fit comme l'aller, dans le silence le plus absolu. À la différence que Françoise, pelotonnée dans le coin de la banquette, pleurait sa déception, hostile à l'idée d'aller dormir quand rien ne l'autorisait à croire que son vœu avait été exaucé, ou que tout était encore possible.

Déterminée à passer la nuit debout, elle ne monta à sa chambre que pour se défaire de son costume de fête. Ainsi, avait-elle le sentiment de prendre sa revanche. Contre qui, contre quoi ? Peu lui importait. Accoudée à la fenêtre du salon, elle confiait à ce firmament complice de la fête la somme de ses chagrins de mère, de ses désenchantements d'épouse et de ses tourments de femme.

Le ciel commençait à perdre de son obscurité lorsqu'une voiture s'engagea dans la montée. «Faut-il être assez soûl pour ne plus savoir où on va!» se dit Françoise qui n'avait pas remarqué que le charretier ne portait aucun déguisement. M. Milot était chargé de la prévenir que Joseph venait d'avoir une faiblesse et que les derniers sacrements devaient lui être administrés.

Françoise n'eut pas à réveiller Rémi. D'un geste de la main, il signifia qu'il avait entendu. Elle s'approcha du lit et découvrit que son mari avait pleuré.

Envahie par sa propre déception, Françoise n'avait ruminé toute la nuit que des pensées de colère et de rancune envers lui. En aucun moment, la pensée qu'il fût, tout comme elle, en proie à une profonde détresse ne lui avait effleuré l'esprit. Une fois de plus, le silence avait élevé entre eux un mur d'incompréhension.

Assise sur le lit, le cœur bourrelé de regrets, Françoise déposa une caresse sur les mains de Rémi. Les yeux fermés, immobile sur sa paillasse, il ne luttait plus contre le chagrin qui mouillait ses joues.

Lorsqu'il fut calmé, il revêtit son costume du dimanche et courut vers l'écurie.

Sous sa bougrine de tous les jours, tremblante, Françoise glissa un sac garni de sachets d'herbes médicinales, y ajouta un flacon d'eau de Pâques et monta dans la voiture qui l'attendait devant la porte de la cordonnerie. Épuisée par les inquiétudes des derniers jours, elle sanglotait sans retenue.

— Pleure pas, Françoise. Il est à deux pas de sa récompense, ton pauvre père.

Venant de Rémi, cette parole et le ton qu'il y avait mis la touchèrent. En plus d'une occasion, cet homme s'était montré énigmatique, mais jamais autant que depuis les dernières vingt-quatre heures. Comme si la seule annonce du retour de son fils eût fait basculer tout son univers.

Dans la chambre de l'aïeul, Victoire s'était agenouillée près de celui qu'elle savait ne plus jamais revoir.

À la lueur des chandelles qui scintillaient sur la commode, une silhouette se distinguait de celles de la dizaine de parents qui étaient venus faire leurs adieux à Joseph Desaulniers. Françoise reconnut son fils et allait se placer à ses côtés lorsque son mari, la devançant, saisit la main d'André-Rémi et la posa avec la sienne sur le front du mourant.

~

Un geai bleu vint se percher sur une branche de lilas. De la fenêtre de son atelier, Victoire l'observait, balançant entre la douleur causée par le décès de son grand-père et l'espoir d'un retour prochain d'André-Rémi. «Grand-père, faites qu'il revienne bientôt», implorait-elle, inquiétée par les propos échangés entre Rémi et son fils après les funérailles. «Je vais revenir, mais je ne peux pas te dire quand. Ça va dépendre de notre père», lui avait-il chuchoté à l'oreille, avant de quitter la résidence d'Émilie où parents et amis s'étaient regroupés autour d'un buffet, à la mémoire de Joseph Desaulniers. Françoise n'en pouvait dire davantage, sinon qu'il était plausible que Rémi ait posé quelques conditions à son fils avant d'accepter son retour définitif dans la famille.

L'oiseau bleu vola vers la demeure des Dufresne d'où Victoire vit sortir Domitille, accompagnée de son mari, toute pimpante dans ses jupes mauves, les épaules couvertes d'une écharpe blanche. Devant eux, Thomas et son jeune frère s'engageaient en gambadant sur le chemin du rang de la Rivière-aux-Glaises, jusque chez les Du Sault.

En neuf mois de voisinage, jamais la famille Dufresne n'était encore venue leur rendre visite. Et voilà que peu après la plantation du mai, Domitille qui n'avait pu demeurer plus d'une heure à la soirée de danse s'amenait dans ses plus beaux atours.

Victoire pria le ciel de lui épargner la rencontre du couple Dufresne. Depuis cette fête, elle payait cher le plaisir qu'elle s'était accordé de danser au bras de Georges-Noël Dufresne après le départ de sa femme. Le dimanche suivant, à la sortie des vêpres, deux dames du rang l'avaient pointée en marmonnant :

— Tu l'as vue ? Elle a dansé avec lui pendant tout le reste de la soirée. Je t'assure qu'elle ne manque pas de cran, la fille de Rémi Du Sault. Je comprends Madeleine Dufresne de ne pas la porter dans son cœur, son ancienne voisine.

— Comment veux-tu qu'un homme dans la trentaine ne soit pas attiré par une petite jeune femme qui ne manque pas une occasion de se pavaner comme elle le fait ? avait répliqué sa compagne, d'une voix suffisamment forte pour être entendue de plusieurs.

Et depuis, Victoire craignait que de tels propos soient parvenus aux oreilles de ses parents et du couple Dufresne. Sa logique lui eût-elle interdit de présumer des motifs de cette visite, que la seule pensée d'être exposée à quelque allusion l'affola. Disparaître par la porte arrière et ne revenir qu'en fin de journée, puis continuer à appréhender un affrontement qui n'allait peut-être pas se produire aujourd'hui? Opter pour cette attitude n'était-ce pas risquer d'avoir à en dévoiler le motif à Françoise? Devant l'inanité d'un tel geste, Victoire devait se rendre à l'évidence, tôt ou tard elle aurait à faire face aux soupçons qu'avaient éveillés les ragots. Implorant de son grand-père une faveur qu'il ne saurait lui refuser, se dit-elle, Victoire pria pour que Françoise les accueillît de la galerie avant, lui laissant ainsi le temps de se ressaisir.

Les exclamations de Françoise devant la mine éclatante de santé de Domitille, les accents rieurs de Georges-Noël et la conversation qui s'engagea entre eux la déroutèrent. Un homme de la qualité de M. Dufresne ne pourrait se montrer d'une telle jovialité si son intention était de venir faire la lumière sur un sujet aussi délicat et aussi compromettant. Bien qu'encore troublée et inquiète, Victoire pouvait entreprendre la teinture de quelques empeignes sans être trop perturbée par leur présence dans la cuisine. Le ton de leur entretien et les éclats de rire qui s'y mêlaient l'invitaient à se détendre. «Peut-être repartiront-ils comme ils sont venus», pensait-elle lorsqu'elle entendit Georges-Noël parler de bottines à commander. Victoire ferma les yeux, s'efforçant au calme en prévision de ce moment qui n'allait pas tarder où elle aurait à supporter, simultanément, les regards de Domitille et de son mari.

Françoise les précéda.

— Je t'amène de la belle visite, dit-elle avec entrain.

Victoire se rendait compte de l'état de panique dans lequel son attrait pour Georges-Noël et les cancans des commères l'avaient mise.

Aux salutations d'usage, elle répondit brièvement, heureuse de devoir s'occuper de Thomas qui s'était aussitôt précipité vers sa table de travail, fasciné par l'éclat du cuir sous la teinture fraîchement appliquée. Domitille se dirigea vers les chapeaux, les examina soigneusement, essayant les uns et les autres, et les redéposant sur la tablette, sans émettre le moindre commentaire, sans parvenir à faire un choix.

— Donne-toi le temps d'y repenser, Domitille, suggéra Georges-Noël, pressé par Thomas de passer au deuxième but de leur visite.

Puis, s'adressant à Victoire :

— Mademoiselle la cordonnière aurait-elle des bottines pour notre grand garçon? On lui en avait promis pour son cadeau d'anniversaire.

Malgré la présence de Domitille, Victoire retrouvait dans l'attitude de Georges-Noël la même affabilité et la même aisance qu'à chacune de leurs rencontres. Rassurée, elle invita son jeune client à se choisir une paire de chaussures. Hélas! dans la réserve de Victoire, aucunes bottines n'allaient à Thomas. Les unes étaient trop petites, les autres trop différentes de ce qu'il était habitué de porter.

Georges-Noël remarqua que, de fait, les nouveaux modèles, exposés depuis l'automne précédent, n'avaient pas trouvé preneurs.

— Tes ventes sont bonnes, Victoire? demanda-t-il, soupçonnant la difficulté qu'elle rencontrait à faire adopter ses créations.

— J'ai plus de commandes que je suis capable d'en remplir, répondit-elle, à la stupéfaction de Georges-Noël.

— Le problème, reprit aussitôt Françoise, c'est que la majorité des gens lui rapportent leurs vieilles chaussures pour qu'elle leur en fabrique de semblables.

Victoire avait baissé les yeux, offensée par l'intervention de sa mère et le sourire qu'elle avait vu se dessiner sur les lèvres de Domitille.

— Il n'y a rien de surprenant là-dedans, répliqua Georges-Noël. C'est comme ça dans tous les domaines. Il faut toujours aller à l'extérieur pour que nos idées et nos produits soient appréciés. C'est vraiment désolant!

Il y avait dans ces paroles tant de sympathie et dans la voix une telle bienveillance que Victoire trouva le courage de lever les yeux vers lui et de lui adresser un sourire reconnaissant.

— Donne-moi quelques jours, lui dit-il. J'aurai probablement quelque chose d'intéressant à te proposer.

Françoise et Domitille s'étaient vivement tournées vers lui, en quête d'explications qu'il ne semblait pas disposé à livrer sur-le-champ.

∼

Il tardait à Victoire d'entreprendre la confection d'une demi-douzaine de paires de chaussures, d'après le modèle que Thomas avait décrit et réclamé. De pointures différentes, il s'en trouverait sûrement qui conviennent à son pied.

À la grande surprise de la jeune cordonnière, une paire était à peine achevée qu'elle était vendue à l'une des clientes de Françoise. «Mais c'est bien pensé de faire une double semelle! s'exclamaient-elles unanimement. Ces petits garnements passent à travers leurs chaussures dans le temps de le dire », ajoutaient-elles, ravies de pouvoir faire ainsi d'importantes économies.

Ce détail ingénieux avait à ce point capté l'intérêt des mères qu'aucune d'entre elles ne constata que la tige de ces bottines était plus courte de deux œillets, par comparaison avec celles que leurs enfants portaient d'habitude.

Manifestement en retard dans ses livraisons, Victoire n'avait pu constituer avant la fin de juin une réserve qui eût permis à Thomas de trouver des chaussures seyant parfaitement à son pied. Ce jour vint où elle lui annonça que celles qui venaient d'être vernies lui étaient destinées.

— Je les garde ! dit-il, espiègle, en tentant de s'enfuir de la cordonnerie.

Victoire avait eu tout juste le temps de l'agripper par le bras avant qu'il ne dégringole l'escalier. Tout en jouant avec l'enfant, elle était parvenue à lui faire comprendre qu'elle devait d'abord soumettre les bottines à l'approbation de ses parents. En début d'après-midi, elle aperçut Georges-Noël qui entreprenait le toilettage de ses chevaux. Pour l'avoir plus d'une fois observé, Victoire savait que cette tâche risquait de durer quelques heures.

Le soleil se montrait généreux, jouant les magiciens sur la surface du lac qu'il parait de reflets chatoyants et sur les humains qu'il invitait à la délectation. À voir la richesse de coloris qu'offraient les papillons autour de sa fenêtre et sur les branches du lilas, Victoire éprouva le goût d'admirer de plus près un tel spectacle. Les gestes lents et rythmés avec lesquels Georges-Noël promenait la brosse sur le dos de son étalon le lui confirmaient.

Tout dans sa démarche comme dans l'attention qu'il accordait à ce qui l'entourait manifestait une gaieté que Victoire souhaitait partager. Comme lors de l'inoubliable soirée de la plantation du mai où elle s'était délicieusement abandonnée à la cadence de ses mouvements, se laissant aller à souhaiter que la vie ne fût qu'une longue valse dans les bras d'un homme comme Georges-Noël Dufresne.

À quelque cent pieds de l'enclos, l'apparition soudaine d'une charrette chez les Dufresne la figea sur place. Madeleine profitait de cette splendide journée d'été pour rendre visite à Domitille dont l'empressement à accourir au devant de sa belle-mère témoignait du plaisir que ces deux femmes éprouvaient à se retrouver, et présageait de la façon dont elles allaient occuper leur après-midi, isolées de tous. Deux berceuses les attendaient sur la galerie avant, prêtes à se faire les témoins de leurs confidences. Et selon les dernières nouvelles rapportées par Françoise, Victoire pouvait supposer que ne tarderait pas le moment où Domitille déballerait ses pièces de dentelle sous le regard admiratif de Madeleine qui lui avait enseigné cet art tout récemment.

Victoire ne pouvait rebrousser chemin sans éveiller les soupçons de Madeleine.

— Bonjour, monsieur Dufresne. Je venais vous porter des bottines pour Thomas, annonça-t-elle, en s'excusant du retard qu'elle avait mis à le faire. Je ne savais pas que vous attendiez de la visite.

— Ça ne peut pas tomber mieux! s'exclama Georges-Noël, terminant par quelques coups le brossage des pattes arrière de son cheval.

Étonnée de la réaction de Georges-Noël, Victoire ne savait plus que prévoir. Il plongea la main dans le sac qu'elle lui tendit, et s'arrêta un instant, visiblement ébloui.

— Sacré Rémi! Il peut bien vanter sa fille!

Victoire sentit que son voisin était sous le charme que suscitait une beauté qu'elle avait consciemment mise en valeur. Une fantaisie dans ses cheveux, un corsage de toile de lin parfaitement ajusté, et des souliers récemment créés, n'était-ce pas suffisant pour flatter l'œil?

— Tout comme vous avez mille raisons d'être fier de vos chevaux, dit-elle, heureuse de pouvoir lui servir une réplique qui fût agréable sans être compromettante.

Georges-Noël se retourna vers ses bêtes, les couvrit d'un regard plein de contentement et revint à Victoire.

— Tu aimes les chevaux? lui demanda-t-il, intrigué.

Victoire jubilait de le voir à la fois surpris et enchanté qu'une femme s'intéresse aux chevaux d'exposition. La pertinence de ses questions eut finalement raison du scepticisme de son voisin.

S'interrogeant sur le motif qui avait amené Georges-Noël à se réjouir de sa visite, Victoire cherchait un moyen de le connaître lorsqu'il ajouta:

— Tu es déjà allée à Trois-Rivières?

— Non. Pourquoi?

C'est alors que Georges-Noël lui fit part des démarches entreprises pour lui venir en aide. Dans cette petite ville, attenant au magasin général que dirigeait son oncle Télesphore Dufresne, se trouvait un bureau de poste désaffecté qui, une fois réaménagé, se prêterait bien à une boutique où seraient exposées les créations de Victoire.

— Mon oncle est d'avis que tu aurais pas mal plus d'acheteurs en ville. Il faudrait accélérer la production, par exemple.

N'eût été la retenue imposée par les convenances et le rappel soudain de la présence de Madeleine chez Domitille, Victoire lui aurait sauté au cou. Ses bras en avaient suffisamment esquissé le geste pour que Georges-Noël s'en aperçût et l'en dissuadât avec tant de délicatesse qu'elle n'en fut aucunement offensée. Soucieux de ne pas prolonger l'embarras d'une imprudence qu'il eut tôt fait d'attribuer à son jeune âge, Georges-Noël entreprit de louer le bon goût des femmes de Trois-Rivières. Soudain, le regard de Victoire s'assombrit. À l'idée d'abandonner une clientèle dont elle était redevable à Georges-Noël, et de déménager sa cordonnerie loin de Yamachiche, loin de lui, elle perdait déjà de son enthousiasme.

— Mais qui s'occuperait de la boutique ? demanda-t-elle.

— Ma tante, répondit Georges-Noël. Elle est habituée au public et elle ne demanderait pas mieux que de se charger de tes clients.

Rappelant l'obligation qu'il avait de se rendre régulièrement à Trois-Rivières pour ses chevaux, il s'engageait à assurer du même coup le transport de la marchandise.

— Une fois la boutique aménagée et tes chaussures exposées, il suffirait que tu te présentes de temps en temps, histoire d'entendre les commentaires des gens.

Victoire jubilait. Enfin l'avenir s'offrait à elle, plein de promesses et d'occasions de côtoyer Georges-Noël.

Car, ou elle voyagerait avec lui, ou Rémi n'aurait d'autre choix que de lui offrir un cheval, et pas n'importe lequel.

— La petite jument noire, avez-vous l'intention de la garder?

— Pas sûr. Pourquoi?

— Avec un commerce à Trois-Rivières, vous ne pensez pas qu'il me faudrait un bon cheval?

— Je ne pense pas qu'elle soit prête à être mise entre les mains d'une personne inexpérimentée. Pas avant un an. Elle a besoin d'un bon dressage. Ce qui veut dire que tu devrais voyager avec moi pour quelque temps. À moins que tu y voies une objection...

Victoire exultait.

— En ce qui concerne les arrangements d'affaires, j'en discuterai avec ton père, si tu n'as pas changé d'avis dans quelques semaines, ajouta Georges-Noël, sur un ton qu'il eût voulu taquin, mais qui offusqua Victoire.

— Je ne suis pas du genre à changer d'avis pour des caprices... Puis je ne vois pas pourquoi il faudrait que vous preniez arrangement avec mon père, le commerce est à moi.

Georges-Noël sourit. Victoire n'en était pas à son premier différend avec lui. Il était inutile d'invoquer mille arguments pour la persuader qu'il valait mieux traiter d'affaires avec son père. Elle insista pour qu'il la laisse lui en parler la première. Il acquiesça avec une bonhomie qui la charma.

— Je ne saurais trop vous remercier, monsieur Dufresne. Je savais que...

— Mais, tu es encore là, toi? lança Madeleine en s'approchant de l'enclos, suivie de Domitille et des enfants.

— Je partais justement, s'empressa de répliquer Victoire, aussitôt indignée de s'être laissé intimider par cette femme à qui elle estimait n'avoir aucun compte à rendre.

Victoire ne put prendre congé de Georges-Noël sans remarquer sur le visage de Domitille une hostilité qu'elle savait dirigée vers elle.

Du bout de la galerie, Madeleine n'avait cessé d'observer Victoire et Georges-Noël, nourrissant ses soupçons des moindres gestes de l'un et de l'autre. Voyant que Domitille se montrait encore sceptique, Madeleine, préoccupée de protéger le bonheur de sa bru, lui raconta avec force détails la soirée de danse chez les Duplessis.

— Ce n'est pas pour rien qu'elle a attendu que tu partes pour accaparer ton mari. Tu aurais dû la voir…

~

«Une soirée comme je les voudrais à longueur d'année!» écrivait-elle à André-Rémi. «Quel beau coucher de soleil! Je me dépêche de finir ma lettre pour aller le regarder de mon petit coin secret au bord du lac. On ira ensemble quand tu vas revenir.»

Quelques arbrisseaux épars sur une grande pierre aux contours fantaisistes avaient suffi pour créer cette oasis où Victoire aimait se réfugier lorsque le besoin de solitude et de rêverie se faisait sentir. Charmée par les murmures du lac auxquels répondaient merles et jaseurs des cèdres, elle rebâtissait, avec plus de féerie chaque fois, l'avenir de Victoire Du Sault. Un avenir meublé d'un succès sans précédent et d'un amour tout aussi merveilleux, en compagnie d'un garçon intrépide, fier, dévoué et follement amoureux. «J'ai hâte de te parler de vive voix de mes projets avec M. Dufresne», écrivait-elle lorsqu'elle fut interrompue par Thomas qui, en vêtement de nuit, les cheveux en broussaille, venait porter un papier adressé à Françoise Du Sault. Un geste aussi inhabituel inquiéta Victoire.

— Ça ne va pas bien à la maison ?

— Non, fit Thomas, à bout de souffle. Maman pleure dans sa chambre.

— Attends-moi ici, Thomas.

Faute de trouver sa mère dans la cuisine, Victoire se précipita vers la chambre de ses parents. Françoise, qui allait se mettre au lit, saisit la feuille pliée en quatre et, consternée de ce qu'elle y apprenait, pria Victoire d'aller vite préparer de l'ergot de seigle et de la rose de Noël.

— Pourvu qu'il ne soit pas trop tard, soupira-t-elle.

— Trop tard pour quoi ? demanda Victoire, au bord de la panique.

— Ça ressemble bien gros à une fausse couche.

Victoire retint un soupir de soulagement que sa mère n'eût certes pas apprécié. Adossée à la porte qu'elle venait de refermer derrière Françoise et le jeune Thomas, elle découvrait des sentiments qui ne pouvaient s'expliquer autrement que par une jalousie naissante, pensa-t-elle. Que l'épouse de Georges-Noël fût enceinte la bouleversait davantage que l'épreuve qui affligeait cette famille. Comme si Domitille n'eût point droit à l'amour de son mari. Comme si cet amour fût inconciliable avec l'estime et les égards que Georges-Noël prodiguait à Victoire Du Sault. Comme s'il eût dû choisir…

Mal à l'aise devant ce sentiment qui lui inspirait honte et remords, Victoire décida de s'en distraire en reprenant l'écriture de sa lettre. Accoudée sur sa table, elle avait beau se creuser la tête pour trouver de quoi intéresser son frère, son regard se portait constamment vers la maison des Dufresne. Lui parler de la démarche qu'avait entreprise Georges-Noël lui sembla tout à coup prématuré. Elle craignait de le blesser en lui apprenant qu'elle renonçait à le rejoindre à Montréal dans un avenir rapproché. «Ce qu'il y a de merveilleux, c'est que je peux lui parler tous les jours, si je veux, sans quitter les miens. Tandis qu'avec toi, c'est plus compliqué. Tu es si loin et je ne connaîtrais que toi.» Victoire s'arrêta, cherchant comment terminer cette lettre où elle ne trouvait de mots que pour parler de son voisin. Rémi parut alors dans l'embrasure de la porte, inquiet de Françoise qu'il croyait déjà montée à leur chambre.

— Elle est chez M. Dufresne, lui apprit Victoire.

Rémi la regarda, attendant des explications qu'il n'avait pas l'intention de quémander.

— Mme Dufresne est encore malade…

— Puis, toi, qu'est-ce que tu fais dans ta cordonnerie à cette heure-là?

— J'écris à André-Rémi. Avez-vous un message pour lui?

Rémi la dévisagea.

— Je n'ai jamais eu l'habitude de passer par les autres pour dire ce que j'avais envie de dire. Je ne vois pas pourquoi je commencerais aujourd'hui.

Rémi avait une humeur d'orage. Le climat n'était guère plus propice pour discuter de la prochaine visite d'André-Rémi que pour lui faire part du projet d'une boutique à Trois-Rivières.

Le retour de Françoise eut tôt fait de mettre fin à leur entretien.

— Il faut que je reparte tout de suite, dit-elle, en filant vers sa réserve d'herbes médicinales. Elle vient de perdre le bébé…

Et, s'adressant à Victoire :

— Pendant les jours qui viennent, tu vas devoir me donner plus de temps à la maison. Tant qu'elle ne sera pas complètement rétablie, je ne peux pas la laisser seule avec tout cet ouvrage. Sans compter que son mari aussi a besoin d'aide.

— Il est malade lui aussi ? demanda Victoire.

— Non, mais c'est pour son moral que je crains… Je trouverais ça de valeur de les perdre comme voisins.

— Qu'est-ce que vous dites ? Les perdre comme voisins ?

Victoire était sidérée.

— Georges-Noël se demande sérieusement s'il ne sera pas obligé de quitter sa ferme. Il m'a dit que Domitille ne s'habitue pas à ce genre de vie. Puis le docteur prétend que l'ennui peut rendre malade à ce point-là.

— L'ennui, l'ennui, marmonna Rémi. Qu'il raconte ça à d'autres.

Françoise n'avait pas l'esprit à la polémique.

— Tu t'occuperas du déjeuner de ton père demain matin, Victoire, si je ne suis pas revenue.

Les bras chargés et visiblement inquiète, Françoise était retournée chez les Dufresne.

La pluie avait commencé à tomber, privant Victoire de sa promenade au bord du lac.

À peine Françoise avait-elle franchi le seuil que la flamme de la lampe à huile ne dansait plus sur la table de la salle à manger des Du Sault. Mais dans la chambre de Victoire, une faible lueur vacillait. Une pluie chaude glissait tranquillement sur les carreaux. Accoudée sur le rebord de la fenêtre, Victoire n'offrait plus de résistance au désarroi qui s'était emparé d'elle à l'idée qu'elle pourrait être privée du voisinage de Georges-Noël, et par là forcée de renoncer à leur projet avant même qu'il n'ait vu le jour. Des larmes coulèrent sur ses joues, les unes s'évanouissant sur son menton, alors que d'autres venaient s'écraser en plaques ruisselantes sur le dormant de la fenêtre.

Quatre saisons avaient à peine eu le temps de faire défiler les pages du calendrier depuis la dernière fois où elle avait pleuré devant cette même fenêtre, implorant le ciel de lui accorder ce qu'elle souhaitait le plus au monde : ouvrir son atelier de chaussures. Comblée en cela, elle n'en éprouvait pas moins un vide profond, ce soir. Le vide que lui causerait l'absence de celui qui, ayant cru en elle, lui offrait non seulement l'occasion de réaliser ses ambitions, mais aussi celle de le faire en sa compagnie. Que de plaisir elle éprouvait déjà à se voir effectuer le trajet entre Yamachiche et Trois-Rivières, seule avec lui, l'écoutant discourir sur mille et un sujets avec une éloquence qui la grisait. Un goût d'interdit la rongeait. Le désir qui s'infiltrait dans sa chair, bien qu'aussitôt répudié par une sorte de honte, revenait en force à la pensée qu'avant longtemps peut-être, seuls des souvenirs raviveraient dans son corps la chaleur de la voix et la douceur du regard de Georges-Noël. Comment se résigner à commencer la journée sans le voir se diriger de la maison à l'écurie d'où, tous les matins, il ressortait sur sa monture, heureux et fier? Comment prendre plaisir à désherber le jardin sans cette minute palpitante où il viendrait l'enchanter par un mot gentil, un sourire aimable, un regard complaisant? La détresse et le désir l'entraînèrent dans un univers de fantasmes et de volupté auquel elle s'abandonna. Conviée par l'homme qui avait éveillé en elle des pulsions dites honteuses, elle ferma les yeux et le retint dans sa pensée, sur son cœur, entre ses bras, jusqu'à ce qu'une sensation encore jamais éprouvée s'emparât de tout son corps et le projetât dans un tourbillon de plaisirs qui allaient désormais faire partie de ses secrets de jeune femme.

Allongée sur sa paillasse, Victoire goûtait sans remords l'étrange quiétude qui l'habitait. Ce que son éducation nommait péché lui laissait une impression d'affranchissement, de réconciliation avec elle-même.

Dans cette mise à nu de ses désirs refoulés, sa réalité lui apparut alors dans toute sa clarté : la famille Dufresne l'avait envahie à son insu. La présence assidue du jeune Thomas lui était devenue presque indispensable, bien qu'à certains jours elle brimât son besoin de solitude. Trop tranquille pour être normal, Ferdinand l'inquiétait. Quant à Georges-Noël et à son épouse, l'un avait pris d'assaut son cœur et ses projets d'avenir, et l'autre s'était logée dans sa conscience comme un incessant reproche. Ce couple avait donc imperceptiblement perturbé sa sérénité. Elle aurait voulu se réjouir de l'éventualité de leur départ, mais il y avait Georges-Noël…

∼

La perte de son enfant affligeait Domitille. Parents et amis avaient compati, mais il ne se trouva personne pour la consoler d'avoir perdu le dernier espoir de recouvrer l'admiration et l'amour de son mari. Eût-elle trouvé le courage de s'en ouvrir, elle aurait désespéré d'être comprise.

En son for intérieur, aux premiers signes de cette grossesse désirée comme pas une autre, elle avait éprouvé la certitude de porter une fille qu'ils prénommeraient Georges-Cérénique. Car jamais elle n'avait vu Georges-Noël aussi rayonnant de bonheur que lorsque, penché sur le berceau de leur aînée, il ne se lassait pas de la regarder dormir. Avec une joie exubérante, il avait accueilli son premier sourire et avait été le témoin émerveillé de ses premiers pas et de ses découvertes. Pour cette enfant, il pouvait déserter le moulin des dizaines de fois par jour, le temps de venir déposer un baiser sur son front et de remercier la femme qui lui avait fait cadeau d'une telle merveille. De quoi réconcilier Domitille avec la maternité qu'elle était loin de considérer comme un privilège. Que sa mère fût décédée en accouchant d'elle n'avait rien de rassurant, mais plus encore elle craignait de se voir délaissée au profit des enfants qu'elle donnerait à cet homme qui en souhaitait une bonne dizaine.

À vingt-neuf ans, Domitille comptait tourner la page sur cinq années de triste solitude et de tourments comme elle n'en avait jamais éprouvé avant de venir s'établir sur la ferme. Cette naissance prévue pour Noël allait leur permettre de tout recommencer, avait-elle cru.

Lorsque, au début de l'été, Georges-Noël l'avait informée de son projet d'ouvrir un petit commerce, dans le but de rentabiliser ses voyages à Trois-Rivières, Domitille avait imaginé qu'il se préparait ainsi à revendre la terre et elle s'en était secrètement réjouie. Peu lui importait le lieu où ils habiteraient pourvu que son mari s'éloignât du voisinage de Victoire Du Sault. Or, le discours qu'il lui avait tenu quelques jours plus tard sur ses intentions de s'orienter davantage vers la culture du lin lui avait appris que cet espoir n'était que pure illusion. Georges-Noël estimait ses terres propices à une telle culture et, l'huile de lin étant de plus en plus appréciée sur le marché, il y voyait une occasion intéressante, à condition d'en produire pour la peine et de la vendre dans des magasins fréquentés comme ceux de Trois-Rivières, avait-il expliqué. Bien que fort déçue, Domitille n'en avait rien laissé transparaître jusqu'au moment où elle apprit que les démarches de son mari visaient non seulement à préparer ce commerce mais à établir du même coup celui de Victoire Du Sault.

Il n'en fallait pas davantage pour que Domitille, déjà hantée par les mises en garde de Madeleine, la créditât de toutes les accusations qu'elle avait portées contre Victoire. Sinon, comment expliquer que Georges-Noël se préoccupât de trouver un débouché pour les chaussures de cette dernière? Se sentant abandonnée, humiliée et blessée, elle avait jugé indécent et inutile de s'en ouvrir à l'homme qui avait trahi sa confiance.

Des jours d'un silence accablant et d'une tristesse insupportable avaient suivi cet entretien, incitant Georges-Noël à revenir sur le sujet.

— Je ne vois pas pourquoi tu t'occuperais des affaires de Victoire Du Sault quand on a besoin de toi ici, lui avait lancé Domitille.

Ce à quoi Georges-Noël avait abruptement répliqué :

— Qu'est-ce que tu veux de plus ?

— Que tu t'occupes de nous autres, lui avait-elle répondu en sanglotant.

À bout de ressources, Georges-Noël s'était accordé quelques jours de réflexion au terme desquels il lui avait proposé de reporter d'un an la réalisation de son projet, trouvant même judicieux de faire l'expérience d'une première récolte de lin avant d'en offrir les produits sur le marché. Victoire en serait sans doute déçue, mais il n'était pas loin de penser qu'elle s'arrangerait pour convaincre son père d'acheter cette boutique, et par le fait même de le libérer, lui, de la nécessité de s'y engager.

L'espoir avait alors ressurgi dans le cœur de Domitille qui supplia l'enfant qu'elle portait de faire de Georges-Noël le père le plus heureux et le mari le plus attentionné de toute la Mauricie.

Mais voilà qu'après quatre mois d'espérance et de réconfort, cette enfant avait quitté son sein, emportant avec elle énergie et volonté de continuer…

Devant un tel désespoir, le docteur Rivard dut avouer son impuissance.

— Elle réagit comme si elle ne pouvait plus avoir d'enfant, dit-il à Georges-Noël qui se rappelait la joie de Domitille quand, aux premiers jours d'avril, elle avait annoncé cette grossesse.

Comment avait-elle pu oublier qu'à la naissance de Ferdinand, elle avait imploré le ciel d'être à jamais épargnée des douleurs de l'enfantement ? À la seule pensée de devoir revivre de tels moments, Georges-Noël avait été de nouveau envahi par cette révolte contre l'inéluctable désarroi qui peut accompagner un événement aussi réjouissant qu'une naissance. Et, en cette nuit du 31 juillet, son indignation avait atteint son paroxysme : que le don de la vie s'accompagnât de souffrances, soit, mais que tant de douleurs trouvent leur achèvement dans la mort dépassait tout entendement.

Dix jours d'alitement, de pleurs et de repli sur elle-même avaient amené Georges-Noël à craindre que Domitille ne s'enlisât dans un état dépressif irréversible. Mais l'ingéniosité et l'amour ne pouvaient-ils pas suppléer aux défaillances de la médecine ? Georges-Noël s'obstinait à le croire, conscient que tout n'avait pas été tenté pour redonner à cette femme sa joie de vivre. Bien que par moments il doutât que ce fût possible, il lui suffisait de se remémorer les premières années de leur mariage pour s'en convaincre. Domitille rayonnait alors d'une jovialité simple et discrète, s'émerveillant devant l'araignée qui tissait patiemment sa toile dans un coin de la véranda, ou devant le flux rugissant de l'eau qui imposait son rythme d'enfer aux turbines du moulin à farine. Dans ce décor champêtre bourdonnant d'activité, sa présence apportait un contraste par cette finesse et cette sensibilité que les clients aimaient retrouver dans les portraits qu'elle se plaisait à tracer de chacun d'eux. Adulée pour ses talents de dessinatrice, pour son charme naturel et sa douce cordialité, elle ne demandait rien de plus, ni à la vie ni à son mari. S'appuyant sur leurs cinq années de relations stériles, elle avait espéré qu'il en fût ainsi toute leur vie. À son mari qui s'en inquiétait parfois, elle répondait : « Si le bon Dieu a décidé de ne pas nous donner d'enfants, c'est que c'est mieux ainsi. » Bien que sa première grossesse l'ait profondément déçue, angoissée même, elle n'avait osé le dire, retenue par l'enthousiasme de Georges-Noël et celui de tous ceux qui la croyaient heureuse de cet événement.

Que l'expression du bonheur se soit estompée chez Domitille au fil de ces neuf mois, Georges-Noël n'aurait pu le soutenir. Mais ce dont il était sûr, c'est que depuis la mort de leur petite Georges-Cérénique, sa femme portait autour d'elle un regard désabusé, et des soupirs lui tenaient lieu de paroles. Quoique deux autres bébés soient venus occuper le petit lit vide et prendre place autour de la table, la grisaille du deuil ne l'avait quittée qu'en de rares instants. Georges-Noël se rappelait qu'en ce matin où il avait conclu l'achat du bien paternel, elle avait accueilli la nouvelle avec une allégresse telle que le sacrifice qu'il s'imposait en vendant le moulin en avait été allégé.

La fatigue des préparatifs, croyait-il, avait tôt fait de voiler ce ravissement qui depuis ne s'était manifesté qu'à l'évocation de leurs premières amours ou au rappel des bons moments passés en compagnie de Madeleine, d'Éléonore et des clients du moulin.

Fidèle à sa promesse de lui consacrer plus de temps, Georges-Noël n'était pas retourné aux lectures chez Françoise, et avait tout tenté pour l'intéresser à ses chevaux. Alléguant que les voyages à Trois-Rivières avec les deux garçons la fatiguaient, et refusant de les confier à quelqu'un d'autre, elle avait cessé d'accompagner son mari, et tolérait à peine d'en entendre parler.

Maintes possibilités pouvaient encore être explorées, et Georges-Noël avait résolu de s'y consacrer sans réserve. À la faveur d'une fin de soirée calme et encore tout imprégnée de la clémence de cette belle journée de la mi-août, disposé à accomplir son vœu le plus cher, il avait rejoint Domitille dans leur chambre où il la trouva impassible, le regard fixe, prisonnière d'un mutisme dont il espérait la délivrer. Quoique son approche fût empreinte de toute la tendresse du monde, elle réagit avec une véhémence qu'il prit pour une attaque de folie.

— Va-t'en! lui hurla-t-elle. Je ne veux pas de ta pitié. Je sais qu'à tes yeux je suis moins que rien. Il n'y a que les étrangers qui réussissent à t'épater… Va les retrouver!

Plus Georges-Noël protestait de son amour pour elle, plus elle semblait s'enliser dans sa rancœur, ne demandant qu'à mourir.

— Se peut-il qu'une femme considère comme l'échec de sa vie le fait de n'avoir pu mener une grossesse à terme? demanda-t-il au docteur Rivard, de nouveau appelé au chevet de sa patiente.

— À mon avis, oui, si elle a donné à cet événement une importance autre que celle que lui accordent la majorité des femmes qui le vivent.

Georges-Noël était pourtant convaincu de n'avoir rien fait ou dit qui ait pu la porter à croire qu'il lui gardait rancune de cette épreuve. S'appuyant sur les dires du docteur Rivard, il n'avait cesse de répéter à Domitille que ce n'était qu'un accident comme il en arrive à tant d'autres mères, et qu'ils avaient le temps de mettre au monde encore dix enfants, si elle le souhaitait. «De toute façon, il est trop tard», s'entêtait-elle à répéter en gémissant.

~

Loin d'imaginer le drame qui se vivait à quelque deux cents mètres de sa cordonnerie, Victoire avait décidé d'informer son père avant la fin de la semaine du projet de boutique à Trois-Rivières. L'été filait et elle craignait que Georges-Noël ne prît pour une démission le retard qu'elle mettait à lui faire part de l'assentiment de Rémi. Face à l'humeur bourrue que manifestait ce dernier au temps des corvées, elle se disposait à user de finesse pour que son approche donne les résultats escomptés.

— Qu'est-ce que vous diriez si c'était moi qui allais avec vous aujourd'hui? avait-elle demandé à son père.

Rémi observait, tel un rite sacré, l'habitude qu'il avait prise d'aller, chaque dimanche après midi, faire un tour sur ses terres en compagnie de sa femme.

Moins content qu'étonné, il avait consenti.

— À ta convenance, avait-il répondu, en faisant une moue qui valait mille mots sur la méfiance que lui inspirait la démarche de sa fille.

À peine Victoire avait-elle traversé les trois premiers enclos en compagnie de son père que Françoise la vit revenir sur ses pas. Rémi s'était opposé au rythme fou que sa fille devrait adopter pour fournir et les gens du village et une boutique à Trois-Rivières. Mais plus encore, il désapprouvait ce qu'il appelait chez Victoire cette manie de toujours en demander davantage.

— L'année passée, tu tempêtais devant les savates à réparer. Tu voulais travailler dans du neuf. C'est ça que tu fais puis tu n'es pas encore contente. Il a fallu que tu t'inventes un autre caprice.

— M. Dufresne est persuadé que mes chaussures se vendraient bien en ville, répliqua-t-elle, espérant que l'opinion de Georges-Noël l'influencerait positivement.

— On a tous réussi à gagner notre croûte en faisant des choses ordinaires avec du monde ordinaire. Tu ne pourrais pas en faire autant? Tu n'as qu'à penser à ta mère…!

— Je n'aurais pas voulu être à sa place, avait marmonné Victoire en tournant les talons.

Chapitre IV

Un prix à payer

Panier au bras, Françoise allait vers le jardin faire sa cueillette de légumes frais lorsqu'elle aperçut Thomas, sac au dos, gambadant sur le sentier qui sillonnait leurs terres.

— Regarde-le venir, Victoire.

Thomas avait attendu avec impatience ce grand jour de la rentrée scolaire. «C'est demain que je commence?» n'avait-il cessé de demander à son père depuis plus d'une semaine, admiratif devant le sac de cuir que Victoire lui avait confectionné et les bottines neuves qu'il n'avait eu la permission de porter que le dimanche, jusqu'à son entrée à l'école.

— C'est le genre d'enfant que j'aimerais mettre au monde, déclara Victoire qui s'était précipitée à la fenêtre. Des enfants intelligents, vifs, un peu coquins.

Le visage soudain assombri, elle ajouta :

— Avec un peu de chance, il pourra au moins échapper au pensionnat, lui.

À peine Thomas avait-il posé un pied dans la cordonnerie qu'il brandissait son sac, heureux de ce qu'il y avait découvert à son lever.

— Regardez tout ce que papa a mis dedans, cette nuit !

Que ce fût Georges-Noël et non pas Domitille qui ait pris cette responsabilité intrigua Victoire.

— Est-ce qu'il faut toujours autant de temps pour se remettre d'une fausse couche ? demanda-t-elle après le départ de Thomas.

— Si j'en juge par les cinq que j'ai faites, non. J'ai le sentiment qu'il y a quelque chose qui la tourmente, ajouta Françoise qui avait apporté son aide à Domitille pendant tout le mois d'août.

L'hésitation que mit Françoise à quitter la cordonnerie pour se rendre au jardin dévoilait, à n'en pas douter, son intention de revenir sur le sujet. La réticence qu'elle avait manifestée au cours de l'été à approuver le projet de boutique témoignait de craintes qui n'avaient rien à voir avec les risques du commerce.

— Je ne suis pas sûre que ce soit une bonne chose pour toi que vous brassiez des affaires ensemble. Pour être bien franche avec toi, Victoire, tu me donnes l'impression de jouer avec le feu, lui avoua-t-elle.

Devant l'attitude fuyante de sa fille, elle ajouta :

— Je ne te demande pas de me dire ce que tu en penses, je te demande seulement de bien y réfléchir. Il y a des contentements passagers qui laissent parfois de bien grandes blessures.

Même si elle feignit de ne pas saisir l'allusion à son grand intérêt pour Georges-Noël, Victoire n'en fut pas moins troublée. D'autres événements tels que sa dernière altercation avec Madeleine dans l'enclos, les nombreuses heures que Françoise avait passées en compagnie de Domitille souffrante, et le temps que mettait

Georges-Noël à relancer le projet de Trois-Rivières étaient de nature à entretenir son inquiétude.

Avant que Françoise n'ait estimé le temps venu de savoir où sa fille en était dans ses réflexions, Georges-Noël se présenta à la cordonnerie. Victoire se demanda si elle devait se réjouir que sa mère fût aux champs. Toute à la joie de la nouvelle qu'il lui annoncerait sûrement, elle ne s'inquiéta ni de la lenteur de sa démarche ni du peu d'empressement qu'il mit à exprimer le but de sa visite. Après s'être informé de Rémi, de Françoise et du travail de l'un et de l'autre, Georges-Noël s'arrêta devant son étalage de chaussures.

— Il ne faudrait pas compter en vendre à Trois-Rivières avant le printemps prochain. À moins que...

— Votre oncle a changé d'avis pour la boutique, enchaîna Victoire, aussitôt prête à suggérer la recherche d'un autre local.

— Le problème n'est pas là, reprit-il, l'air assombri.

Victoire renonça cette fois à quelque autre hypothèse.

— Le docteur prétend qu'avec tout ce qu'elle vient de traverser, Domitille n'aura pas trop de l'hiver pour se refaire une santé.

— Pourtant, maman me disait que...

— Je sais, reprit Georges-Noël, comme s'il eût déjà trop entendu ce que Victoire allait avancer. Je sais que la majorité des femmes sont remises après une semaine de repos. Mais selon le docteur Rivard, on dirait que Domitille s'épuise à lutter contre un mal qu'il n'arrive pas à diagnostiquer.

Ils étaient donc trois maintenant à soupçonner la présence d'éléments obscurs et incompréhensibles dans la maladie de Domitille. Pour éviter le regard de la jeune fille, Georges-Noël s'était tourné vers la fenêtre.

— Espérons que le printemps prochain, tout sera rentré dans l'ordre, dit-il.

Dans la voix et sur le visage de Georges-Noël, aucune expression de méfiance ni de reproche ne semblait se cacher derrière le chagrin et la déception. Victoire l'observait à la manière d'une jeune femme qui n'a pas appris à consoler un homme de l'âge et de la trempe de Georges-Noël Dufresne. L'eût-elle su que, consciente de l'attrait qu'elle éprouvait à son égard, elle se le fût interdit. Et c'est sans l'ombre d'un regret qu'elle le vit aussitôt repartir vers sa demeure.

Victoire assistait à l'effondrement de tout ce qui avait nourri ses espérances depuis le début du printemps. Son désappointement fut tel qu'elle n'éprouva plus qu'une envie, fuir cet atelier et se réfugier dans son repaire secret, au bord du lac.

La surface du plan d'eau frémissait à peine sous une brise de fin d'été. D'un bleu orné de cumulus, le ciel s'y mirait, serein et majestueux. Les abeilles butinaient vaillamment les fleurs encore généreuses de leur dernier nectar de la saison. Une tourterelle roucoulait, insensible à la détresse de Victoire, comme toute la nature qui l'entourait.

Cinq semaines s'étaient écoulées depuis ce soir du 31 juillet où elle avait souhaité, à force de raisonnement, que la famille Dufresne quittât son environnement. Était-ce le prix à payer pour retrouver la paix? Elle ne parvenait pas pour autant à se résigner à l'absence de celui qui, par ses encouragements, les services rendus et les démarches entreprises, avait si spontanément appuyé ses ambitions.

Déchirée entre l'insatiable besoin de la présence de Georges-Noël et les principes qui lui interdisaient non seulement de la provoquer mais encore de la désirer, Victoire regretta d'être sortie de l'enfance. Comment avait-elle pu se sentir si pressée de le faire alors qu'elle n'y avait connu que des bonheurs simples et des affections sans tourment? Si tels étaient les prémices de l'amour, elle comprenait que sa sœur aînée s'en soit détournée en optant pour la vie religieuse. Non pas qu'elle fût tentée de suivre son exemple, mais elle s'élevait contre tout ce qu'elle avait lu et entendu sur cet euphorisant mensonger. Elle se pardonnait difficilement d'avoir souhaité en connaître les ardeurs jusqu'à l'ivresse. D'avoir rêvé d'être consumée par cette magie qui, croyait-elle, transforme les jours de pluie en des heures d'enchantement dont la douce musique apaise et invite à l'intimité.

Un pinson vint picorer à ses pieds, relevant la tête vers elle après chacune de ses prises. Victoire l'observait, fascinée par ce petit être au plumage bleu verdâtre, de noir et de roux découpé, qui savait prendre le temps, doser ses gestes et chanter sa vie. Ne l'avait-elle pas su elle aussi? Avant… Avant que la convoitise ne s'infiltrât dans ses pensées. Fût-il encore possible de l'en extirper qu'aucun manuel scolaire, aucune page de journal ne lui en avaient enseigné la méthode. Georges-Noël avait promis de lui montrer à dompter une jument trop rebelle, mais c'est seule qu'elle devait apprendre à mater cette pulsion qui faisait fi de toute limite, comme si elle n'eût point trouvé son maître. Sitôt née, la volonté d'y parvenir se heurtait violemment à la douleur qu'elle imaginait si elle devait s'interdire sa présence. Dans sa quête d'un moyen de le faire en douce, Victoire se butait ou à des avenues semées d'obstacles, ou à des procédés aussi indignes et injustifiables que le ressentiment clairement manifesté. Les recommandations de grand-père Joseph revinrent à sa mémoire, l'incitant à «ne pas s'acharner à trouver une solution qui vient souvent d'elle-même quand on sait attendre».

Embrassant d'un regard attendri le paysage auquel elle allait tourner le dos, elle entendit la clochette d'un itinérant retentir dans le chemin de la Rivière-aux-Glaises. Rémi l'avait sans doute invité à venir affûter les outils une dernière fois avant l'hiver, puisqu'il s'engagea dans l'allée et fila jusqu'à la remise.

À quelques mètres de la maison, Victoire trouva l'idée miracle, le moyen par excellence, crut-elle, de se distraire de Georges-Noël tout en favorisant la vente de ses chaussures. Elle attendit le départ de l'aiguiseur pour aller réclamer auprès de son père ce qui allait lui permettre de passer à l'action.

— Avez-vous réparé la calèche de grand-père?

— Non, pas encore, répondit Rémi, d'humeur plutôt gaie. Mais tant qu'on n'en aura pas besoin, il n'y a pas de presse, poursuivit-il, se doutant bien que, venant de Victoire, cette question ne pouvait être anodine.

— Je prévois justement en avoir besoin avant longtemps.

Rémi déposa ses outils sur l'établi auquel il s'adossa, tout disposé à l'écouter. Une attitude aussi bienveillante incita Victoire à dévoiler sans détour ses intentions de faire la tournée des rangs avant l'hiver.

Faute de pouvoir acheminer vers Trois-Rivières une production qu'elle s'était efforcée de doubler au cours de l'été, elle la vendrait par elle-même, à sa guise et avec son propre attelage.

Devant la mine soudain renfrognée de Rémi, Victoire fit remarquer :

— Après tout, c'est à moi qu'il a donné cette calèche.

— Tu as l'air d'oublier qu'on ne peut se passer de nos deux chevaux, ici. Les récoltes sont à peine commencées.

— Je vais avoir le mien.

Rémi ne voulut rien entendre des propos de Victoire qui jurait que Georges-Noël lui réservait un cheval qu'il s'était engagé à rendre docile. Il déclara hors de question que Victoire s'aventurât seule sur les routes, encore moins avec un cheval qu'elle ne connaissait pas.

— Laisse-moi finir les récoltes, puis je vais y aller te conduire, moi. Ça va m'aider à passer l'hiver.

— Puis, l'été prochain ? osa Victoire, n'admettant pas que quelqu'un vienne une fois de plus s'opposer à ses plans.

— On verra dans le temps comme dans le temps, répondit Rémi.

Victoire n'en exigeait pas plus pour reprendre espoir et obtenir de Georges-Noël qu'il lui réservât sa jument pour le printemps.

～

Rémi et sa fille n'avaient pu effectuer qu'une vingtaine de visites dans la région, et sans grand succès, tant l'hiver s'était montré impitoyable. L'accueil avait été presque aussi glacial que la saison. Victoire avait attribué cet échec au seul fait qu'elle exerçât un métier d'homme. De crainte d'offrir à son père l'occasion de la dissuader de continuer, elle avait tu son chagrin et sa colère, se consolant à l'idée que les gens de Trois-Rivières seraient plus enthousiastes.

Maintenant que repos, égards et bons soins avaient permis à Domitille de retrouver ses forces, tout donnait lieu d'espérer que le projet soit repris là où il avait été abandonné en septembre.

L'hivernage des bêtes tirait à sa fin. De la fenêtre, Victoire reconnut sa jument noire parmi les six chevaux retournés à l'enclos. Le jour n'était pas loin, pensa-t-elle, où Georges-Noël viendrait rediscuter de l'ouverture prochaine de la boutique.

Or, mai lui fila entre les doigts sans qu'il lui en dise un mot. Il avait bien, au hasard de leurs rencontres, l'attitude courtoise et la parole bienveillante qui étaient siennes, mais il se limitait chaque fois à échanger quelques propos sur le temps ou sur l'emballement de Thomas pour l'école. S'il eût prétexté qu'il attendait la fin des cours pour reparler de Trois-Rivières, il l'en aurait tout de même prévenue. Victoire n'y comprenait rien.

— Pourquoi ne pas aller t'informer si ça t'inquiète autant ? lui avait conseillé Françoise.

Mais Victoire s'y refusait, craignant de trahir son attirance pour Georges-Noël, attirance qui ressurgissait plus dévorante et plus obsédante après chaque tentative de déni.

— Je ne te reconnais plus, lui avoua Françoise. Il se passe quelque chose de pas ordinaire pour qu'une fille tenace comme toi hésite à ce point. Je te vois moins courageuse à dix-sept ans que tu l'étais à quinze ans !

Domitille exultait.

La ferme allait incessamment passer des mains de Georges-Noël à celles de son frère Joseph.

De ce marché, Georges-Noël avait exclu les écuries et les quelques acres de terre qu'il se réservait pour les chevaux et pour la culture du lin.

Depuis que dans les matins roses les bouleaux déployaient leur vert cendré et que les oiseaux avaient trouvé un gîte dans les arbres, Domitille était radieuse. Il ne manquait que cette bonne nouvelle pour qu'elle se laissât aller à l'enchantement. Pour qu'elle découvrît la beauté du lac Saint-Pierre qui, devant elle, étalait l'infini, des limites de leurs terres jusqu'à la ligne d'horizon.

Les hommes s'activaient à rechauler les bâtiments, et ses fils s'en donnaient à cœur joie dans le champ de marguerites, lui préparant le plus beau bouquet du monde.

— Tes trente ans te vont à merveille, ma princesse, lui dit Georges-Noël en dégageant son visage pour mieux se laisser charmer.

Un instant, Domitille ferma les yeux, bercée par cet amour bienveillant qui passait dans la voix et les caresses de son mari. Croire aveuglément, s'abandonner sans arrière-pensée, ces plaisirs, elle les redécouvrait, comme un baume. Comme un bonheur naïf dont sa vie de femme l'avait privée au prix de blessures dont elle ne s'était pas encore remise. Les expériences de ses dix dernières années s'étaient succédé, plus déroutantes les unes que les autres. La maternité l'avait trahie, ne lui donnant que pour reprendre à son gré. Leur vie de couple n'avait été, depuis la naissance des enfants, qu'une condamnation à un isolement d'autant plus impitoyable que personne n'en soupçonnait l'existence. Croyant s'en libérer en quittant le domaine de la Rivière-aux-Glaises, Domitille s'y était plutôt enfoncée davantage. Bien plus, depuis leur arrivée dans cette maison, des doutes avaient ébranlé la fascination que son mari n'avait cessé d'exercer sur elle. Dans ses baisers, dans ses gestes parfois distraits et dans son regard lointain au moment de la serrer dans ses bras, elle ne retrouvait plus cette passion dévorante qu'à seize ans elle avait crue éternelle. Elle fermait alors les yeux pour mieux se rappeler avec quelle fougue il avait juré de l'aimer jusqu'à la mort et même au-delà.

Qu'éprouvait-il maintenant pour la femme diminuée et moins jolie qu'avaient fait d'elle tant de maladies? La volonté de reconquérir la première place dans le cœur de Georges-Noël lui avait insufflé le courage d'exprimer et de justifier sa désapprobation quant au commerce de Trois-Rivières, arguant que les produits de la culture du lin seraient suffisamment appréciés dans leur région sans qu'il s'imposât d'en faire la vente jusqu'à Trois-Rivières. Choqué de devoir faire marche arrière auprès de son oncle Télesphore, mais plus encore auprès de Victoire dont il imaginait la déception, Georges-Noël lui avait lancé sur un ton réprobateur:

— Si tu disais clairement ce que tu veux, puis surtout ce que tu ne veux pas.

Domitille avait eu la soudaine impression que son mari touchait les limites de sa patience.

— Je ne suis pas sûre que tu aies toujours le goût de le savoir, lui avait-elle répliqué avec une audace qui le surprit. Si je t'annonçais aujourd'hui que c'est au village que j'aimerais vivre. Pas trop loin de ta mère, là où je pourrais facilement me remettre à faire des portraits que je vendrais en même temps que ton huile et tes graines de lin. Qu'en dirais-tu ?

Georges-Noël était allé se réfugier sur la galerie, meublant le silence de longs soupirs. Que sa femme réclamât un domicile à proximité de celui de Madeleine ne l'étonnait plus, mais qu'elle lui imposât une seconde fois de renoncer à des entreprises pour lesquelles il avait déjà beaucoup investi lui sembla d'une exigence excessive. Le sacrifice du domaine de la Rivière-aux-Glaises n'avait qu'en de rares occasions dissipé la morosité de Domitille. La trop grande tranquillité de la ferme et l'absence de Madeleine ne suffisaient pas, au regard de Georges-Noël, à expliquer le perpétuel mécontentement de sa femme. En conséquence, il n'allait pas, pour y remédier, s'obliger à tout recommencer, ni balayer des projets qu'il avait conçus pour se consoler de la perte du moulin. Était-ce réaliste d'espérer trouver un moyen de la satisfaire sans renoncer à son propre droit au bonheur ?

— Donne-moi une couple de jours, lui avait-il répondu, pressé de trouver réconfort auprès de ses chevaux.

Une atmosphère lourde d'inquiétude et d'agacement avait assombri leur relation au cours de la semaine qui suivit cet entretien. Sur le point de glisser de nouveau dans les regrets et la détresse, Domitille pensait à implorer l'aide de Madeleine lorsque Georges-Noël entra dans la cuisine, fier de la nouvelle qu'il venait lui apprendre.

— Je pense avoir trouvé ce qu'il te faut. Une maison dans le village, à deux pas de chez ma mère. Je pourrais réaménager la boutique du rez-de-chaussée à peu de frais.

Domitille parut si enthousiaste que Georges-Noël se reprocha d'avoir douté de ses dispositions au bonheur. N'éprouvant plus le besoin d'avoir recours à Madeleine, elle acquiesça avec joie à l'invitation de son mari qui lui proposait de visiter la maison choisie.

La jeune femme courait d'une pièce à l'autre, fourmillant d'idées pour la décoration de cette petite boutique où elle passerait ses journées, au milieu des clients venus faire dessiner leur portrait.

Dès son retour à la maison, elle avait, d'un pas alerte, commencé à emballer nombre d'articles en prévision du déménagement.

— Quand as-tu prévu que Joseph viendrait s'installer ? demanda-t-elle à son mari, une fois les enfants mis au lit.

— Dès qu'il sera marié.

Domitille le regarda, consternée.

Connaissant Joseph, sa lenteur et sa difficulté chronique à prendre des décisions, elle déchanta. Georges-Noël s'empressa de la rassurer, lui annonçant qu'il avait tout prévu, pour le cas où son frère tarderait à prendre possession du bien paternel. Joseph travaillant déjà sur la ferme, Georges-Noël comptait acheter la maison du village dès maintenant, de sorte que Domitille puisse s'y rendre tous les matins, aussitôt les aménagements terminés.

L'explosion de joie qu'il attendait ne vint pas. Vivre au village, c'était bien ce que Domitille avait réclamé, mais pas sans son mari. Et, ajoutant à sa déception, il lui apprit que les écuries et les enclos des chevaux ne faisaient pas partie des biens cédés à Joseph.

— Mais pourquoi? avait-elle demandé.

Georges-Noël avait aisément justifié sa décision en invoquant l'argent investi pour construire ses bâtiments et acquérir des instruments en prévision de la culture du lin.

— Si je comprends bien, tu viendrais travailler ici tous les jours, alors que moi…

Elle ferma les yeux, le cœur broyé comme le rêve qui, à peine né, venait de voler en éclats. De nouveau piégée par ses intentions non avouées, elle ne savait que répondre à Georges-Noël qui la pressait de s'expliquer.

Qu'il ait décidé de garder là ses écuries n'était-ce pas, malgré les motifs avancés, l'indice qu'il ne souhaitait pas s'éloigner de Victoire Du Sault?

Déchirée entre l'influence de Madeleine et la confiance qu'elle avait besoin de conserver en son mari, Domitille lui avait dévoilé pour la première fois la valeur exacte de l'héritage qui lui avait été laissé, offrant de lui prêter cette somme.

Le regard à la fois désespéré et presque furieux que Georges-Noël posa alors sur elle la désarma. En le voyant se diriger vers le lac, elle eut le sentiment qu'il lui était devenu aussi difficile à saisir que cette silhouette qui allait se perdre dans la brunante.

≈

Jamais encore Victoire ne s'était réfugiée dans son repaire secret du lac Saint-Pierre sans en revenir avec une solution au problème qui l'y avait conduite.

Lasse d'attendre la réponse de Georges-Noël, elle avait résolu de lui soumettre son idée dès le lendemain. En lui offrant de payer à même les profits de ses ventes le cheval qu'elle lui achèterait et qui lui permettrait de se rendre à Trois-Rivières par ses propres moyens, Victoire évitait non seulement de confirmer les rumeurs que ces voyages risquaient de déclencher, mais aussi et surtout d'être blâmée par Rémi. Ce dernier n'aurait pas un sou à verser pour que sa fille fasse l'acquisition de la petite jument noire, selon toute apparence bien dressée, ou de l'un des étalons que Georges-Noël comptait vendre.

Avant de quitter la grève, elle laissa son regard errer une dernière fois sur le lac, parvenant difficilement à croire que deux années seulement s'étaient écoulées depuis son retour définitif du pensionnat. Et, bien que cette nuit qui s'annonçait féerique l'invitât à s'accorder une autre heure, celle-là de douces rêveries, Victoire convint de retourner à l'atelier, stimulée par l'éventualité d'une première livraison à Trois-Rivières avant la fin de juin. Elle venait de tourner les talons lorsqu'elle aperçut la silhouette d'un homme qui se dirigeait vers le lac, et qui ne pouvait être que celle de Georges-Noël Dufresne. Quel heureux hasard, pensa-t-elle. Sur le point de se précipiter vers lui, Victoire s'arrêta, se demandant s'il ne serait pas plus sage de feindre de ne pas l'avoir vu et de rentrer chez elle en empruntant un chemin où elle éviterait de le croiser.

Après s'être adossé quelques instants à une grosse pierre en bordure d'un buisson, comme s'il eût hésité à s'approcher du lac, Georges-Noël vint dans sa direction.

— Ça ne va pas, Victoire? lui demanda-t-il d'une voix aussi veloutée que le bleu du crépuscule qui les enveloppait.

— C'est pour vous que je m'inquiétais, monsieur Dufresne.

Georges-Noël lui sourit en hochant la tête.

— S'il ne s'agissait que de moi, reprit-il, personne n'aurait à s'inquiéter.

Cette réflexion troubla Victoire. Tant d'interprétations pouvaient en être faites! Plût au ciel que Georges-Noël ne découvrît pas le désir qui l'habitait depuis qu'ils étaient là, l'un face à l'autre, offrant à la lune naissante le loisir de dessiner leur profil au gré de leurs mouvements et des frémissements du lac. Les mains jointes derrière elle, il lui était plus facile de freiner un élan qui l'eût compromise.

— J'imagine qu'après tout ce que je t'ai proposé, ce serait bien difficile pour toi de…

— De devoir m'organiser pour voyager à Trois-Rivières? enchaîna Victoire, jugeant inutile d'attendre la fin de sa phrase.

— Non, non. Si ce n'était que ça…

Victoire retenait son souffle.

— Il ne faut plus compter sur moi pour la boutique. Je vais avertir mon oncle demain, en souhaitant qu'il n'ait pas déjà entrepris les rénovations.

— Je pourrais savoir pourquoi?

Le cœur prêt à éclater, elle se tourna vers la maison où elle aurait voulu se trouver déjà. Georges-Noël mit tant de temps à répondre qu'elle redouta le pire.

— Tout ce que je peux te dire, Victoire, c'est que tu n'y es pour rien et que je suis très déçu de devoir renoncer. Mais, ajouta-t-il après quelques instants de silence, quand il en va du bonheur et de la santé de quelqu'un qu'on aime, on a plus ou moins le choix.

— Il y a des gens qui ont beaucoup de chance.

— À chacun la sienne, riposta Georges-Noël, se doutant bien qu'elle visait Domitille.

— Bien sûr! fit-elle, par dépit plus que par conviction, comme Georges-Noël le sentit à la façon dont elle s'écarta du sentier qu'ils avaient emprunté en quittant la grève.

En toute sincérité, ne devait-il pas lui aussi avouer qu'il s'estimait moins favorisé qu'il ne l'avait déjà cru?

— Que comptes-tu faire, maintenant?

— M'organiser sans vous. Qu'est-ce que vous voulez que je vous dise?

Aucune parole, en ce moment, n'eût été de nature à lui procurer le réconfort dont elle avait besoin. Georges-Noël le comprit et regretta de devoir garder pour lui les excuses et les souhaits que son admiration et son affection lui inspiraient.

Non pressé de rentrer à la maison, il s'était attardé sur sa galerie, s'interrogeant sur l'état de Domitille. Il trouvait inquiétant qu'à trente ans sa femme éprouvât un tel besoin de le voir vivre à ses côtés, et qu'elle n'ait jamais manifesté d'intérêt réel pour ses projets et ses aspirations.

Une autre question le hantait depuis son départ du domaine de la Rivière-aux-Glaises. Pouvait-il exister plusieurs formes de jalousie? Autrement dit, Domitille pouvait-elle être jalouse du bonheur des autres? De celui de son mari, même?

À court d'hypothèses, Georges-Noël avait repensé à sa condition d'orpheline, pour rejeter aussitôt l'idée. «Une orpheline choyée», lui avait déjà affirmé Madeleine. «À moins qu'elle ne sache ou qu'elle ne ressente des choses qui m'échappent», se dit-il.

~

Au lendemain de la Toussaint, Victoire avait repris les lectures, comptant parmi ses auditeurs assidus un jeune homme dont le charme avait eu raison de ses hésitations. Non pas qu'elle fût follement amoureuse d'Isidore Pellerin, mais en plus d'avoir été son premier client, c'était un garçon de parole, bien de sa personne, jovial et audacieux.

Il avait surgi dans son existence comme une bouffée de fraîcheur dans l'atmosphère lourde des entraves et des déceptions qui s'étaient succédé au cours des derniers mois.

Avec Isidore, Victoire goûtait aux délices d'une complicité ouverte et à la fascination du rêve permis… Il lui était enfin donné de séduire et de se laisser séduire en toute liberté, sans contenir ses élans amoureux, ni les masquer d'un quelconque prétexte.

Ébloui par la beauté et l'intelligence de Victoire, par l'ingéniosité et la dextérité que révélait son travail exposé sur les rayons de sa cordonnerie, Isidore approuvait son ambition, l'incitait à voir plus grand et plus loin.

— Si le projet de Trois-Rivières n'a pas marché, ce n'est pas pour rien. Je connais quelqu'un qui, pas plus tard que dimanche prochain, va t'apporter de quoi ne plus te laisser le temps de dormir tellement tu vas en faire, des ventes.

Isidore avait suffisamment piqué la curiosité de Victoire pour qu'elle comptât les jours qui la séparaient de ce dimanche si prometteur.

— Regarde-moi ça, dit-il, brandissant une feuille de papier glacé aux couleurs contrastantes.

Un titre inscrit en gros caractères et d'un rouge flamboyant demeurait énigmatique pour Victoire.

— *The hit,* ça veut dire que c'est à la mode dans tout le pays, expliqua Isidore, tout fier de faire étalage de ses connaissances.

— Mais d'où vient ce papier-là? demanda Victoire.

— Des États. C'est un type bizarre qui passe ses hivers là-bas et qui rapporte à mon père des tas de revues, chaque fois qu'il vient dans notre coin.

Extasiée devant l'illustration montrant une paire de souliers pour dame à bout ouvert, Victoire ne prêtait qu'une oreille distraite aux propos d'Isidore qui discourait sur les avantages d'apporter de la nouveauté dans la façon de se vêtir et de se chausser, ce dont il ne parvenait pas à convaincre son père. Avide de plonger dans tout ce que M. Pellerin pouvait posséder de trésors semblables dans son atelier, Victoire y serait accourue le soir même, mais Isidore prétendait avoir choisi, parmi toutes les revues feuilletées, le style le plus intéressant. Faute d'être autorisée à en juger par elle-même, Victoire réclama de rencontrer ce «type bizarre», comme Isidore le désignait.

— Ça ne te donnerait pas grand-chose, il parle anglais.

— Puis toi, tu le comprends?

Ayant peu d'occasions d'épater Victoire, Isidore en profita pour lui adresser ses plus beaux compliments dans une langue qu'il maîtrisait suffisamment bien pour ne pas chercher ses mots, du moins pas ceux-là. C'est en compagnie de M. Harry que depuis trois étés déjà il passait nombre de soirées à s'initier à la conversation anglaise.

Au service d'un contremaître irlandais qui ne possédait de vocabulaire français que les mots merci et bonjour, le jeune Pellerin s'outillait non seulement pour le métier de ferblantier, mais il s'était juré de ne quitter cette boutique que lorsqu'il pourrait passer pour un « gars des États », tant il maîtriserait bien l'anglais.

Pour avoir depuis plus d'un an décelé, entre les lignes de ses lettres, les tourments sentimentaux de Victoire, André-Rémi s'était réjoui de cette relation jusqu'au jour où il apprit, avec interdiction de le répéter, que le jeune Pellerin organisait son expatriation vers la Nouvelle-Angleterre, avec l'intention de s'y installer dès qu'il aurait épousé la fille de Rémi Du Sault.

« Je me donne deux ans », estimait Isidore, incitant Victoire à faire appel aux services de M. Harry pour faire à son tour l'apprentissage de l'anglais. « Ça va être indispensable pour nous deux si on veut réussir en affaires. »

À la demande d'Isidore Pellerin, Harry White s'était présenté chez les Du Sault au début de l'été.

Parmi les itinérants qui parcouraient la région à chaque retour de la saison chaude, Harry ne se comparait en rien avec le raccommodeur de faïence ou le fondeur de cuillères. Ses manières aristocratiques renforçaient les rumeurs qui couraient sur ses origines. Des gens de parenté éloignée soutenaient qu'il était bel et bien né dans la région. À Plessisville, confirmaient leurs aînés. De plus malins chuchotaient qu'ayant été refusé au grand séminaire à la fin de son cours classique, il avait dû renoncer à la prêtrise. Pour ne pas humilier sa famille, il avait choisi de s'exiler aux États-Unis, Henri Leblanc devenant Harry White. Rémi s'était fermement opposé à ce que cet étrange personnage qui se plaisait à ne parler qu'anglais mît les pieds dans sa maison.

Rémi Du Sault n'était pas seul à se méfier des vagabonds qui arrivaient des États-Unis à chaque printemps. Du haut de la chaire, les prédicateurs s'insurgeaient contre «ces semeurs de trouble, ces apôtres de la désertion qui arrachent nombre de familles canadiennes-françaises à leurs terres pour les entraîner en pays étrangers, où ils risquent de perdre leur foi et leur langue». Réfractaire à de telles assertions et désireux de parfaire ses connaissances en anglais, Georges-Noël avait suggéré que les séances se tiennent dans sa cuisine d'été, inutilisée depuis le départ de Madeleine.

Dure épreuve pour Domitille. Ou elle s'y opposait et dévoilait le véritable motif de ses incessantes revendications, ou elle se condamnait à passer un été d'enfer, rongée par la jalousie.

Neuf mois avaient fui depuis que Domitille avait supplié son mari de rebâtir ses écuries au village. Harassé par ses exigences, Georges-Noël y avait consenti, mais pas avant que Joseph se soit installé sur la ferme, avait-il précisé. Contraint de légitimer cette réserve, il avait prétexté le fait qu'il doutait que cette boutique lui apportât tout le bonheur qu'elle en espérait.

— Ma mère ne sera pas toujours là, lui avait-il rappelé. Puis rien ne nous interdit d'espérer qu'un autre petit Dufresne vienne agrandir la famille. Tu te verrais partager ton temps entre ta boutique et… ?

Georges-Noël n'avait pas terminé sa phrase que Domitille lui donnait raison.

— Nous ne quitterons pas cette maison avant de nous être assurés que ce choix, celui qui nous conduira ailleurs, sera le meilleur, tant pour toi que pour moi et les enfants, avait-il promis.

— Et notre maison du village ?

— Tout ce qui s'achète se revend, avait répliqué Georges-Noël.

En d'autres circonstances, Domitille eût été rebutée par ce délai, mais la détermination de son mari à répondre du bonheur de chacun la combla. Forte de cette promesse, elle avait entrepris la décoration de sa boutique. Le retard que Joseph mettait à annoncer son mariage l'amena à mettre un frein à ses espérances. La fiancée de son beau-frère exigeait plus de temps pour se faire à l'idée de s'établir sur une ferme, et Joseph dut reporter l'événement à plus tard. Quatre mois de voyagement au village et la déception de devoir passer un autre hiver sur la ferme avaient finalement miné l'enthousiasme de Domitille et détérioré sa santé.

Interpellé par les obstacles qui surgissaient de part et d'autre dans la réalisation de ses projets, Georges-Noël considérait que s'il fallait hiberner comme les ours pour y voir clair au printemps, pourquoi s'y refuser ? Domitille regimbait à de tels propos, alors que Victoire, à qui Rémi avait cédé sa plus vieille jument, les accueillait avec bonheur.

Le soleil de mai avait depuis peu libéré les plaines de leur enveloppe de glace et de neige quand Joseph et Georges-Noël entreprirent d'ensemencer de graines de lin plus de la moitié de leurs terres. Le reste suffirait à la culture du foin et de l'avoine nécessaires pour nourrir le troupeau, les chevaux inclus.

Fasciné par l'efficacité de la méthode des Irlandais qui se contentaient d'étaler les tiges de lin dans des couloirs remplis d'eau jusqu'à ce que leur écorce se détache d'elle-même avant de les exposer au soleil, Georges-Noël n'avait pas hésité à s'y préparer pour l'automne. Dès lors, les jours de pluie avaient été consacrés à la fabrication de dizaines de couloirs qui s'empilaient le long de la remise, attendant l'heure de la récolte.

Au rythme trépidant de l'été, Georges-Noël avait, non sans décevoir Domitille, ajouté les séances d'anglais. N'eût été l'insistance avec laquelle il l'avait invitée à y participer et l'arrivée d'Isidore dans la vie de Victoire, Domitille n'aurait vu dans cette initiative qu'un moyen détourné de se retrouver seul en compagnie de leur jeune voisine, après le départ de Harry.

Pendant que, éprouvé dans ses amours, Joseph passait ses soirées d'un village à l'autre, Domitille épuisait ses réserves d'espoir et d'endurance. Plus souvent qu'autrement, elle se contentait d'aller porter ses portraits à la boutique pour revenir à l'improviste pendant que Madeleine assurait la relève auprès des clients. « C'est plus important que tu restes près de ton mari, lui recommandait-elle. Ce n'est pas parce qu'elle a un cavalier qu'une fille comme elle va se priver de regarder ailleurs… »

Aux invitations réitérées de Georges-Noël, Domitille avait immanquablement tiré prétexte de la fatigue

et du manque de temps pour se dérober à l'apprentissage d'une autre langue.

Entre jardinage, cours d'anglais et fréquentations
assidues avec Isidore, Victoire avait glané les moindres miettes de temps libre pour parfaire les modèles
de souliers suggérés par Isidore et se bâtir une clientèle, ce qui lui évita de devoir constamment prendre
la route.

De nouvelles revues arrivées des États-Unis lui
avaient inspiré de piqueter de minuscules trous l'empeigne de certaines chaussures. Cette fantaisie saurait
plaire non seulement aux jeunes filles, mais aussi aux
dames plus âgées, pensa-t-elle.

Le temps capricieux de ce printemps tardif expli-
quait sans doute pourquoi les souliers ajourés n'avaient
pas trouvé preneurs avant la fête de Pâques. Victoire
comptait sur le retour de la chaude saison et sur les
quelques ventes effectuées l'été précédent pour relancer
son commerce. Son optimisme était tel, qu'elle s'imposa d'en terminer une douzaine de paires avant le
retour de Harry.

Lorsque, le crâne plus dégarni et le dos plus voûté
que l'année d'avant, ce dernier apparut sur le chemin de
la Rivière-aux-Glaises, Victoire se réjouit, ignorant que
Domitille commençait déjà à ressentir la douleur qui
allait la ronger secrètement tout l'été. Jalousie, peur de
perdre, ou clairvoyance, elle ne savait plus comment
nommer ce sentiment qui s'intensifiait chaque fois que,
du bas-côté, les éclats de rire du trio venaient l'agresser
jusque dans sa chambre.

Courtisée par Isidore, Victoire était-elle parvenue à
se détacher de Georges-Noël? Françoise en doutait.

À moins d'un an de la date prévue pour son mariage, la fiancée d'Isidore Pellerin jonglait. Les revues de mode apportées par Harry présentaient des modèles qu'elle n'avait eu aucune difficulté à reproduire et à vendre dans la région. Satisfaite dans son besoin d'innover et d'être reconnue, Victoire ne trouvait plus aucun avantage à quitter la région. D'autre part, Yamachiche ne comptant que deux ferblantiers, Isidore n'avait pas à s'expatrier pour vivre de son métier. À tous les arguments de Victoire, il n'avait pu opposer que ce goût d'ailleurs qui l'habitait pour persister dans ses intentions. Le refus de reconsidérer ce départ inquiéta Victoire. Isidore était-il si différent de son père? L'entêtement et la rigidité qu'elle avait tant de fois reprochés à l'un, ne les retrouvait-elle pas chez l'autre? Imperceptiblement, son attrait pour Isidore Pellerin était dilué par des détails aussi anodins que la petite taille, le nez aquilin et les éclats de rire retentissants du jeune homme.

— Qu'est-ce que vous en pensez? avait-elle demandé à sa mère dont les allusions révélaient une juste perception de ses états d'âme.

— Je n'ai pas connu cette espèce de refroidissement, lui avait avoué Françoise. Je sais, par contre, que bien des femmes le vivent avant de faire le grand saut.

Ayant convenu que leur projet serait annoncé aux parents un an avant leur départ, Victoire avait insisté auprès d'Isidore pour retarder ce moment, préférant en parler à sa mère avant d'affronter Rémi. Françoise se refusa cependant à n'attribuer qu'à cet éloignement la mélancolie et les hésitations de Victoire.

— Nombre de femmes n'ont pas craint de tout quitter pour vivre leur amour, lui fit-elle remarquer. Mais, je ne te sens pas très amoureuse, Victoire. Et cela m'inquiète autrement plus que ton départ pour l'étranger…

— Je ne sais pas, maman. Vraiment pas…

~

Les aînés du village s'accordaient pour dire que de mémoire d'homme ils n'avaient jamais vu un hiver déchaîné comme celui-là. Février s'était montré tout aussi cruel que les deux mois précédents, avec ses froids mordants qui faisaient éclater les clous dans les charpentes des maisons.

Terrassée par une pleurésie sèche, brûlante de fièvre et épuisée par dix mois de constantes rechutes, Domitille avait sombré dans un profond délire. Ses chances de guérison étaient si minces que Madeleine avait été appelée à son chevet pendant que Françoise et Georges-Noël se partageaient les tâches de la maison et le soin des enfants.

— Prépare-leur donc une chaudronnée de gibelotte pour le souper, avait demandé Françoise à sa fille avant de retourner auprès de Domitille.

Entre chien et loup, Victoire était venue la leur porter, et était repartie affreusement meurtrie. Tout en lui déchargeant les bras, Madeleine, l'œil réprobateur, avait marmonné :

— Que je remercie le bon Dieu de ne pas être à ta place, ma pauvre enfant. J'aimerais mieux mourir aujourd'hui plutôt que de me voir condamnée à vivre avec un poids semblable sur la conscience.

De retour à la maison, Victoire s'était réfugiée dans sa chambre, effondrée. Déjà accablée du remords d'avoir envisagé les avantages de la mort de leur voisine avant d'être fréquentée par Isidore, elle éprouva une si douloureuse culpabilité que le bonheur d'aimer lui en parut méprisable.

Que Madeleine ne l'ait jamais appréciée, soit! Qu'elle voulût protéger le bonheur de son fils, rien ne lui semblait plus légitime. Mais qu'elle l'accusât de la mort de Domitille alors qu'elle n'avait été témoin d'aucun geste répréhensible parlait haut de la méchanceté à laquelle une méfiance excessive pouvait conduire une femme qui se targuait d'être une chrétienne exemplaire.

À moins que quelqu'un ne puisse lui jurer que jamais les allégations de Madeleine n'avaient effleuré l'esprit de Georges-Noël, Victoire craignait de glisser dans les abîmes d'une souffrance qui allait au-delà de tout ce qu'elle avait pu imaginer. Au risque de s'exposer à une nouvelle douleur, elle résolut de vérifier auprès de Françoise, même s'il fallait pour cela lui dévoiler ses sentiments pour Georges-Noël. La cause en valait la peine.

Pour s'être portée tant de fois au secours de Domitille et de son mari, pour avoir côtoyé Madeleine ces jours derniers, sa mère saurait l'écouter et l'informer sans l'accabler d'insinuations malveillantes.

Accoudée sur la table de la salle à manger, Victoire avait attendu avec anxiété le retour de Françoise qui la trouva là, plongée dans ses pensées. Que sa fille n'eût point sommeil en pareilles circonstances lui parut normal.

— Penses-tu qu'en passant la nuit debout tu pourras changer quelque chose? Tu ne vas tout de même pas te morfondre comme ça jusqu'à la fin de tes jours!

Victoire présuma que sa mère n'avait pas été épargnée par les propos de Madeleine.

— Mais elle n'a pas le droit de m'accuser, cria Victoire, jurant à mots couverts de n'être blâmable en quoi que ce soit dans ses rapports avec Georges-Noël.

Françoise servit deux tasses de thé et vint s'asseoir devant sa fille, résignée à ce que malgré l'heure tardive sa journée ne fût pas terminée. Bien qu'elle réfutât les assertions de Madeleine en arguant des jugements gratuits de cette dernière et des tendances dépressives de Domitille, Victoire la crut portée à lui attribuer une certaine part de responsabilité. Comme s'il fût donné à Françoise de pénétrer l'univers secret des désirs charnels et des rêves interdits de sa fille. Victoire se ressaisit. Le regard placide de sa mère lui parlait sans fausse pudeur de la réalité : Victoire avait aimé Georges-Noël et elle l'aimait encore. Dans peu de temps, elle trouverait le courage de poser la question. La réponse aurait le pouvoir de la libérer de la pire des appréhensions autant que de la plonger dans la plus grande désolation. Lorsqu'elle vit Françoise se lever, pressée d'aller prendre quelques heures de repos, elle crut le moment venu de la lui exprimer. Sa voix n'était plus que murmure tant l'émotion lui serrait la gorge.

— Comment est-il, lui ?

— Bien malheureux, répondit Françoise. Bien malheureux…

Victoire aurait voulu retenir sa mère, brûlant d'en entendre davantage, mais cette dernière semblait déterminée à s'en tenir à ces quelques mots tant elle avait vite refermé la porte de la chambre derrière elle.

Témoin inquiet de l'attirance de sa fille envers Georges-Noël, Françoise n'y avait vu d'abord que l'éveil d'une jeune femme devant l'homme charmant et courtois qu'il était. Mais, le trouble évident que, même après cinq ans de voisinage, elle éprouvait toujours en sa présence, et les mille et un défauts dont elle taxait chacun de ses soupirants témoignaient de la persistance de cet attrait. Non pas qu'elle eût souhaité qu'à son exemple Victoire se fût engagée dans une vie d'épouse et de mère dès l'âge de seize ans, mais elle craignait qu'à force de caresser une chimère, elle ne se privât de bonheurs possibles. Lorsqu'à maintes reprises elle avait voulu aborder le sujet avec tout le tact dont elle était capable, Victoire lui avait glissé entre les mains en affirmant que si elle ne trouvait pas l'homme de ses rêves, elle n'en serait pas moins heureuse, et s'offrirait tous les avantages du célibat. Au dire de Françoise, une telle désinvolture cachait un inavouable tourment.

À une heure matinale le lendemain, Thomas s'était frayé un chemin vers la cordonnerie, en quête de réconfort.

Les fréquentes visites du médecin et les allusions de son père l'avaient conduit à douter que sa mère fût guérie pour fêter ses dix ans. Et qui plus est, l'atmosphère des dernières vingt-quatre heures l'avait préparé au pire. Même si son père eût voulu lui cacher la visite du prêtre, les préparatifs l'en avaient averti. Mais le chagrin et la fatigue aidant, il n'avait pu résister au sommeil, jusqu'à cette heure fatidique où sa mère, implorant la mort, avait été exaucée.

Thomas était entré chez les Du Sault en sanglotant, n'offrant à Françoise qui l'aidait à se défaire de son manteau qu'un merci étouffé pour se précipiter au cou de Victoire. Impuissante à maîtriser sa propre douleur,

Victoire caressait les cheveux de l'enfant, jurant au fond de son cœur de ne rien écarter qui fût en son pouvoir pour le consoler, si peu soit-il, de la perte de sa mère.

— Tu pourras toujours compter sur moi, Thomas. Tant que je serai en vie, tu pourras compter sur moi, parvint-elle à lui dire avant que Françoise le ramenât chez lui, la dégageant de toute obligation, même celle de rassurer Thomas.

La détresse de ce garçon venait de raviver en elle une culpabilité qu'elle avait mis une partie de la nuit à chasser. Abandonnée à une solitude que d'une certaine façon elle appréciait, Victoire ne cessait de penser à Georges-Noël. Elle aurait voulu qu'il fût là, près d'elle, l'écoutant déclarer que malgré les prétextes inventés pour se trouver en sa présence, elle avait toujours affreusement souffert et lutté contre cet irrésistible attrait qu'elle éprouvait pour lui depuis les premiers sourires échangés sur le chemin de la Rivière-aux-Glaises. Avec la même force, s'imposait le besoin de lui révéler que pas un Trefflé, pas un Jérémie, pas un Isidore même, n'avaient réussi à la fasciner autant que lui. Qu'à travers leurs qualités ce sont les siennes qu'elle retrouvait. Qu'au vu de leurs faiblesses c'est de lui qu'elle se languissait. Que son mariage avec quelqu'un d'autre ne pourrait être qu'une abdication devant l'impossible. Devant l'interdit.

Celle pour qui elle avait éprouvé une antipathie égale à l'envoûtement qu'il exerçait sur l'une et l'autre venait de mourir et, eût-il convenu d'implorer un pardon, c'est d'elle et d'elle seule qu'elle eût voulu l'obtenir. Si elle avait attisé quelques sentiments amoureux dans le cœur de Georges-Noël Dufresne, elle ne parvenait pas, malgré toute la désolation que semait la mort de Domitille, à en éprouver le moindre regret. À l'approche de ses vingt ans, sa chair s'en réjouissait, plus que sa conscience ne pouvait lui en inspirer de repentir.

Dans cette mise à nu de ses sentiments, si cruelle fût-elle, son attachement pour Isidore Pellerin ne tenait plus qu'à des motifs d'accommodement, à un mariage de raison qu'il était encore possible d'éviter.

À quelques heures des funérailles, Victoire ne s'étant pas encore présentée chez les Dufresne, Françoise intervint.

— Tu achèves de te préparer, Victoire ? Je vais t'attendre.

Debout devant la fenêtre de sa chambre, elle fixait la froide immensité du lac Saint-Pierre et pleurait silencieusement. Sa détresse avait la profondeur de la nappe d'eau. Françoise revint sur ses pas, lui entoura les épaules, cherchant les mots pour la convaincre qu'il eût été surhumain de n'avoir jamais succombé au désir de charmer cet homme, de n'avoir pas pris plaisir à sentir ses bras enlacer son corps au hasard de certaines soirées de danse, de ne pas avoir cherché dans le bleu limpide de ses yeux cette flamme qui dévorait ses nuits tièdes et ses soirs de solitude.

Pour n'avoir pas oublié ses ennuis de jeune femme, les ravages de sa propre culpabilité, Françoise sut la réconforter avec ce respect qui ne trouvait mieux que le silence pour s'exprimer. À deux pas de la résidence des Dufresne, elle saisit le bras de Victoire et lui servit un argument péremptoire.

— Retiens bien ce que je vais te dire, Victoire. Dieu seul peut donner la vie et la mort. Ce n'est ni toi ni personne d'autre. Et surtout, n'accorde pas aux désirs un pouvoir qu'ils n'ont pas.

Françoise venait d'engourdir la douleur de Victoire suffisamment pour lui donner la force de se joindre aux parents et amis qui entouraient le cercueil de Domitille.

Agenouillée derrière tous ces gens qui récitaient le chapelet, Victoire aperçut Georges-Noël près de la dépouille. Prostré, il serrait contre lui deux enfants inconsolables. Craignant que sa fille n'éclate à son tour, Françoise l'exhorta à puiser dans ses réserves de courage et de dignité toute la résistance dont elle était encore capable.

Lorsque Victoire lui présenta ses condoléances, Georges-Noël répondit en enveloppant longuement sa main dans les siennes, sans lever les yeux, sans prononcer un seul mot.

~

Georges-Noël errait d'une pièce à l'autre, ne trouvant ici que des lits déserts, et là des berçantes immobiles. Rien pour tromper la froide solitude de cette première nuit de mars, éclairée par la faible lueur de la chandelle qu'il portait.

En le quittant, Domitille lui avait laissé deux fils pour qui l'entrée au pensionnat semblait être la seule issue, ce que Thomas avait ajouté à la liste de ses malheurs, alors que le jeune Ferdinand avait vécu cet événement comme il avait appris la mort de sa mère : placide, solitaire et silencieux. Autour de lui, on s'était inquiété et il l'avait ressenti à travers les allusions et les chuchotis de tous ceux qui s'empressaient de prodiguer des conseils à son père. La candeur qui avait marqué son enfance s'était muée en un regard profondément soucieux, comme celui de sa mère.

La flamme tremblante de la chandelle lui parlait de fidélité dans le silence, de puissance dans la fragilité, de brûlure pour qui l'ignore, la défie, la méprise. Cette flamme lui parlait de Domitille. Dans la chambre à coucher, il déposa soigneusement la bougie sur la commode, s'attardant à regarder danser la flamme devant un portrait où, coiffée d'un chapeau acheté chez Françoise, Domitille rayonnait d'un bonheur empreint de nostalgie. Elle souriait. D'un sourire qui incite sans exiger et sollicite sans quémander. Puis, un peu hésitant, Georges-Noël fit glisser le tiroir où, quelques mois avant la mort de sa femme, il avait découvert un coffret en métal gris orné d'arabesques ciselées. Le courage lui vint d'ouvrir ce coffret sur lequel il s'était tant de fois buté, feignant de ne point le voir tant il en redoutait le contenu. Assis au pied de son lit, il posa la petite boîte sur ses genoux. En caressant du bout du doigt les reliefs, il eut le sentiment de retrouver un peu de la fantaisie de Domitille, d'effleurer le mystère de cette femme qui avait emprisonné dans les replis de son âme ses plus chères aspirations comme ses plus grandes douleurs. Sous la pression de son pouce, le couvercle céda. Un serrement de la poitrine lui fit relever la tête. Le miroir devant lequel il était assis lui retourna un tableau bouleversant. L'hiver n'avait pas que blanchi la plaine, il avait argenté ses tempes, creusé son regard et tracé un sillon de chaque côté de sa bouche. À quelques mois de ses quarante ans, il découvrait sur son visage le passage du vieillissement, alors qu'autour de lui tout ne lui avait parlé que de jeunesse, d'avenir, de projets. Même par sa mort, Domitille à peine engagée dans la trentaine évoquait cette jeunesse. C'est le mot qu'il avait retrouvé sur les lèvres de tous ceux qui étaient venus lui témoigner leur sympathie : «… une si jeune femme», «… de si jeunes enfants». Il lui en coûtait maintenant de revoir le portrait de sa femme, de se regarder à travers elle, de l'écouter lui parler de ce qu'il était devenu, à son insu, depuis que la paix avait déserté son quotidien, dévoré qu'il était tantôt par les responsabilités du moulin, tantôt par la mélancolie et l'état maladif de cette femme qu'il avait juré de rendre heureuse. Tout comme il avait toujours été fasciné par l'envers de la couche argileuse qui ressortait au passage de la charrue, il assistait avec étonnement à la projection de sa vie, passant du dépit à l'émerveillement, de la satisfaction aux regrets, sans complaisance ni tricherie.

Mis au défi par son oncle Augustin, il avait connu un succès qu'il croyait acquis en tout et partout. Loin de lui l'idée qu'une femme choyée comme l'était sa Domitille ne puisse trouver son bonheur dans l'amour et les réussites de son mari. Entraîné très tôt à tourner la page sur les événements déplorables de son existence, il ne comprenait pas qu'on puisse résolument se replonger dans le passé comme le faisait Domitille, pour en nourrir sa nostalgie au lieu d'y puiser la force nécessaire pour vivre son quotidien et bâtir son demain. La vie n'était-elle pas faite pour être jouée hardiment?

Réapprivoisé à sa propre vérité, il n'appréhendait plus autant celle de Domitille, celle du coffret en argent qu'il tenait sur ses genoux. Des cahiers de format et de style identiques s'y trouvaient empilés. Georges-Noël n'eut qu'à soulever la couverture du premier pour comprendre qu'il avait été intentionnellement placé sur le dessus. Une dédicace de trois phrases rédigées en caractères de fantaisie couvrait la première page.

À toi, mon amour
Mon grand amour
Mon seul amour

Georges-Noël buvait ses larmes comme on avale l'amère potion qui seule peut guérir.

Depuis qu'il avait découvert l'existence de ce coffret, il balançait entre les plus sombres probabilités et l'assurance de trouver là les mots qu'il avait toujours souhaité entendre. Des mots qu'il aurait mille fois répétés si dans le regard de sa bien-aimée il n'eût sans cesse rencontré le doute et la tristesse.

Las de se battre contre l'irréductible adversaire qu'était devenu le silence de Domitille, il avait compté sur la générosité et les petits soins, des gestes qu'il avait espéré plus éloquents que les serments dans lesquels elle avait perdu toute croyance.

D'une main tremblante devenue moite à force d'émotion, il tourna la page.

Parce que je t'aime à en devenir folle,

Parce que je ne peux vivre sans ton amour,

Parce que je ne me résigne pas à t'emprisonner plus longtemps dans mon amour,

Je prie la mort de venir nous libérer.

Je veux que tu la bénisses avec moi, le jour où elle viendra, même si elle doit m'arracher à mes fils.

Tout en sachant que personne ne pourra jamais t'aimer autant que je t'aime, je te rends à celle qui t'attend...

Je te rends à celle que tu désires, pour que tu puisses, à ton tour, aimer sans retenue et sans remords.

Prenez bien soin de mes fils.

Foudroyé, Georges-Noël sortit de la chambre, attrapa son paletot et prit à grandes enjambées le chemin de la Rivière-aux-Glaises. La nuit était froide, pénétrante, cruelle. Dans la neige durcie qui crissait sous ses pas, il enfonçait ses bottes avec furie. La voûte étoilée se moquait de sa douleur, tout comme le lac Saint-Pierre qui, insensible, étalait devant lui sa blancheur inaltérable. Jamais Georges-Noël n'avait connu pareil désarroi. Marcher. Marcher encore. Pour fuir la folie. Celle qui le menaçait, ainsi que celle qui avait emporté Domitille.

Georges-Noël s'arrêta. Une impression soudaine de s'être fourvoyé sur le sens à donner à cette découverte le fit revenir sur ses pas. Ces textes ne lui étaient peut-être pas destinés. Ou encore ils avaient pu être rédigés de la main de quelqu'un d'autre. Sinon, ils n'étaient que pure absurdité, dérision. Cent fois sur le chemin du retour il anticipa la fin de ce cauchemar et la délivrance qu'elle lui apporterait.

Devant la photo de Domitille, la chandelle brûlait encore, éclairant la première page du cahier dont Georges-Noël examina le tracé, mot par mot. Cette écriture était bien celle de sa femme. Il la reconsidéra, à l'affût d'un signe qui indiquât qu'elle ait produit ces lignes peu de temps avant sa mort, sous l'effet des fortes fièvres qui l'avaient finalement livrée au délire.

Georges-Noël installa ensuite le portrait de Domitille sur la table de la salle à manger et s'assit juste devant, disposé à un ultime effort de clairvoyance. La mort de Domitille l'avait sans doute affranchi d'un aveuglement acharné, mais il ne parvenait pas à expliquer comment une femme d'une telle intelligence se soit laissé détruire par des chimères. Après avoir tant de fois échoué dans ses tentatives de la persuader de la sincérité de son amour, il se prit à espérer que, de l'au-delà, elle l'entendît lui jurer que personne d'autre n'avait été l'objet de ses désirs, pas plus qu'il n'avait eu conscience qu'une autre femme puisse l'attendre, comme elle le prétendait.

Un doute lui traversa l'esprit et le ramena au coffret qu'il avait abandonné sur le lit. Et si les autres cahiers n'étaient que de simples recueils de poèmes, d'anecdotes, ou encore de souvenirs heureux? Il ouvrit le deuxième, au hasard, et fut stupéfait d'y retrouver le nom de Victoire Du Sault. Des mots à consonances amères et vindicatives virevoltaient, disparaissaient pour mieux réapparaître à travers le flot de larmes qui brouillaient sa vue. Comment celle qu'il avait aimée comme sa propre fille avait-elle pu inspirer des mots aussi blessants et injustes que traître, enjôleuse, hypocrite?

Après avoir banalisé les signes d'aversion que sa femme manifestait à l'égard de Victoire, Georges-Noël se voyait plongé dans un mystère qu'il ne pourrait éclaircir qu'en s'astreignant à la lecture complète de ces cahiers. Or, tout dans son être s'y refusait.

Son regard était figé sur le nom de Victoire Du Sault. Les exigences de Domitille, certaines de ses allusions et réticences prenaient soudain un autre sens. Elle avait donc véritablement détesté leur jeune voisine. Malgré toute la lucidité dont il était capable, Georges-Noël ne parvenait pas à trouver un motif à cette aversion.

Sur le point de livrer aux flammes des manuscrits qui risquaient de le priver d'une sérénité et d'un bonheur auxquels il estimait avoir droit, il se ravisa, s'accordant le temps d'une nuit de sommeil pour reconsidérer sa décision.

CHAPITRE V

Sous les décombres

Un vacarme engendré par l'acharnement d'une force mystérieuse qui s'attaquait aux flancs de sa maison tira brusquement Georges-Noël du sommeil. De violentes bourrasques faisaient gémir la charpente. Affolé, il attrapa ses vêtements et se précipita à l'extérieur de peur qu'un mur ne s'abatte sur lui. Des vagues hautes comme des montagnes s'échappaient en furie du lac Saint-Pierre. L'eau atteignait les toitures pour retourner vers le lac avec un morceau de lambris ici, un pan de mur tout entier là-bas. Des craquements sinistres percèrent le rugissement des vagues : arrachée de ses fondations, la maison de Joachim Desaulniers s'engouffrait dans la gueule du torrent. De partout la menace grondait. Courbé à hauteur de taille, les bras croisés autour de sa tête pour se protéger contre les débris de bois que la tempête charriait, Georges-Noël parvint à la demeure la plus éloignée des rives, celle des Berthiaume. La rafale était si forte qu'il fut projeté vers l'intérieur dès qu'il posa la main sur la clenche. En apercevant tous les membres de la famille de Joachim Desaulniers, les Du Sault, ainsi que plusieurs autres résidants du rang de la Rivière-aux-Glaises rassemblés là devant lui, il s'effondra dans la chaise berçante que Joseph Duplessis lui offrit, tout près de la porte. Qu'il pleurât de joie ou d'épuisement, il n'était en rien différent de ceux qui l'avaient précédé dans la demeure des Berthiaume. Sans lever la tête, il accepta la serviette qu'une main de femme lui tendait pour éponger son visage et sa chevelure.

— Approche-toi du feu, lui dit Françoise, en couvrant ses épaules d'une couverture de laine. Tu commençais à nous inquiéter, tu sais.

Georges-Noël lui adressa un sourire de reconnaissance, et posa un regard rassuré sur Victoire qui se tenait non loin de sa mère. Dans le salon, un groupe d'hommes argumentaient sur un ton de panique.

— On ne peut pas les abandonner comme ça…

Georges-Noël voulut savoir.

— Au moins quatre familles sont parties en chaloupe il y a une couple d'heures, expliqua Sévère Desaulniers. Ils ne pourront jamais en sortir vivants.

— Il faut aller à leur secours, reprit Rémi Du Sault, tremblant de tout son corps.

— S'ils ne comptent pas déjà au nombre des noyés, ce n'est pas en prenant de tels risques qu'on va en abréger la liste, conclut Joseph Duplessis dont la maison, comme celle des Desaulniers et des Du Sault, venait d'être livrée à la merci des vagues.

Des murmures d'approbation résonnèrent de tous les coins du salon, rejetant par le fait même la proposition de Rémi.

Livide, offusqué, Rémi Du Sault se referma sur sa déconvenue et refusa d'avaler la tasse de lait chaud qui aurait fait cesser ses tremblements.

Entre ce que Duplessis estimait téméraire et Berthiaume, héroïque, Rémi avait opté pour cette intrépidité qu'il espérait retrouver dans le cœur de ses compagnons d'infortune. Mais il ne s'en trouva pas un pour l'appuyer.

Comme les autres femmes rassemblées dont plusieurs mêlaient leurs larmes à celles de leurs enfants effrayés, Victoire gardait le silence, laissant aux hommes le privilège qu'ils s'accordaient, en pareille circonstance, de décider sans prendre leur avis. Il s'en fallut de peu qu'elle s'arrogeât le droit d'émettre son opinion et d'appuyer la position de son père. Jugeant son intervention inutile, elle s'approcha de Rémi et prit place à ses côtés sur le grand banc de bois, près de la table. Rémi écarta ses mains de son visage et la fixa d'un regard accablé.

— Moi, je pense que c'est vous, papa, qui avez raison. Ça vaut la peine de prendre des risques quand il y a des vies à sauver.

Impuissant à trouver des mots pour traduire le réconfort qu'elle lui apportait et la fierté qu'elle lui inspirait, il entoura ses épaules de ses grands bras décharnés, s'abandonnant à une tendresse qui leur était si peu familière que Victoire en fut gênée.

— On est de la même trempe, toi et moi, lui dit-il en la regardant dans les yeux comme jamais il ne l'avait fait.

Rémi s'adressait à la femme qu'était devenue Victoire, comme s'il eût oublié qu'elle avait été cette enfant rebelle et tenace qui plus d'une fois avait défié son autorité.

— Si André-Rémi était ici, je suis sûre qu'il serait de votre avis, lui aussi, ajouta Victoire, touchant son père au plus profond de son besoin de se sentir aimé et appuyé.

Rémi la fixait toujours.

— Vous le savez, papa. Rien ne lui a jamais fait peur.

Acquiesçant d'un mouvement de la tête, Rémi se surprit à déplorer qu'il ne fût point là.

«Je te ferai signe», avait-il répondu à son fils lorsqu'il lui avait demandé, après l'enterrement de Joseph, si la porte lui était désormais grande ouverte. Quatre années s'étaient écoulées depuis, et Rémi refusait toujours d'apposer sa signature au bas des lettres que Françoise adressait à André-Rémi, s'interdisant tout commentaire après en avoir fait la lecture. Non pas que son pardon ne fût sincère, mais quelque chose qui ressemblait à une blessure d'orgueil le retenait de traiter ce fils comme n'importe quel autre de ses enfants. Or, l'amour-propre seyait mal à cette nuit d'où nombre de familles risquaient de sortir endeuillées.

— Tu penses qu'il viendrait nous donner un coup de main, Victoire? Je ne vois pas où je trouverai le courage de rebâtir, balbutia-t-il.

La voix coupée de sanglots, Rémi tentait d'attribuer à la perte de ses biens l'émotion jaillie d'une longue lutte dont son affection de père torturé sortait victorieuse.

— Surtout si c'est vous qui le demandez…

— Envoie-lui donc un mot de ma part si jamais tu réussis à dénicher un bout de papier à travers les débris.

— Vous ne le regretterez pas, papa, promit Victoire, comme si une force obscure l'eût incitée à se porter garante des heureux fruits de cette réconciliation.

Au cœur de la tourmente qui rasait tout sur son passage s'installait entre Rémi et sa fille une complicité que Victoire n'eût jamais crue possible.

Faut-il toujours qu'une menace gronde pour que l'amour triomphe? Cette question la ramena à Isidore qu'elle n'avait vu que sporadiquement depuis la mort de Domitille. Le mauvais temps avait joué en sa faveur, la dispensant de motiver l'accablement extrême dans lequel l'avait plongée la disparition de cette femme. Même dans le malheur qui les frappait en cette nuit d'avril, elle ne souhaitait pas la présence du jeune homme, redoutant l'empressement avec lequel il utiliserait l'événement pour réitérer sa demande en mariage et, par le fait même, avancer leur départ pour les États-Unis. Si des bras devaient se nouer en ce pénible moment, c'est de ceux de Georges-Noël qu'elle rêvait. Ce qu'elle eût donné pour pouvoir, libre de tout remords et de tout soupçon, prendre la main de celui qu'une troisième épreuve secouait après la perte de sa femme et l'éloignement de ses fils. Ne serait-il pas téméraire d'approcher cet homme alors qu'aucun indice ne lui avait encore certifié qu'il n'avait pas été influencé par les accusations portées par Madeleine?

La joie de penser que son frère allait réintégrer sous peu les rangs de la famille fut vite submergée par cette douleur secrète que pas un ne pouvait soupçonner, si ce n'est Françoise.

Victoire revint vers sa mère qui, rivée à la fenêtre, aurait voulu déchirer ce rideau noir d'orage, tant le spectacle de la tempête qui se déchaînait depuis plus de six heures ravivait de tristes souvenirs. Au fracas des arbres qui se déracinaient répondait le tumulte des pans de murs projetés sur d'autres murs qui s'effondraient à leur tour.

— Je me demande bien qu'est-ce qui restera de notre chez-nous. Ton pauvre père ne s'en remettra pas de sitôt.

Victoire aurait voulu la consoler en lui rappelant le retour prochain d'André-Rémi, mais sa gorge se nouait sur des émotions qui ne s'apparentaient en rien à celles qui habitaient alors sa mère, et sa résistance fléchit.

Le front collé à la vitre, Victoire laissait ses larmes couler sans retenue sur ses joues. Derrière elle, quelqu'un s'approcha, cherchant, croyait-elle, à se faire une place près de la fenêtre. Elle s'apprêtait à céder la sienne lorsque, d'une pression de la main sur sa hanche, Georges-Noël l'y ramena en murmurant à son oreille :

— Même si cette inondation ne nous réservait que des ruines, il te restera la jeunesse, puis un avenir plein de promesses. Ils sont rares dans cette maison ceux qui pourraient en dire autant.

Le souffle suspendu, Victoire aurait voulu retenir la main qui s'était posée sur sa hanche, enfermer dans son cœur la tendresse de cette voix, mais la seule personne à s'inquiéter d'elle en cette nuit de tourmente avait déjà quitté le salon lorsqu'elle se retourna. Ne rencontrant plus Georges-Noël qu'à l'église où il la saluait de loin, Victoire se demanda si elle devait ne voir dans ce geste qu'un élan de simple compassion ou présumer que rien n'était changé de l'affection qui avait marqué cinq années d'heureuse complicité. Elle ferma les yeux, cherchant dans ces quelques mots et dans l'intonation qu'il y avait mise la réponse qu'elle espérait depuis deux mois. Une si franche cordialité l'eût-elle rassurée sur ses bons sentiments, que le fait qu'il ne soit pas venu leur rendre visite depuis la mort de sa femme la plongeait dans une insupportable confusion. Sans la certitude que Georges-Noël ait toujours été tenu à l'écart des rumeurs, comme des allégations de Madeleine, elle ne savait que faire de cette jeunesse qu'il semblait lui envier. Une jeunesse qui n'avait pas été épargnée des cuisants dénis de sa conscience lorsque, le désir étant trop fort, Victoire avait espéré que Domitille ne guérisse pas. Que de fois n'avait-elle pas souhaité dans sa chair que Georges-Noël ait eu à lutter non seulement contre lui-même, mais contre elle, contre ses charmes, contre le plaisir de sa présence, contre l'enchantement de son sourire, contre l'irrésistible envie de prolonger leurs rencontres, de les provoquer même.

Prostré par son deuil récent et par les ravages de ce cataclysme, Georges-Noël observait Victoire furtivement. La tempête qui les ramenait sous le même toit n'avait rien pour calmer la torture qui l'avait tenu loin d'elle depuis la découverte du journal intime de Domitille. Qu'en cette nuit il fût disposé à affronter tous les dangers pour sauver la vie de Victoire comme il l'eût fait pour ses fils ne justifiait en rien les soupçons de sa femme.

Le jour se leva sur des pans de murs arrachés, sur des maisons effondrées, et sur des cadavres d'animaux de ferme pour qui n'avait résisté que le plancher sur lequel ils gisaient.

La poignée d'hommes qui avaient résolu d'attendre la clarté pour porter secours à ceux qui avaient tenté de fuir étaient maintenant disposés à s'aventurer à travers les décombres. Ils venaient de franchir le seuil de la demeure des Berthiaume quand des voix entremêlées de cris et de pleurs d'enfants leur parvinrent. Une cinquantaine de personnes qui, poussées par la panique, s'étaient entassées dans un chaland la veille au soir avaient été refoulées jusque dans le bois, chez Sévère Desaulniers.

Aucune perte de vie!

Cela tenait du miracle, prétendirent les Berthiaume en se signant.

Encore sous le choc de la pire inondation qu'ils aient connue, tous se sentaient condamnés à revivre ce cauchemar chaque année. «Combien de temps encore pourrons-nous tenir le coup? se demandait Joseph Duplessis, à bout de résistance. On dirait que chaque fois la débâcle est plus forte et gruge de plus en plus les rives du lac. On jurerait qu'elle nous prépare au pire.»

Le pire, Georges-Noël avait le sentiment de le frôler. Du côté de cette clôture qui, hier encore, délimitait sa terre de celle de Rémi, il considérait l'amas de débris avec l'impression d'y retrouver l'image de son couple. Quinze ans d'amour, d'écoute et de tentatives de toutes sortes n'avaient laissé derrière eux que mort et dévastation. Le désespoir de Domitille l'avait emporté sur leur amour. Impuissant à pénétrer les secrets de cette âme torturée, il en vint à douter de son habileté auprès des femmes. Exception faite de leurs cinq premières années de mariage, Georges-Noël avait eu l'impression de revivre avec Domitille les incompréhensions réciproques qui avaient très tôt marqué sa relation avec Madeleine. Le journal de Domitille en témoignait. En proie à une mélancolie semblable à celle qu'il avait tant reprochée à sa femme, il se ressaisit et se dit que par amour pour ses fils, il devait se libérer de tout ce poids d'incertitudes et de vains regrets.

Georges-Noël se réjouit que le pensionnat épargnât à ses enfants la désolation qui régnait sur les rives du lac. Dans l'espoir de retrouver quelques objets qui leur étaient chers, il fouillait les débris épars sur la grève. Près des morceaux de vitre échoués contre une grosse pierre, quelque chose brillait. Il se précipita, croyant reconnaître dans ce fatras le médaillon d'argent qu'il avait offert à Domitille lors de sa demande en mariage. Le cœur battant d'émotion, il le dégagea avec soin, le polit du revers de sa manche et le considéra avec autant de joie que s'il eût arraché Domitille elle-même au naufrage. Fermant les yeux, il eut l'impression de sentir son bras s'accrocher à la main qu'il lui tendait, qu'il avait cru lui tendre tant de fois. Il pressa le médaillon sur sa poitrine, abandonné à cet étrange bien-être qui l'habitait, à ce sentiment de paix profonde qui s'apparentait à une réconciliation. Avec lui-même. Avec cet homme qui avait à se pardonner de n'avoir pu écarter de son destin celle qu'il aimait.

Il glissa le bijou dans la poche de sa chemise et poursuivit ses recherches, hanté par la disparition de certains objets. Ainsi en était-il du jouet préféré de Ferdinand, ce petit soldat de bois amputé d'une jambe, qu'il retrouva un peu plus loin dans un amoncellement de vaisselle cassée. Accroupi, Georges-Noël tenait d'une main le jouet de Ferdinand, et de l'autre, le bijou de Domitille. D'un même sang et peut-être atteints d'un commun mal de vivre, profondément mystérieux et fascinants, Domitille et Ferdinand surgissaient des décombres grâce à des objets qui rappelaient leurs jours heureux. Avant que la candeur n'ait quitté leurs regards. Georges-Noël ressentit, comme sous une rafale de janvier, la froide solitude à laquelle la maladie et la mort de Domitille avaient condamné Ferdinand. Il pleura pour ce petit dont, après sept ans d'existence, le cœur était déjà aguerri à la souffrance. Il regrettait que ses taquineries ne dessinent pas un sourire sur les lèvres de son enfant, que sa douceur ne l'incitât pas à la confidence, que les bras de Domitille ne puissent de nouveau l'étreindre. Trouvait-il au moins entre ses draps de jeune pensionnaire la chaleur dont il avait besoin pour s'abandonner au sommeil ? Croisait-il de temps à autre un regard affectueux ? Un ami qui partageât ses jeux, qui comprît ses silences ? Et Thomas, lui ? Hurlait-il encore de révolte contre la mort ? Contre la vie ? Quelqu'un prenait-il le temps d'écouter ses doléances, de trouver les mots pour le soulager ? Et s'il fallait que Domitille les vît de son paradis ? Lui pardonnerait-elle de les avoir ainsi exposés à la solitude, de les avoir déracinés ? Ce qu'il eût donné pour se retrouver à l'instant même dans ce pensionnat où il les avait conduits en piétinant sa douleur, comme il l'avait fait en accompagnant sa femme à sa dernière demeure ! Eût-il voulu atteler l'un de ses chevaux, il n'aurait trouvé voiture qui n'ait été disloquée, ni route qui n'ait été transformée en bourbier. Les bras croisés, il ferma les yeux pour mieux maîtriser sa douleur, pour retrouver la chaleur de leur présence, la générosité de leur amour, leur mansuétude…

— Il n'y a qu'une façon de s'en sortir, lui dit Françoise qui, en fouillant dans les débris en compagnie de Victoire, l'observait depuis un bon moment. On va se serrer les coudes, puis on va recommencer.

— C'est qu'il y a des morceaux de notre passé qu'on ne pourra jamais reconstruire, répliqua Georges-Noël en regardant le petit soldat de bois.

— Je comprends que tant d'épreuves en moins de trois mois, c'est dur à traverser. Il ne faudrait surtout pas que tu continues à t'isoler comme tu l'as fait depuis février, parce que tu ne t'en remettras jamais.

En levant la tête, Georges-Noël se sentit interpellé par le regard de cette femme qui, malgré ses soixante ans, se tenait là devant lui, enveloppée dans sa bougrine de lainage, prête à passer sans apitoiement à l'étape suivante. Un instant, il eut l'impression qu'il allait lui confier tout ce qu'il avait découvert depuis la mort de Domitille.

Bien qu'elle approuvât la démarche de Françoise, Victoire avait choisi de se tenir à l'écart. Dût-elle signifier son empathie à Georges-Noël, elle ne le ferait point en présence de sa mère. Faute d'avoir réussi à puiser quelque certitude dans son geste cordial de la nuit précédente, les mots, la manière et le ton qui auraient convenu en un tel moment ne lui venaient pas à l'esprit.

Sac au bras, elle poursuivait ses fouilles, s'interrogeant sur cet entretien qui se prolongeait entre sa mère et Georges-Noël.

Plus attentive à les épier qu'à regarder où elle marchait, elle trébucha sur une petite boîte en métal gris qu'elle tira des débris. Elle crut reconnaître l'un des coffrets à bijoux de Françoise, mais ni le format ni les arabesques ne lui étaient familiers.

— As-tu trouvé quelque chose ? s'enquit Françoise qui revenait vers elle.

Brandissant le coffret qu'elle venait de découvrir, intriguée, Victoire demanda :

— C'est à vous, ça ?

Touchée par les propos de Georges-Noël et trouvant plus important à faire que de s'arrêter à un banal coffret en métal qu'elle ne reconnaissait pas comme sien, Françoise s'éloigna, en quête de souvenirs précieux.

Victoire examina la boîte sous tous ses angles et en souleva le couvercle. On y avait rangé des carnets qui paraissaient entièrement couverts d'une fine écriture. Entre son pouce et son index défilaient des pages où les mots étaient quelque peu délavés, mais suffisamment lisibles pour que Victoire y distingue, ô surprise, son prénom. Un peu plus loin, son prénom et son patronyme. Elle referma le coffret, se frotta les yeux, fixa attentivement le sol boueux pour se bien convaincre qu'elle n'était pas à la merci de quelque hallucination. Son cœur battait d'affolement. De qui était donc cette écriture puisqu'il ne s'agissait pas de celle de sa mère? Isidore? Cette hypothèse lui parut peu vraisemblable. Ce garçon aux mœurs franches et directes, peu enclin à la fantaisie et au romanesque ne pouvait être l'auteur de ces pages. À moins que ce ne fût l'une des filles des voisins Duplessis ou Desaulniers dont les maisons avaient été arrachées de leurs fondations et vidées de leur contenu? Les ayant peu fréquentées, Victoire ne voyait aucune raison pour que ces jeunes filles l'aient mentionnée dans leur journal.

Au moment où elle glissait la mystérieuse boîte au fond de son sac, elle fut troublée à l'idée qu'elle ait pu appartenir à la famille Dufresne. Si tel était le cas, qui de Georges-Noël ou de Domitille avait rédigé ces textes? Elle écarta très tôt la possibilité que Georges-Noël fût le genre d'homme à choisir ce moyen pour s'exprimer. Que ce procédé ait été utilisé par Madeleine ou par Domitille lui sembla plus plausible.

Devait-elle parler de sa découverte à Georges-Noël ? Victoire le regardait s'éloigner vers ses écuries, déchirée entre une irrésistible envie de l'y rejoindre et la crainte que le contenu de ce coffret vînt ajouter à son chagrin.

~

À l'instar de treize autres chefs de famille, Georges-Noël et Rémi avaient décidé de reconstruire leurs bâtiments et de transporter ceux qui avaient résisté à l'inondation sur le haut des terres, loin de ce coteau sablonneux qui avait été façonné afin de prolonger le chemin du roi jusqu'au village de Pointe-du-Lac. Certaines demeures moins endommagées pouvaient reprendre sous leur toit les familles qui les avaient quittées et qui devaient y vivre dans l'inconfort, alors que hissées sur des billots, ces maisons étaient traînées à bras d'hommes et tirées par des chevaux jusqu'aux confins nord des lots. D'un commun accord, il avait été convenu que les Duplessis, Dufresne et Du Sault cohabiteraient chez les Berthiaume, permettant ainsi aux familles plus nombreuses d'être relogées le plus tôt possible dans leur maison.

Sans cesse appelée à participer aux corvées, ne s'arrêtant qu'à la tombée du jour, épuisée, importunée par la proximité que leur installation de fortune leur imposait, Victoire avait l'impression de ne plus s'appartenir. Elle se sentait même privée de temps pour penser. Aurait-elle dû en trouver pour revenir sur sa querelle avec Isidore ? Elle n'en éprouvait pas le besoin, pas plus qu'elle n'avait souffert à la pensée de le voir s'éloigner, peut-être à jamais.

Georges-Noël avait tort, pensait-elle, de considérer qu'il lui restait un avenir plein de promesses. Elle devrait tout recommencer. Il lui serait impossible d'oublier le spectacle des chaussures encore neuves flottant ça et là, souillées de boue, aux lendemains de la catastrophe.

Tant de préoccupations s'étaient cependant avérées impuissantes à la distraire des carnets trouvés sous les décombres. Recroquevillée derrière un tas de bois provenant des débris, Victoire découvrait que les textes étaient tous écrits de la même main, celle de Domitille Dufresne. Elle referma le coffret, refusant d'alourdir ses remords des propos désobligeants qu'elle avait survolés.

Victoire maudit le sort qui avait placé cet objet sur son chemin. Qu'elle prît ou non connaissance du texte, la seule pensée que Domitille ait écrit sur elle de telles choses ne quitterait jamais sa mémoire. Bien plus, abandonnées à l'imaginaire, ces lignes risquaient de prendre un sens que Domitille n'avait peut-être pas voulu leur donner. Victoire comprit qu'à partir du moment où elle avait décidé de garder le coffret en sa possession, elle avait enclenché un processus qui suivrait son cours sans possibilité de faire marche arrière.

À travers les griffonnages pochés de taches d'encre, Victoire apprenait que Domitille avait interdit à Madeleine de prononcer le moindre mot qui puisse semer le doute dans la tête de Georges-Noël. « Je souhaite, avait-elle écrit, que la mort vienne me libérer avant que Victoire Du Sault prenne toute la place dans le cœur de mon mari. »

Victoire tremblait de la tête aux pieds sous le soleil ardent de la mi-juin. L'angoisse avait fait place à un douloureux sentiment de culpabilité. L'attrait de Victoire Du Sault pour Georges-Noël Dufresne n'avait pas échappé à la fragile Domitille.

La haine et l'amour pouvaient-ils donc se confondre à ce point ? L'un n'entraînait-il pas nécessairement l'apparition de l'autre ? Victoire se demanda pourquoi elle avait tant espéré de l'amour. Il n'y avait donc pas que dans les romans qu'on puisse souhaiter mourir pour être délivré du mal d'aimer. À quelques pas de chez elle, une femme en avait éprouvé la douleur jusqu'au délire, jusqu'à l'ultime détachement. Et depuis, Victoire redoutait ce mal plus que tout autre, craignant de glisser dans un désespoir semblable. Dût-elle s'étourdir dans le travail ou aller vivre loin de Georges-Noël, elle ne serait pas la deuxième femme à mourir d'amour pour cet homme. Dès lors, elle s'exercerait à ne voir dans ses gentillesses que de bienveillantes attentions, et dans ses galanteries, qu'une simple courtoisie.

~

Meubles, outils et vêtements avaient été rassemblés dans divers coins de la grange, de sorte que chaque famille puisse s'y reconnaître. Georges-Noël s'estimait privilégié d'avoir pu retrouver nombre de ses biens.

— Tu as eu raison d'insister, il y a cinq ans, pour enfoncer le solage de ta maison du double du mien, lui fit remarquer Rémi. Si j'en avais fait autant, je me sentirais moins dépouillé aujourd'hui.

— Vous avez fait de votre mieux, dans le temps. Je ne suis pas inquiet pour celle qu'on est en train de vous bâtir.

Venu dans la grange pour y prendre des outils, Georges-Noël fut distrait à la vue d'un objet nouveau dans le coin qui lui était réservé. Contrarié par la présence de Rémi, il n'attendait que le moment opportun pour s'en emparer, se demandant comment il pouvait être là alors qu'il avait tout ratissé sous les décombres dans l'espoir de le retrouver. Si quelqu'un était venu le lui porter, c'est que des indices l'y avaient conduit. Occupé à poser des bardeaux, Georges-Noël ne souhaitait que la tombée du jour tant il avait besoin d'apaisement.

Le clair de lune se reflétait dans la fenêtre du bas-côté près de laquelle son lit était posé, redessinant en clair-obscur le visage larmoyant d'un Sacré-Cœur accroché tout près. Agressé par cette évocation de sensiblerie à un moment où il devait s'armer de courage pour retirer de sous sa paillasse le coffret qu'il était allé chercher dans la grange, Georges-Noël se leva et tourna le calendrier face au mur.

Le rayon bleuté qui passait sur ses couvertures lui montra qu'il avait espéré en vain que le contenu du coffret ait disparu, emporté par la fureur des vagues, ce qui eût été le seul bienfait du funeste événement. Regrettant amèrement de n'avoir point brûlé les cahiers, il appréhendait par-dessus tout la réaction de Victoire si les écrits de Domitille étaient tombés entre ses mains. Les quelques pages qu'il avait parcourues le soir de leur découverte avaient, à elles seules, de quoi la terrasser. Ces insinuations, ces abjectes incriminations, ces absurdités, Georges-Noël jugea qu'il en allait de son intégrité et du bonheur de Victoire de les extirper de son esprit le plus tôt possible. Quand et comment allait-il aborder le sujet avec elle, il se le demandait encore lorsqu'il vit l'horizon se parer d'un violet déjà annonciateur du soleil levant. Il glissa sous ses couvertures, espérant que quelques moments de repos lui apporteraient un réconfort qu'il ne pouvait attendre de personne.

Forcé d'épauler ses compagnons de nuit, il cherchait l'enthousiasme et l'énergie qui lui faisaient défaut pour entreprendre cette journée de travail. Du seuil de la grange, il posa son regard tantôt sur un bâtiment de ferme complètement relevé, tantôt sur la charpente d'une maison grouillante d'activité, touché par le courage dont faisaient preuve ces hommes et par l'inlassable dévouement des femmes qui œuvraient dans ce lieu de refuge. Il n'était d'habitant de Yamachiche et de Pointe-du-Lac qui ne contribuât, chacun à sa façon et selon ses moyens, à soutenir les familles éprouvées. Les fermiers offraient des bêtes à qui voulait former un troupeau, les marchands donnaient meubles et accessoires, alors que les femmes se concertaient pour tisser des couvertures, pour distribuer vêtements et conserves pris à même leurs réserves. Il ne se trouva cependant que deux cordonniers pour venir à la rescousse de Victoire. Pellerin, de quelques outils qu'il avait en double, et Gélinas, d'alènes, de chevilles et de pièces de cuir. Les plus anciens profitaient de l'occasion pour manifester leur réprobation devant son entêtement à exercer ce métier d'homme. Leurs femmes les approuvaient, alléguant que la fille de Rémi étant d'âge à trouver mari et à se consacrer aux tâches de la maison, elles ne voyaient pas la nécessité de la rééquiper. Et, erreur que Victoire jugea impardonnable, Isidore avait appuyé leurs dires, l'exhortant à ne se préoccuper désormais que de préparer leur mariage. «Il n'est pas dit qu'une fois installée aux États, tu ne trouveras pas mieux à faire que d'ouvrir une cordonnerie», avait-il eu la maladresse d'ajouter.

Il n'était pourtant pas si loin ce temps où, émerveillé par les talents de sa jolie cordonnière, Isidore avait promis de ne reculer devant rien qui puisse favoriser la réalisation de ses rêves. Qu'il trahisse ses engagements à six mois d'un mariage qu'en dépit des réserves de Victoire il tenait pour sûr, la bouleversa. Il n'en fallait pas plus pour qu'à l'occasion d'une des courtes visites d'Isidore chez les Berthiaume elle réclamât un délai.

— Au contraire! protesta Isidore. C'est le temps plus que jamais. Tu n'as plus rien. Tant qu'à tout recommencer, pourquoi ne pas faire d'une pierre deux coups? On se marie le plus tôt possible, puis… Je ne peux pas t'en parler tout de suite, mais je suis en train de préparer quelque chose avec d'autres gars du rang, chuchota-t-il à son oreille.

La persistance d'Isidore à ne rien divulguer de ses plans et à disposer à sa guise de l'avenir de sa future conjointe déplut à Victoire au point de l'inciter à tout remettre en question. Lorsqu'elle voulut le faire, il s'emporta, basant ses exigences sur l'autorité qu'il s'octroyait en tant que futur chef de famille.

— Je te laisse toute la liberté de penser ainsi, Isidore Pellerin. Même que je te donne celle de chercher la femme docile que tu pensais trouver en moi et que je ne serai jamais.

≈

Pendant que la majorité des sinistrés s'entraidaient et faisaient provision d'optimisme, un petit groupe de jeunes fermiers, déterminés à sortir de la misère, tramaient leur départ vers la prospérité, vers la Nouvelle-Angleterre. «À ce qu'il paraît, les terres sont bien plus belles aux États», prétendaient-ils, tandis qu'Isidore Pellerin et ses amis parlaient de gages trois fois plus gros là-bas. Les quelques aînés informés de leur projet s'acharnaient à les convaincre de l'aspect chimérique de cette aventure: «Ça ne vous donnera rien de plus que de changer une misère pour une autre.» Loin de les dissuader, de tels propos semblaient nourrir leur entêtement.

Profondément affecté par l'imminente désertion des terres par une vingtaine de familles, Rémi se faisait violence pour ne pas révéler l'envie qui le rongeait de tout laisser tomber. Françoise le sentait bien à ses longs soupirs et aux nombreuses soirées qu'il passait à interroger l'avenir.

Georges-Noël n'épargnait rien pour que dès la fin de l'année scolaire ses fils retrouvent la maison qu'ils avaient quittée quatre mois plus tôt. Les bras chargés d'effets qui avaient été entreposés dans la grange, il se dirigeait vers sa demeure presque entièrement restaurée, lorsqu'il heurta Françoise.

— Oh! Pardon! Je ne voyais pas très bien où je m'en allais…

— Il n'y a pas de quoi, Georges-Noël. Je comprends que ce n'est pas le temps de lambiner si tu veux être prêt pour le retour des enfants. Tu dois compter les jours?

Or, loin de l'immense joie qu'il avait anticipée à la veille de rentrer chez lui, Georges-Noël ressentait une sorte de regret, d'appréhension du vide. Non pas qu'il se fût toujours plu dans ce coude à coude quotidien, moins encore dans la promiscuité nocturne à laquelle le condamnait l'entassement des lits dans la cuisine d'été des Berthiaume, mais la pensée de quitter ces lieux et les gens qui y prolongeraient leur séjour l'attristait. Adossé à la tête de son lit, il regardait la pluie sillonner les vitres. Une fatigue intense lui brûlait le dos.

Aux ronflements de Joseph Duplessis couché près de la porte, il sut que la compagnie de ces hommes ne lui manquerait pas. C'est à celle des femmes qu'il s'était habitué. Plus encore à la jeune personne qu'il cherchait du regard dès qu'il mettait le pied dans cette maison. Celle dont il épiait sans cesse les allées et venues depuis qu'il avait retrouvé le coffret de Domitille, cherchant la réponse qu'il attendait, sans avoir à poser la question. Il eût voulu n'attribuer qu'à cette préoccupation constante le fait que Victoire ait à ce point éclipsé les autres femmes de la maison, mais il dut se rendre à l'évidence, la dernière qu'il eût souhaitée : Georges-Noël Dufresne, jeune veuf de quarante ans, s'était laissé obnubiler par la personnalité de Victoire Du Sault. Avec lucidité, il constata avoir maintes fois pris plaisir à tracer des yeux la finesse de sa taille sous son corsage, la courbe harmonieuse de sa poitrine. Un simple frôlement de main lorsque Victoire lui avait tendu un bol de soupe à son dernier souper chez les Berthiaume avait réussi à le troubler.

Qu'après deux années de privation la femme de vingt ans lui fût désirable, il n'y trouvait rien de plus normal. Bien avant la mort de Domitille, ses bras n'enlaçaient plus aucun corps de femme, et ses lèvres n'effleuraient que des joues d'enfants. À peine ses mains avaient-elles conservé le privilège de caresser le front de celle qui invoquait la fatigue et la douleur pour se soustraire à ses embrassements.

Hanté par le testament de Domitille, il priait le ciel pour que cette flamme, si elle existait, ne soit née que de leurs trois mois de cohabitation. Pour que jamais il ne doive s'avouer qu'elle avait été nourrie de leurs rencontres fortuites, de leurs soirées d'anglais, de tous ces petits riens que la passion naissante dote d'un pouvoir magique. Avec tout son attachement pour Domitille, avec toute la sincérité de ses gestes et intentions, Georges-Noël aurait voulu jurer qu'en aucun temps il n'avait aimé Victoire d'un amour interdit, qu'il ne l'aimait pas, qu'il ne l'aimerait jamais. Mais l'odeur de son corps et la sensualité de sa bouche coulaient ce soir dans ses veines comme un fluide qui lui allait droit au cœur.

Georges-Noël sortit sous la véranda, là où il pourrait à son aise implorer l'immensité étalée à perte de vue de lui rendre sa lucidité. Las de n'entendre que le silence alors qu'il était avide de réponses, il ferma les yeux pour mieux goûter la fraîcheur des gouttelettes de pluie qui humectaient son visage.

Pour s'être efforcé toute sa vie de ne voir dans l'inévitable qu'un sentier tracé pour lui par une sagesse universelle, il se trouvait pour la première fois trahi par ce destin qu'il avait toujours cru bienveillant. Il se sentait victime de la pire situation qu'il ait pu imaginer. Comme si depuis la mort de Domitille les événements avaient ourdi contre lui un pernicieux complot destiné à le déconcerter, non seulement quant à ses perceptions et à ses croyances, mais jusque dans ses convictions et ses serments. Conscient de ne disposer que de la nuit pour voir clair dans cet imbroglio avant que ses fils n'envahissent son quotidien, il s'affola. Comment s'assurer que jamais les carnets de Domitille n'étaient passés entre les mains de Victoire? Il pria le ciel de lui épargner ce qu'il considérait comme la pire des dérisions, celle de voir justifiées des accusations qui, quelques mois plus tôt, ne semblaient que pures aberrations.

Des planches craquèrent sous des pas lents, hésitants. Georges-Noël ne se retourna point, résolu à décourager qui que ce soit de lui adresser la parole.

— Je peux vous demander quelque chose?

Elle était là, près de lui, comme une déesse soudainement apparue, comme une fée au beau milieu d'un conte. Emmaillotée dans un châle qui couvrait presque entièrement sa chemise de nuit, Victoire frissonnait. Et pourtant, bien qu'humide, la nuit était tiède. Georges-Noël le remarqua et s'en inquiéta.

— J'admets ne pas être très fort en devinettes, mais je te dirai que je ne connais que deux choses qui puissent faire grelotter quand il fait chaud…

Victoire tourna la tête, gênée par le regard de Georges-Noël et embarrassée de le voir ainsi, torse nu.

— … la colère ou la douleur, enchaîna-t-il.

— Je n'ai que faire de la colère. Elle ne mène à rien. Quant au chagrin, personne n'y échappe.

Georges-Noël fixait le lac, droit devant lui. Comme si la volonté de garder une contenance le lui eût commandé.

— La vie ne t'a pas épargnée, ces derniers temps, dit-il, espérant trouver dans la réaction de Victoire la réponse qu'il cherchait depuis la découverte du coffret.

— Sûrement plus que vous, répondit-elle avec une conviction qui le déconcerta. Ce qui est le plus difficile à supporter, c'est de ne pouvoir rien faire pour…

Sa voix se brisa.

Georges-Noël lui tendit les bras et la pressa contre lui, tentant de se convaincre qu'il le faisait avec la même affection qu'il lui avait toujours portée, celle d'un père pour sa grande fille. Mais le souffle chaud de Victoire blottie sur sa poitrine fit remonter en lui le vertige qui l'avait conduit sous cette véranda en pleine nuit. Ses mains tremblèrent. Elle en fut troublée. Telle une incontrôlable fébrilité, une sensation étrange l'envahit et il s'en fallut de peu qu'elle s'y complût.

— Pardonnez-moi, monsieur Dufresne, je n'aurais pas dû vous déranger, balbutia-t-elle, avec le sentiment de commettre le plus gros mensonge de sa vie.

— Ne dis pas ça, Victoire. Si tu savais!…

Elle le quitta avant qu'il n'ait explicité sa pensée, laissant derrière elle un homme réconforté par la conviction qu'elle ignorait tout des carnets de Domitille. Tenté de s'alarmer de l'émoi qu'il venait d'éprouver, il décida de confier à des lendemains plus cléments et à un quotidien trépidant le soin de l'en distraire, faute de pouvoir le nier.

Victoire était retournée entre ses draps, plus disposée à l'insomnie qu'elle ne l'avait été de toute sa vie. Que le hasard les ait tous deux conduits en ce lieu au même moment, qu'elle se soit retrouvée blottie dans ses bras, objet du désir qu'elle sentait monter dans ses mains et dans tout son corps, cela ne laissait plus de doute sur la réciprocité de leur attrait. Entre l'affolement et l'euphorie, elle n'avait pas encore succombé au sommeil lorsque le chant du coq la fit sursauter. Un autre jour venait de se lever, en rien comparable à tous ceux qui l'avaient précédé.

~

Il avançait d'un pas cadencé, une valise à la main gauche, un madrier sur l'épaule droite.

— Veux-tu bien me dire qui est-ce qui s'en vient travailler endimanché comme ça ? demanda Françoise.

Sans prendre le temps de répondre à sa mère, Victoire déposa sur la table ses ciseaux et un morceau de cuir, et sortit en courant.

— Vous ne pourrez pas dire que je n'ai rien fait dans cette maison, s'écria André-Rémi d'un ton moqueur, heureux de laisser tomber son fardeau pour tendre les bras.

— Enfin, te voilà ! s'exclama Victoire.

— Si tu savais comme c'est bon de se sentir attendu de tout le monde !

Victoire exultait. Elle recula pour mieux admirer le chic de son frère dans son costume de maître d'hôtel, costume qu'il était heureux de venir troquer contre une salopette de menuisier. De ses souliers vernis à sa chemise blanche au col amidonné, tout était impeccable.

— Plus ça va, plus tu ressembles aux Desaulniers ! s'écria Victoire. Je ne comprends pas que tu ne sois pas encore marié, ajouta-t-elle en couvrant ses joues de baisers. Ou plutôt, je comprends, tu ne sais pas quelle femme choisir !

André-Rémi s'esclaffa.

— Pourquoi je devrais choisir? Je ne suis pas né pour me priver, jeune fille. Pas plus que toi, si j'en crois les lettres de maman.

— Isidore est parti, répliqua Victoire sur un ton qui découragea chez son frère tout commentaire.

Faisant trêve de badinerie, André-Rémi constata l'ampleur des dégâts, même après les quatre mois de travail acharné que tous les habitants s'étaient imposés depuis l'inondation.

Informé à la fin de mai par une brève lettre de sa mère, il avait déploré qu'il faille payer de tant de pertes matérielles une réconciliation amorcée il y avait de cela presque quatre ans déjà. «Quand la mort rôde, l'essentiel reprend sa vraie place, avait écrit Françoise. Je pense que ton père a compris, la nuit de l'inondation, que ses jours ne lui étaient pas plus assurés qu'à personne d'autre, et qu'il n'avait pas le droit de gaspiller ceux qu'il lui restait à vivre. Cette fois, je crois que c'est la bonne, mon grand. Je compte sur ton bon jugement pour éviter d'aborder des sujets qui pourraient l'énerver, quand tu viendras.»

— Il paraît que tu as réorganisé ta cordonnerie?

— Réorganisé, c'est vite dit. Une table, deux chaises puis des vieux outils qu'on m'a donnés.

— Ça n'a pas l'air très drôle tout ça.

— Fallait être ici cette nuit-là pour comprendre. Ça ne se décrit pas, tellement c'était…

Victoire fut incapable de terminer sa phrase.

— C'est pour ça que tu ne m'as pas envoyé une seule vraie lettre depuis? Serait-il arrivé quelque chose que maman ne m'a pas écrit?

— On en reparlera, André-Rémi. Entrons vite. Maman va s'impatienter.

En retrait, Rémi assistait à l'euphorie des retrouvailles, le cœur battant. L'allégresse des deux femmes lui dicta l'attitude à prendre, la seule qu'il crût digne de lui en la circonstance.

— Tu n'as pas l'intention de travailler accoutré comme ça, toujours ? lança-t-il à son fils du fond de la salle à manger.

— J'attends vos salopettes, riposta André-Rémi, satisfait du ton que prenait cet accueil.

La famille Du Sault avait pu regagner son domicile pour le début d'août, reportant à la saison froide les finitions intérieures. Du chant du coq à la brunante, sous le soleil ardent comme sous la pluie torrentielle, des coups de marteau se répondaient par tout le canton qui avait pris ses distances par rapport au lac. Le chemin de la Rivière-aux-Glaises, réduit à deux périlleuses ornières dans un sol argileux, faisait l'objet de virulentes controverses entre les habitants qui avaient dû s'en éloigner et les élus municipaux qui épiloguaient sur son futur parcours.

— Encore à nos frais ! Toujours à nos frais ! ronchonnait Rémi qui en avait déjà contre Philippe Desaulniers, l'inspecteur de la voirie, pour une vieille histoire d'élections municipales. Y a pas un diable qui va me faire croire qu'on n'aurait pas pu reconstruire notre route à quelques pas de l'ancienne, plutôt que de l'amener au nord de nos terres et de nous endetter pour vingt autres années.

— De toute façon, il faut tout refaire, tentait d'expliquer André-Rémi. Creuser des fossés dans la terre ferme ou les creuser au bord du lac, ce n'est pas plus compliqué, puis c'est plus durable. Sans compter que vous ne serez pas obligés de remonter vos clôtures chaque printemps.

Rémi lança vers son fils un regard réprobateur.

— Je veux bien croire que ce n'est pas mon métier, les routes, mais Philippe Desaulniers s'y connaît bien et c'est ce qu'il défend, dit André-Rémi.

Victoire et sa mère suivaient le débat avec appréhension. Le silence de Rémi, ses sous-entendus et le ton acerbe de ses réparties cachaient une rancune que la moindre maladresse d'André-Rémi risquait de faire éclater.

— Une autre semaine comme celle-là, et on serait paré pour affronter l'hiver, dit Françoise, inquiète de la tension qui montait entre les deux hommes. Je ne te remercierai jamais assez, André-Rémi.

— C'est comme dit ta mère, reprit Rémi, les yeux rivés sur sa blague de tabac. On ne te remerciera jamais assez.

Et, s'adressant à Victoire :

— À bien y penser, ce n'est pas une si mauvaise chose que votre mariage soit retardé d'un an, avec tout ce qui nous reste à faire.

Pas un mot... Puis :

— Ce n'est pas que j'approuve que ton Isidore soit parti faire un coup d'argent rapide aux États, mais n'empêche que ça va nous donner le temps de vous préparer une plus belle noce.

André-Rémi dévisageait sa mère et sa sœur, ne sachant que penser de ce qu'il entendait.

— Aussi bien vous faire à l'idée tout de suite, papa. Ça prendrait un miracle pour que je marie Isidore Pellerin, après ce qui s'est passé.

Rémi questionnait Françoise de ses yeux prêts à s'enflammer d'indignation.

— Vous me surprenez, papa, reprit André-Rémi. Vous auriez consenti à ce que votre fille aille vivre de l'autre côté des lignes, alors que je…

Furieux, Rémi découvrait qu'il était l'une des rares personnes à ignorer les projets d'Isidore de s'installer aux États-Unis, le seul peut-être à ne pas connaître les véritables motifs du renoncement à un mariage qu'il avait pourtant accueilli avec bonheur.

L'ambition de léguer sa ferme au mari de Victoire l'avait aidé à sortir du désespoir au lendemain de l'inondation. Isidore lui avait abondamment parlé du métier de ferblantier qu'il avait choisi d'exercer, mais jamais il n'avait fait mention de son dessein d'aller l'exercer en Nouvelle-Angleterre. Ne voyant dans ce travail aucune incompatibilité avec celui de la ferme, Rémi avait présumé que son futur gendre serait enchanté de venir s'établir chez les Du Sault. En interdisant à Isidore de divulguer son secret avant qu'elle ne l'y autorise, Victoire avait gardé Rémi dans l'ignorance de ce projet jusqu'au jour où, les malentendus se multipliant, elle s'était félicitée de ne pas lui en avoir parlé.

— En avez-vous beaucoup d'autres cachotteries comme celles-là ? Allez-y ! Mettez-les toutes sur la table, tant qu'à y être, cria Rémi en fixant son fils comme s'il l'eût particulièrement soupçonné.

Qu'André-Rémi, plongé dans un milieu aux mœurs douteuses, loin de sa famille, ne soit pas encore marié à trente et un ans bien sonnés ne lui inspirait rien dont il fût particulièrement fier.

L'esprit colérique de Rémi pouvait excuser Fran-çoise et Victoire de lui avoir caché certains faits, mais il n'en éprouva pas moins une peine profonde. Ne méritait-il pas que ces deux femmes apprécient les pro-grès accomplis dans sa relation avec Victoire et les efforts consacrés au retour d'André-Rémi dans la famille? Que lui fallait-il faire encore pour abattre le mur qui s'était élevé entre lui et les siens au cours de ces quarante-cinq années? Période de heurts et d'incom-préhension, soit, mais aussi d'inlassable dévouement et de probité exemplaire.

Rémi sortit sur la galerie et Françoise le suivit, dis-posée à soulager son chagrin et à réclamer son pardon.

Le lendemain soir, André-Rémi leur annonçait son retour à Montréal.

Victoire tempêtait contre ses couteaux à cuir.

— Comment veux-tu sortir du travail bien fait avec des outils comme ça? marmonna-t-elle, sur le point de s'emporter.

André-Rémi l'observait, peu convaincu d'entendre les véritables raisons de sa mauvaise humeur.

— Tu ne penses pas qu'il est assez tard pour fermer boutique, Victoire? Quand tu en es à devoir allumer la lampe, ça veut dire que c'est le temps d'arrêter, lui fit-il remarquer, persuadé que sa sœur cherchait désespéré-ment à apaiser une douleur secrète.

— Trouve-moi quelque chose de plus fidèle, de plus solide, de plus rassurant que le travail, puis je range tout à l'instant même, lui répliqua Victoire, de plus en plus contrariée.

— Toi, tu me caches quelque chose, affirma André-Rémi en lui retirant des mains la semelle qu'elle s'apprêtait à coudre à une empeigne. Je veux bien croire que tu manquais de temps après l'inondation, mais ta dernière lettre, si on peut appeler ça une lettre, date du mois d'avril. Qu'est-ce qui s'est passé ?

— Malheurs après malheurs, comme tu le sais.

— Tu as une peine d'amour, toi.

Le visage enfoui dans ses mains, Victoire confirmait ses perceptions, crut-il.

— Puis je gagerais que ce n'est pas à cause d'Isidore Pellerin.

Victoire refoula ses larmes.

— C'est sûr, tu as du chagrin. Donne-moi le nom de celui qui te fait pleurer que j'aille lui parler entre quat'z'yeux, ajouta-t-il, croyant la dérider.

Devant le silence obstiné de sa sœur, André-Rémi risqua une autre hypothèse.

— Tu n'as plus le goût de végéter à la campagne, c'est ça ?

Offusquée, Victoire riposta :

— Ce n'est pas parce qu'on vit à la campagne qu'on végète, comme tu dis. J'en connais plus d'un, par ici, qui n'ont rien à envier aux gens de la ville.

— Tu ne veux pas te retrouver avec les parents sur les bras ?

— Des parents comme les nôtres, j'en garderais dix, André-Rémi.

— Alors, c'est au cœur que tu as mal, petite sœur. Proteste tant que tu voudras, je l'ai deviné à voir tes grands yeux s'embrumer à tout instant et à t'entendre soupirer chaque fois que tu te plantes devant cette fenêtre. Tu l'attends ? As-tu une petite chance de le voir revenir un jour ?

— Aucune! Et même s'il allait me décrocher la lune, je ne pourrais jamais devenir sa femme.

— Il est marié?

— Non. Pire encore!

— C'est un curé!

Victoire éclata de rire. André-Rémi en ressentit un énorme soulagement.

— Écoute, Victoire. Ça fait treize ans que je travaille dans les hôtels de Montréal. Il n'y a plus grand chose qui me surprend, ni qui me ferait crier au scandale. Alors, dis-moi ce qui ne va pas.

— Parle-moi de toi, plutôt, proposa Victoire. Je me sentirais plus à l'aise de te raconter ça dans une lettre.

Au petit matin, Victoire et André-Rémi quittèrent la cordonnerie, navrés de n'avoir plus que peu de temps à vivre sous le même toit.

— Si je m'écoutais, je resterais encore trois semaines, trois mois, trois ans, dit André-Rémi en serrant Victoire dans ses bras.

— Et moi, si je m'écoutais, je partirais avec toi…

⁓

Le temps était maussade. La terre, boueuse et lourde, ne cessait de coller au versoir de la charrue. À voir les chevaux qui s'empêtraient dans leurs cordeaux, Georges-Noël aurait cru qu'eux non plus n'avaient pas le cœur à l'ouvrage. Aucune de ses anciennes passions ne parvenait à l'alléger de ce poids qui l'accablait depuis la fin d'août. Jamais Georges-Noël n'avait éprouvé cette impression qu'un vide se creusait autour de lui. Ses fils lui manquaient. Ils lui manquaient d'autant plus qu'après maintes récriminations, Thomas avait dû se résigner à retourner au pensionnat, rejetant une partie du blâme sur son frère à qui ce genre de vie plaisait, du moins Georges-Noël le croyait-il. Pendant ces deux mois d'été, Ferdinand n'avait eu de conversation et d'éclats de rire qu'en compagnie de ce petit chat noir qu'il promenait dans ses bras le jour et glissait sous ses couvertures chaque soir. Cette attitude avait inquiété Georges-Noël puisqu'il lui avait suffi d'évoquer la fin prochaine des vacances pour que les yeux du petit retrouvent un peu de l'éclat de l'enfance et pour qu'il recommence à chantonner.

Bien qu'il fût tenté d'engager une servante pour garder ses fils à la maison, Georges-Noël avait dû y renoncer, quitte à décevoir Thomas qui, depuis le début de l'été, s'était évertué à trouver des moyens d'y demeurer.

— Si c'était Mlle Victoire qui venait s'occuper de nous peut-être que Ferdinand aimerait mieux ne pas retourner au pensionnat, avait-il suggéré à son père, comme ultime recours.

— Ça ne se fait pas, avait répliqué Georges-Noël. Et puis Mlle Victoire est déjà très occupée.

Non pas que l'idée lui ait déplu, mais son deuil récent, les carnets de Domitille, et combien plus l'attirance qu'il éprouvait maintenant pour cette jeune femme, le lui interdisaient.

Insatisfait de la réponse évasive de son père, Thomas était allé présenter sa requête à Victoire.

— Ton père a raison, Thomas, lui avait-elle répondu, consciente qu'une telle situation donnerait prise aux accusations de Madeleine et risquerait de compromettre davantage une relation déjà ambiguë avec Georges-Noël.

— Rien que pour nos repas, peut-être. Pour le reste, je suis capable de m'occuper de mon frère.

Et comme s'il eût deviné l'irrésistible envie qu'éprouvait Victoire d'aller défendre sa cause auprès de Georges-Noël, il lui avait confié :

— Si vous dites oui, mademoiselle Victoire, ça va faire comme si maman était revenue dans notre maison… presque.

Quoique flatteuse, cette réflexion de Thomas avait troublé Victoire. Au risque de s'attirer d'autres chagrins, l'enfant ne devait pas lui accorder une telle importance dans sa vie, ni dans son foyer.

— Il ne faut pas que tu t'attaches à moi comme ça. Je ne serai pas toujours ici, à côté de chez vous.

Thomas l'avait regardée avec une infinie tristesse, redoutant ce qu'elle allait lui révéler.

— Vous vous mariez ?

— Un jour, sûrement. Mais, ce que je veux te dire, c'est qu'il est fort probable qu'à ce moment-là, je n'habiterai plus dans cette maison. Il pourrait arriver aussi que j'aille travailler ailleurs.

— Où, ailleurs ?

— À Montréal, peut-être. Avec mon frère. C'est pour ça que tu ne dois pas t'attacher à moi. Déjà tu viens de perdre…

— Ma mère, puis ma maison. Puis vous, en plus ?

Il avait alors rappelé à Victoire le matin de février où elle lui avait fait cette promesse : « Tu pourras toujours compter sur moi, Thomas », et il était sorti sur ces mots, raclant le sol et faisant lever la poussière à chacun de ses pas. Victoire n'avait pas essayé de le retenir tant la détresse de ce garçon avivait la sienne. «Il n'y a pas que la peur qui soit mauvaise conseillère, pensa Victoire. La peine l'est tout autant.» À preuve, ce qu'elle avait promis à cet enfant et qui déjà l'engageait plus qu'elle ne l'avait imaginé.

Avant de se fondre dans la cohorte des jeunes élèves du pensionnat, Thomas avait laissé dans la mémoire et dans le cœur de son père la somme de ses déceptions, dont la plus amère était celle du départ probable de Victoire. Georges-Noël avait été bouleversé en l'apprenant. Il eût voulu supplier Victoire d'attendre, de se donner le temps de reprendre sa production, mais il aurait eu le sentiment de tricher sur les véritables motifs qu'il aurait invoqués. Victoire ne devait pas partir. Pas maintenant. Pas avant d'avoir fait la lumière sur les non-dits et les mystères qui s'étaient glissés dans leur existence depuis la mort de Domitille.

Le temps pressait de trouver un prétexte à renouer le dialogue, ce que ni l'un ni l'autre n'avaient osé faire depuis leur rencontre nocturne sous la véranda, faute d'avoir trouvé la manière.

∾

Plus harcelante à mesure que la saison froide s'imposait, une appréhension minait chez Georges-Noël la joie de retrouver ses fils pour le congé des fêtes. N'était-ce pas téméraire d'espérer que leur seule présence le délivrât de la profonde nostalgie et de la solitude qui le rongeaient depuis l'été? Aussi, connaissant la ténacité de Thomas, il était à prévoir que ce dernier revendique de nouveau la présence de Victoire dans leur famille. N'était-ce pas assez d'avoir lutté depuis six mois contre l'impérieuse envie qu'il éprouvait de l'exaucer, sans qu'il le lui rappelât à un moment où il devait s'efforcer de ne pas succomber ? Que Victoire n'ait plus d'amoureux l'autorisait-il à présumer qu'elle fût intéressée à une relation avec un veuf de vingt ans son aîné ?

Lorsque sous un ciel maussade de novembre Georges-Noël se présenta chez les Du Sault pour la première fois depuis la mort de sa femme, Victoire se réjouit que sa mère fût là pour l'accueillir. En proie à l'incertitude, elle l'observait de la fenêtre, cherchant dans son comportement un signe de sérénité, un geste qui l'eût rassurée. En attachant son cheval récemment acquis, il leva la tête vers la cordonnerie et lui adressa un sourire qu'elle ne sut lui rendre spontanément.

— Tu prendrais bien un bon thé chaud ? lui demanda Françoise qui, sans attendre la réponse, passa à la cuisine.

Seul avec Victoire, Georges-Noël ne savait que faire de ces instants d'intimité dont il avait tant rêvé mais qui, à ce moment, le prenaient au dépourvu. Devant la fenêtre d'où elle n'avait pas bougé depuis l'arrivée de leur voisin, Victoire fixait le cheval qui, l'haleine fumante, balayait l'air de ses naseaux rosés. Elle cherchait par n'importe quelle baliverne à briser ce silence étouffant. Parler. Mais parler de quoi ? Son cerveau s'embrumait et l'émotion ferait trembler sa voix. Et comme Georges-Noël semblait s'entêter à ne causer qu'avec les flammes, elle risqua :

— Vous avez dû le payer cher, celui-là ?

Accroché par cette question, Georges-Noël s'approcha. Victoire sentit un souffle chaud frôler son cou. Comme il lui eût plu, à cet instant, de fermer les yeux et de goûter à l'enchantement de cette caresse si discrète, si bienfaisante! Aussi enivrante que leur étreinte sous la véranda.

Un bref instant d'abandon avait suffi pour que son cœur s'affolât et pour qu'elle appréciât le retour de Françoise.

— Avec un temps pareil, on n'a pas de misère à croire que dans moins d'un mois, on sera en plein cœur des fêtes, dit-elle, attentive au plateau garni de biscuits et de tasses qu'elle transportait.

— Je pense que cette année je vais me contenter de regarder passer le train, moi, avoua Georges-Noël en retournant s'asseoir près du foyer.

— Ce n'est pas notre intention, reprit Françoise.

En dépit du peu d'emballement avec lequel Victoire avait accueilli la proposition, sa mère invita Georges-Noël à venir avec ses fils partager leur souper du jour de l'An.

— Surtout qu'il y a peu de chance qu'André-Rémi soit avec nous. C'est drôlement fait la vie. Maintenant qu'il peut venir, il se laisse prendre par je ne sais quoi. Ça ne me surprendrait pas qu'il y ait une femme là-dessous.

— Vous savez bien, maman, qu'il ne pourra pas résister à la tentation de venir fêter avec nous, répliqua Victoire pendant que Georges-Noël tergiversait.

— J'ai pensé que ce serait bon pour tes garçons de se retrouver avec les enfants de Louis et de Delphine pour cette occasion, ajouta Françoise.

Georges-Noël acquiesça d'un signe de tête et retourna vers la fenêtre, incitant Victoire à l'y rejoindre.

— Je me suis laissé gagner par son allure, dit-il en regardant sa jument. Mais, ça ne fera jamais une bonne bête d'exposition.

— Elle est pourtant si belle!

Le bras de Georges-Noël frôlait le sien, et Victoire en éprouva un plaisir tel qu'elle ne fit rien qui eût pu l'en priver.

Ce fléchissement avait suffi, crut-elle, pour que sa fragilité et le trouble qu'elle éprouvait toujours en sa présence témoignent des sentiments qu'elle lui portait.

— J'ai toujours eu un petit faible pour les chevaux blancs, déclara-t-elle, dans l'espoir que cet aveu distraie Georges-Noël de celui qu'elle venait de lui faire et qui maintenant la gênait.

— Tu l'achèterais?

Georges-Noël avait à peine émis cette hypothèse que Françoise, au fait des soucis financiers causés par l'inondation, riposta:

— Ce n'est pas le temps de s'encombrer d'une bête qui ne rapporte rien quand on réussit à peine à nourrir celles qui sont déjà là.

— Je serais prêt à l'hiverner si je trouvais un acheteur... ou une acheteuse, dit Georges-Noël.

— Dans ce cas-là, tout peut être reporté au printemps, suggéra Victoire dont le regard franc confirmait l'intérêt que Georges-Noël avait déjà décelé.

— J'en avais l'intention, lui répondit-il, bien qu'elle vînt tout juste de l'en persuader.

～

Victoire avait réappris à rire et à badiner.

Depuis la soirée des Rois au cours de laquelle elle avait virevolté jusqu'à l'épuisement dans les bras de Narcisse Gélinas, fils de son fournisseur de cuir, elle se livrait davantage aux charmes de la vie, aux agréments d'une jeunesse qui risquait de lui glisser entre les doigts sans qu'elle ait pris le temps d'en profiter, comme le lui avait rappelé André-Rémi lors de sa dernière visite.

Ce jeune rouquin à l'œil pétillant et animé d'une exceptionnelle joie de vivre la fascinait. Était-ce l'entrain de Narcisse qui suscitait la nouvelle ferveur qu'elle mettait à la création de bottines pour enfants à laquelle elle s'adonnait avec le même optimisme qu'à ses premiers jours dans le métier?

Victoire disposait de trois mois pour vendre l'idée qu'une chaussure particulière devait être portée pour la première communion, jour tant célébré. Sur un cuir plutôt pâle, les lacets seraient remplacés par des rubans d'une couleur différente pour les garçons et pour les filles. Narcisse s'était empressé d'apporter les deux premiers modèles, promettant de les exposer dans la tannerie de son père.

— Je te jure, Victoire, qu'ils ne resteront pas plus d'une semaine dans la vitrine.

Le dimanche suivant, il réclama toutes les paires qu'elle avait terminées. Intriguée, Victoire insista pour que Narcisse lui dévoile son «secret».

— Quand mon père me laisse seul avec les clients, je leur promets un rabais s'ils achètent une paire de tes bottines, lui avait-il avoué en rigolant.

Narcisse ne se montrait guère pressé de prendre la vie au sérieux, à l'opposé du cheminement que Victoire avait choisi dès l'âge de quinze ans. Lorsqu'elle pensa lui en faire remontrance, elle se souvint du conseil de son grand-père Joseph : « Il n'y a rien d'assez pressant pour nous empêcher d'avoir de l'agrément. » Auprès de lui, Victoire goûtait le plaisir simple et gratuit. Contrairement à la compagnie de Georges-Noël qu'elle préférait mais qui lui inspirait de constants remords, sa relation avec Narcisse n'était affectée par aucun interdit. Bien plus, aucune menace d'engagement ne risquait de poindre à l'horizon. Bon à tout faire et disponible envers tous, mais ne possédant ni métier ni biens personnels, le jeune Gélinas n'avait rien qui lui permette de demander une fille en mariage. Aussi arrivait-il rarement à Victoire de refuser ses invitations, que ce fût pour une soirée de danse, un concours de tir ou une course en canot sur le lac.

À la nécessité de se rendre régulièrement à la boutique de M. Gélinas pour y faire ses provisions de cuir s'ajoutaient, depuis quelques mois, la curiosité d'entendre la dernière blague de Narcisse et le bonheur de se voir invitée à se joindre à son groupe d'amis afin de participer à leurs activités.

Victoire constatait qu'elle avait sauté une étape dans sa vie. Elle décida de vivre intensément ce temps de liberté auquel la majorité des jeunes femmes de son âge avaient déjà renoncé et, par conséquent, de prendre du recul quant à Georges-Noël, inconsciemment et bien involontairement responsable de ses années de tourments. Or, cet éloignement n'allait pas de soi. À l'aise avec les gens de quarante ans, elle devait maintenant s'habituer à apprécier la compagnie des jeunes, à participer à leurs loisirs et à s'ouvrir à leurs préoccupations comme à leurs légèretés.

— Ça paraît que l'été est arrivé! Nos beautés viennent faire leur petit tour au village, s'écria Narcisse qui s'empressa de s'occuper de son cheval.

Victoire sourit, habituée à cette appellation qui lui plaisait d'autant plus que, venant de lui, elle ne masquait aucune attente.

— Il faut nous prévenir quand vous sortez équipée comme ça, mademoiselle Du Sault. Sinon, on pourrait vous prendre pour la comtesse de Montour, s'était-il exclamé, admiratif devant la calèche toute neuve de Victoire, tirée par la jument blanche qu'elle avait finalement achetée de Georges-Noël.

La froideur avec laquelle elle avait traité cet achat, et son attitude pendant la soirée du réveillon où elle n'avait eu d'attention que pour son frère André-Rémi avaient surpris et chagriné Georges-Noël. De peur de s'attirer plus de déboires, il avait renoncé dès lors à quelque espoir de réciprocité dans ses sentiments envers Victoire Du Sault. Aussi, il ne fut nullement étonné quand, passant devant la Tannerie Gélinas, il la trouva en joyeuse conversation avec Narcisse pour qui la jument servait de prétexte à prolonger une si agréable visite.

L'arrivée de Georges-Noël causa un certain embarras à Victoire qui voulut le cacher en détournant l'attention vers une plaisanterie de Narcisse.

— Toujours satisfaite de Pénélope? lui demanda Georges-Noël, s'arrêtant quelques instants devant l'entrée de la boutique.

Victoire eut à peine le temps de manifester sa satisfaction d'un signe de tête que Narcisse commenta aussitôt:

— Une sacrée belle bête! Rien de moins pour une dame de qualité comme Mlle Du Sault, hein, monsieur Dufresne?

Georges-Noël adressa à Victoire un regard amusé et reprit aussitôt sa route.

La tentation lui vint alors, comme une sorte de vengeance, de rebrousser chemin jusqu'au bureau de poste où venait d'entrer l'élégante Justine Héroux, veuve du colonel Philibert Héroux, dont les déhanchements séducteurs ne manquaient pas de saluer sa présence. Bien que parfaitement conscient que les charmes de cette dame n'avaient pas sur lui l'effet envoûtant produit par Victoire Du Sault, il n'était pas loin de présumer qu'en renonçant à cette dernière, les manières distinguées et la grande culture de Mme Héroux avaient toutes les chances de le captiver. Et s'il devait être vu en agréable compagnie, ne valait-il pas mieux que ce fût au bras d'une veuve dans la quarantaine? Georges-Noël résolut alors de ne pas rater la prochaine occasion d'exaucer les vœux de la belle Justine.

~

« Ce n'est pas le temps de parler de m'éloigner, écrivait Victoire à André-Rémi. Papa a recommencé à siffloter, maman à tresser ses chapeaux de paille, et moi, j'ai enfin réussi à faire adopter mes bottines à rubans de satin pour la première communion des enfants. Aussi, je découvre plein de gens intéressants au village. On a beaucoup de plaisir. Ça m'avait tellement manqué… Je vois bien que maman se questionne, des fois, mais je suis sûre qu'elle préfère me voir moins assidue à l'atelier et plus joyeuse qu'avant. Tout ça pour te dire que je fournis à peine les clients de chez nous. Quand j'aurai repris le dessus, je t'enverrai les quelques modèles que tu m'as demandés. »

Ses ventes avaient à ce point augmenté depuis le printemps que lors de la procession de la Fête-Dieu, Victoire s'était amusée à compter le nombre de gens qui portaient des chaussures sorties de son atelier.

— Vous avez vu ? avait-elle chuchoté à l'oreille de sa mère.

— Pas si vite. Donne-leur le temps de s'habituer vraiment à toi avant de triompher.

Victoire avait été tentée de riposter, mais la mimique de Narcisse simulant la ferveur parmi les fidèles qui suivaient la procession l'avait distraite. Leurs regards furtivement échangés avaient provoqué chez l'un et l'autre des fous rires qu'il valait mieux réprimer.

La remarquable jovialité de Victoire s'était offerte à Thomas comme une bouffée de bien-être avant qu'il regagne le pensionnat.

— Mon père dit que je ne serai plus obligé d'y aller avec Ferdinand quand il aura douze ans. S'il pouvait donc vieillir plus vite. Encore trois ans à m'enfermer là, confia-t-il à Victoire avec qui il passait la majeure partie de ses journées, se plaisant à exécuter des tâches de plus en plus délicates dans l'apprentissage du métier.

— Compte-toi chanceux que je te laisse découper des empeignes. J'avais trois ans de plus que toi quand mon grand-père a accepté que je le fasse, lui fit remarquer Victoire alors qu'il se plaignait de ne faire que des choses faciles.

— J'ai hâte de gagner de l'argent, puis j'ai plein d'idées...

— Fais au moins ta septième année, Thomas. Ça te donnera le temps de comprendre l'importance de l'instruction pour bien gagner sa vie. De toute façon, ton père n'accepterait jamais que tu quittes l'école avant d'avoir quatorze ans.

— Si j'étudiais au village, je pourrais venir travailler avec vous après les cours, et aller faire des livraisons le samedi puis le soir, au lieu d'essayer de dormir quand il fait encore clair.

Thomas avait épilogué sur les contraintes du pensionnat et sur son besoin de vivre comme le «vrai monde». Les mauvais souvenirs que Victoire avait conservés de cette période de sa vie donnaient aux propos de Thomas une résonance telle que s'il eût été son fils, elle l'en aurait aussitôt exempté. Mais jusqu'où l'engageait la promesse qu'elle lui avait faite après la mort de Domitille?

— Vous ne pourriez pas en parler à mon père? Je suis sûr qu'il vous écouterait plus, vous. Il passe son temps à vous citer en exemple quand il veut nous convaincre de quelque chose.

Victoire avait ri pour ne pas laisser transparaître le trouble dans lequel l'avait placée cette phrase qu'elle eût préféré ne pas entendre.

— Je ne pense pas que ton père ait besoin de mes conseils pour prendre ses décisions, Thomas. De toute façon, tu serais mon fils que j'insisterais pour que tu continues tes études. Tu as à peine douze ans, après tout.

— Si vous aviez été ma mère, je ne serais pas au pensionnat...

~

Pendant qu'avec un inlassable zèle Thomas terminait son cours élémentaire, Victoire était parvenue à équilibrer travail et divertissement. Georges-Noël cherchait un dérivatif à l'insupportable solitude dans laquelle le replongeaient l'absence de ses fils et la rareté des contacts avec sa voisine. La présence de son frère Joseph et de l'homme engagé meublait bien ses journées, mais le soir venu, un abominable cafard lui serrait la poitrine jusqu'à ce qu'un sommeil profond vînt l'en délivrer. Ses quelques randonnées champêtres en compagnie de Justine avaient agrémenté son existence mais suscitaient à peine le goût d'en proposer de nouvelles. Bien que cette femme fût d'un physique harmonieux et d'un commerce agréable, la courtoisie et la réserve que lui inspiraient leurs rencontres laissaient inassouvis ses besoins de tendresse et de rapprochement. Même s'il soupçonnait les désirs de Justine, il n'éprouvait pas davantage le goût de se montrer plus entreprenant. Une certaine fougue manquait. Une ardeur dont il se savait pourtant capable. Des mois de travail, de passion pour ses chevaux et de fréquentations assidues ou presque avec la veuve du colonel n'avaient en rien altéré la flamme qu'il entretenait pour Victoire.

Novembre venu, Georges-Noël déplora que sa présence n'ait pas été réclamée aux séances de lecture. Même s'il trouvait préférable de se les interdire, les visites régulières de Narcisse Gélinas le dissuadant de quelque espoir de conquête, il aurait aimé profiter de ces quelques heures pour observer Victoire. Il ne parvenait pas à se convaincre qu'elle n'éprouvât plus aucun trou-

ble en sa présence. Était-ce par espérance ou par entêtement qu'il faisait fi des rumeurs qui, au printemps de
cette même année, avaient couru à l'effet que le jeune
Gélinas ait des intentions bien précises à l'égard de la
fille de Rémi Du Sault? Il fallait voir avec quelle ambition soudaine ce jeune homme avait endossé le tablier
du menuisier, déterminé à apprendre le métier en un
temps record. Or, si Françoise flairait les véritables
motifs de cet emballement, Victoire s'en défendait:
«Vous ne trouvez pas qu'à vingt-deux ans, un gars peut
avoir le goût de gagner sa vie sans pour autant penser à
se marier?»

Malgré tant de mois de joyeuse camaraderie, Victoire refusait toujours d'être désignée comme la promise de Narcisse Gélinas, et elle ne s'en cachait pas.
Cette résistance avait assombri le regard du jeune
homme chez qui le personnage bouffon s'éclipsait au
profit d'un sérieux qu'il croyait à son avantage mais qui,
au dire de Victoire, lui seyait mal.

— Si tu acceptes de sortir avec moi, je vais redeve-
nir aussi drôle qu'avant, lui avait-il assuré un soir où il
avait insisté pour l'accompagner jusque chez elle après
une journée de baignade. Je me suis bien rendu compte
aujourd'hui que je ne pourrais pas endurer encore bien
longtemps que d'autres garçons te tournent autour.

— Tout ce que je peux te promettre, c'est d'essayer
de me faire à l'idée qu'il pourrait y avoir entre toi et moi
autre chose que de l'amitié. Une amitié qui me tient
bien à cœur. Tu es unique pour moi, Narcisse. Personne
ne m'a jamais autant fait rire, à part mon grand-père. Je
peux te dire que tu as une grande place dans ma vie,
mais pas toute la place.

— C'est parce que tu te retiens, lui avait-il riposté.

Il l'avait suppliée de lui donner le temps de dévoiler sa vraie nature, le grand sérieux qu'il cachait sous ses airs bouffons, la fidélité dont il était capable malgré ses discours loufoques sur le bonheur d'être célibataire. À preuve, le métier de menuisier qu'il avait appris en moins d'un an et pour lequel il manifestait beaucoup de talent.

— J'ai un travail assuré. À l'atelier de mon oncle, à Trois-Rivières, ils ont besoin d'ouvriers, avait-il annoncé à Victoire dans un dernier effort pour la convaincre.

Elle l'avait écouté en silence, profondément désolée de ne pas éprouver les mêmes sentiments à son endroit. La perte d'un ami, le seul auquel elle se soit vraiment attachée, devenait imminente. En discutant avec sa mère, Victoire avait soutenu :

— C'est l'amitié ou l'amour.

— Les deux ne sont pas nécessairement inconciliables. Je te dirais même que tous les couples devraient vivre l'amour et l'amitié en même temps, au lieu de…

— Au lieu de quoi, maman ?

— Au lieu d'avoir à bâtir une amitié une fois que l'amour a perdu son ardeur.

À ce jeune homme d'apparence correcte et d'une extrême affabilité il manquait, entre autres choses, pour séduire Victoire, l'assurance que leur complicité dans le rire puisse se retrouver dans les moments où la vie les mettrait à l'épreuve.

— Vous devriez vous accorder encore un peu de temps, lui avait conseillé Françoise. Ce garçon en vaut la peine.

Entre ses dimanches réservés à Narcisse, dont Rémi ne prisait guère l'humour, et ses semaines de travail acharné, Victoire trouvait peu de temps pour faire le point sur sa vie affective. Peut-être même n'en éprouvait-elle pas le besoin. Tant qu'elle acceptait ses visites régulières, Narcisse, lui, ne perdait pas espoir. Partager le souper de la famille Du Sault après une randonnée au bord du lac, ou un après-midi à jouer aux cartes, le charmait en autant que Victoire consentît à quelques instants seul à seul en fin de soirée. Des tête-à-tête où, après lui avoir exprimé son admiration, elle devait immanquablement en venir à l'aveu de son peu d'empressement à le choisir parmi d'autres.

— D'autres! Mais qui d'autre? avait-il demandé, las de ces redites.

— D'autres que je pourrais encore rencontrer d'ici à ce que je sois couronnée vieille fille, lui avait-elle répondu pour badiner.

Or, s'il y avait un domaine où Narcisse ne tolérait aucune plaisanterie, c'était celui de ses projets d'avenir avec Victoire Du Sault.

~

À quelques semaines du congé de Noël tant attendu, Thomas jonglait. La lettre qu'il avait reçue de son père le chargeait d'une mission qui le contrariait considérablement. « Prépare ton frère, car je crains qu'il regimbe, et ce ne sera vraiment pas le moment ni la place pour le faire », avait-il écrit.

Or, Georges-Noël ignorait que l'idée de réveillonner chez la veuve Héroux déplût tout autant à son fils aîné.

— Faisons-le pour papa, suggéra Thomas à son jeune frère. Tu ne trouves pas qu'il le mérite?

243

Georges-Noël, Thomas et Ferdinand avaient donc dérogé à la tradition de passer la Noël avec la parenté, et acquiescé à l'invitation de Justine Héroux qui leur réservait une surprise fort agréable, avait-elle annoncé.

Dans un décor où le cristal, l'argent et la soie chatoyaient, l'opulente Justine, parée de bijoux non moins scintillants, laissait sur son passage un parfum qui indisposa Ferdinand.

— Qu'il est pâle, cet enfant! fit-elle remarquer. Le pensionnat n'est sûrement pas ce qui convient le mieux à sa santé. Il lui faudrait du grand air.

Georges-Noël n'avait pas trouvé opportun de répliquer.

— S'il est comme moi, il doit commencer à avoir faim, madame, s'empressa d'expliquer Thomas, les yeux ronds et l'estomac avide de tous les mets appétissants dont les plats regorgeaient.

— Avant que nous passions à table, vous êtes priés de me suivre au salon, dit Justine dont la robe de taffetas rouge rehaussée d'un col et de poignets de velours noir chuintait à chacun de ses pas.

Elle tendit la main à Georges-Noël qui, bien que timidement, lui offrit la sienne. Dans le grand salon aux tentures et aux fauteuils de velours doré, le foyer était demeuré éteint pour accueillir l'amas de cadeaux. Ferdinand eut tôt fait de deviner que la pile de livres lui était destinée. Il fut agréablement étonné des choix et épaté par la reliure de chacun : couverture rigide et tranche dorée, le tout enjolivé d'un fin signet de soie. Sobre de mots, plus éloquent par ses gestes, il palpait avec délectation les arabesques qui ornaient les coins de la couverture. Lorsqu'il céda à la tentation de feuilleter l'une de ces merveilles, il s'entendit aussitôt semoncer par la généreuse Justine.

— On a dû t'apprendre, mon garçon, qu'il n'est pas poli de lire sans en avoir obtenu la permission, surtout lorsqu'on est invité à une fête. N'est-ce pas Georges-Noël?

D'un signe de tête, ce dernier lui avait accordé l'approbation qu'elle réclamait, tout en réservant à son fils un regard indulgent.

Satisfait du geste de son père, Thomas ne sentit pas l'obligation de se porter une seconde fois à la défense de son frère. Son tour était maintenant venu de déballer ses cadeaux.

— Je pense qu'à ton âge, mon jeune homme, tu seras en mesure d'apprécier ce que je t'ai choisi, dit Justine avec une ostentation à peine voilée.

La qualité des chemises et des chandails qui lui étaient offerts et avec lesquels il dut parader impressionna Thomas qui, cependant, apprécia davantage le coffre garni d'un magnifique nécessaire à dessin.

— Les Frères n'en ont même pas d'aussi beaux! s'exclama-t-il, confirmant le bon goût et le flair de Justine.

Déjà comblés par une distribution qu'ils croyaient terminée, les garçons Dufresne se dirigeaient vers la salle à manger, mais leur hôtesse les retint. Toute triomphante, elle leur annonça:

— J'ai préparé un autre cadeau pour vous et votre papa.

Or, plus un paquet ne se trouvait devant le foyer. Georges-Noël avait froncé les sourcils, aussitôt interrogé du regard par ses fils. D'un haussement d'épaule, il leur signifia qu'il n'avait rien tramé avec la veuve. La surprise en serait donc une pour lui aussi. Tenant toujours la main de Georges-Noël, elle annonça aux garçons, sur un ton doucereux :

— Si M. Dufresne veut bien de ma présence auprès de lui, vous n'aurez plus à quitter votre maison pour aller vous enfermer dans un pensionnat chaque automne. Ce serait beaucoup mieux pour ta santé, mon petit. Pour toi, mon grand garçon, je sais qu'il s'agirait d'une délivrance. Et pour votre père, cela marquerait la fin de sa solitude.

Georges-Noël fixait le plancher, manifestement embarrassé. Que Justine fût bien intentionnée ne l'autorisait pas à décider pour lui et ses enfants de l'avenir qui leur convenait.

Thomas et Ferdinand avaient été priés de les laisser seuls quelques instants, le temps que Georges-Noël lui expliquât sa façon de voir, sur un ton et avec des mots qui eussent égard à ses largesses.

Trouvant que cette relation prenait de plus en plus l'allure d'une mascarade, Georges-Noël suggéra de mettre en veilleuse des projets qui demandaient réflexion, pour mieux s'adonner à la joie de fêter ensemble « à la santé, à la prospérité et au bonheur », avait-il lancé en levant son verre de whisky.

Convié à prendre place à table avec ses fils, Georges-Noël ne fut pas surpris d'entendre Ferdinand refuser toute nourriture et répéter qu'il avait mal au cœur, à chaque interrogation de Justine qui en profita pour démontrer l'urgence de sortir cet enfant du pensionnat. Georges-Noël aurait facilement protesté de l'attachement de Ferdinand pour ce lieu, mais Thomas n'attendit pas d'être invité à pendre la parole pour le faire à sa place. Sachant fort bien que la nausée de son jeune frère n'était pas attribuable qu'à son intolérance au parfum, il partageait son désenchantement. Comment cette femme pouvait-elle considérer comme un cadeau son dessein de venir prendre la place de leur mère dans la maison?

— Je pourrais sortir de table, s'il vous plaît? leur demanda Ferdinand.

Cette permission lui étant accordée, il courut vers le salon, heureux de se plonger dans le livre qu'il avait dû refermer avant le repas, à la demande de Mme Héroux. Enfin, il lui était donné d'échapper à ce monde de convenances qu'il méprisait du haut de ses dix ans bientôt sonnés.

De trois ans l'aîné de Ferdinand, Thomas pouvait comprendre que son père cherchât à combler le vide laissé par le départ de Domitille. Mais qu'il soit attiré par Justine Héroux le déconcertait. Non pas qu'il niât le charme et la dignité de cette dame, mais elle lui semblait en tout point si différente de sa mère qu'il lui était difficile de concevoir que Georges-Noël pût l'aimer après avoir tant adoré Domitille.

Au déclin de ce jour mouvementé, Georges-Noël retrouva avec un immense plaisir une solitude qu'il avait maintes fois exécrée. Avant de monter à sa chambre, Thomas l'avait mené à des questions que de toute façon il avait l'intention d'approfondir. Le peu de sympathie que ses fils témoignaient à l'égard de cette femme n'avait-il pas de quoi l'inquiéter? Alors que Ferdinand menaçait de ne plus venir passer ses congés à la maison si Justine devait être là, Thomas, lui, s'accommodait-il de la présence de cette femme dans la vie de son père dans l'unique perspective de quitter le pensionnat au plus vite? À cela s'ajoutait maintenant l'insistance avec laquelle la veuve projetait leur mariage pour l'été suivant.

Lorsque Georges-Noël entreprit de peser le pour et le contre d'un tel engagement, il fut vite aux prises avec les véritables luttes qui avaient été siennes depuis le début de leurs fréquentations. Deux années à chasser le souvenir de sa jeune voisine chaque fois qu'il se trouvait en compagnie de Justine, à s'interdire de comparer l'une à l'autre, à éviter de croiser Françoise parce que trop perspicace, et sa fille parce que trop séduisante. Par contre, la digne et fière Justine, cette femme si amoureuse et si dévouée ne lui convenait-elle pas mieux que l'intrépide, la désinvolte, la fougueuse Victoire Du Sault? Georges-Noël résolut de se tenir loin de l'une et de l'autre, le temps de voir s'il existait une femme de son âge qui fût de la trempe de Victoire et qui l'aimât.

Le congé de Pâques venu, de peur de se voir imposer la présence de Mme Héroux, Ferdinand avait choisi de demeurer au pensionnat alors que la permission avait été accordée à tous les élèves de rejoindre leur famille dès le mercredi saint.

— Ferdinand devrait comprendre que notre père ne peut pas passer le reste de sa vie tout seul, dit Thomas qui inventait mille prétextes pour se rendre à l'atelier de Victoire.

— Tu accepterais que ton père se remarie?

— Bien sûr! Mais pas avec n'importe qui. Encore moins avec Mme Héroux, même si elle est très gentille.

Et, en rougissant un tantinet, Thomas avait avoué à Victoire qu'il trouvait regrettable qu'elle n'ait pas vingt ans de plus.

Chapitre VI

L'inéluctable aveu

Bien que la proposition de Thomas lui ait plu, Georges-Noël n'en ressentait pas moins un sérieux malaise. Au cours des deux dernières années, ses rapports avec Victoire s'étaient limités à la simple courtoisie, l'un fréquentant la veuve du colonel Héroux, l'autre étant courtisée par Narcisse Gélinas.

Toute considération faite, Georges-Noël convint que cette visite à la foire annuelle de Trois-Rivières lui offrirait l'occasion idéale de vérifier ses doutes : malgré l'assiduité de Narcisse et ses projets, le comportement de Victoire ne ressemblait guère à celui d'une jeune femme amoureuse. Le retour à Yamachiche devant se faire de nuit, les garçons seraient installés à l'arrière de la calèche, procurant ainsi à leur père l'intimité qu'il recherchait pour un entretien sérieux avec Victoire.

Or, cette dernière avait accepté son invitation avec une telle spontanéité qu'il n'avait même pas eu à invoquer les avantages qu'elle pourrait retirer de ce voyage, s'il advenait qu'elle s'établisse dans cette ville une fois mariée, comme le souhaitait Narcisse. D'autre part, rien n'amenait Victoire à soupçonner le peu d'attachement que Georges-Noël éprouvait pour Justine, cette femme aux allures princières, bien nantie et visiblement amoureuse.

— Mademoiselle Victoire! Papa fait dire qu'on n'ira pas à Trois-Rivières, vint lui annoncer Thomas, la veille du départ.

Victoire quitta le rang qu'elle était à désherber et s'approcha de la clôture de perches, là où Thomas s'était arrêté, les bras croisés sur un piquet.

— Ton père a décidé de ne plus présenter son cheval?

— C'est à cause de Ferdinand. On dirait qu'il fait exprès…

Affaibli par une fièvre de trois jours et par une indomptable toux rappelant la maladie de Domitille, Ferdinand ne pouvait les accompagner. Inquiet, Georges-Noël n'avait plus l'esprit à la compétition.

Non seulement Thomas se voyait-il privé du plaisir tant attendu de voyager en compagnie de Victoire, mais il devait demeurer au chevet de son frère jusqu'à ce que la fièvre l'ait quitté.

— Ce sera pour une prochaine fois, avait répliqué Victoire, parvenant à peine à cacher sa propre déception.

— Vous savez bien qu'il n'y aura pas de prochaine fois…

Même si elle se refusait à l'admettre en sa présence, Victoire partageait l'avis de Thomas. Elle reprit son désherbage, plus désolée qu'elle ne l'eût imaginé.

Plus le jour du départ s'était approché, plus la perspective de faire ce voyage lui avait souri. Protégée par la présence des garçons, elle anticipait d'heureux moments en compagnie de Georges-Noël, et la possibilité d'éprouver la nature des sentiments qu'elle lui portait malgré qu'elle fréquentât Narcisse. À ce dernier qui avait réitéré sa demande en mariage pour le prochain Noël, elle avait exprimé son peu d'attrait pour les mariages en hiver, et son manque d'empressement à se marier avant d'avoir vingt-cinq ans.

À quelques semaines de la rentrée scolaire, Ferdinand avait suffisamment récupéré, et obtint de se joindre aux autres écoliers à la date prévue. Quel qu'ait été le souhait de Thomas, la fragilité de son frère avait plaidé plus que jamais en faveur du pensionnat. De lui éviter de voyager par tous les temps matin et soir, de le soumettre à la régularité des heures de repas et de sommeil ne pouvait que lui être bénéfique, avait décrété le docteur Rivard. «Je te ferai remarquer que je lui ai laissé le choix», avait précisé Georges-Noël devant la mine déconfite de son fils aîné.

Thomas avait préparé ses bagages en maugréant, plus révolté à chaque départ. Auprès de Victoire, il était venu chercher et avait trouvé soutien et compréhension. Partageant son aversion pour les milieux fermés, elle s'était engagée à une correspondance assidue avec lui, pour alléger son fardeau. C'est ainsi qu'elle avait appris que les propositions de Narcisse et ses projets de travail à Trois-Rivières étaient connus de Georges-Noël bien avant l'été. «Mon père pense que vous ne devriez pas quitter Yamachiche. Il dit que vous êtes la seule à fabriquer des chaussures qui sortent de l'ordinaire et que vous n'avez pas besoin d'aller si loin pour trouver à les vendre. Il a même ajouté qu'il faut des femmes comme vous pour faire évoluer les gens de la place », lui avait-il rapporté dans l'une de ses lettres. Or, rien dans ces propos, si élogieux fussent-ils, ne laissait croire à une attirance particulière, à un intérêt personnel de la part de son voisin. Victoire le déplorait et avait résolu d'amener Thomas sur une piste plus éclairante, lorsqu'au moment de cacheter l'enveloppe, elle aperçut Georges-Noël qui, avec des gestes exubérants et une mine victorieuse, discourait avec trois autres hommes près de son écurie. « Un après-midi de novembre comme je les voudrais tous ! » pensa Victoire en regardant la neige tombant en lourds flocons qui frôlaient les carreaux en un murmure soyeux, avant de choir comme des perles sur le rebord de la fenêtre. Quiconque s'aventurait à l'extérieur en cette fin d'après-midi portait cape blanche et couronne duveteuse. Avant que la pénombre ne lui ravisse un si merveilleux tableau et que les Duplessis, Desaulniers et Berthiaume ne privent Georges-Noël de leur compagnie, Victoire s'empara de son châle de laine bleue et sortit les rejoindre.

— Mes hommages ou mes condoléances ? demanda-t-elle, rieuse, à Trefflé Berthiaume avant de s'adresser à Georges-Noël qui l'accueillit chaleureusement.

— Comme prévu ! s'empressa de répondre Jean-Baptiste Duplessis.

Georges-Noël avait décroché le troisième prix pour son étalon de race canadienne.

— Un troisième prix à Montréal, c'est comme un premier à Trois-Rivières, renchérit Trefflé.

— Vous l'avez bien mérité, dit Victoire en serrant la main du vainqueur qui, le cœur en fête, se tourna aussitôt vers son cheval.

— Tu as entendu, Prince ? Mlle Du Sault dit que tu l'as bien mérité, répéta-t-il avec enthousiasme.

Et tous rirent, fiers du succès de Georges-Noël.

— Vous auriez dû voir le maquignon qui, se croyant bien malin, avait garni l'anus de sa picouille avec des morceaux de gingembre pour la rendre plus fringante…

Captivés par le récit pétillant de cette exposition, Trefflé, Joachim et Jean-Baptiste n'avaient pas vu passer le temps.

— Vous allez m'excuser, j'oubliais que ma femme attend après sa farine, s'exclama le premier.

— C'est déjà l'heure de la traite, constata Jean-Baptiste que la noirceur tombante venait de ramener à la réalité.

Joachim s'empressa à son tour de rentrer chez lui. Victoire allait leur emboîter le pas mais Georges-Noël la retint, en replaçant minutieusement son châle sur ses épaules.

— Tu ne vas pas partir, toi aussi ? Un trophée ça ne se fête pas seul. Tu as bien le temps d'entrer prendre un petit remontant, en l'honneur de Prince.

Victoire, bien que secrètement d'accord, cherchait une excuse valable pour décliner l'invitation. Mais le regard de Georges-Noël se fit si implorant que Victoire acquiesça.

— J'apprécie beaucoup, Victoire, beaucoup, insista Georges-Noël, comme s'il l'eût entendue penser.

Ces milliers de flocons qui dansaient dans le ciel, ivres de fantaisie et de liberté, Georges-Noël les enviait. Dans l'écurie où il devait reconduire son Prince à la robe d'un noir d'ébène, Victoire le suivit. Adossée au chambranle de la porte, aussi fébrile qu'au matin où elle l'avait croisé pour la première fois, elle ne trouvait que dire pendant qu'il s'empressait de débarrasser la bête de son harnais et de déposer devant elle seau d'eau et brassée de foin. Des brindilles collées au bas de son paletot résistaient aux coups répétés qu'il leur assénait. Le rire de Victoire amusée de le voir s'acharner ainsi le troubla, lui rappelant un bonheur perdu dont il avait tenté d'oublier les bienfaits. Elle était là, devant lui, radieuse, désinvolte comme le châle qui bâillait sur sa poitrine, prête à se laisser choir dans les bras qui la saisirent, succombant à la bouche qui cherchait la sienne, à l'étreinte qui la tint captive, avide de caresses. Jamais son corps de femme n'avait connu pareille volupté sous la douceur des lèvres qui effleurèrent la peau soyeuse de sa poitrine jusqu'aux limites qu'imposait son corsage. Georges-Noël contemplait Victoire, languissant d'amour. Pas un mot. Que des soupirs, que des regards plongés dans le labyrinthe de leur passion étouffée et de leur mensongère indifférence. Georges-Noël posa une main tremblante sur le front de Victoire. Ses yeux scintillaient comme des pierres précieuses sous l'effet miroitant d'une eau de source. Lorsqu'elle se redressa, cherchant à renouer son châle, son visage s'était assombri. Georges-Noël eut un pincement au cœur, il sentit la menace d'un reproche, du mépris que son geste risquait de lui mériter.

— Il fallait que tu le saches, Victoire. Puis, je n'ai pas appris à le dire autrement…

Victoire s'éloigna et son désarroi resta sans écho.

— Tu m'en veux? lui demanda-t-il, constatant qu'elle n'allait pas tarder à retourner chez elle.

— Je dois rentrer, maintenant. Merci quand même pour le remontant…

Bien que le ton de sa voix ne traduisît aucune amertume, bien que sa démarche fût posée et ses gestes calmes, Georges-Noël éprouvait une vague appréhension. Avant qu'elle ne refermât la porte, il posa une main sur la sienne et lui demanda, presque repentant :

— On va se revoir ?

— Je vous ferai signe, lui répondit-elle, engagée dans le sentier où déjà la neige avait brouillé les traces.

Prétextant une irrésistible envie de s'offrir une soirée de lecture dans sa chambre, Victoire refusa le repas que sa mère lui avait gardé au chaud. Sitôt la porte refermée, elle s'y adossa, souhaitant que personne ne vînt l'importuner avant le lendemain matin. Les yeux clos, il lui semblait plus facile de respirer profondément et de se ressaisir. Tout reprendre depuis le début, pour comprendre comment elle avait pu se trouver dans les bras de Georges-Noël, offerte, comme si les cinq dernières années de sa vie venaient de basculer dans le néant, au moment même où cette vague venue les chercher en douceur les avait ramenés sur la grève, et avait mis à nu leurs sentiments. De ses mains caressantes et de ses lèvres brûlantes, Georges-Noël s'était livré et Victoire avait souscrit à son aveu, enfonçant les doigts dans sa chair, découvrant la flamme du premier baiser dont sa bouche gardait encore l'incandescence. Comment prolonger, sans se trahir, l'effet de ces caresses sur sa peau, de ces murmures voluptueux à son oreille, de cette fièvre laissée dans son corps insatisfait.

Que la vie se fût arrêtée à ce moment précis où l'existence se confondait avec leur étreinte. Que se fût cristallisé cet instant où elle sut que leur amour n'avait rien perdu de son ardeur. Qu'il n'y ait plus d'après. Plus de lendemain. Puisque désormais, rien ne serait pareil. Puisqu'elle devrait réapprendre à écouter les silences, à traduire les mots et les gestes. Victoire avait l'impression de devoir reconsidérer leur voisinage, leurs salutations, leurs égards à tout jamais empreints de cet aveu.

À la recherche d'une lucidité que les souvenirs de la veille venaient constamment troubler, elle se rappela. «Rien ne sert de ramer à contre-courant», lui avait répété son grand-père Joseph. Elle se laissa ainsi flotter dans cette atmosphère où tout prenait son, odeur et couleur de passion, jusqu'à ce que des pas dans l'escalier, des rondins échappés dans la cuisine eurent annoncé qu'il était cinq heures. Françoise était allée faire du feu avant que son mari ne descende pour la traite.

Georges-Noël avait vu l'aurore se lever sur une nuit où s'étaient insinués tantôt le remords et l'appréhension, tantôt l'exaltation. L'ivresse de cette fin d'après-midi le submergeait pour le déserter l'instant d'après, au souvenir des carnets de Domitille, l'envahissant de nouveau sous la pulsion de ses désirs inassouvis. Georges-Noël savait maintenant qu'il aimait Victoire Du Sault. Il ne pourrait plus le nier. Pas plus que la résignation qui l'avait guidé vers Justine Héroux pour tromper cet irrésistible attrait. À sa raison, il avait confié la mission de lui engourdir le cœur et de paralyser ses élans. Ce pouvoir était maintenant passé aux mains de Victoire. «Je vous ferai signe», lui avait-elle dit en quittant l'écurie.

~

« C'est comme si chaque tornade qui passe dans ma vie m'insufflait un besoin irrésistible d'apporter du changement dans mon travail », se dit Victoire, penchée sur un modèle de chaussures qui, au dire de Narcisse, faisait fureur à Trois-Rivières. Garnies d'un bord dentelé et parées de boutons-pression, ces bottines avaient toutes les chances d'attirer les dames les plus exigeantes, pensait-elle.

Toute à la joie d'avoir enfin trouvé un style qui plût, Victoire résolut de ne quitter son atelier que lorsqu'elle en aurait terminé une paire. À cinq semaines de Noël, il était téméraire de penser recueillir suffisamment de commandes pour lancer cette nouvelle collection pour le temps des fêtes. Victoire comptait donc sur le retour de la belle saison pour battre des records de ventes.

Seule une ambition semblable pouvait combler, bien qu'imparfaitement, le vide atroce qu'avaient laissé au cœur de son quotidien les quelques instants de douce ivresse vécus dans les bras de Georges-Noël, ivresse d'autant plus pure qu'elle ne l'avait pas recherchée, cette fois. Le souvenir de ce qui était survenu dans l'écurie ne devait pas altérer le plaisir unique, exceptionnel, indescriptible qu'elle éprouvait dans son travail. Il lui tardait que la maison des Dufresne se perde dans l'opacité de cette calme nuit de novembre. Une nuit sans étoiles, mais aussi sans ces jolis flocons de neige qui la charmaient tout autant à vingt-trois ans qu'ils le faisaient lorsque, vingt ans plus tôt, elle avait appris à découvrir leur féerie, sa main serrée dans celle d'André-Rémi. Minuit sonna avant que la lampe s'éteignît dans la cuisine des Dufresne.

Parfaitement étranger à cette frénésie, Georges-Noël comptait les jours qui le séparaient du congé de Noël. Depuis son retour de l'exposition de Montréal, les semaines s'étaient écoulées sans que sa voisine se manifestât. Comment dès lors ne pas espérer que l'échange des vœux de bonne année soit pour Victoire l'occasion de lui faire ce signe promis qu'il n'avait cessé d'attendre depuis?

À quelques heures du départ de ses fils pour le pensionnat, il se rendait chez les Du Sault, accompagné de Ferdinand et de Thomas. Au bout de l'allée, ils croisèrent Narcisse Gélinas qui trouva le courage de les saluer, malgré un air piteux qui surprit Georges-Noël.

Pour Victoire, Narcisse n'était et ne pourrait être qu'un grand ami, sans plus. La flamme ranimée par Georges-Noël dans son cœur et dans sa chair quelques semaines plus tôt lui en avait apporté l'intime conviction. Soucieuse de ne pas assombrir les festivités de Noël et du jour de l'An, elle avait décidé de n'en informer son soupirant que le dimanche suivant. Ce soir-là, Narcisse avait préféré ne pas partager le souper avec la famille Du Sault, prétextant sur un ton faussement enjoué que, friand d'invitations, il attendrait la prochaine pour revenir s'asseoir à leur table. « Si je suis toujours le bienvenu », avait-il pris soin de vérifier avant de quitter la maison. « Comme ami, tant que tu voudras, Narcisse. Mais comme ami seulement », lui avait-elle précisé, peinée de devoir en arriver là.

Consciente de l'amère déception qu'elle causait à un aussi brave garçon, Victoire se reprocha d'avoir trop longtemps nourri l'espoir de Narcisse. Connaissant bien cette douleur d'aimer sans être aimée, elle le regardait s'éloigner, déplorant que les humains soient si impuissants quant à leurs sentiments. «La vie n'est pas juste envers tout le monde», se dit-elle. Puis elle aperçut Georges-Noël qui s'engageait avec ses fils dans l'allée que venait d'emprunter Narcisse. Thomas, costaud pour ses treize ans, et Ferdinand qui avait si peu grandi depuis le départ de sa mère, venaient faire leur jour de l'An avant de repartir pour le pensionnat.

Troublée par le caractère exceptionnellement chaleureux de cette tradition, Victoire cherchait une façon de se donner une contenance. L'empressement de Thomas à mettre sur ses lèvres le vœu qu'il désirait entendre lui fut d'un heureux secours.

— Que j'aie du travail au moulin de la Rivière-aux-Glaises, l'été prochain, mademoiselle Victoire. Un de mes amis du pensionnat me prépare une place, ajouta-t-il en voyant l'air sceptique de son père.

Avec l'allure d'un garçon auquel on aurait imposé cette visite, Ferdinand fit l'effort de présenter sa main à qui lui tendait la sienne.

Quand vint son tour, Georges-Noël ne put dissimuler la tendre admiration qu'il ressentait pour sa jeune voisine, si frêle dans ses vêtements de fête.

— Que peut-on te souhaiter de mieux que tout le bonheur et le succès que tu mérites, ma chère Victoire?

— À vous pareillement, répondit-elle, incapable d'émettre un seul mot de ce qu'elle avait prévu lui exprimer, tant les paroles qu'elle venait d'entendre et l'admiration qu'elles révélaient la touchaient.

Tenant captive la main de Victoire, Georges-Noël prit le temps de puiser dans ses yeux l'assurance que ne s'était pas éteinte cette flamme avouée un certain soir de novembre.

~

Ce dernier dimanche de mars 1869 annonçait un printemps hâtif. Les rives du lac Saint-Pierre en donnaient des signes.

— Il est grand temps qu'on s'équipe, avait répété Rémi qui résistait difficilement à la tentation d'endosser ses habits de tous les jours pour aller préparer ses pièges, après le dîner.

Pourtant, sur le parvis de l'église, des grappes d'hommes n'avaient-ils pas fait l'éloge de la quantité phénoménale de rats musqués qu'il avait chassés sur le lac avec Louis, son fils aîné?

Le feu crépitait sous les marmites fumantes. D'un coup de tisonnier, Rémi démolit l'incandescente pyramide qui se trouvait au cœur de l'âtre et y déposa trois rondins d'érable qui, à leur tour, formèrent une pyramide. «N'oublie pas de brasser le ragoût», lui avait recommandé Françoise avant de descendre dans la cave où Victoire avait déjà commencé à préparer les saumures. Trois ou quatre tours de cuillère à travers les cubes de gibier, et un petit coup de langue à la dérobée sur le bord de l'ustensile le mirent en appétit pour le souper. Des pas dans l'escalier arrière et un grincement de porte se firent entendre avant que Rémi n'ait eu le temps de quitter ses chaudrons.

— Entre, Narcisse. Y a longtemps qu'on t'a vu, s'exclama Rémi. Victoire! De la grande visite pour toi, cria-t-il, près de la trappe qui donnait accès à la cave.

La démarche incertaine, le regard fuyant, Narcisse le suivit dans la salle à manger, ne demandant pas mieux que de cacher son malaise derrière la tasse de thé que Rémi lui offrit.

— Les femmes ont bien de l'ouvrage, annonça-t-il, doutant que Victoire délaisse son travail pour tenir compagnie au visiteur.

Narcisse s'était montré compréhensif, alimentant une conversation qui risquait de durer tant qu'il serait question de la chasse aux rats musqués.

— Laisse-moi finir ça, Victoire, puis monte les trouver, dit Françoise, soucieuse de ne pas trop faire attendre celui dont les visites s'étaient raréfiées depuis les fêtes.

— Papa va s'en occuper.

Indignée, Françoise leva la tête de son baril de saumure.

— Il serait peut-être temps que tu sois claire avec lui. Penses-tu que c'est correct de faire languir un homme comme ça !

— Ce n'est pas de ma faute s'il ne veut pas comprendre. Dès les premiers jours de janvier je lui ai dit que je ne pourrai jamais lui donner plus que de l'amitié. Mais il s'accroche.

— Tu ne peux pas empêcher quelqu'un d'aimer, ma fille.

— Si vous pensez que je ne le sais pas !

Cette réflexion avait été trop spontanée pour ne pas éveiller des soupçons chez Françoise. « Son cœur est pris ailleurs, se dit-elle. Mais pourquoi ne tranche-t-elle pas la question une fois pour toutes ? Il faut qu'elle soit bien tourmentée pour agir ainsi. » À preuve, la correspondance assidue qu'elle avait reprise avec André-Rémi. « C'est lorsqu'elle a un problème qu'ils s'écrivent aussi souvent », constata Françoise.

— Tu devrais quand même monter, maintenant qu'il est ici.

— Je ne suis pas habillée pour faire du salon, maman.

Et sur ce, Victoire s'essuya les mains, monta quelques marches et s'arrêta.

— Ça vous fait un hiver payant, quand on sait ce que les marchands de Sorel sont prêts à débourser pour la fourrure de rat musqué, disait Narcisse.

— Vous n'avez pas l'air de vous ennuyer, vous deux, lança Victoire, à mi-chemin entre la cave et la cuisine.

Narcisse se précipita au bord de la trappe.

— Il fait bien trop beau pour s'enfermer dans une cave tout l'après-midi!

— On m'a toujours dit que le travail doit passer avant le plaisir, répliqua Victoire.

— Est-ce que ça veut dire que ce ne serait pas de refus si je t'amenais souper à la cabane à sucre des Gélinas, quand tu auras fini?

— J'en ai encore pour six bonnes heures, Narcisse.

— Dimanche prochain, alors?

À son regard suppliant, à sa main qui caressait la sienne posée sur le plancher, Victoire comprit qu'il n'avait pas renoncé.

— Donne-moi une autre chance, murmura-t-il, intimidé par la présence de Rémi.

— Continue de t'accrocher, Narcisse, puis tu vas tout perdre, même mon amitié.

— Tu n'as jamais compris que ça fait des lunes que j'ai envie de vivre autre chose que de l'amitié avec toi.

Narcisse saisit son paletot et sortit.

— Attends-moi, Narcisse, lui cria Victoire qui le rejoignit dans la cordonnerie. Ne pars pas si vite. Si tu

savais comme j'ai de la peine de ne pas pouvoir te donner l'amour que tu mérites. Mais ça ne se commande
pas, ça. C'est ce que tu n'as jamais voulu comprendre.

Narcisse protestait d'un signe de tête, les yeux rivés
aux gants qu'il tordait entre ses doigts.

— Aimerais-tu mieux que je te joue la comédie?
Que je profite de toi? De tes services?

Cette fois, Victoire ne le regarda pas s'éloigner.
Adossée à la porte qu'elle venait de refermer derrière lui,
elle se sentit habitée par d'étranges sentiments. Joie et
regret, délivrance et goût d'aller plus loin se confon-
daient. La satisfaction de s'être montrée courageuse et
honnête envers Narcisse faisait place à un besoin d'ana-
lyser sa relation avec Georges-Noël. Depuis leur rencontre fortuite sous la véranda des Berthiaume, des
événements comme celui survenu dans l'écurie et la
présentation des vœux du jour de l'An avaient allumé
un espoir dans son cœur : que des sentiments identiques
à ceux contre lesquels elle luttait depuis près de dix ans
habitent maintenant le cœur de Georges-Noël. Il lui
était difficile de s'en réjouir, car le souvenir des carnets
de Domitille et des propos tenus sur les pages qu'elle
avait arrachées le lui interdisait. Avant de retourner aux
saumures, elle monta à sa chambre et sortit du fond de
sa malle de pensionnaire les feuilles qu'elle s'était efforcée d'oublier depuis quatre ans déjà. Le moment était
venu de s'imposer une relecture de ces textes qui avaient
toutes les chances de se révéler beaucoup moins drama-
tiques que lorsqu'elle les avait découverts. Les allusions
que Domitille y faisait relativement à la plantation du
mai et aux dernières séances d'anglais avec Harry rani-
mèrent des remords dont elle ne pourrait se libérer

qu'en les confiant à Georges-Noël, croyait-elle. Déterminée à clarifier cette situation malgré l'aspect périlleux de la démarche, Victoire glissa la dizaine de feuilles dans la poche de son jupon, en vue de la première occasion qui se présenterait.

~

Les premières semaines d'avril s'étaient montrées si clémentes que Françoise avait dû doubler sa production pour que dames et demoiselles puissent étrenner leur chapeau de paille pour la fête de Pâques.

— Je ne me souviens pas d'avoir autant vendu en si peu de jours, s'exclama Françoise.

— C'est loin d'être mon cas.

— C'était à prévoir. J'ai commis la même erreur pendant les premières années, dit Françoise qui, l'été précédent, l'avait avertie du danger de passer trop vite d'une mode à une autre.

Les modèles que Victoire avait proposés pour Noël étaient demeurés sur les tablettes, et ses ventes avaient considérablement diminué. Elle consentit à s'attribuer une part de responsabilité, et Françoise l'éveilla à d'autres considérations.

— Je suis certaine que si tes chaussures avaient été exposées à Trois-Rivières où les femmes des médecins et des notaires ont l'habitude d'aller magasiner, tu les verrais se pavaner avec tes bottines aux pieds. Le seul fait qu'elles soient fabriquées ici, et par une femme, c'est assez pour qu'on n'y porte aucun intérêt. Il faut que tu comprennes aussi que tu n'es pas une fille à laquelle la majorité des femmes de chez nous ont le goût de ressembler.

Bien qu'elle ne doutât pas de la bienveillance de sa mère, Victoire fut choquée par ces propos. Seul témoin des nombreuses privations qu'elle s'était imposées pour ne pas déroger aux bonnes mœurs, elle criait au préjugé.

Le métier qu'elle exerçait la plaçait en marge des coutumes, et son peu d'empressement à se marier n'évoquait rien qui fût digne d'éloges, soit. Mais de l'admettre ne la disposait nullement à quelque concession. Elle protestait contre l'idée qu'il faille se fondre dans la masse pour avoir droit aux complaisances des messieurs et à la sollicitude des dames et que, faute de s'y conformer, elle ne parvînt à exercer un métier qui la passionnait, et à en vivre.

— Jamais, pour ne pas déplaire aux autres, je ne renoncerai à ce que j'ai envie de faire, affirma-t-elle, taisant l'intention qu'elle nourrissait d'aller vivre en ville si les gens de la région s'entêtaient à bouder ses chaussures.

Elle pensa alors au difficile choix devant lequel la plaçait son attachement pour Georges-Noël. Autant il lui serait pénible de s'éloigner de cet homme, autant elle devait s'attendre à déclencher un tollé si jamais elle venait à l'épouser. S'en ouvrir à sa mère lui semblait périlleux : elle risquait de l'entendre accentuer ses craintes. Aussi convint-elle de s'en tenir aux difficultés rattachées à son travail.

— C'est que je n'ai pas encore trouvé le bon moyen de les convaincre, soutint-elle, espérant que les extraits de revues de mode qu'elle attendait d'André-Rémi l'inspireraient favorablement.

Redoutant pour elle d'autres déceptions, Françoise lui avait suggéré non pas de copier les modèles que ces femmes achetaient à Trois-Rivières, mais de les modifier graduellement. Bien que criante de pertinence, cette exhortation se heurtait, chez Victoire, à la volonté de rester fidèle à elle-même, à n'importe quel prix.

Aussi inébranlable dans ses exigences amoureuses, Victoire ne fut pas surprise qu'à l'occasion de son anniversaire, sa mère l'invitât à se montrer plus conciliante, plus réaliste dans ses attentes. Françoise espérait-elle ainsi provoquer ses confidences? De toute façon, Victoire se déroba en changeant de sujet.

— Ah! pendant que j'y pense, je veux vous dire que vous n'aurez pas à vous lever tôt demain matin. Je vais aller chercher l'eau de Pâques à votre place, cette année.

Goûtant l'étrange sensation de violer la tranquillité à laquelle la nature était habituée à cette heure matinale, Victoire filait vers la Rivière-aux-Glaises qui serpentait les deux terres avant de se jeter dans le lac. Depuis que l'alouette cornue avait commencé à tirelirer dans les champs, occupée à bâtir un nid duveteux, la corneille avait perdu la faveur des habitants qui s'étaient réjouis de son retour annonciateur du printemps. Il ne restait plus, le long des clôtures ou près des bâtiments, que quelques plaquettes de neige noircie que la lueur de l'aurore rendait encore plus disgracieuses.

Sous les premiers effets du dégel, l'empreinte de ses pas laissait derrière elle une trace qu'un homme se plaisait à suivre, à quelques mètres, suffisamment loin pour ne pas attirer son attention. Plus le soleil menaçait de briser la ligne d'horizon, plus se découpait l'élégante silhouette de Victoire qui avançait la tête haute pour mieux humer les odeurs de ce matin printanier. Avant qu'elle ne se penchât au bord de la rivière, il savait avec quels gestes gracieux elle allait relever le bas de sa jupe et plonger sa première cruche de verre dans l'eau claire et glacée. Il savait que lorsqu'elle se retournerait pour s'emparer de la deuxième, celle-ci aurait déjà disparu… Mais rien n'était plus imprévisible que sa réaction lorsqu'elle l'aperçut derrière elle.

— Bon anniversaire, Victoire, murmura-t-il en posant sa main sur la cruche qu'elle allait saisir.

— Monsieur Dufresne! Comment savez-vous que…

— Ta mère me l'a dit hier soir quand elle est venue chercher des œufs en sucre d'érable pour les enfants de Louis. Je peux t'offrir mes vœux?

Sous un firmament ceinturé de feu, porté par le doux gazouillis du ruisseau, Georges-Noël prenait grives et ortolans à témoin de l'expression de ses sentiments les plus enflammés à l'égard de sa jolie voisine qui célébrait ce jour-là ses vingt-quatre ans.

— Je souhaiterais que tu trouves dans ma franchise le plus gros cadeau que personne ne t'aie jamais offert, dit-il.

— Qu'est-ce que vous voulez dire? demanda Victoire, déjà troublée de ce qu'elle allait entendre.

— Ce n'était pas un accident, à l'automne, dans l'écurie. Tu me plais beaucoup, Victoire.

Elle ferma les yeux pour mieux goûter sa présence, la douceur de sa voix et la fièvre de son désir, avant de lui accorder ce baiser qu'il était venu chercher.

— Ça fait presque cinq mois que j'attends un signe, Victoire.

Après l'avoir tant fait rêver, ces aveux la prenaient maintenant au dépourvu. Étaient-ils prématurés ? Peut-être. Trop directs ? Sans doute. Ne jugeant pas le moment opportun pour aborder un sujet qu'elle s'était pourtant promis de clarifier à la première occasion, elle allait reprendre les cruches d'eau qui avaient été déposées au bord de la rivière, mais Georges-Noël s'y opposa.

— Non, Victoire. Ce matin, on va prendre le temps de s'expliquer. Tu vas me dire ce qui te retient. Tu ne me fuis pas pour rien !

La justesse des propos de Georges-Noël la dissuada de protester.

— Je pense le savoir, Victoire. Dis-moi seulement si c'est possible que je m'en doute.

Elle le lui confirma.

Bien qu'il ait planifié cette rencontre dans les moindres détails la veille au soir, Georges-Noël hésitait. La crainte d'aggraver une situation déjà fort délicate le tenaillait. Les mains dans les poches, le regard rivé au sol, il lança, comme on s'empresse de confesser une faute :

— Un coffret de métal gris... avec des carnets dedans, ça te dit quelque chose ?

— Ça m'en dit assez pour que je sache qu'on ne pourra jamais aller plus loin, vous et moi.

— C'est toi qui as mis le coffret parmi mes bagages ? Tu as lu les carnets ?

L'émotion qui couvrit le visage de Victoire fit comprendre à Georges-Noël qu'il avait eu raison de la soupçonner et de redouter la nature des propos que Domitille avait tenus à son endroit.

— Mais pourquoi n'es-tu pas venue m'en parler? Je t'aurais expliqué.

Georges-Noël avait tourné le dos et longeait la rivière. L'air absent, il fixait cette eau cristalline qui se heurtait à une grosse pierre noire sur laquelle elle écumait avant de se retirer, l'enjolivant d'un reflet soyeux. Comme il regrettait de ne pas avoir fait le nécessaire pour savoir qui avait déposé le coffret de Domitille là où il l'avait retrouvé dans la grange des Berthiaume. Plus forte qu'il ne le pensait, Victoire avait donc su garder ce secret dans la plus grande dignité.

Des crépitements, une ombre glissant vers lui. Georges-Noël se retourna. Victoire s'approchait, tenant dans sa main des feuillets pliés, aux coins usés.

— Je les avais arrachés parce que je ne voulais pas que vous sachiez que… Il faut que vous lisiez ce qu'elle a écrit à mon sujet.

— Pas aujourd'hui, Victoire. Surtout pas aujourd'hui. Thomas et Ferdinand sont venus passer leur congé de Pâques avec moi et je ne tiens pas à ce que les quelques heures qu'il nous reste avant leur départ soient assombries par…

Il enfouit les papiers dans la poche de son veston et ils reprirent le chemin du retour. De longs soupirs scandaient leurs silences. Georges-Noël regardait la terre fumer sous la tiède caresse des rayons émis par l'immense disque de feu qui s'élevait lentement. Il se rappela avec quelle allégresse il s'était accordé le privilège d'être le premier à lui souhaiter un heureux anniversaire. Convaincu qu'il ne dépendait que de lui que le passé n'envahisse pas une journée si bien amorcée, il revint au projet qu'il avait nourri pour cette soirée de Pâques.

— Je voulais te proposer qu'on se retrouve pour la soirée de danse au village de Pointe-du-Lac.

La réponse tarda à venir. Comment espérer qu'après la lecture des feuillets Georges-Noël serait encore disposé à se fondre avec les rythmes endiablés des accordéons, à sentir sous le plat de sa main les souples ondulations de son dos, à provoquer le chatouillement de ses cheveux sur ses tempes sensibles?

— C'est ton anniversaire, après tout. Tu mérites bien qu'on fasse un effort pour remettre à demain ce qui aurait dû ne jamais exister.

Victoire s'arrêta, fixa Georges-Noël et crut trouver dans son regard le déni des soupçons que Domitille avait nourris à son égard.

— J'irai vous rejoindre, lui promit-elle, de nouveau conquise.

Victoire reprit ses récipients des mains de Georges-Noël et fila vers la maison tandis que, présumant que ses fils étaient déjà éveillés, Georges-Noël s'empressa d'aller préparer leur déjeuner.

Mais un silence parfait régnait encore dans la maison. De peur que l'un des enfants ne surgisse, Georges-Noël se retira dans sa chambre. Bâillant entre son pouce et son index, les papiers qu'il avait sortis de sa poche laissaient apparaître, à travers des lignes délavées, des passages parfaitement lisibles. Sur le point d'en parcourir le contenu, il s'arrêta, se remémorant la douleur avec laquelle il s'était astreint à lire les pages qui le concernaient dans les carnets de Domitille. Jamais il n'avait mesuré d'aussi près les irrémédiables méfaits du silence. Pour s'y être pliée, sa femme avait glissé dans un abîme d'illusions et de désespoir. Il lui tardait maintenant de tendre à Victoire la main secourable que Domitille avait refusée.

Dût-il se faire violence pour ressusciter en lui le goût de la fête, il était déterminé à ce que ses fils vivent leur plus belle journée de Pâques, et Victoire, la plus merveilleuse des soirées. Il s'en fallut de peu qu'il esquivât le dîner chez Madeleine auquel sa présence comme celle de ses frères et sœurs avaient été exigées, après la cérémonie pascale qui allait débuter vers neuf heures. Les incursions de sa mère dans sa vie privée seyaient mal à une atmosphère de gaieté qu'il était parvenu à reconstruire, mais qui n'en demeurait pas moins fragile. N'eût été la présence de ses fils, il aurait quitté la maison et il aurait cédé à l'envie d'accourir auprès de Victoire, pour lui apporter réconfort et quiétude.

Fébrile à l'idée de se rendre à un premier rendez-vous avec Georges-Noël, Victoire avait mis la dernière main au ragoût d'ortolans. La famille de Louis était invitée à les rejoindre au cours de l'après-midi pour partager ce repas.

— Tu as l'air songeuse, la petite belle-sœur. Aurais-tu un rendez-vous secret? lui demanda Delphine.

— Il n'y a pas moins secret que les soirées de danse, que je sache, répliqua Victoire en lui tournant le dos.

Pressée de retirer son tablier, elle avait déserté la famille pour faire une dernière retouche à sa chevelure. Ses joues s'étaient empourprées et son cœur battait la chamade. Bien que son miroir reflétât une tenue impeccable, elle retourna vers sa garde-robe, passa en revue ses robes de soirée, hésitant à garder celle qu'elle portait déjà Elle convint de partir avant Georges-Noël et de s'arrêter à quelques kilomètres de l'église, le temps qu'il l'y rejoignît.

La route était encore boueuse malgré le soleil ardent de ce dimanche de la fin d'avril. Le calme qui régnait dans la campagne contrastait avec l'agitation qui s'emparait de Victoire à l'approche du village.

Revêtu de son complet de tweed gris, Georges-Noël avait attendu que l'attelage de Victoire se fût dérobé à sa vue avant de s'engager lui-même sur le chemin de la Rivière-aux-Glaises.

— À bientôt, lui cria-t-il en la dépassant, le sourire déjà empreint du plaisir qu'il anticipait.

— À bientôt, lui répondit Victoire qui, en une fraction de seconde, retrouva le goût de fêter.

Les veuves de la place avaient sans doute été informées de la présence de Georges-Noël ce soir-là, car elles s'étaient parées de leurs plus beaux atours après avoir masqué de quelques coups de poudrette les traces de leur récent chagrin. Aux déhanchements de Mme Lamy et aux sourires charmeurs de Mme Lacerte, Georges-Noël avait cédé, leur accordant une danse au cours de laquelle il n'avait cessé de lorgner les nombreux cavaliers de Victoire. Faisant trêve à la courtoisie envers ces dames, il feignit de ne rien voir, de ne rien entendre, et se dirigea vers celle qu'il avait l'intention de ne plus quitter de la soirée. Victoire n'en espérait pas moins. Quadrilles et rigaudons ne les lancèrent dans la foulée des danseurs que pour mieux les jeter dans les bras l'un de l'autre. Leurs pas glissaient sur le parquet poudré, au rythme de la musique qui s'accélérait, se gonflait et éclatait selon les indications du meneur. Après avoir tant rêvé de cette ivresse dans les bras de Georges-Noël, Victoire s'y abandonnait, à la limite du délire. Prisonnière heureuse, elle ne demandait plus qu'à être pour toujours enchaînée à ce sourire complice, à ce regard ensorceleur, à ces mains délicieusement posées sur ses hanches. Aussi, lorsque Georges-Noël lui manifesta son intention de quitter la fête, l'invitant à le suivre, elle ne put cacher sa déception.

— Il est déjà tard, dit-il, et la soirée n'est pas finie pour nous deux.

— Pourquoi faudrait-il la finir autrement qu'en dansant ?

— Tu as raison, Victoire.

Sous le déchaînement de l'archet des violoneux, Georges-Noël et Victoire se coulèrent dans la vague des danseurs, jusqu'au petit matin.

Venu l'accompagner à sa calèche, Georges-Noël retint les cordeaux, le temps de lui déclarer :

— Ne t'inquiète pas pour les papiers que tu m'as remis, Victoire. J'ai fait ce matin ce que j'aurais dû faire il y a quatre ans. J'ai tout brûlé.

Victoire le regarda, consternée.

— Tu veux savoir pourquoi ? enchaîna-t-il. Parce que je pense que nous n'avons pas le droit de nous approprier les écrits de quelqu'un. Surtout pas son journal intime. Et encore moins les sentiments de celle qui les as confiés à ces carnets.

— Ce que je donnerais pour en être aussi convaincue, répliqua Victoire, manifestement troublée. Peut-être pensez-vous ainsi parce que vous ne savez pas tout.

— Je sais que je t'aime et ça me suffit, Victoire.

❦

L'angélus du matin venait à peine de sonner que Thomas Dufresne, le torse bombé et les mains solidement enfoncées dans ses poches, frappait à la porte de la cordonnerie.

— Veux-tu bien me dire où tu vas, accoutré comme ça ?

— Au moulin, mademoiselle Victoire !

— Au moulin ?

— Oui. Je m'en vais travailler, déclara le jeune homme, de sa voix muée d'adolescent qui avait grandi presque trop vite. Qui sait si le patron n'aura pas envie de me garder en septembre ? lança-t-il avant de prendre congé de Victoire.

Un brin de malice au coin de l'œil, il avait quitté l'atelier, arborant l'allure satisfaite de celui qui vient de gravir un échelon. Victoire sourit. Cette fièvre de vivre et cet empressement à se hisser au rang des adultes ne lui étaient pas étrangers. Mais qu'à la veille de ses quinze ans Thomas songeât à mettre fin à ses études l'attristait. Croyant qu'il fallait en imputer la faute à l'obligation qui lui était faite de fréquenter un pensionnat, elle résolut de toucher un mot de cela et d'un autre sujet à Georges-Noël.

— Je trouverais dommage que Thomas se limite à un métier de simple manœuvre. Il a tellement de talent pour les études.

— N'est-ce pas ce que tes parents disaient de toi ? lui fit remarquer Georges-Noël, un brin ironique.

Victoire n'eût pas à prolonger sa plaidoirie.

— Je me suis juré de donner à mes enfants la chance que je n'ai pas eue. Des études, ils vont en faire tant et aussi longtemps que la profession qu'ils auront choisie l'exigera.

À la deuxième requête de sa charmante voisine, Georges-Noël n'acquiesça pas aussi promptement.

— Je ne veux pas que Thomas et Ferdinand se doutent de ce qui existe entre nous deux, demanda-t-elle. J'aimerais que ça demeure notre secret, du moins pour l'été.

— Mais pourquoi?

— J'ai besoin de temps pour me faire à l'idée… puis, tant que certains points ne seront pas clarifiés, j'aimerais mieux ne rien ébruiter.

— L'amour ne fait pas de bruit, je crois, riposta-t-il, tentant de voiler par l'humour le déplaisir que les réserves de Victoire lui causaient.

~

Haletant, la sueur au front, l'air penaud, Thomas entra au moulin.

— Je vais rattraper le temps perdu, monsieur Garceau. C'est que mon père est parti à Trois-Rivières pour son exposition, puis mon oncle Joseph a oublié de me réveiller…

— Ça va, Thomas. Ovide t'attend en haut.

— C'est le plus vieux de Georges-Noël Dufresne qui est bâti comme ça? demanda Joachim Desaulniers, venu faire moudre son seigle.

— Bâti, puis avec du sang de meunier dans les veines, répondit Euchariste. Il promet, le jeune Dufresne.

Agacé par son retard mais heureux des éloges de son patron, Thomas monta l'escalier en trois enjambées. À l'étage, un épais nuage de poussière de laine entourait Ovide dont la tête dépassait à peine les sacs de laine brute entassés près des tables à carder.

— Tu as mal choisi ta journée, Thomas! Regarde tout ce qu'on a à faire…

— Comme si on choisissait d'arriver en retard, répliqua Thomas, vexé. On n'est pas obligés de tout faire ça aujourd'hui? demanda-t-il, découvrant d'autres sacs de laine entassés plus loin.

— Il faudra bien, c'est ce que m'a dit M. Garceau.

Ovide osa quelques boutades sur les yeux bouffis et la chevelure en broussaille de Thomas qui se montra peu disposé à la plaisanterie.

— Si elle avançait un peu plus vite, elle, soupira-t-il en constatant avec quelle lenteur la toile tendue sur deux rouleaux portait les couettes de laine vers deux autres petits rouleaux de fer peu espacés, avant de les livrer à la première roue de la carde.

— Tu es bien nerveux, ce matin.

— Regarde-la aller, poursuivit Thomas en désignant cette roue munie de dizaines de pointes de fer qui arrachaient péniblement les mèches de laines retenues par les rouleaux compresseurs.

— Je trouve qu'elle va assez vite, lui fit remarquer son compagnon.

Ovide, qui plus souvent qu'à son tour traînait au lit malgré les remontrances de son père, ne comprenait toujours pas comment une heure de retard pouvait à ce point irriter Thomas. S'il eût été informé de la secrète ambition qu'avait son ami de se rendre indispensable au moulin d'Euchariste Garceau, il se serait montré plus empathique.

— Je me demande pourquoi on n'a jamais pensé à installer des rouleaux plus larges et moins rapprochés au bout de ce tapis-là…

— Pour que tu aies la chance de le faire quand tu auras ton propre moulin.

Chacun à sa table, les deux garçons se turent, astreints à carder, avant la fin de la journée, la laine contenue dans les dizaines de sacs que les clients avaient apportés.

— Tu as l'air d'un revenant, s'esclaffa Ovide en jetant un regard narquois sur Thomas que la poussière de laine avait masqué d'une couche grisâtre.

Le jeune Dufresne lui fit une grimace qui le dissuada d'en ajouter davantage.

Au dire des hommes venus aux moutures, juillet offrait sa plus chaude journée. Le tintamarre des turbines, des tiges de transmission et des moulanges, qui en d'autres temps aiguillonnait l'ardeur de l'apprenti meunier Dufresne, aujourd'hui l'agressait. Après avoir maugréé contre les rouleaux compresseurs et la petite roue de la carde, voilà qu'il s'en prenait maintenant à la grande roue. Adjacente à la première, actionnée par une courroie qui rejoignait la turbine du dernier sous-sol à l'aide de deux tiges de transmission, cette roue d'un rayon de vingt centimètres, munie de centaines de pointes de fer, dépendait d'un ensemble de mécanismes sur lesquels la fougue de Thomas n'avait aucune prise.

— Si la mauvaise humeur pouvait alimenter les turbines, on aurait presque tout fini, hein, Dufresne? risqua Ovide sur un ton blagueur.

Thomas fit la sourde oreille.

— J'ai une idée! s'exclama Ovide.

En poussant entre les rouleaux de grandes poignées de laine, il venait de trouver un moyen de compenser la lenteur du tapis roulant.

— Elles vont en manger de la laine avec leurs grandes dents, s'écria-t-il, ravi de sa trouvaille.

— Pas bête! fit Thomas qui, ébahi, s'empressa de suivre son exemple.

Ils se réjouissaient déjà du temps gagné, pendant qu'au rez-de-chaussée les clients discutaient des prochaines élections municipales en attendant leurs sacs de farine. Deux camps s'affrontaient au sujet de la prohibition, nœud de la guerre, et les esprits s'échauffaient. Juste au-dessus de leurs têtes, les jeunes hommes entassaient d'épaisses couettes de laine dans les rouleaux. Cardée, la laine ressortait sous la forme de longs fils torsadés qui s'empilaient au pied de la machine dans des paniers en osier. Ovide et Thomas ne trouvaient guère le temps de parler. Tout au plus, ils échangeaient quelques réflexions sur la surprise qu'ils réservaient à leur patron lorsque Ovide poussa un hurlement: sa main droite venait d'être happée par les rouleaux compresseurs.

Thomas ne perdit pas un instant. Il s'empara d'un tisonnier laissé près du poêle et grimpa sur le tapis roulant. L'urgence du moment lui fit oublier le danger. Il s'arc-bouta au-dessus de la carde pour en bloquer le mouvement à l'aide de la tige de fer qu'il enfonça entre les deux roues. Il dut y mettre toutes ses forces tant les dents de fer cherchaient à repousser son tisonnier. Sous l'élan du tapis, Thomas, à bout de résistance, se voyait entraîné vers les roues dentelées. Dans un bruit d'enfer, le mécanisme ralentit enfin.

Alerté par les cris venus du moulin à carder, Euchariste avait aussitôt sommé l'un de ses hommes d'arrêter les turbines pendant que, bousculant quelques clients qui s'étaient engagés dans l'escalier, il montait à l'étage à toute allure.

— Descends de là-dessus, Thomas, la toile va lâcher, cria-t-il, affolé à la pensée que ce pauvre garçon risquait de se retrouver à plat ventre sur les roues de la carde.

Au même moment, les turbines s'arrêtèrent. Les membres en sang et le visage empreint d'épuisement et de douleur, Thomas sauta du tapis. Euchariste, Trefflé et Joachim s'étaient approchés et s'activaient autour d'Ovide dont l'avant-bras n'était plus qu'un lambeau de chair ensanglantée. Le blessé s'évanouit.

— Il faut arrêter l'hémorragie, dit Joachim qui s'empressa de former un garrot au-dessus du coude d'Ovide pendant que Trefflé lui aspergeait le visage d'eau froide.

Euchariste emmaillota la main déchiquetée qui pendait au poignet rongé par les pointes de fer.

Exténué, le visage ruisselant de sueur, Thomas se tenait à l'écart, serrant les dents, tenaillé par les élancements causés par les lacérations qui marquaient ses bras, ses cuisses et ses genoux. Les yeux rivés sur son camarade, il le conjurait de tenir le coup. Ranimé par les compresses humides placées sur sa figure, Ovide reprit conscience et Thomas, malgré les gémissements de son ami, se remit à espérer.

— Il faut l'amener chez le docteur Giroux, dit Euchariste.

Secoué par d'intenses tremblements, Thomas n'avait pas l'intention de les suivre. Joachim décida de demeurer en sa compagnie pour panser ses blessures.

— Qu'est-ce qui est arrivé? demanda-t-il d'une voix qu'il voulut dénuée de reproche, pour inciter le jeune homme à se confier.

Thomas refusa de parler, se blâmant de n'avoir pas mis son ami en garde. Du plus loin qu'il se souvienne, il avait toujours agi comme un aîné à l'égard d'Ovide, bien qu'ils aient le même âge.

— Retourne chez toi, maintenant. On en discutera un autre jour.

— Je peux finir ma journée, monsieur Garceau.

— Non, Thomas. Je ne veux voir personne sur cet étage aujourd'hui.

Et, se tournant vers Joachim :

— Il faut que je trouve quelqu'un pour remettre tout ça en ordre.

Dans le ton et les propos d'Euchariste, Thomas sentait la réprobation. En d'autres circonstances, il eût volontiers défendu sa cause, mais il considéra que son compagnon, déjà si éprouvé, méritait qu'il se tût. Tel n'était pas l'avis de Joachim qui n'avait pas de mal à deviner ce qui s'était produit. Plus d'une fois Ovide avait été la cause de bien des émois, son indiscipline lui méritant de nombreuses réprimandes.

— N'empêche que s'il n'avait pas été là, Ovide y laissait sa peau… Encore chanceux que Thomas ne soit pas plus blessé, dit Joachim.

Préoccupé par les graves ennuis que risquait de lui attirer cet accident, Euchariste l'approuva, mais si faiblement que Joachim s'en offusqua.

— En connais-tu beaucoup, toi, des gars de son âge qui auraient su quoi faire, en si peu de temps, au risque de s'estropier pour le reste de leurs jours ?

— Je ne dis pas le contraire, reconnut Euchariste. Mais il n'en reste pas moins que tout ça aurait pu être évité.

Thomas se mit à ramasser les touffes de laine éparses sur le plancher pendant que les deux hommes chuchotaient dans l'escalier.

— Laisse faire ça, lui ordonna Euchariste.

Doublement meurtri, Thomas refusa que Joachim le reconduise à la maison.

— J'aime mieux partir à pied, répliqua-t-il.

Un frisson lui parcourut le dos lorsqu'il aperçut les taches de sang qui avaient giclé sur ses vêtements. Sa gorge se serra. Il crut qu'il allait vomir. Il lui tardait de fuir les regards de ces hommes qui, l'air consterné, se taisaient sur son passage. Après avoir franchi le petit pont de la Rivière-aux-Glaises, il entendit déjà redémarrer les turbines. Le moulin reprenait ses activités sans lui.

Chemin faisant, Thomas attrapa une branche sèche et se mit à fouetter les herbes folles qui bordaient la route. Par chaque coup asséné, il criait sa colère contre cet accident stupide. À la croisée du rang de l'Acadie, il hésita. Devait-il rentrer à la maison comme le lui avait recommandé Euchariste ? Courir jusque chez le docteur Giroux où il avait toutes les chances de retrouver son ami Ovide ? Bien qu'accablé par la chaleur et par la douleur qu'il ressentait aux bras et aux jambes, il pressa le pas, jugeant que si le moulin ne voulait pas de lui, sa place ne pouvait être ailleurs qu'auprès de son camarade.

Après avoir marché pendant près d'une demi-heure, il fut tenté de rebrousser chemin tant le village de Pointe-du-Lac lui semblait encore loin.

Devant la résidence du docteur Giroux, deux attelages prenaient place, dont la charrette qui avait conduit le blessé, et une autre que Thomas ne reconnut pas. Les yeux braqués sur le heurtoir de la grande porte, il fut saisi d'appréhension. Saurait-il supporter qu'Ovide fût encore plus souffrant qu'il ne l'avait été sur les lieux de l'accident ? Y avait-il une chance que son état se soit amélioré ? Et s'il fallait que... Non. Le docteur Giroux était sûrement parvenu à le soulager, se répétait-il lorsque la clenche céda et que la porte s'ouvrit.

— Te voilà rendu ici, maintenant ! dit le père d'Ovide, chargé d'aller chercher un autre médecin du village.

— Comment va-t-il ? s'empressa de demander Thomas, faisant fi du ton désobligeant sur lequel Ernest Héroux venait de l'apostropher.

Pressé de sauter dans sa charrette, Ernest fit mine de ne rien entendre.

Intrigué par les voix venues de la galerie, Trefflé Berthiaume s'était avancé dans le vestibule d'où il aperçut Thomas.

— Je ne pense pas que tu sois bienvenu ici, aujourd'hui... À moins que ce soit pour te faire soigner. De toute façon, le docteur Giroux n'aurait pas le temps.

— Pensez-vous que je pourrais voir Ovide ? réclama-t-il, sourd aux propos de Trefflé.

— Ce serait mieux pour toi de ne pas traîner dans les parages...

— Mais, pourquoi ? demanda Thomas, inquiet.

— Je vais dire à ton ami que tu es venu, promit Trefflé, l'invitant à se retirer.

Thomas lui tourna le dos. « À les entendre, se dit-il, on jurerait que c'est moi qui ai blessé Ovide, et que je l'ai fait exprès. »

— J'irais bien te conduire chez toi, ajouta Trefflé, mais il faut que je reste ici, au cas où je devrais aller chercher monsieur le curé.

Un sentiment de révolte engourdit la douleur de Thomas et lui insuffla le courage de rentrer à la maison.

Aurait-il la force de se rendre au bout de l'allée ? Ferdinand se le demandait en le voyant tituber, les jambes et les bras bandés de tissu imbibé de sang. Aussi courut-il chercher de l'aide chez les Du Sault, malgré les protestations de Thomas.

— Venez vite, mademoiselle Victoire ! Je pense que mon frère a eu un gros accident.

Quand elle aperçut Thomas qui avançait si péniblement, elle présuma que quelque chose de grave s'était produit au moulin. À Françoise qui s'offrit pour aller le soigner à sa place, Victoire s'opposa fermement, se hâtant de glisser dans son sac tout ce que sa mère jugeait nécessaire. Elle traversa les terres et se précipita vers la chambre de Thomas qui, allongé sur le dos, muet, immobile, gardait les yeux fermés.

— Mon pauvre garçon ! murmura Victoire en s'approchant du lit, bouleversée par ses traits convulsés et par le pitoyable état de ses vêtements.

— Tu vas m'aider, Ferdinand. Cours vite chercher un bassin d'eau froide et des serviettes. Ensuite tu iras demander à ma mère de nous préparer une cruche d'eau bouillie.

« Qu'est-il arrivé ? » se demanda-t-elle, en commençant à retirer les bandages maculés de poussière et de sang qui avaient été noués par-dessus les manches de sa chemise. Sa main était tuméfiée et ses doigts, écorchés.

— Je vais essayer de ne pas te faire trop mal, dit-elle en soulevant légèrement son poignet pour dérouler le bandage.

Thomas ne put retenir un gémissement tant la douleur s'était intensifiée sous l'effet de la chaleur et de la fatigue.

— Apporte vite, Ferdinand, supplia Victoire.

À part Joachim, personne jusqu'à maintenant n'avait cherché à le réconforter. Les gestes tendres de Victoire apaisèrent sa souffrance morale. La sollicitude avec laquelle elle essuyait son front et rafraîchissait son visage avec une serviette humide avait l'effet d'un baume sur sa détresse. Une détresse qu'il n'avait pas eu à exprimer pour qu'elle l'en soulageât. Thomas goûta cet apaisement et sa douleur se calma. Pendant que Victoire, assise au bord de sa paillasse, ne se lassait pas de s'occuper de lui, il éprouvait la douce sensation d'être touché par une femme. Il n'avait pas à ouvrir les yeux pour se convaincre que ce sentiment à la fois troublant et bienfaisant n'aurait pu lui être procuré par les soins d'une mère ou de toute autre femme qui en eût joué le rôle. Ce rapprochement avait d'un seul coup, lui sembla-t-il, réduit l'écart entre leurs âges. Tous deux avaient maintenant vingt ans. Et la tendresse qui passait dans ces soins pleins de douceur aurait pu être celle de l'amour. Il déplora que cette chaleureuse attention ne fût pas réservée qu'à Thomas Dufresne. Il connaissait suffisamment bien leur voisine pour savoir qu'elle se serait portée au secours de quiconque, en pareil cas. Mais l'eût-elle fait avec les mêmes égards ? Voilà où il en était lorsque la voix de Victoire le tira d'un moment d'absence qu'il n'aurait su attribuer au sommeil ni à la rêverie.

— Ce ne sera pas facile, Thomas, mais il va falloir que tu t'assoies sur le bord de ton lit et que tu trempes ton bras dans la cuvette d'eau bouillie, sans quoi je n'arriverai jamais à enlever les morceaux de ta chemise qui sont collés sur tes plaies.

Thomas ouvrit les yeux pour la première fois. La compassion qui se lisait dans le regard de Victoire la lui rendit encore plus attachante. Il eût voulut y puiser la force de se soulever, mais il retomba aussitôt, le moindre mouvement ravivant la douleur dans ses membres. Puis il se ressaisit. Il n'avait pas manqué de courage depuis le début de cette journée, et ce n'était pas en présence de Victoire qu'il allait se montrer douillet. Mais lorsque ses chairs vives effleurèrent la surface de l'eau, son visage se crispa. Victoire épongeait son front et ses cheveux pour mieux le distraire de son mal. Exténué, Thomas laissa tomber sa tête sur l'épaule de la jeune femme, sans se douter que, plus forte que la douleur, la sensation qui l'avait envahi plus tôt ressurgirait, s'apparentant à une pulsion qu'il n'aurait eu l'audace de dévoiler à personne.

— Penses-tu qu'on peut essayer de décoller les morceaux de tissu, maintenant? lui demanda Victoire en soulevant le poignet de la manche qui trempait dans la cuvette.

Thomas acquiesça d'un signe de tête sans lever les yeux vers elle. Ce qu'elle aperçut en découvrant les plaies la stupéfia.

— Si ton autre bras est aussi amoché, on va devoir faire venir le médecin.

De fait, les lacérations étaient profondes et s'étendaient vers le coude. À Ferdinand qui les observait, blême et muet, Victoire demanda :

— Va dire à ton oncle Joseph d'aller chercher le docteur Rivard pendant que je soigne les genoux de ton frère.

— Il est en train de nourrir les chevaux…

— Remplace-le, puis dis-lui de faire vite.

Victoire aida Thomas à s'allonger et plaça d'autres compresses humides sur ses bras écorchés.

Dans sa chambre en mansarde, étendu sur une courtepointe aux gais coloris, Thomas sembla s'abandonner à un certain bien-être. Victoire contemplait ses épaules carrées, ses bras musclés et son torse déjà viril. « Il ne tardera pas à dépasser son père », pensa-t-elle, devinant l'imposante musculature de ses cuisses sous les jambes de son pantalon. Lorsqu'elle se dit qu'elle devrait le lui faire retirer pour désinfecter ses blessures, elle se sentit vulnérable, troublée par l'intimité du geste. S'efforçant d'imaginer en celui qui était là devant elle, abandonné entre ses mains, le petit Thomas qu'elle avait connu dix ans auparavant, elle ne voyait plus que le jeune homme qu'il était devenu et qui éveillait en elle des désirs qu'elle n'avait éprouvés que pour Georges-Noël.

Thomas s'était assoupi. Victoire pria le ciel qu'il ne s'éveillât pas avant l'arrivée du médecin. Bien qu'en d'autres circonstances elle eût été choquée par l'entrée fracassante de Ferdinand dans la cuisine, elle se réjouit de ce qu'il lui annonça.

— Ils s'en viennent ! cria-t-il, tout essoufflé.

∼

Rentré de Trois-Rivières avec les deux chevaux qui venaient de lui mériter une mention, Georges-Noël brûlait d'annoncer la bonne nouvelle à son entourage. Mais voilà qu'en traversant le village de Pointe-du-Lac, il vit courir vers lui Hubert Livernoche, réputé pour ses propos fielleux.

— J'en connais un qui ne sera pas fâché de te voir arriver, dit-il.

— Qu'as-tu de bon à raconter aujourd'hui, mon Livernoche? demanda Georges-Noël, particulièrement affable.

— Ton plus vieux a fait des siennes.

— Thomas?

— Ton plus vieux, puis le petit Héroux… Il paraît qu'hier, au moulin, il y en a un des deux qui aurait voulu faire du zèle et puis tout a mal tourné… Le docteur Giroux ne peut rien garantir…

Sans écouter la suite, Georges-Noël mit ses chevaux au trot, les dirigeant vers la résidence du médecin.

Ce dernier lui avoua tout net qu'il était fort à craindre que si l'état d'Ovide ne s'était pas amélioré dans une semaine, il serait dans l'obligation de lui amputer le bras droit. Les renseignements d'Euchariste n'annonçaient rien de plus réjouissant. Deux clans s'étaient formés. L'un attribuait l'accident à une erreur humaine dont personne ne devait se croire à l'abri. L'autre exhortait Ernest Héroux à réclamer une indemnité de la part d'Euchariste Garceau et de Georges-Noël Dufresne, si jamais le docteur Giroux ne parvenait pas à sauver le bras d'Ovide.

— Je ne t'apprends rien en te disant que ceux qui nous jalousent ne demandent pas mieux que de sauter sur l'occasion pour nous voir cracher le magot, dit Euchariste.

Georges-Noël ne s'était jamais préoccupé de ce que des gens envient ses succès et son aisance financière. Aussi comprenait-il difficilement que certains puissent utiliser un événement semblable pour assouvir une secrète vengeance. Il n'en approuva pas moins Euchariste de souhaiter que Thomas se tienne loin du moulin, le temps que les esprits se calment et que le père d'Ovide avise.

Le courage dont Thomas avait fait preuve lors de l'accident, et sa visite à la résidence du docteur Giroux dans l'après-midi permettaient-ils que l'on considérât ses blessures comme légères? Il tardait à Georges-Noël d'en juger par lui-même. Son expérience de meunier et la description qu'Euchariste lui avait faite de l'accident l'incitaient à croire qu'on avait négligé la condition de Thomas. D'apprendre de Ferdinand que Victoire avait exigé l'intervention du médecin confirma ses doutes. Informé par Joseph des accès de fièvre de Thomas et des recommandations du docteur Rivard, il verrait à ce qu'aucun des sombres pronostics émis par le médecin ne vienne aux oreilles de son fils aîné avant qu'il n'ait recouvré ses forces.

À pas feutrés, Georges-Noël monta à la chambre de Thomas, et fut soulagé de le trouver endormi. Aux sueurs qui glissaient sur son front, à sa respiration saccadée, il comprit que le sommeil, sans engourdir ses douleurs, avait eu raison de son épuisement. Que si peu de gens se fussent préoccupés du sort de son fils le chagrina. Heureusement, il y avait eu Victoire. Comment ne pas souhaiter qu'elle soit là, à ses côtés, quotidiennement, pour partager leurs épreuves comme leurs bonheurs?

Debout au pied du lit, cramponné au montant de fer, Georges-Noël observait Thomas d'un regard neuf.

Il découvrait que son fils avait quitté l'enfance, à son insu. Ses comportements de la veille l'attestaient. Avait-il fait preuve d'impatience et d'impulsivité comme le prétendait Euchariste? Georges-Noël n'y voyait pas moins une preuve de débrouillardise, de bravoure et de bon jugement. Aussi se proposa-t-il de l'en féliciter avant même d'avoir entendu sa version des faits.

Une jambe remua péniblement et Thomas poussa un long gémissement. Son père s'approcha et lui signifia sa présence en posant la main sur son front brûlant. Thomas lui sourit et referma les yeux.

— Ovide… Savez-vous comment il va?

Par des réponses évasives, Georges-Noël avait tenté d'écarter les questions, mais Thomas n'en manifestait que plus d'angoisse.

— Il reste encore des chances que son bras soit sauvé, lui confirma son père.

Des jours de repliement et de profonde mélancolie avaient suivi cet événement. Inquiet du silence dans lequel Thomas s'était emmuré depuis une semaine, Georges-Noël était allé questionner Victoire, et fut désolé d'apprendre que Thomas ne lui avait rien confié le jour de l'accident.

~

Quelque chose dans l'attitude étrangement joviale de son fils aîné, à quelques jours de son départ pour le pensionnat, avait intrigué Georges-Noël. Parti de très bonne heure la veille, Thomas n'était rentré que pour le souper, fébrile et avenant comme son père ne l'avait pas vu depuis longtemps. Georges-Noël douta qu'il ait passé la journée chez son ami Ovide d'où il était toujours revenu profondément affligé depuis l'accident. Non pas qu'Ovide fût en mauvais termes avec lui, mais de voir son ami estropié le bouleversait.

Il ne suffisait pas à Thomas que son père fût libéré de toute obligation financière après qu'Ernest Héroux eut entendu la version d'Ovide. Même en admettant la responsabilité du propriétaire du moulin qui n'avait prévu aucune surveillance en l'absence de Jos Rouette, Thomas ne se considérait pas pour autant affranchi. Derrière le geste d'Ovide, il y avait eu son retard, sa mauvaise humeur et sa complicité. D'où son refus d'utiliser la négligence d'Euchariste pour se disculper. Il n'était d'arguments de Georges-Noël qui soient parvenus à le convaincre de son innocence. Cependant, de là à présumer que cet entrain soudainement retrouvé résultât d'un arrangement quelconque… Georges-Noël aurait aimé s'en assurer, mais Thomas refusa catégoriquement de s'ouvrir.

Georges-Noël ne revint pas sur le sujet avant son départ. Les longs moments que Thomas avait passés à la cordonnerie de Victoire au cours de sa dernière semaine de vacances lui laissaient croire que cette dernière en savait bien davantage. «Tôt ou tard, il n'y aura plus de secret entre elle et moi», se dit-il, assuré de reprendre avec Victoire une relation qu'il avait la ferme intention de faire évoluer sitôt ses fils retournés au pensionnat.

~

— Je vous l'avais dit, clama Rémi, à son retour du village.

Une telle gelée blanche dès le début d'octobre avait surpris plus d'une jardinière, dont Françoise et Victoire.

Derrière ses jérémiades contre l'arrivée de l'automne, Rémi désavouait la lenteur de sa fille à prendre mari. Il avait toujours imaginé que dans sa vieillesse, il serait entouré des enfants de Victoire, pendant que son gendre continuerait de faire fructifier la terre. « Je ne pourrais pas m'habituer à voir une étrangère dans la maison », avait-il longtemps soutenu en parlant de Delphine, l'épouse de Louis. Avec son mari et ses sept enfants, cette dernière s'était depuis toujours estimée la plus douée pour prendre la relève sur la terre familiale. « Je veux bien croire que je ne suis pas instruite, mais je n'ai pas peur du gros ouvrage, moi », avait-elle souvent fait remarquer à son mari pour mieux le convaincre d'offrir à Rémi d'emménager dans le foyer paternel avant l'hiver.

— Ce n'est pas avec ses idées de grandeur puis ses chaussures extravagantes que Victoire sera en mesure d'aider tes parents quand ils ne seront plus capables. À regarder aller ton père, m'est avis qu'il n'est pas loin, ce jour-là. Puis ta mère aussi est épuisée.

Fidèle à lui-même, Louis n'offrit pour tout commentaire que les craquements du plancher sous sa chaise berçante. De guerre lasse, Delphine se tourna vers la fenêtre d'où elle pouvait apercevoir le domicile des Du Sault.

— J'ai toujours rêvé de servir un réveillon dans une grande maison comme celle de tes parents, avec une trentaine de personnes autour de la table. Tu ne pourrais pas me faire plus grand plaisir qu'en m'annonçant que c'est là qu'on va saluer la nouvelle année dans quelques mois, confia-t-elle à son mari, espérant que l'expression de ses désirs trouvât écho dans son cœur.

Or, ce qui rebutait Louis et que Rémi taisait, pesait davantage dans la balance : ces deux hommes qui n'avaient cessé d'avoir besoin l'un de l'autre se heurtaient constamment, Rémi par son caractère autoritaire et Louis par une bonasserie qu'il manifestait particulièrement en présence de son père. Que Rémi soit parvenu depuis près de dix ans à assumer les travaux de la ferme avec son fils ne signifiait pas qu'il était disposé à ce qu'il partageât son logis.

Témoin discret du plaisir évident que sa fille prenait à retrouver Georges-Noël tous les samedis soir, Françoise crut judicieux de préparer son mari à une situation de non-choix, sa santé ne lui permettant pas d'attendre qu'un gendre intéressé à la terre se présentât. Rémi devait, à l'instigation de sa femme, trouver avantageux d'assurer avec les fils de Louis la perpétuité des Du Sault sur le bien familial, sans pour cela s'imposer de leur offrir son toit.

Se sachant l'objet de la mauvaise humeur de son père de par les propos qu'elle avait entendus de son atelier, Victoire était montée à sa chambre, pressée d'ouvrir la lettre qu'elle venait de recevoir d'André-Rémi. Ce qu'elle y apprit la transporta d'enthousiasme. « Avec les outils que je t'envoie, tu pourras faire en une minute ce qui en demandait trente auparavant. Tu trouveras une *leuther-rolling-machine* pour étendre et aplanir ton cuir sans effort et avec une efficacité incomparable. Je t'ai ajouté un *sole cutter* puis un *striper*. Tu as fini de t'écorcher les doigts et de te fouler les poignets à découper des semelles. Les instructions sont collées à l'intérieur des boîtes. Je suis content de savoir que même si ces papiers sont écrits en anglais, ça ne pose plus de problème pour toi. »

Elle se poudra le nez et le front, posa sur sa chevelure un chapeau de velours noir et alla atteler Pénélope. Le goût lui était venu de donner suite aux recommandations de Françoise. Favorablement accueillie par les dames en vue de la région pour avoir reproduit, à quelques détails près et à meilleur coût, les modèles qu'elles achetaient à Trois-Rivières, elle crut le temps venu de présenter à ses clientes les plus entichées de nouveauté les souliers en vogue à Montréal, avec cette touche particulière de Victoire Du Sault. Le nécessaire renouvellement de ses provisions de cuir et d'accessoires s'ajoutait à son irrésistible besoin d'évasion.

Le soleil était splendide. «C'est sûrement l'été des Indiens», se dit Victoire pour qui le vert des épinettes semblait plus intense que jamais, et le bleu du ciel, d'une clémence à excuser les pires fredaines.

À la croisée de la route du Brûlé, elle bifurqua, attirée par le bosquet sauvage avoisinant. À quelques mètres de la fourche, elle s'arrêta. Un ruisseau y serpentait et lui renvoyait l'image parfaite des alentours. Limpide, l'eau de la source jouait à lustrer les pierres sur lesquelles elle glissait, ondulante et gracieuse. Victoire humait cette odeur de fruits mûrs qui montait de la terre. Était-ce le soleil ou le rappel des caresses de Georges-Noël qui la couvrait d'une aussi douce chaleur? Était-ce la source qui fredonnait sa mélodie ou l'amour de Georges-Noël qui lui dédiait son murmure?

Pénélope hennit. Le roulis d'une charrette se fit entendre.

— Des problèmes, mademoiselle Du Sault?

— Non, non, monsieur Pellerin. J'étais juste arrêtée pour faire boire Pénélope.

— Vous êtes sûre que tout va bien ? ajouta le père d'Isidore.

Victoire reprit sa route vers le village, habitée par les souvenirs que venaient d'éveiller l'apparition de M. Pellerin. Elle se rendait compte de l'erreur qu'elle aurait commise en épousant son fils Isidore à qui elle s'était attachée à cause de l'intérêt qu'il portait à son métier et de l'ambition qu'elle souhaitait retrouver chez celui qui lui passerait l'anneau au doigt. Elle devait admettre qu'elle n'avait éprouvé d'amour véritable ni pour Isidore ni pour Narcisse, mais elle ne s'estimait pas pour autant incapable d'aimer. La passion que Georges-Noël avait ravivée en elle et le trouble qu'elle avait ressenti en pansant les plaies de Thomas témoignaient des désirs qui rongeaient sa chair et faisaient battre son cœur. Qu'elle éprouvât pour Thomas l'attrait qu'éveille un jeune homme charmant et séduisant, elle en convenait, persuadée que le temps et la place que Georges-Noël allaient prendre dans sa vie épongeraient cette convoitise. Le père avait beaucoup plus à lui offrir que le fils, pensait-elle, et elle croyait avoir le droit d'espérer vivre avec lui un amour qui saurait défier les pires froidures et ne connaître que des printemps couronnés d'étés, si jamais elle parvenait à ne plus songer aux écrits de Domitille.

~

« Ça marche ! avait-elle écrit à André-Rémi. Tu ne peux pas savoir comme ma vie a changé depuis que j'utilise les outils que tu m'as envoyés. J'ai tellement de projets dans la tête que j'en perds le goût de dormir.

Jamais je n'aurais imaginé qu'on puisse se servir de ses pieds pour couper du cuir! C'est une invention extraordinaire que cette machine. Sans parler des deux autres appareils qui, en plus de faire un travail parfait, m'évitent énormément d'efforts et me font gagner du temps.

« J'en viens maintenant à mon plus beau cadeau, la commande que tu m'as transmise. Que des dames de Montréal aient apprécié mon dernier modèle me console du peu d'intérêt que me portent les femmes d'ici.

« Je t'envoie donc ces deux paires, plus deux autres que tu pourras exposer, en espérant que dans un avenir rapproché mes nouveaux outils servent à t'en fabriquer des douzaines d'autres. »

Alors que Victoire se réjouissait de ses premiers succès, Georges-Noël s'accommodait difficilement de son peu de disponibilité et de son attitude réservée. Que son nouvel équipement et les projets que lui avait soumis André-Rémi aient allumé en elle une telle ferveur pour le travail, soit. Mais qu'elle persistât à exiger que leurs amours demeurent secrètes l'inquiétait et le contrariait. « Je ne veux pas que Thomas et Ferdinand en soient informés avant que certains points soient discutés », maintenait-elle.

À la mi-quarantaine, Georges-Noël supportait moins que jamais la solitude, et Victoire n'apaisait son besoin d'aimer qu'en de rares et trop courts moments. Quand elle le quittait après une soirée de danse ou une visite chez lui, il était envahi par une pénible sensation de vide, plus intolérable d'une fois à l'autre. Invité au réveillon de Noël chez les Du Sault avec ses deux fils, il avait été tenté de refuser tant la nécessité de se montrer discret l'ennuyait.

Épuisée par les préparatifs, Victoire avait remis au lendemain, veille de Noël, la discussion qu'elle comptait avoir avec son frère venu de Montréal pour le temps des fêtes. En route vers l'église de Yamachiche, l'occasion ne pouvait être plus belle puisqu'ils étaient seuls dans la carriole.

Toute à la joie de ses réussites, Victoire buvait les paroles de son frère qui lui exposait son projet de mettre ses dernières créations en vitrine, rue Craig. L'aller s'était effectué sans que Victoire ait trouvé le temps d'aborder l'autre sujet qui la tracassait et pour lequel elle voulait réclamer les conseils d'André-Rémi.

Une fois dans le portique de l'église, alors qu'elle chassait la neige qui était collée à ses vêtements, on lui murmura à l'oreille.

— Joyeux Noël, belle demoiselle! Je te souhaite la paix, puis rien de moins que l'amour que j'ai pour toi, chuchota Georges-Noël.

Les ornières avaient complètement disparu lorsque les fidèles reprirent le chemin de la Rivière-aux-Glaises. Victoire choisit de se placer derrière la file de traîneaux chargés de passagers dont certains n'avaient pas attendu minuit pour commencer à festoyer. Encore imprégnée du souhait de Georges-Noël, souhait qui la troublait et l'irritait à la fois, Victoire garda le silence. Plus que par le besoin de préserver le secret de sa relation avec Georges-Noël, elle était oppressée par celui de mettre à nu ses sentiments, de crier son amour et le dilemme dans lequel il la plaçait. André-Rémi n'était-il pas la personne qui pouvait l'entendre?

Victoire sortit ses mains de sous la couverture de carriole et, geste et regard suppliants, les posa sur celles d'André-Rémi.

— J'aurai besoin de toi cette nuit, grand frère.

Malgré leur imposante correspondance, ce dernier avait jusque-là ignoré que Georges-Noël Dufresne était cet homme dont Victoire était éprise depuis longtemps. Éprise à en souhaiter devenir sa fiancée en cette nuit de Noël 1869. André-Rémi avait-il, derrière certains mots voilés, soupçonné dans quels tourments cet amour avait plongé sa sœur depuis plusieurs années?

— Je suis désolé de ne pas savoir quoi te dire, ma pauvre Victoire. J'ai besoin d'y penser. Mais je te promets une réponse avant mon départ.

La maisonnée grouillait de vie, assourdie par les cris des trois fils et des quatre filles d'une Delphine heureuse d'exhiber son dévouement aux yeux de tous. Résolue à lui céder tout le crédit, Victoire jeta un regard complice vers sa mère et fila au salon où elle rejoignit les hommes. En grande discussion avec Joseph Dufresne, Louis se montrait plus exubérant que jamais. Pour un peu, on l'eût entendu rire. À l'autre extrémité du salon, Rémi avait accaparé Georges-Noël qui n'en souhaitait pas tant. Quant à Thomas, ne trouvant pas le moyen de participer à la conversation des adultes, il avait consenti à une partie de dames avec son frère. C'est vers eux que Victoire se dirigea en attendant qu'André-Rémi revienne de l'écurie.

Le salon double des Du Sault avait pris un air de fête. Des torsades de papier sillonnaient de vert et de rouge vif le plafond à caissons pour retomber en boudins, aux angles de la pièce. Devant l'une des fenêtres qui donnaient sur le chemin de la Rivière-aux-Glaises, un majestueux sapin trônait, chargé des multiples boucles de rubans multicolores nouées à chacune de ses branches.

— J'en reprendrais bien un autre petit verre, déclara Joseph Dufresne qui semblait parti pour noyer son célibat forcé dans le vin de cerise de Rémi.

— Aimerais-tu y goûter ? demanda Victoire à Thomas qui, après avoir jeté un coup d'œil vers son père, crut préférable de s'en abstenir.

— Et moi ?

Victoire regarda Ferdinand avec étonnement, hésita, puis tenta de s'en sortir sans offusquer celui dont la susceptibilité était bien connue.

— Tu penses, mon Ferdinand, que parce que tu marches sur tes treize ans on va te traiter comme un homme ?

— Je suis très content d'apprendre que mon frère en est un, riposta-t-il, quittant aussitôt la table de jeu pour aller tenir compagnie au chat qui ronronnait dans l'escalier.

Victoire prit la relève au jeu de dames, mais se montra peu douce, troublée qu'elle était par le souvenir des moments passés au chevet de Thomas, et par les regards étranges que ce dernier posait sur elle. En outre, Georges-Noël profitait du moindre éloignement de Rémi pour venir voir où en était la partie. L'embarras de Victoire intrigua Thomas.

— Ce n'est pas votre soir, on dirait. Je ne vous ai jamais battue si aisément !

— Je pense que c'est le temps de servir le bouillon, dit Victoire, en s'excusant auprès du jeune homme qui la suivit pourtant dans la cuisine.

— Je peux vous aider, insista-t-il. Je le fais chaque jour au pensionnat…

— Approchez, tout est prêt, cria Delphine, s'adressant particulièrement aux hommes, l'un demandant à finir de boire son rhum, l'autre le whisky qui venait juste de lui être versé.

De toutes les femmes qui s'étaient faites belles pour cette nuit, pas une, aux yeux de Georges-Noël, n'allait à la cheville de Victoire Du Sault. Un mouvement de la paupière, une mèche de cheveux égarée sur sa nuque, la cadence de ses pas le plongeaient dans un tel délire amoureux qu'il faillit rompre sa promesse de ne pas dévoiler leur amour.

Les invités n'avaient pas entamé leur assiettée de ragoût de pattes que les trois femmes voulurent continuer le service. Victoire fut la première à quitter la table. Georges-Noël eût pourtant préféré qu'elle restât à ses côtés. Le regard suspicieux de Ferdinand le ramena à Joseph dont le discours s'embrouillait sous l'effet du vin de cerise...

Avant que tous les convives ne soient repus, André-Rémi tira une bûche et se fit habilement mais fermement une place entre Ferdinand et Joseph, face à Georges-Noël qu'il n'allait plus quitter de la nuit.

CHAPITRE VII

Outrage à l'amour

Venue souhaiter un bon anniversaire de naissance à sa benjamine, Françoise avait hésité longuement avant de pousser la porte de la cordonnerie où, assise à sa table de travail, Victoire jonglait devant un papier sur lequel sa lampe projetait des ombres chancelantes.

— Encore le mois d'avril ! Il me semble que plus je vieillis, plus le temps passe vite.

Victoire l'approuva d'un sourire complaisant.

— Tu ne montes pas te coucher ? Il est minuit passé…

Ce coup de minuit, Victoire l'avait attendu avec fébrilité pour décacheter l'enveloppe que Georges-Noël lui avait remise dans l'après-midi et qui portait la mention : « Ne pas ouvrir avant tes vingt-cinq ans. »

— Je me préparais justement à y aller, répondit-elle sans que son esprit quittât la pensée qui l'habitait.

Ses traits étaient tirés et son front soucieux. Pas un seul instant elle ne leva les yeux vers Françoise. Adossée à sa chaise, elle promenait son regard de la lettre dépliée devant elle aux chaussures qui couvraient les tablettes, comme on relit un journal intime.

— Dix ans! Je n'arrive pas à croire que ça fait déjà dix ans que ma cordonnerie est ouverte.

Elle se tourna alors vers sa mère, prête à partager la satisfaction, mais aussi les interrogations que lui inspirait cet anniversaire.

— Tu en as fait du progrès pendant ce temps-là, ma fille. Regarde ton équipement, puis la variété de modèles que tu peux offrir maintenant.

Victoire considéra le tout avec une fierté évidente.

— Je ne me vois pas arrêter de faire ce métier-là. Il me semble qu'une semaine sans fabriquer une chaussure, ce serait comme une vie sans enfance.

— Sans enfance ou sans enfant?

— Les deux, je pense.

Françoise s'approcha de la table près de laquelle Victoire se tenait, les mains posées sur ses joues comme la corolle d'un lys sur le point de déployer ses pétales. Plus que jamais Françoise sentait la femme vibrer dans les paroles, les silences et les soupirs de sa fille. «Une femme qui aura du mal à trouver son compte de bonheur dans la vie. Si exigeante! Si radicale! Une vraie louve au cœur de brebis», pensa-t-elle. Victoire dit alors, comme pour elle-même:

— Mettre un enfant au monde ou créer un modèle de chaussure puis le mener à la perfection, ça doit venir de la même source… Et si on parvient à faire les deux, alors je me demande ce que le paradis peut offrir de mieux.

De peur de la distraire de sa rêverie, Françoise n'osa répliquer. «Elle aura bien le temps de s'adapter aux réalités de la vie», considéra-t-elle, se rappelant ses propres luttes et déboires.

— Vous avez connu ça, vous, maman?

Interpellée par le besoin qu'éprouvait Victoire de se faire rassurer, Françoise fit trois pas vers la fenêtre où elle s'accouda pour mieux réfléchir, lorsqu'elle fut troublée par l'image que lui retournait le reflet de la lampe sur le carreau. Son front ridé, ses yeux cernés de bistre et son visage amaigri seyaient mal à une apologie du mariage. Sans nier les bonheurs que ses enfants lui avaient procurés, ni la satisfaction qu'elle retirait de son travail, le souvenir des incompréhensions et des fréquentes disputes qui avaient assombri sa vie de couple l'incitait au silence. Comment oublier les propos de Rémi chaque fois qu'elle ne parvenait pas au terme de l'une de ses grossesses? Comment oublier que ses nombreux entêtements l'avaient forcée si longtemps à sacrifier son métier de chapelière, et l'avaient privée de la présence de son fils pendant plus de dix ans? Françoise devait reconnaître que ses quarante années de vie de femme ne s'apparentaient guère à ses rêves de jeune fille. Rémi devait-il seul en porter le blâme? Plus elle apprenait à le connaître, moins elle était portée à l'accabler de reproches. Elle avait aimé et elle aimait encore cet homme qui avait dû tout prouver, tout gagner. Cet homme pour qui le dévouement tenait lieu de serments d'amour.

Victoire aurait aimé que sa mère lui parlât de son jeune âge. Elle avait le sentiment que la vie de l'une et de l'autre avaient beaucoup en commun. Dans ce qui pouvait les unir, un élément lui manquait cependant, et c'est celui qui la hantait depuis sa rupture avec Narcisse Gélinas: la maternité. «Le fait d'être une femme sans enfant n'était-il pas la négation de son essence même?» se demandait-elle avec encore plus d'inquiétude depuis que, faute d'avoir aimé passionnément ses quelques soupirants, elle avait franchi le cap des vingt-cinq ans sans anneau au doigt, ni projet de mariage à court terme.

La plénitude qu'elle avait ressentie depuis dix ans à créer ses propres modèles de chaussures, à les vendre dans nombre de foyers de Yamachiche et de Pointe-du-Lac, elle souhaitait maintenant la porter à son degré maximal. Georges-Noël lui avait écrit : « Pour le jour de tes vingt-cinq ans, je te laisse décider du cadeau qui te ferait le plus plaisir. Ose demander ce que tu peux imaginer de plus inimaginable et je te le donnerai. » Victoire n'avait qu'une faveur à implorer : « Donne-moi des enfants. Tu veux m'accorder ce qui me comblerait de bonheur ? Alors, donne-moi un enfant », criaient sa chair et son cœur pendant que sa raison lui en interdisait même la pensée.

Françoise revint vers sa fille qui ne put dissimuler les larmes qui glissaient sur ses mains.

— Il faut faire des choix, Victoire. Et on peut rarement les faire sans avoir à renoncer à quelque chose de précieux.

Jamais la jeune femme n'avait éprouvé autant le besoin de se confier, et jamais non plus l'occasion ne s'était montrée aussi propice. Il s'en fallut de peu qu'elle suppliât sa mère de ne pas la quitter immédiatement.

Le temps pressait. Dans quelques secondes, au mieux dans quelques minutes, s'avouant exténuée, Françoise allait lui souhaiter une bonne nuit. Constatant qu'il n'était pas loin d'une heure, Victoire estima inhumain d'exiger qu'elle l'écoutât pendant toute la nuit. Car si elle désirait s'ouvrir à sa mère, elle ne pouvait le faire sans prendre le temps d'évoquer ses dix années de tortures secrètes, parsemées de quelques rares moments de bonheur.

— Allez dormir, maman. Il est déjà tellement tard.

— Tu devrais en faire autant, Victoire. Il faudrait quand même que tu aies bonne mine le jour de ton anniversaire.

Victoire allait en convenir quand elle aperçut une lueur dans la fenêtre de la cuisine chez les Dufresne. Sa main trembla sur la lampe qu'elle allait éteindre mais qu'elle décida de reposer sur sa table. «Et si Georges-Noël n'avait point trouvé le sommeil lui non plus, obsédé par la réponse qu'il attendait? Et s'il s'avisait de venir chercher cette réponse maintenant?» L'idée de le voir arriver fit surgir des désirs interdits.

Seule dans sa cordonnerie, Victoire pleurait. Il était inutile qu'ils se fixent d'autres rendez-vous secrets, qu'ils se ménagent d'autres heures à se perdre dans le regard de l'autre, à tressaillir de tout leur être au moindre effleurement, à partager rêves et ambitions, quand ces rêves étaient inaccessibles.

À mesure que leurs élans les poussaient l'un vers l'autre, une ombre se faisait plus présente, plus insistante. Si insistante que Victoire se rebella. Elle se leva brusquement de sa chaise et osa affronter le souvenir de Domitille. «Tu as choisi de mourir, pourquoi ne nous laisserais-tu pas vivre en paix, maintenant?»

~

Victoire mit trois mois à se faire à l'idée qu'André-Rémi avait peut-être raison. Derrière la voix de sa propre conscience, il était fort possible que ce fût celle de Madeleine qui l'empêchât d'aimer Georges-Noël Dufresne en toute liberté.

Adossée au mur extérieur de la cordonnerie, elle scrutait le silence de cette campagne encore endormie, estimant qu'il était trop tôt pour partir.

Devant elle, la maison des Dufresne baignait dans la pénombre alors qu'aux confins du lac Saint-Pierre l'horizon commençait à se marquer d'une ligne violacée. Du chemin de la Rivière-aux-Glaises, un bruit se fit entendre. « D'où peut-il bien venir à cette heure ? » se demanda Victoire, en pensant à l'homme qu'elle aimait. Mais ce qu'elle aperçut, sur la plus haute perche de la clôture qui séparait leurs terres, ce furent deux rutilantes billes d'un vert doré qui la fixaient avec insolence et se dirigeaient vers elle. Cherchant un amoureux, la chatte de Ferdinand exhala une plainte. Victoire poussa un soupir de soulagement et alla s'asseoir dans l'escalier de la cordonnerie. Bécassine vint se frôler à ses jambes en reprenant son roucoulement. Soupirante, assoiffée de cajoleries, elle s'allongea de tout son long sur les genoux de Victoire qui la caressa distraitement en songeant à la visite qu'elle allait faire à Madeleine avant la messe de six heures.

La chatte sur les talons, Victoire se dirigea vers l'écurie et servit à Pénélope l'avoine que lui méritaient les douze kilomètres qu'elle devrait franchir dans la matinée. Il devenait urgent de quitter les bâtiments avant que Rémi ne surgisse, toujours pressé de se rendre à l'étable en période de vêlage.

Déjà coiffée de son chapeau à voilette noire, Madeleine changea d'expression en apercevant Victoire dans le sentier qui conduisait à sa maison. Hésitant à la faire entrer, prête à alléguer son départ pour la messe, elle gardait la main sur la clenche de la porte entrebâillée.

— Je ne vous dérangerai pas longtemps, madame Dufresne. Je voudrais savoir quelque chose.

Les sourcils froncés, Madeleine était sur ses gardes.

— Vous qui êtes habituée à parler au bon Dieu, puis à prier pour les vivants et les morts…

Madeleine lui fit signe d'entrer.

— … pensez-vous que Domitille est heureuse ?

Madeleine en demeura le souffle coupé. Indignée, elle ne pouvait trouver mieux que l'ignorance pour excuser Victoire de poser une question aussi saugrenue.

— Ça ne fait aucun doute !

Tordant ses gants entre ses doigts nerveux, Victoire poursuivit :

— La nuit dernière, madame Dufresne, j'ai imploré le pardon de Domitille pour le mal que j'ai pu lui faire, sans le vouloir, bien sûr.

Ébahie, Madeleine attendait la suite.

— Maintenant, c'est à vous que je veux demander pardon… si vous pensez encore que je suis responsable de la mort de votre bru.

— Seul le bon Dieu a le pouvoir de pardonner. Tu devrais le savoir tout autant que moi, riposta Madeleine, la voix chevrotante, et l'œil rancunier.

❧

— Ta mère me dit que tu vas au village. Je sauterais bien dans ta calèche si tu me donnais quelques minutes pour préparer mes affaires, annonça Rémi qui avait projeté de se rendre chez le ferblantier, à trois rues de la boutique de Gélinas.

Se tournant vers Françoise, il ajouta sur un ton rieur :

— Ce n'est pas tous les jours qu'on peut s'offrir le luxe de se faire conduire par sa fille.

— Je vous attends dehors, dit Victoire, visiblement pressée de sortir.

Elle accourut vers Georges-Noël qui se rendait à ses écuries.

— Je souhaitais justement te trouver dans les parages avant la fin de l'après-midi pour ne pas que…

— Pour ne pas que je t'attende pour la soirée de danse ?

— C'est ça. Je ne peux pas y aller ce soir. Mais, si le cœur t'en dit nous pourrions faire une promenade sur la grève de l'anse.

Bien qu'intrigué, Georges-Noël se montra ravi de la proposition.

En parcourant les cinq kilomètres qui les séparaient du village de Yamachiche, Victoire et son père avaient devisé, tantôt prophétisant le résultat des récoltes, tantôt commentant la qualité de bâtiments de ferme situés en bordure de la route. Mais, plus souvent qu'autrement, Rémi avait maugréé contre le pitoyable état des chemins depuis la dernière inondation.

Jusqu'à l'heure que Victoire avait fixée pour le rendez-vous avec Georges-Noël, rien n'avait pu la distraire de ses rêveries. Tôt après le souper, Pénélope trottait sur le chemin de la Rivière-aux-Glaises, toujours prête à s'emballer. En quête de réconfort, Victoire suppliait les criquets de la distraire par leurs stridulations et le crépuscule rougeoyant de la délivrer de l'angoisse qui montait en elle.

À mi-chemin, Georges-Noël apparut, sortant elle ne savait d'où. L'envie de fuir l'assaillit. Mais le souvenir des tortures que lui imposait un silence depuis trop longtemps gardé lui donna le courage de lancer Pénélope au trot.

Les deux calèches roulèrent jusqu'à la limite de la municipalité voisine, là où un embranchement quittait la voie principale pour se rendre au bord du lac Saint-Pierre.

— Ici, on sera plus à l'abri des indiscrets, dit Georges-Noël en sautant de sa voiture.

Ouvrant les bras, il invita Victoire à s'y blottir.

— J'aimerais qu'on parle d'abord de ma carte d'anniversaire et de…

— N'est-ce pas la meilleure façon de le faire, dit-il, prêt à des épanchements dont il se réjouissait depuis l'instant où il avait accepté ce rendez-vous.

Victoire se dégagea doucement de leur étreinte, noua les cordeaux de Pénélope autour d'une grosse pierre, retira ses chaussures et, son chapeau de paille à la main, marcha au bord du lac, plus muette que l'eau qui dessinait des remous autour de ses chevilles.

Georges-Noël l'observait, convaincu qu'elle ne s'éloignait que pour mieux lui revenir. «Victoire cherche sans doute la façon d'exprimer un vœu qui la gêne», pensa-t-il, n'ayant pas oublié le cadeau qu'il lui avait proposé à l'occasion de son anniversaire. Il était prêt à l'attendre. La nature et les événements lui avaient appris à le faire et il en avait tiré force avantages dans les moments les plus décisifs de sa vie. Même s'il s'était souvent reproché de ne pas savoir parler aux femmes, Georges-Noël pouvait se glorifier de savoir les écouter, sans brusquer leurs confidences.

Ce soir-là, depuis que le soleil avait retiré sa palette aux couleurs de feu, la lune parait la nappe bleue de reflets d'argent. Enrobée de pastel, la silhouette de Victoire semblait retenir la brillance de l'astre déclinant.

Fasciné par cette beauté à la fois si féerique et si fragile, Georges-Noël suppliait intérieurement Victoire de ne pas s'enfoncer davantage dans la nuit. Bien qu'il n'eût pu définir cette peur qui commençait à l'envahir, il éprouva un profond soulagement lorsqu'il vit son profil perdre de sa fluidité. Il alla vers elle, disposé à accueillir son silence comme ses aveux. Dès qu'il l'eût rejointe, elle laissa tomber le bas de sa jupe qu'elle avait relevé à mi-jambe, et ralentit sa marche. Elle leva la tête vers l'horizon, là où le ciel et le lac portent le même nom. Si de tels horizons avaient existé pour l'âme, Victoire s'y serait lancée aveuglément, abandonnant sur son passage, craintes et regrets, doutes et déceptions. Elle se tourna vers Georges-Noël, cherchant en lui ce refuge où la peur s'efface et où les remords n'ont point droit de cité. Un refuge où l'amour retrouve l'innocence, dépouillé de ces carcans que les gens bien nomment responsabilités, principes, interdictions.

Ils marchèrent jusqu'à la pierre dont la forme avait inspiré le nom de «banc des amoureux» et y prirent place. La lune traçait maintenant jusqu'à leurs pieds un faisceau cristallin. La voûte céleste scintillait de minuscules feux qui s'allumaient ici et là, comme des lucioles dans les champs d'asters. Victoire se souvint d'avoir passé des heures à se prêter à leur jeu en compagnie de son grand-père. Aurait-il conservé son rôle de premier confident s'il eût été encore là ? L'une de ses rengaines favorites lui revint alors à la mémoire : « Écoute cette petite, petite voix qui te parle en dedans, et tu seras sûre de ne jamais te tromper. » Or, plus d'une voix se faisaient entendre depuis que Victoire avait goûté à la séduction de Georges-Noël. Celle de Madeleine Dufresne, entre autres. N'étant pas parvenue à écarter la septuagénaire de sa pensée malgré la visite qu'elle lui avait rendue, Victoire souhaitait comme on espère un miracle, que les aveux qu'elle s'apprêtait à faire à Georges-Noël l'en délivrent à tout jamais.

— Penses-tu que ta mère avait raison quand…

— Ma mère ? Mais qu'est-ce que ma mère vient faire dans notre rencontre ?

— Si ce n'était d'elle, je t'aurais probablement demandé le cadeau que tu souhaitais le plus m'offrir.

— Mais qu'est-ce que tu racontes, Victoire ? Explique-toi.

— Savais-tu qu'elle m'a accusée d'avoir fait mourir ta femme de chagrin ?

— Quoi ? Mais elle divague ! Domitille était malade.

— Tu oublies les carnets.

— Non, Victoire. Ce qu'elle y avait écrit n'était que l'effet de sa maladie.

— Même si ça m'arrangeait, je ne peux te laisser plus longtemps dans cette illusion, Georges-Noël. La première fois que j'ai mis les pieds chez vous, ta femme m'a déshabillé le cœur comme on retourne un gant. Elle savait qu'à travers le plaisir que je prenais aux cours d'anglais et mon intérêt pour tes chevaux, c'était ta compagnie que je recherchais. C'était ton amour que j'espérais. C'est à se demander si elle n'avait pas deviné mes nuits blanches occupées à ne penser qu'à toi, à maudire le sort qui t'avait mis sur ma route alors que je venais tout juste de me libérer du pensionnat.

— Mais tu n'étais qu'une enfant, Victoire, qu'une toute jeune fille.

— Non, Georges-Noël. C'est ce que tu as toujours prétendu, mais c'est faux. Je n'ai jamais pu aimer personne d'autre. Je suis devenue prisonnière de toi. Comme si tu m'avais verrouillé le cœur le jour où tu es venu aider au déménagement de ta mère. Avec Isidore je n'ai qu'essayé de me distraire de toi et de rassurer ta femme. Quelle illusion! Après, Narcisse est entré dans ma vie et m'a fait rire autant que j'avais pleuré en secret à cause de toi.

Victoire l'informa aussi de sa visite chez Madeleine et des motifs qui l'y avaient conduite. Jamais révélations n'avaient autant bouleversé Georges-Noël. Il quitta le banc des amoureux, et marcha sur la grève, enfonçant les talons dans le sable avec la hargne que lui inspirait sa propre naïveté. Comment avait-il pu ne rien voir? Les souvenirs qu'il avait de Victoire, de l'éloge simple et direct qu'il en faisait à Domitille et des remarques désobligeantes dont Madeleine ne manquait pas de l'accabler chaque fois qu'elle en avait l'occasion prirent soudain un tout autre sens. Hanté par le désir de retrouver sa Domitille des premières années en élisant domicile sur la terre des Dufresne, déchiré par les renoncements que lui imposait cette volonté, il n'avait vu dans les sourires de Victoire, dans son exubérance et dans l'éclat de ses yeux que le charme naturel d'une jeune fille de quinze ans. Devait-il regretter d'avoir détruit les carnets de Domitille? Aurait-il trouvé le courage de les relire à la lumière de ce qu'il venait d'entendre? Ne valait-il pas mieux implorer le pardon de celle qui avait su deviner les secrets sentiments de Victoire et porter dans la solitude la douleur de n'être pas comprise?

Victoire vint à sa rencontre. Georges-Noël demeura silencieux, s'accrocha à son bras, et la dirigea vers leurs attelages. Victoire comprit dès lors que ses aveux n'avaient ni le pouvoir de provoquer ceux de l'autre, ni de lui apporter la libération qu'elle attendait.

~

— Mais quelle surprise! s'exclama Georges-Noël en apercevant André-Rémi bien installé à la table de travail de Victoire.

Quelques jours après leur rendez-vous à l'anse, Georges-Noël ne pouvait déjà plus tolérer que Victoire l'évitât. Depuis plus d'une heure, il n'avait attendu que le départ de Rémi vers les champs pour se rendre à la cordonnerie.

Rentré de Montréal la veille au soir, André-Rémi était là, comme s'il avait été chargé de remplacer Victoire pour un moment. Sous sa chemise aux manches roulées jusqu'aux coudes, André-Rémi avait gardé le physique frêle d'un collégien, malgré son menton taillé à la serpe, le regard vif et pointu qu'il avait hérité de son père, et ses cheveux ressemblant à de minces copeaux de chêne, tant ils étaient bouclés.

— Tu voulais voir ma sœur?

— Surtout, oui… fit Georges-Noël, un peu mal à l'aise.

— Aussi bien te le dire tout de suite, je suis au courant de pas mal de choses en ce qui vous concerne, Victoire et toi.

Affranchi après plus de quinze ans de travail dans le milieu hôtelier, André-Rémi excellait dans l'art d'aller droit au but avec élégance, ce que Georges-Noël, d'abord ébahi, eut vite fait d'apprécier.

— Ce n'est pas aussi simple que je le pensais avec ta sœur, avoua-t-il.

— Quand je rencontre un problème, j'ai toujours pour mon dire que la solution n'est pas loin derrière.

Georges-Noël se montra agréablement étonné. Une telle façon de voir lui plaisait et il ne demandait qu'à prolonger cet entretien, moins pressé qu'il ne l'avait été de voir apparaître Victoire. La clenche de la porte claqua, mais c'est Françoise qui entra, surprise de les trouver seuls dans la cordonnerie.

— Georges-Noël? Mais qu'est-ce qui se passe ici, ce matin? Où est Victoire?

Inquiet de retrouver sur le visage de sa mère les signes de fatigue que la veille il avait attribués à l'heure tardive, André-Rémi ne répondit pas à sa question. Les paupières affaissées sur des yeux creux et cernés, Françoise avait beaucoup vieilli depuis les fêtes. André-Rémi se tracassait. D'un signe de tête, Georges-Noël incita Françoise à reposer sa question.

— D'après ce que je lis ici, on ne la verra pas au dîner, répondit André-Rémi, tenant le billet que Victoire avait laissé sur sa table de travail avant de partir.

Georges-Noël allait spontanément le prendre des mains d'André-Rémi lorsqu'il croisa le regard inquisiteur de Françoise qui s'approcha de son fils pour lire par-dessus son épaule les quelques mots dont les minuscules caractères se brouillaient comme une traînée d'encre.

— Mais, qu'est-ce qu'elle a écrit? demanda-t-elle, impatiente.

André-Rémi lut alors à haute voix: «Partie cher-cher de l'écorce de bouleau sur la terre de grand-père. Reviendrai pour souper.»

— Voulez-vous bien me dire ce qui lui prend d'al-ler faire ça toute seule? Comme si c'était urgent ce matin…

L'expression qu'elle perçut sur le visage des deux hommes fit comprendre à Françoise qu'elle n'avait pas à terminer sa phrase. Ils savaient sans doute des choses qu'elle ignorait encore.

Au lever du soleil, lasse d'être tourmentée par des questions sans réponses au sujet de Georges-Noël, Vic-toire avait décidé de filer avec Pénélope pour faire pro-vision d'écorce. «J'ai appris d'un garçon de ma classe qui vient de Deschaillons, qu'on peut faire des chaussu-res très confortables avec de l'écorce de bouleau. Et il paraît que ça se travaille bien», lui avait écrit Thomas. Elle n'allait pas attendre son retour du pensionnat pour tenter l'expérience.

Cette écorce ayant été maintes fois utilisée pour la confection de canots et de récipients, Victoire savait comment la retirer de l'arbre sans l'abîmer. Parmi une talle de bouleaux blancs entourée de peupliers et d'épi-nettes, juste à l'orée du bois, elle en découvrit une bonne demi-douzaine qui étaient assez droits pour que l'écorce cède d'une seule venue une fois bien découpée sur le tronc. «Je me demande pourquoi ça ne pourrait pas être aussi facile d'ouvrir le cœur d'un homme», se dit-elle. À bout de bras, elle traça une première incision, une deuxième et une dernière, avant de s'attaquer aux moustiques qui, eux, faisaient provision de sang. Il ne restait plus qu'à dépouiller le bouleau de la bande ainsi obtenue qui se détacha avec une facilité inouïe, prouvant que la sève était bel et bien montée. Accroupie sur une souche, Victoire examinait avec fascination les couches superposées de cette écorce, de la plus délicate qui recouvrait l'aubier, aux plus consistantes. Une première feuille, imperméable et souple comme de la soie, formerait une empeigne après avoir été moulée à la chaleur. Les autres couches, plus solides, conviendraient à merveille à la fabrication d'une semelle durable. «Tout y est», considérat-elle, s'apprêtant à entailler un deuxième bouleau. Pénélope hennit et des voix familières s'approchèrent. «Mais qu'est-ce qu'ils viennent faire ici?» se demanda-t-elle, doutant que leur apparition ait de quoi la réjouir.

— Ce n'est pas un ouvrage à faire toute seule, ça, jeune fille, dit Georges-Noël qui vint vers elle, alors qu'André-Rémi demeura en retrait.

— C'est pour me fuir que tu es venue ici? s'informat-il, en lui retirant la hache des mains.

Comme il eût été tentant pour Victoire de lui sauter au cou. Ses confessions du rendez-vous de l'anse lui avaient apporté un certain soulagement sans toutefois libérer sa conscience de tout remords. Même si Georges-Noël condamnait les incriminations de Madeleine, le silence qu'il avait opposé à l'aveu de ses dix années de convoitise avait laissé un doute dans l'esprit de la jeune femme. Ce doute dissipé pouvait à lui seul faire que l'impossible devînt possible. Faute d'y voir clair par elle-même, Victoire devait trouver le courage, l'occasion et les mots pour s'en ouvrir à Georges-Noël, pour oser lui poser la question qu'elle considérait comme la dernière, celle qui lui permettrait de prendre position de façon éclairée et définitive.

— Comment peux-tu penser que j'aie le goût de m'éloigner de toi? répondit-elle. Quand je le fais, c'est que je n'ai pas trouvé mieux pour survivre.

Tous deux s'assirent sur un tronc d'arbre gisant parmi les feuillus.

Georges-Noël n'avait pas eu trop de ces quelques jours pour se faire à l'idée que Victoire l'aimât depuis si longtemps. Qu'elle l'ait désiré de tout son être alors qu'il n'éprouvait pour elle, du moins le croyait-il, que l'affection d'un père pour la fille perdue et qu'il avait eu l'impression de retrouver en elle. Cette révélation avait non seulement modifié son interprétation du passé, quant à Domitille et à Madeleine, mais elle lui avait aussi révélé une autre Victoire. Plus admirable. Plus ravissante. Plus désirable encore. Aussi résolut-il de ne reculer devant rien pour lui procurer le bonheur qu'elle méritait.

— D'après ton frère, il existerait une solution pour chaque problème, même le nôtre. Et je partage son avis.

— Qu'il nous la donne. Qu'est-ce qu'il attend?

— Il me l'a donnée… Couper. Couper avec le passé et avec toute personne qui aurait l'intention de s'en servir pour nous éloigner l'un de l'autre. Sortir de la région. Aller nous établir plus près des grands centres.

Georges-Noël lui fit part de son intention de profiter de la fin de l'année scolaire pour s'accorder le temps de parcourir la région de Trois-Rivières avant d'aller chercher les garçons au pensionnat.

Tiraillée entre l'information que Thomas lui avait transmise dans sa dernière lettre, et la crainte que Georges-Noël doive, en l'apprenant, reconsidérer son plan, Victoire avait tenté de l'en dissuader.

— Ce n'est pas ce que j'appellerais une solution simple et facile à appliquer. Il me semble que ce serait sage de laisser couler un peu de temps sur les suggestions d'André-Rémi.

Faisant fi des réticences de Victoire, Georges-Noël reprit espoir. Il brûlait de la serrer dans ses bras, et succomba. Qu'il la trouvait belle à voir avec ses mèches flottant autour de son visage et son corsage dont les premiers boutons avaient cédé à l'assaut d'un soleil cuisant!

— Dis-moi maintenant à quoi va te servir cette écorce-là.

Victoire esquissa un sourire.

— C'est ton beau Thomas qui m'a appris qu'on peut faire des chaussures d'été avec ça, répondit-elle en palpant le matériau souple et soyeux.

André-Rémi s'était approché d'eux.

— Des chaussures d'été? Avec de l'écorce de bouleau?

— Avec quoi penses-tu que les Indiens fabriquaient leurs mocassins à part la peau de bête, André-Rémi Du Sault? Ils ne se servaient pas de l'écorce que pour faire des canots et conserver leurs aliments, riposta Victoire avec l'enthousiasme que lui inspirait ce projet.

Pris d'une fièvre amoureuse, Georges-Noël la regardait sans l'entendre, alors qu'André-Rémi sourcillait, incrédule.

— Peu importe, conclut-elle. Moi, j'ai le goût d'essayer.

— Il t'en faut encore beaucoup ? demanda André-Rémi en s'emparant de la hache.

— Une couple d'autres.

— Puis une dizaine pour moi, ajouta Georges-Noël qui devait remplacer nombre de cassots dans son érablière et qui avait projeté d'en confier la tâche à ses fils au cours de l'été.

— Ils ont besoin d'être occupés ces grands-là, ajouta-t-il en cherchant dans les yeux de Victoire une approbation qui ne vint pas, ce qui laissa Georges-Noël perplexe.

~

— Du courrier important pour vous, monsieur Dufresne, cria le postillon, à mi-chemin entre la maison et l'écurie.

Georges-Noël n'appréciait ni les surprises ni les manières d'Éphrem. Et bien qu'à première vue rien ne l'expliquât, il y vit une menace.

— Comme c'est parti, ça se pourrait bien qu'on ait notre été au mois de juin, hein ?

— Dépose-moi ça sur le banc, répliqua Georges-Noël, matant l'envie qu'il ressentait de mettre son pied au derrière de cet homme dont les considérations sur le temps l'énervaient, et ce matin plus que jamais.

— C'est une autre pouliche que vous préparez pour l'exposition, la petite noire du bord ?

— Non, non, Éphrem. Va, va ! Je suis débordé.

Georges-Noël n'avait pas l'esprit à plaisanter. Dans le coin supérieur gauche de l'enveloppe, il pouvait lire : Collège de Trois-Rivières. Provenance étrange à moins d'une semaine de la fin des cours. La lettre signée de la main du frère Dupré, préfet des études, réclamait une rencontre avec Thomas et son père, dans la matinée du 23 juin, « … alors que le pire pourrait encore être évité. Cette rencontre est d'une extrême importance. L'avenir de votre fils en dépend », avait écrit le religieux.

Cette convocation eût concerné Ferdinand que Georges-Noël n'en aurait pas été surpris. Mais Thomas ? Non. Comme on le louangeait tant pour ses résultats scolaires que pour ses qualités, rien ne permettait d'entrevoir ce qui justifiait un rendez-vous « d'une extrême importance ». Plongé en plein mystère, Georges-Noël se rappela que les lettres de Thomas, plus rares et montrant plus de retenue que par le passé, ne visaient qu'à le rassurer sur le compte de Ferdinand. Jamais il n'y avait évoqué, entre autres réalités importantes de sa vie, l'accident au moulin, ni la perspective de retourner y travailler un jour. « À moins qu'il se soit confié à Victoire », pensa Georges-Noël, au fait de la correspondance qu'ils entretenaient depuis quelques années.

De l'écurie, il vit sa voisine atteler Pénélope à sa calèche des jours de fête et courut vers elle.

— Je ne voudrais pas te retarder, Victoire, mais j'aimerais avoir ton avis, dit-il, brandissant la lettre qu'il venait de recevoir.

Ses interrogations demeurèrent sans réponse. N'aurait-il pas dû le prévoir, connaissant la parfaite discrétion de Victoire et le respect admiratif avec lequel elle traitait Thomas depuis l'été précédent ? La jalousie rôdant, il tardait à Georges-Noël, non seulement de s'enquérir du problème de son fils, mais aussi d'entamer les démarches suggérées par André-Rémi.

— Je vais devoir me rendre aujourd'hui à Trois-Rivières. Ça me donnera le temps de regarder dans les environs si je ne trouverais pas quelque chose qui nous convienne pour l'automne prochain... pour l'année prochaine, rectifia-t-il, influencé par les signes de réprobation qu'exprima Victoire.

— Pourquoi aller si vite ? On n'avait pas convenu de laisser passer l'été qui vient avant de décider quoi que ce soit ?

— Je comprends de moins en moins, Victoire. Tu ne penses pas qu'il serait temps qu'on en finisse avec les questions et les analyses, et qu'on passe aux actes ?

Bien qu'elle approuvât la logique de Georges-Noël, Victoire ne pouvait s'engager tant que des ombres persistaient sur leur passé et compromettaient leurs chances de s'unir pour le meilleur seulement. « Le passé est fait pour être oublié », avait répliqué Georges-Noël, l'exhortant à prendre les moyens d'y parvenir une fois pour toutes. Les interminables hésitations de Victoire commençaient à l'exaspérer.

∼

Une odeur d'encaustique émanait des planchers fraîchement traités. Les chaises disposées de façon rectiligne autour de la pièce semblaient bâiller d'ennui avant même que les pensionnaires ne désertent ces murs. La flamme d'un lampion dansait aux pieds d'un saint Joseph dont les traits mièvres distrayaient Georges-Noël des propos que lui tenait le frère Dupré. «Gaspiller un tel talent et de tels privilèges me semble inacceptable», avait-il déclaré, conjurant Georges-Noël d'user de son autorité pour empêcher Thomas de «céder à la facilité et aux plaisirs éphémères de la jeunesse». Bien qu'il ne fût pas porté à approuver les intentions de son fils, il refusa de se faire le complice du préfet et d'inscrire Thomas contre son gré pour la prochaine année. «Je parierais que c'est parce qu'il ne veut plus remettre les pieds ici», pensa-t-il, se souvenant de la promesse qu'il lui avait faite de le libérer de cette obligation lorsque son frère aurait douze ans.

Le soleil du midi plombait. Ferdinand, sans la moindre plainte, avait pris place sur les malles qui alourdissaient l'arrière de la calèche. Préférant quitter la cohue de la ville avant d'entamer une conversation, Georges-Noël se vit déjoué par une question de son aîné.

— Mon oncle Joseph travaille toujours chez nous?

— Où veux-tu en venir?

— J'aurais bien aimé vous aider, mais je n'aurai pas le temps cet été.

— Pas le temps?

Thomas avait proposé de donner une année de travail au moulin moyennant qu'une moitié de son salaire soit laissée à Euchariste Garceau et l'autre, versée à la famille d'Ovide. À cela, il avait ajouté une deuxième condition qui avait ravi Ovide et son père, mais qui avait mis six mois à recevoir l'approbation d'Euchariste: son ami devait être réembauché au moulin et affecté à des tâches adaptées à sa condition de manchot, tant et aussi longtemps qu'il le désirerait.

Abasourdi, Georges-Noël eût voulu manifester à Thomas son admiration pour la générosité de ce geste, mais la déception de n'avoir point été consulté lui inspira davantage le goût d'exprimer du chagrin.

— Ce n'est pas raisonnable ce que tu as fait là…

Thomas l'interrompit.

— Si c'était si peu raisonnable, Mlle Victoire me l'aurait dit.

— Comme elle a dû te dire que tu aurais mieux fait d'en discuter avec ton père avant de prendre une décision qui t'engage pour toute une année.

— M'auriez-vous appuyé?

Thomas avait eu raison d'en douter et Georges-Noël le reconnut. Aussi ne put-il obtenir de son fils la promesse qu'il reprendrait ses études dès l'automne.

Bien que contrarié, Georges-Noël avait trop déploré de ne pouvoir décider de son avenir à l'âge de seize ans pour soumettre Thomas aux mêmes contraintes. Prétextant la fatigue, il lui confia les cordeaux et s'enfonça dans son siège, simulant le sommeil. Les nombreuses déceptions qu'il avait essuyées en moins d'une semaine l'accablaient. Plus rien d'ailleurs ne présageait que l'été serait bon conseiller, comme l'avait prétendu Victoire. À la lumière des révélations de Thomas, les attitudes de la jeune femme avaient de quoi l'inquiéter. Georges-Noël ne put s'empêcher de craindre qu'un lien existât entre les orientations de son fils et les réserves de Victoire quant à leurs projets d'avenir. Quelle que fût la nature de ce lien, il éprouvait le vague sentiment que les événements s'acharnaient à le priver du grand bonheur de voir un jour sa bien-aimée vivre sous son toit. Leur amour était-il voué à n'être vécu que dans le secret le plus absolu? Georges-Noël n'éprouvait aucun attrait pour semblable destin.

~

Parti de Pointe-du-Lac, le défilé de la Saint-Jean avait rejoint les chars de Yamachiche à l'orée du village, là où le cortège de Saint-Antoine-de-la-Rivière-du-Loup était venu les attendre. Pavoisées, les rives du lac Saint-Pierre avaient pris un air de kermesse. Sous une arche construite sur la place du rassemblement, une quarantaine de chars allégoriques avaient défilé et leurs auteurs briguaient les honneurs de la grande salve. À midi, un soleil de plomb avait déjà épuisé les uns sous leurs déguisements de bûcherons, d'autres sous leurs fourrures de trappeurs, certains, plus nostalgiques, dans leurs costumes de seigneurs, et combien de jeunes filles dont le corsage de lin portait des traces de leurs danses endiablées.

Quoique peu disposés à épouser les croyances des anciens aux vertus thérapeutiques de l'herbe de Saint-Jean ou aux bienfaits de l'eau purifiée par ce même saint, garçons et filles attendaient avec frénésie que le meneur donne le signal pour se lancer à l'eau. Les plus intrépides y allèrent de jeux et de culbutes, espérant conquérir celui ou celle qu'ils n'auraient jamais eu l'audace d'aborder directement.

Quelque peu dépaysé par cinq années de pensionnat, Thomas s'en voulait de ne pas trouver le courage de se joindre à la mêlée alors que d'autres, comme Nérée Duplessis qui avait été pensionnaire avec lui pendant trois ans, avaient bondi vers l'eau. Tout de même heureux de tenir compagnie à son ami Ovide, Thomas en vint à considérer n'avoir pas tout perdu en n'étant que spectateur. Jamais il n'aurait imaginé être à ce point troublé par la vue des jeunes femmes dont les robes trempées révélaient des particularités qu'aucune illustration de journal ou de revue ne lui avait encore fait découvrir. Ébloui, séduit, frénétique, il en voulait davantage : que la jeune Emma Duplessis tombe à l'eau, ou que le corsage d'Irène Beauchemin cède sous les jeux effrénés de ses compagnons.

À quelques mètres de là, indifférente aux conversations, Victoire observait Thomas. Lorsque leurs regards se croisèrent, il en fut gêné comme s'il eût été possible que Victoire devinât les désirs qui l'envahissaient.

Le meneur mit fin aux jeux des baigneurs, les ramenant vers les nappes étendues sur le rivage pour le pique-nique.

Quand vint la tombée du jour, le rhum aidant, l'enthousiasme des participants et des observateurs tourna à la griserie sous toutes ses formes. Des pétarades éclatèrent de partout sur les rives du lac Saint-Pierre. Ceux qui avaient décidé de prolonger la fête se regroupèrent autour des feux de joie allumés ici et là, donnant à leurs échanges un caractère de confidence, une atmosphère de clandestinité.

Ovide Héroux était entré chez lui alors que Thomas et Nérée s'étaient joints à une vingtaine d'autres personnes, jeunes et moins jeunes. Victoire était des leurs. Ravissante dans sa robe bleu poudre rehaussée de fins rubans de satin, elle charmait les soupirants, captivait les autres et envoûtait le jeune Thomas qui n'avait d'yeux et d'oreilles que pour elle. La perspicacité de son ami Nérée qui se permit quelques allusions le plaça devant des sentiments étranges apparentés à ceux qu'il avait éprouvés à l'occasion de l'accident au moulin et qu'il aurait voulu garder secrets. Il osa bien certaines tentatives de séduction auprès de quelques jeunes filles, mais sa maladresse eut tôt fait de provoquer leurs rires malicieux. Les autres garçons savaient, croyait-il, jouer de leurs charmes virils, tout comme ils savaient déceler la perle rare sous les dehors tantôt timides, tantôt arrogants des demoiselles qui les accompagnaient.

Revenu en début de soirée, Ferdinand s'était aussitôt retiré dans un coin de la remise, tout près de la nouvelle portée de chatons de Bécassine, entouré des nombreux livres dont les frères lui avaient fait cadeau.

— Tu ne vas pas passer tout ton été à lire? lui avait alors demandé son père.

Frêle et discret comme Domitille, à douze ans bien comptés Ferdinand n'en paraissait pas plus de dix.

— Vous avez quelque chose à me faire faire?

— Oui. Une douzaine comme celui-là, dit-il en lui désignant un cassot en écorce de bouleau.

Georges-Noël ne fut pas surpris du peu d'enthousiasme que son cadet manifesta à l'idée de fabriquer des cassots pour l'érablière. Inquiet de l'état de santé de ses chatons, Ferdinand s'était contenté d'acquiescer d'un signe de tête. Son père l'avait observé comme on s'applique à décoder un message. Étranger parmi les siens, en transit dans un décor qu'il s'empressait de modifier à chacune de ses visites, ni heureux ni malheureux, cet enfant semblait en constante relation avec un univers qui avait pris la relève de ses proches, et cela depuis toujours, estima Georges-Noël. D'une conduite irrépréhensible tant au collège qu'à la maison, il questionnait sans ouvrir la bouche et blâmait sans prononcer un seul mot. Son regard exprimait à lui seul consentement ou désapprobation, sérénité ou tristesse. Combien de traits de Domitille Georges-Noël ne retrouvait-il pas en ce fils!

Alors que les feux de la Saint-Jean illuminaient l'horizon, Georges-Noël sortit sur la galerie. Sa pensée s'orienta vers Victoire qu'il n'avait pas encore vue revenir de la plage. Qu'il l'épousât allait-il changer quelque chose dans l'existence de ce garçon à la fois si conciliant et si rébarbatif? Georges-Noël en doutait.

Thomas allait monter l'escalier, perdu dans ses rêveries, lorsque son père l'interpella.

— Je ne suis pas loin de croire que c'est toi qui a éteint le feu, à l'heure qu'il est.

— Il reste encore une bonne douzaine de personnes...

— Des jeunesses?

— Non, non. Mlle Victoire est encore là, elle aussi.

Georges-Noël ne savait qu'inventer pour l'inciter à lui livrer les détails de cette soirée.

— Il faut que je sois en forme demain, déclara Thomas, pressé de retrouver la solitude de son lit.

— Tu oublies que c'est dimanche, demain? Le moulin est fermé.

— C'est pourtant vrai, répondit Thomas, profitant de cet instant d'accord pour s'esquiver.

De nouveau rongé par un sentiment qu'il refusait de nommer jalousie, Georges-Noël se jura de ne pas quitter sa chaise avant de voir revenir Victoire. Du moins saurait-il en compagnie de qui elle prolongeait ainsi la soirée. N'eût été le ridicule dont il risquait de se couvrir, il se serait rendu au bout de sa terre, et aurait fait le guet jusqu'au moment de raccompagner Victoire chez elle.

Des voix se firent entendre, indistinctement d'abord, puis de plus en plus clairement. Georges-Noël reconnut celle de Victoire, suivie d'un éclat de rire de Nérée Duplessis. « Mais tu deviens fou, Dufresne ! » marmonna-t-il, considérant le sérieux de Victoire et l'âge de Nérée que Thomas appelait son « jumeau », pour être né trois jours après lui.

~

Ferdinand avait repoussé sa pile de cassots dans un coin de la remise. Il n'avait pas une minute à perdre. Les lèvres pincées, il taillait à même des écorces de bouleau une pièce égale aux précédentes, puis une autre, puis une autre encore, les plaçant deux par deux.

— Qu'est-ce que tu fais ? lui demanda Thomas, étonné de le voir sorti de sa léthargie habituelle.

— Je travaille pour Mlle Victoire, répondit-il, sans se permettre de s'arrêter.

Thomas en demeura stupéfait.

— Mais tu fais quoi, au juste ?

— Je découpe des empeignes de sandales. Puis quand j'aurai fini, je lui ferai un balai, ajouta Ferdinand, étrangement exalté.

— Elle t'a demandé ça ?

— Les empeignes, oui, mais pas le balai.

Thomas ajouta cette découverte à la liste de ses déconvenues de la journée. Une journée ardue au moulin à scie. Plus éprouvante encore que toutes celles qui l'avaient précédée. Les mains et les bras criblés d'échardes, le dos brûlant et les pieds endoloris, il se surprit à envier le sort de son jeune frère. Une fesse posée sur le bord de l'établi, il le regardait travailler sans le voir, ballotté entre la déception de ne pas avoir été embauché à la meunerie, comme le lui avait promis Euchariste Garceau, et le sentiment de devoir partager avec son frère l'attention et l'estime de Victoire.

— Tu sais où notre père est parti ?

— À Trois-Rivières, répondit Ferdinand, un sourire narquois au coin des lèvres.

— Pourquoi tu fais cet air-là ?

— Il m'a dit qu'il allait s'informer pour la prochaine exposition de chevaux.

— Puis ?

— Rien… répondit Ferdinand, l'œil tout aussi malicieux.

Thomas quitta la remise, fit un brin de toilette et se dirigea vers la cordonnerie de Victoire. Comme personne ne répondait aux coups frappés à la porte, il se dirigea vers la maison.

— Elle est partie livrer des sandales. Je ne l'attends pas avant la brunante, précisa Françoise, invitant Thomas à s'asseoir.

Déçu et inquiet, il voulut savoir.

— Elle allait où ?

— À Pointe-du-Lac.

Ne pas rentrer chez lui, s'asseoir sur une pierre en bordure du rang de la Rivière-aux-Glaises et attendre que Victoire y passe, voilà qui détermina Thomas à se diriger vers le village.

La canicule de juillet en était à sa deuxième journée et le chant des cigales en annonçait une troisième. À peine installé sur une pierre au bord du chemin,

Thomas fut assailli de telle sorte par les moustiques qu'il ne put y demeurer assis. Importuné, il reprit sa marche, armé d'une branche qu'il agitait sans répit.

Un claquement de sabots sur la terre battue lui insuffla une bouffée de courage. La tête haute, Pénélope allait apparaître dans le tournant, alors qu'il n'avait pas vraiment pensé à la façon dont il aborderait Victoire. Pire encore, savait-il de quoi il voulait lui parler ? Le temps de constater qu'il s'était rendu chez elle et était venu à sa rencontre pour le seul plaisir de se trouver en sa compagnie, il aperçut Georges-Noël qui rentrait de Trois-Rivières.

— Thomas ? Mais qu'est-ce que tu fais ici ?

— Je… je… je cherchais un peu de fraîcheur.

Georges-Noël se douta bien qu'il lui cachait les véritables motifs de sa balade.

Depuis qu'il travaillait au moulin, Thomas n'avait pas desserré les dents. De retour à la maison en début de soirée, épuisé, il s'imposait de tenir le coup jusqu'à la fin du repas, après quoi il gagnait sa chambre avec son bassin d'eau savonneuse, pour n'en redescendre que le lendemain matin vers cinq heures. En trois semaines, des traits anguleux et plus affirmés, et un regard soucieux et parfois fuyant avaient supprimé les dernières traces de son adolescence.

— Monte, fit Georges-Noël, comptant sur le trajet qu'ils feraient ensemble pour amener Thomas à se confier.

— J'aimerais mieux marcher encore un peu, répondit-il, l'air agacé.

Une autre voiture venait au loin. Cette fois, c'était sûrement elle.

Thomas allait maintenant d'un pas assuré en bordure de la route. En l'apercevant, Victoire lui tint les mêmes propos que Georges-Noël. Il lui servit le même argument, mais accepta de prendre place à ses côtés. D'un seul bond, il se retrouva sur la banquette.

— Tout va bien au moulin? lui demanda Victoire.

Thomas parla des longues heures où il lui fallait rivaliser de vitesse avec la machinerie, sous le regard des clients toujours prompts à la critique. Victoire posa une main sur sa cuisse, et essaya de l'encourager.

— Ce n'est qu'une mauvaise passe. Je suis sûre que tu vas finir par te faire une place.

Sourd à ses paroles, Thomas n'était plus présent qu'à la sensation provoquée par le geste de Victoire.

— Tu continues à pied ou je te conduis chez toi? lui demanda la jeune femme, intriguée par l'attitude de son passager.

Thomas n'attendit pas davantage et descendit de la calèche. Il rentrerait seul, profitant des quelques minutes qui le séparaient de la maison pour se ressaisir.

≈

De bronze et d'écarlate, l'automne battait ses derniers records de temps chaud. Victoire goûtait cette clémence sachant que novembre, à grands coups de grisaille, de forts vents et de bordées de neige, viendrait bientôt faucher les quelques bouquets de feuilles qui s'accrochaient encore au faîte des arbres.

Les mises en conserve étant terminées, elle s'affairait avec sa mère à préparer le cardage et la teinture de la laine. Pour la première fois, Victoire confia à Françoise un peu de ce qu'elle avait l'habitude de partager avec André-Rémi, la présence d'une amoureuse dans la vie de son frère lui ayant retiré son attention.

Ce rapprochement tant attendu venait apaiser chez Françoise la douleur que la tristesse et le silence de sa fille lui avaient infligée au cours des six derniers mois. Soulagement réciproque, car Victoire en ressentait une plus grande admiration pour cette femme qui dans le respect le plus absolu avait consenti à n'être que le témoin muet mais combien perspicace de ses tourments. «C'est vous qui devriez vous appeler le bon Dieu», lui avait un jour déclaré Victoire, dans un élan d'affection.

— J'ai l'intention de partir de bonne heure pour le moulin, demain.

Françoise n'avait pas insisté pour l'accompagner.

Dans la quiétude d'un matin encore timide, des ombres se mouvaient déjà à l'intérieur du moulin à carder. De fait, Marie-Louise Duplessis et sa mère occupaient les chaudrons et les tables à triage.

— D'ici une heure ou deux, on aura fini le plus gros, promit Mme Duplessis. Puis en se tassant, on peut toujours te faire une petite place, ajouta-t-elle.

— Ne dérangez rien, je reviendrai en fin d'avant-midi, répondit Victoire en posant ses sacs de laine dans un coin de l'appentis.

La journée s'annonçait superbe bien que plutôt fraîche. À mesure qu'une nappe brumeuse quittait la Rivière-aux-Glaises, la surface lisse et mauve du lac Saint-Pierre se maquillait d'un bleu azur, pressée de se perdre dans le firmament dont elle avait épousé les reflets. De fines gouttes de rosée humectaient tout ce qui portait vie autour du domaine. Victoire n'aurait pu trouver décor plus propice à la réflexion que l'érablière de Georges-Noël pour passer la matinée.

Solidement attachée à un poteau, sa portion de foin posée devant elle, Pénélope saurait bien l'attendre sans en souffrir. Chose étonnante cependant, Thomas avait dû se rendre au moulin avec Prince ce matin, puisqu'il était déjà là, devant l'écurie.

Les roulières qui menaient à la cabane à sucre s'étaient tapissées de feuilles brunâtres ramollies par la moiteur nocturne. Sur le point de contourner la bâtisse de bois rond à la recherche d'une clairière, Victoire eut le sentiment que quelqu'un y était entré. En effet, la spirale de fumée qui s'élevait de la toiture en témoignait. Victoire hésita. L'un des Dufresne était là et la possibilité qu'il l'aperçoive dans les environs la contrariait. N'ayant pas la moindre envie de retourner au moulin, elle s'éloigna de la cabane et trouva pour s'asseoir une bûche abandonnée près d'un tronc d'arbre. Bien qu'en d'autres moments elle eût apprécié un tel oasis, elle ne parvenait pas à se laisser charmer par les imitations des geais, par l'odeur qui montait du sous-bois et par les fantaisies que le soleil dessinait à travers les branches des érables. La crainte de voir surgir quelqu'un la troublait. Un bruissement de pas sur les feuilles humides la prévint de l'arrivée de Georges-Noël qui, venu faire moudre son grain, avait préféré attendre en paix dans sa cabane à sucre plutôt que de prêter l'oreille aux propos des clients.

— Tu ne vas pas surveiller? lui demanda Victoire.

— Je n'ai plus à le faire maintenant que Thomas est aux moutures, répliqua-t-il avec fierté. Mais toi, peut-on savoir qu'est-ce qui t'amène à l'érablière?

— Une coïncidence, répondit Victoire à l'homme qui se tenait devant elle, enchanté qu'il leur soit donné de partager ce précieux temps d'intimité.

Sur ce décor rougeoyant, Victoire jetait un regard qui, après s'être nombre de fois embrumé, avait retrouvé son éclat des jours heureux. Devant eux, un écureuil fouillait sous les feuilles et s'arrêtait brusquement, comme pour vérifier si la voie menant à sa cachette était toujours libre.

— Même eux ont leurs petits secrets, murmura Georges-Noël.

— Je les plains. Les secrets sont pires qu'une prison.

« Victoire a autre chose à révéler », pensa-t-il.

Entre le ravissement et l'appréhension, il oscillait. Après s'être tant réjoui de cette rencontre, voilà qu'il perdait tous ses moyens.

— Tu m'as beaucoup manqué ces derniers temps, lui avoua-t-elle.

Georges-Noël poussa un profond soupir de soulagement. Une ombre persistait cependant sur le visage de Victoire. Pour la première fois elle évoqua leur différence d'âge, la crainte qu'il ne meure aussi prématurément que son père, et par-dessus tout l'irréductible malaise qui menaçait de la poursuivre même s'ils devaient habiter loin des lieux où Domitille avait vécu.

— Si on entrait dans la cabane, proposa Georges-Noël, d'une voix émue. Je pourrais faire un bon feu. Je pense même qu'il me reste un peu de thé.

Victoire ne repoussa pas le bras qui entoura sa taille. Transie par l'humidité de la cabane, elle ne se refusa pas non plus à l'étreinte qui chassa ses frissons.

Accoudée à la grande table de pin, elle le suivait des yeux avec cette admiration, vieille de dix ans, que les gestes gracieux et la démarche assurée de Georges-Noël avaient toujours suscitée en elle.

De son tisonnier, il martela la braise et prépara le thé qu'il servit sans prononcer le moindre mot. Ils burent en silence, évitant de se regarder.

— C'est encore tiède, dit-il en touchant la théière, ne pouvant supporter plus longtemps ce lourd silence. Victoire, qui souhaitait une reprise du dialogue sans parvenir à le faire, enchaîna avec la question qu'elle n'avait pas eu le courage de poser lors de leur rendez-vous à l'anse.

— J'aimerais savoir s'il y a longtemps que tu m'aimes.

Georges-Noël la rejoignit, mit un doigt sur sa bouche, lui couvrit les épaules de sa veste de drap et déposa un baiser dans son cou.

— Je veux que tu me dises la vérité.

La réponse se faisait attendre.

— Du vivant de Domitille, Georges-Noël… ?

— Je ne me suis jamais attardé à décortiquer l'affection que je ressentais pour toi du vivant de Domitille et je ne vois pas où ça nous mènerait de le faire aujourd'hui.

— Au contraire ! Ça pourrait tout changer. Tu sais très bien que si Domitille avait été sûre que je n'avais aucune chance de gagner ton amour elle ne serait pas morte de chagrin.

— J'ai tout fait pour la rassurer, Victoire. Mais elle s'entêtait à ne pas me croire.

— Peut-être percevait-elle des choses que tu refusais de t'avouer… Et dans ce cas-là, Georges-Noël, te rends-tu compte de l'énorme poids qui pèserait sur notre conscience si nous décidions de nous marier ?

Les larmes à peine retenues derrière ses paupières mi-closes, Georges-Noël sentait ses défenses tomber une à une.

— J'aimais Domitille. Comme ma fille ou comme ma femme, ça ne m'importait guère, je l'aimais. Plus que moi-même. Plus que mes fils. Plus que mes propres ambitions.

— Et moi?

Il marchait maintenant de long en large, proclamant ses convictions comme s'il se fût adressé à un public sceptique qu'il devait convaincre.

— Va-t-on accuser tous les hommes qui te trouvaient jolie et qui t'admiraient de t'avoir donné l'amour qu'ils devaient réserver à leur femme? Et pourtant, j'en connais plus d'un qui ne ménageaient pas leurs éloges à ton endroit. Que mon affection pour toi ait été plus grande que la leur, ce n'est pas impossible, mais en quoi est-ce mal?

Quand il s'arrêta, son visage était détendu mais livide. Il fixa Victoire avec gravité et ajouta:

— Écoute-moi bien. Si Domitille avait parlé, si elle avait répondu franchement à mes questions au lieu de se confier à ma mère, rien de tout ça ne serait arrivé. C'est là qu'il faut voir la faille. Pas ailleurs.

De longs moments de silence les apaisèrent l'un et l'autre.

— Quoi qu'il en soit, je doute que notre amour nous conduise vers ce qu'il y a de meilleur, balbutia Victoire.

— Pour moi, le meilleur sera toujours de t'avoir à mes côtés.

— Heureuse ou malheureuse?

Tout en lui se rebellait à l'idée que leur vie puisse être la réplique de celle qu'il avait connue avec Domitille. Heureux sans qu'elle le soit? Non. Mais heureux sans elle, il ne pouvait le concevoir non plus. Pouvait-il encore compter sur le temps pour conquérir Victoire ? Elle était à sa vingt-sixième année et lui, au beau milieu de la quarantaine.

Victoire redoutait la douleur qui serait la sienne si elle découvrait que son sentiment de culpabilité et les affres qui avaient marqué son destin aient pu avoir raison de son amour pour lui.

~

Lorsque, disposée à aller plus loin dans sa relation avec Georges-Noël, Victoire était venue chercher un pardon qui, au dire de Madeleine, « ne relevait que du pouvoir de Dieu », le prédicateur lui avait répondu :

— Vous n'aurez jamais assez de toute votre vie pour expier le mal que vous avez fait.

Ce jugement lapidaire du prêtre français martelait le cerveau de Victoire qu'une forte fièvre accablait depuis le début de la semaine sainte.

Après l'office du vendredi après-midi, Françoise retint le docteur Rivard dans le portique de l'église pour lui faire part de l'état de sa fille.

— Même si elle ne tousse pas et dit n'avoir mal nulle part, elle se sent épuisée et la fièvre ne la quitte plus. Je suis très inquiète.

Le médecin hocha la tête. Peut-être avait-il une idée sur la maladie dont Victoire souffrait.

— Je dois rendre visite à une petite dame, pas loin du presbytère. Je pourrais passer la voir après.

Françoise se sentit soulagée. Peu lui importait que Victoire s'offusquât de cette liberté qu'elle avait prise.

— Je te connais assez pour savoir que tu aurais fait la même chose si tu avais été à ma place, lui servit-elle en lui annonçant la visite du médecin.

Victoire se tracassait. Ne risquait-elle pas de s'entendre dire par le docteur Rivard que son mal ne relevait pas de sa compétence ? Elle en était à souhaiter qu'il lui découvrît une infection sournoise, l'incubation d'une maladie contagieuse, lorsqu'elle l'entendit monter en compagnie de Françoise. La fièvre masquait la confusion dans laquelle la plaçait la visite du médecin. Après avoir pris sa température et posé quelques questions de routine, il s'adressa à Françoise.

— Vous voulez bien nous laisser seuls, maintenant, madame Du Sault ?

Victoire tremblotait.

— Vous permettez, mademoiselle ? lui demanda le docteur en approchant une chaise de son lit.

Les bras croisés sur ses cuisses, le corps tendu vers des aveux qu'il eût voulus spontanés, il regardait sa patiente avec la bienveillance que sa réputation n'avait jamais démentie. En vain elle avait souhaité que ce fût le médecin qui lui révélât quelque chose. N'était-il pas le spécialiste des diagnostics ?

— Vous aimeriez que je vous aide ?

Cette obligeance incita Victoire à plus d'abandon.

— En autant que ça vous est possible, docteur.

— Si vous acceptez de collaborer, je peux certainement vous apporter un peu de soulagement…

Ce mot prenait tout son sens dans la panoplie de questions auxquelles elle ne pourrait se soustraire après avoir donné son accord. Anticipant son approbation, le docteur Rivard avait entrepris son interrogatoire, sans détour.

Aux larmes qui glissèrent sur l'oreiller de sa patiente et qui furent suivies de sanglots, le médecin comprit que Victoire était fort tourmentée.

— J'ai tout mon temps. Ne brusquez rien. Quand vous vous sentirez prête à me parler davantage, faites-moi signe, lui dit-il avec affabilité.

Il ne la quittait pas des yeux, attentif au moindre geste. À force de patience, de douceur et de persuasion, il sut enfin quel était l'affreux cauchemar contre lequel Victoire se débattait depuis une semaine. Qu'elle l'eût ou non autorisé à rencontrer celui que plusieurs vénéraient pour son éloquence et sa verve parmi les ultramontains, il considéra qu'il en allait de la guérison de sa patiente que le prêtre se rétractât.

Sourd aux supplications de Victoire, le docteur Rivard avait quitté sa chambre en lui jurant que cela n'en resterait pas là. Le jour même s'ensuivirent de virulentes discussions entre les deux hommes, au presbytère de Pointe-du-Lac où le religieux prêchait la retraite paroissiale. Évoquant les propres homélies du prédicateur et l'Évangile dont il se déclarait le propagateur officiel, le docteur Rivard se fit le porte-parole de ceux qui suppliaient l'évêque de Trois-Rivières de renvoyer dans leur pays tous ces prêtres qui, marqués pour toujours par la Révolution française, ne cessaient d'accabler les fidèles de malédictions, de prédire les pires calamités pour le Canada, semant la zizanie partout sur leur passage et jusque chez les prêtres et les évêques, selon qu'ils se rangeaient dans le camp des libéraux ou des ultramontains.

Alerté par les visites quotidiennes de son cousin Rivard au chevet de Victoire, Georges-Noël n'avait pas hésité à suivre son conseil: «Va la voir. Ça ne peut que l'aider à s'en sortir. Je sais qu'elle est prête à te parler. Quand tu l'auras entendue, tu auras découvert une raison de plus d'appuyer notre action auprès de l'évêché», lui avait-il laissé entendre.

Georges-Noël ne trouvait pas les mots pour décrier la condamnation du prédicateur français. Se conformant à l'opinion des groupes qui s'étaient créés dans tout le diocèse pour contrer l'influence de ces «parasites», comme il les désignait, il incita Victoire à exorciser tout ce dont cet être inhumain avait pu l'accabler.

Plongé dans l'ignorance la plus totale de l'épreuve dont était affligée sa voisine, Thomas rageait contre le silence de Georges-Noël, seul autorisé à lui rendre visite. Il avait poussé l'audace jusqu'à lui confier une enveloppe adressée à Victoire.

— Pourquoi n'attends-tu pas de lui parler de vive voix? Elle devrait être remise dans une dizaine de jours…

— J'aimerais que vous lui apportiez ma lettre quand même, papa. Comme ça, quand je la verrai, elle pourra répondre à mes questions.

Sur ce, Thomas avait tourné les talons, indifférent au regard de son père.

❧

Victoire était sortie de l'hiver comme on sort d'une tempête où vies et biens ont été menacés. Que des paroissiens, dont le docteur Rivard, aient réclamé et obtenu le renvoi du prédicateur pesait peu dans la conscience de Victoire. Faute d'avoir trouvé meilleur remède à sa douleur que la distraction dans le travail, elle était retournée à l'atelier avec la détermination de remplir les commandes pour la boutique de la rue Craig et celles des clients de la région. Le foyer des Du Sault baignait dans sa quiétude habituelle. Après nombre de discussions, dont certaines plutôt orageuses, Rémi et son fils Louis en étaient venus à une entente sur le rôle de l'aîné de la famille : il prendrait la relève de son père, mais les siens ne logeraient pas dans la demeure familiale.

Comme la sève qui avait triomphé de la longue froidure de l'hiver, Françoise se remettait fort bien d'une pneumonie double. Sa respiration se faisait moins haletante.

— C'est pour moi comme un grand poumon, le mois de mai, confia-t-elle à Victoire qui n'en finissait plus de frotter les carreaux dans la cordonnerie.

— Je ne veux rien manquer de ce que la nature nous offre de beau ces temps-ci, dit-elle à sa mère qu'une minutie excessive agaçait.

— Parlant de beauté, reprit Françoise, regarde donc qui s'en vient.

Avec l'allure d'un gaillard prêt à surmonter tous les obstacles pour parvenir à ses fins, Thomas marchait à grandes enjambées dans le sentier qui traversait les deux terres. Onze mois de durs travaux et d'âpre quotidien avec des hommes moins enclins au ménagement qu'à la moquerie lui avaient tissé une endurance qui se reflétait jusque dans sa démarche. Ce même traitement avait agi sur sa voix et sur sa pilosité.

Dans sa lettre d'avril, il avait déclaré à Victoire : « Votre maladie me redonne au moins le plaisir de vous écrire, comme autrefois. Il n'y en a plus un qui me ferait ramper, maintenant. J'ai appris à me défendre. Même que plus personne n'ose me faire étriver. Me croiriez-vous si je vous disais que plus ça va, moins je regrette d'avoir abandonné mes études? Je commence à penser que je vais ainsi arriver bien plus vite à mes fins. Je n'attendrai pas, comme mon oncle Joseph, de ne plus avoir de quoi plaire aux femmes avant de fonder ma famille. »

Depuis un an, Thomas multipliait les prétextes pour entraîner Victoire sur un terrain qu'elle fuyait d'instinct. Elle le redoutait pour la naïveté avec laquelle il posait les questions les plus audacieuses, l'exposant à des mises à nu qu'elle n'esquivait pas toujours aisément. Elle savait fort bien que s'il s'acharnait ainsi à connaître ses opinions sur le célibat, le mariage et le remariage, c'est que de tels sujets le touchaient, et dans sa vie présente et dans ses rêves d'avenir.

Aux offensives de Thomas, Ferdinand était venu ajouter les siennes. « Faut pas le dire à mon père », avait-il précisé, en lui remettant le balai d'écorce de bouleau qu'il avait fabriqué. Et lorsque, à la fois étonnée et ravie, Victoire lui en avait demandé la raison, il avait répondu avec un sourire malicieux : « Je fais comme mon père et Thomas. Il paraît que c'est meilleur quand c'est fait en cachette. » Offusquée, Victoire l'avait prié de s'expliquer, mais Ferdinand, toujours aussi laconique, s'y était refusé. Qu'il parlât de cachette en faisant allusion à sa relation avec Georges-Noël, il fallait bien s'y attendre, mais qu'il y mêlât Thomas l'étonnait. Elle connaissait trop bien Ferdinand pour présumer qu'il l'ait fait à la légère.

— Vous ne devinerez jamais, s'exclama Thomas en entrant dans la cordonnerie. À partir de lundi prochain, finis les bardeaux. Je vais travailler pour de bon au moulin à grains.

Victoire sourit et, pour les laisser seuls, Françoise prétexta un travail urgent.

— Je devrai me lever une heure plus tôt, dit-il, tout souriant.

— Il va te payer en conséquence?

Thomas dut avouer qu'il avait oublié de le demander.

— Oh! Ce n'est pas tellement avisé ce que tu as fait là.

Froissé mais résolu à n'en rien laisser paraître, il avait dévié la conversation, mentionnant les longues heures qu'il devrait désormais passer au moulin, et précisant que bien d'autres hommes étaient dans son cas.

— Des hommes, justement.

Victoire déplora que cette phrase lui ait échappé. Thomas voulut protester, mais elle l'interrompit aussitôt.

— Tu dois quand même admettre que tu viens souvent chercher mes conseils.

— Comme un mari fait avec sa femme, répliqua Thomas avant de la quitter.

~

Tel quelqu'un qui se prépare à célébrer un grand événement, Georges-Noël avait entrepris d'embellir sa propriété. À Ferdinand il avait confié le chaulage des bâtiments et la teinture des planches de l'enclos, pendant qu'aidé de son frère Joseph, il bâtissait une nouvelle écurie.

Victoire ne pouvait qu'admirer l'indomptable optimisme de cet homme qui refusait de se laisser abattre
par ses déboires amoureux.

À l'approche de sa dix-septième année, Thomas
semblait marcher sur les traces de son père. À preuve,
l'insistance avec laquelle il avait proposé à Victoire de
l'accompagner dans ses tournées. Il prétendait lui éviter
ainsi de nombreux pas et prendre de l'expérience dans
la vente des chaussures. «Je me verrais autant voyageur
de commerce que meunier», lui avait-il confié dans
l'espoir de la convaincre. «Tu ne trouves pas qu'après
douze heures de travail tu mérites de te reposer? Lui
avait fait remarquer Victoire. À courir trop de lièvres à
la fois, on risque d'en rater quelques-uns.» Thomas
avait cru bon de ne pas insister, le cœur meurtri à l'idée
de se séparer d'elle.

Il prit à compter de ce jour l'habitude de surveiller
ses allées et venues. Il le fit tant et si bien qu'à la fin de
l'été, il pouvait prévoir ses rites dans les moindres
détails. Au crépuscule, il attendait avec impatience que
la noirceur vienne pour faire le guet, rongé par le désir,
jusqu'au moment où à sa grande désolation elle étei-
gnait la lampe de l'atelier pour se retirer dans sa chambre.

Or, un soir de juillet, à peine les derniers clients
avaient-ils mis le pied dehors que Victoire verrouillait sa
porte. Recroquevillé derrière la clôture, Thomas s'installa, les coudes appuyés sur une perche, le menton posé
sur ses mains. La lune se pavanait de toute sa rondeur
dans un ciel clair à faire rêver et se laissait courtiser par
les centaines d'étoiles qui l'entouraient. Sur cette toile
de fond d'une majestueuse beauté, la maison des Du

Sault se découpait avec élégance, et une silhouette se dessina progressivement dans la fenêtre de la cordonnerie. À mesure que les formes se précisaient à travers les rideaux d'organdi, Thomas sentait l'excitation le gagner. Sous la lumière tamisée qui dansait derrière elle, Victoire apparut, plus belle que jamais, avec sa coiffure dénouée et son corsage de couleur bleu de nuit. Sa longue chevelure bouclée délicieusement relâchée eut un effet magique sur les fantasmes les plus secrets de Thomas. Quand Victoire se déplaçait pour déposer une chaussure, en prendre une autre, ses désirs le portaient jusqu'à la table près de laquelle elle se tenait, et même jusque dans ses bras. Il en était à imaginer quelque événement fortuit qui l'eût justifié de frapper à sa porte lorsque le craquement d'une branche sèche le fit sursauter. Derrière lui, un intrus surgit de l'obscurité.

Confus, Thomas aurait préféré que son père dise quelque chose avant de s'en retourner.

~

« Comment expliquer que j'en sois venue à redouter les dimanches ? écrivait Victoire à André-Rémi. Je me demande si le vide qu'ils me font vivre n'aurait pas un nom. Tu as deviné que je fais allusion à Georges-Noël ? Quand je pense que c'est moi qui ai souhaité que nous cessions de nous voir. Je dois t'avouer qu'à certains jours je doute que la paix que je cherchais à retrouver loin de lui en vaille la peine tant je m'ennuie. »

Victoire était lasse. Même si elle devait reconnaître que la franche cordialité, l'admiration inconditionnelle et, plus encore, l'infinie tendresse de Georges-Noël lui manquaient, elle ne se sentait pas pour autant disposée à répondre à ses attentes. Elle ne trouva pas mieux à faire en ce splendide dimanche de la mi-août que de filer vers le lac Saint-Pierre, son oasis, à l'abri de toute agitation.

La présence de quelques chaloupes la contraria. Comme si elle eût le droit d'exiger que cette nappe d'un bleu immaculé ne fût là que pour noyer sa lassitude et ses tergiversations.

Le regard errant sur les myosotis qui lui tenaient compagnie, Victoire se laissa charmer par la délicatesse de ces minuscules fleurs bleues.

Des éclats de rire attirèrent son attention sur le lac où les chaloupes louvoyaient. Plus loin, un chaland s'approchait de la grève, lentement, comme s'il eût été porté par le rythme d'une valse. Victoire en ressentit du vague à l'âme. Cinq mois! Cinq mois s'étaient écoulés depuis sa dernière soirée de danse dans les bras de Georges-Noël. Les traits de l'homme qui se tenait à l'arrière du chaland se précisèrent. Victoire reconnut Thomas qui ramait allègrement dans sa direction. L'avait-il découverte à travers les asters qui fleurissaient les alentours?

L'allure désinvolte du beau jeune homme au torse nu fit sur Victoire l'effet d'une brise de printemps, d'une fraîcheur qu'elle eut le goût de humer. Thomas stoppa son embarcation avant d'atteindre la rive. Il prit un élan et disparut sous l'eau claire et ondulante. Les battements de ses bras et de ses jambes étaient d'une coordination parfaite. À cet instant, Victoire aurait voulu se lancer derrière lui, jouer à le dépasser et s'amuser jusqu'à ce que l'épuisement les ramène sur le sable chaud, ivres de cette illusoire légèreté que la magie des flots prête à qui s'y abandonne. Mais elle était presque hypnotisée par ce corps qui glissait sous le voile diaphane de l'eau. Il revint vers la grève, sortit du lac et leva les bras vers le ciel en un geste de parfait ravissement. Sous les rayons ardents du soleil, sa peau semblait de cuivre et son corps se découpait gracieusement sur le lac argenté.

Un papillon aux ailes bordées de velours noir frôla presque son visage, et du plus loin que ses désirs l'avaient conduite, la ramena à une réalité qu'elle ne put nier : Victoire Du Sault s'était éprise de Thomas Dufresne.

~

— Tu es la bienvenue, Victoire. Les framboisiers sont tellement chargés que ces fruits seront perdus si vous ne venez pas en cueillir, cria Georges-Noël lorsqu'il l'aperçut se dirigeant, chaudières aux bras, vers le bouquet d'aulnes.

Thomas et Ferdinand étaient absents. Ils avaient quitté la table après le dîner pour se diriger un moment plus tard chacun de son côté. Georges-Noël saisit un récipient et suivit le chemin qu'avait emprunté Victoire. Bien que touchée par sa gentillesse, elle fut troublée à la pensée qu'il l'accompagnât aux champs.

Après les avoir tant souhaités, voilà que depuis le printemps Victoire fuyait les tête-à-tête avec lui.

Et combien plus depuis ce dimanche où Thomas, à son insu, avait éveillé en elle des désirs que la seule évocation de son nom risquait de raviver.

Georges-Noël marcha bientôt à ses côtés, silencieux, ni triste ni joyeux. Et comme ils traversaient une lisière d'aulnes, elle se souvint des scènes amoureuses qu'elle avait tant rêvé d'y vivre et qu'elle redoutait maintenant à chacune de leurs rencontres. De le constater une fois de plus la chagrinait profondément. Elle entendait encore Georges-Noël lui promettre d'être patient. «Je t'aime assez pour t'attendre», avait-il juré. Que quatre mois plus tard il eût le goût de savoir où elle en était, Victoire le comprenait. Or, elle n'avait rien à lui dévoiler qui fût de nature à le réjouir.

— J'ai à te parler d'une chose plutôt délicate, lui annonça-t-il, à mi-chemin entre la maison et les framboisiers.

Le déplaisir se lut sur le visage de Victoire.

— Tu n'as pas à craindre, reprit-il aussitôt, il ne sera pas question de nous deux.

Le soulagement qu'elle manifesta alors le chagrina. Le temps et les événements avaient-ils à ce point joué contre lui? Georges-Noël semblait hésiter, maintenant. Était-il sur le point de renoncer à aborder le sujet qui l'avait fait venir jusque-là, ou cherchait-il à maîtriser la détresse qu'exprimait son visage? Accablée du poids de cette souffrance, Victoire eût voulu se jeter dans ses bras et le supplier, avec toute la tendresse et la conviction dont elle se savait capable, de lui accorder encore un peu de temps… «Le temps de quoi?» se demanda-t-elle toutefois, refusant l'idée d'avoir un jour à choisir entre le père et le fils.

Cet élan vers Georges-Noël lui parlait beaucoup plus de tendre compassion que d'un amour ardent. N'était-il pas alors plus honnête de lui proposer qu'ils enterrent là leur rêve amoureux, comme on quitte un vaisseau avant que la tempête ne nous emporte avec lui ? Le décor s'y prêtait, complice de leur solitude, réceptif à leurs douleurs quelle qu'en fût l'expression. Victoire allait s'en ouvrir lorsque Georges-Noël lui demanda :

— Tu n'as rien remarqué de spécial chez Thomas, ces derniers temps ?

— Pour le peu de fois où on s'est parlé..., fit-elle, imperturbable.

— Il est souvent tendu et d'humeur changeante. J'ai pensé qu'il pouvait avoir des problèmes au moulin, mais Garceau se dit content de lui.

Derrière son apparente sérénité, Victoire souhaitait qu'il ne s'interrompît pas, car une pause l'eût obligée à émettre son opinion.

— Je ne serais pas surpris que les filles commencent à le déranger...

Victoire sentit le regard triste et inquiet de Georges-Noël pénétrer au-delà de cette apparente impassibilité, la fouiller jusqu'au cœur de son malaise. De peur qu'il ne la démasquât, elle se dirigea vers un autre bouquet de framboisiers, où elle se sentit plus à l'aise d'ajouter :

— Il faut bien tous y passer.

En récriminant contre les longues soirées de rêverie de Thomas, ses subites pertes d'appétit, Georges-Noël n'avait cessé d'observer Victoire, à l'affût d'un indice qui pût mettre un terme à ses doutes. Son regard fuyant et cette étrange indifférence à la cause de Thomas le laissèrent perplexe.

— Je pense que ça va suffire pour aujourd'hui, déclara Victoire avant même que ses contenants ne soient remplis.

Dans ce départ qu'il estimait précipité et dans cette volonté clairement exprimée de rapporter seule ses framboises à la maison, Georges-Noël ne voyait que fuite. Il la regarda s'éloigner et eut le sentiment qu'un chapitre de l'histoire de leurs amours prenait fin. «Pourvu que ce ne soit pas la dernière page...», gémit-il, plus triste qu'en un soir de deuil.

CHAPITRE VIII

L'ironie du temps

André-Rémi n'en revenait pas. Tant de choses avaient basculé dans l'existence des Du Sault depuis un an. Depuis ses dernières vacances à Yamachiche. Pour sa part, marié et père d'une petite fille prénommée Laurette, il avait de ce fait abandonné l'hôtellerie et se disait tout aussi heureux à travailler à bord des trains.

Victoire, qui ne lui écrivait plus que pour parler de son travail et discuter de commissions sur les chaussures vendues dans deux boutiques de la rue Craig, avait soudain développé un engouement pour le tissage et le tricot. De quoi donner à croire qu'un projet de mariage flottait dans l'air.

D'un commun accord, elle et sa mère avaient tenu au printemps précédent leur dernière séance de lecture.

André-Rémi était reparti vers Montréal, pendant que chez les Dufresne comme chez les Du Sault, l'activité était à son comble. Tous s'affairaient à remplir caves et greniers des fruits de leurs récoltes.

Plus que jamais gagnés aux avantages des labours d'automne, Georges-Noël et Joseph, fascinés par la docilité de la terre au passage de la charrue, ambitionnaient de terminer avant les gels rigoureux.

En ce samedi après-midi, Ferdinand avait été chargé de débarrasser les rangs de pommes de terre des derniers tubercules, alors que Thomas réparait les clôtures en prévision d'un autre hiver neigeux.

Chez les Du Sault, Victoire était seule, travaillant à la préparation du savon, tâche qu'elle souhaitait terminer avant le retour de Rémi et de Françoise qui avaient profité du beau temps pour aller rendre visite à la parenté de Batiscan.

Blond à l'en confondre avec le sirop d'érable, ce mélange d'eau, de lessive de cendres, de résine et de gras bouillait à gros bouillons sur le feu de l'âtre. D'un bras ferme, Victoire promenait une grande palette dans cette mixture écumante lorsque des bruits provenant de la terre des Dufresne l'attirèrent à la fenêtre. Pendant qu'elle admirait l'habileté et la vigueur de Thomas, le chaudron déborda et attisa le feu qui allait atteindre les rondins posés tout près. C'eût été le printemps qu'il lui aurait suffi de quelques seaux de neige lancée dans la marmite pour en freiner le débordement. « De l'eau ! » pensa-t-elle en se précipitant vers le puits.

Thomas, qui s'entêtait à enfoncer un poteau de cèdre qui résistait, fut alerté par l'appel au secours de Victoire, affolée d'avoir à utiliser la poulie pour puiser l'eau devenue très basse dans le puits.

— Donne-moi ça ! lui ordonna Thomas.

Sans poser de questions, il emplit un premier seau, le donna à Victoire et courut la rejoindre avec un autre seau.

— Non ! Pas là-dedans ! cria-t-il, alors qu'elle s'apprêtait à verser l'eau dans le chaudron.

— Donne-moi la nappe! Pousse-toi vite! Enlève les chaises!

Les dents serrées et les poings crispés sur le tapis tressé qui couvrait le plancher, Thomas le tira et le jeta sur la marmite d'où sortit enfin une fumée noire et agonisante. Le feu avait commencé à dévorer la table et à lécher le bas des murs. Le jeune Dufresne enleva sa veste et se battit contre les flammes. Le tissu vola en lambeaux. Comme le feu menaçait toujours, il retira sa chemise et son pantalon avant de réclamer la jupe de Victoire.

Va vite me chercher un autre seau d'eau, demanda-t-il, à bout de souffle.

Lorsque Victoire revint, il avait eu raison de l'incendie. Exténuée, elle déposa sa chaudière sur le plancher noirci et fut prise d'un fou rire en apercevant son «pompier», accroupi dans un coin de la cordonnerie, la poitrine dégoulinante de sueur mêlée de suie, un morceau de sa jupe sur les genoux. Ils s'esclaffèrent, se retrouvant blottis l'un contre l'autre. Leur étreinte prit soudain une intensité fulgurante. La fougue de leur désir se fit si vorace que Thomas succomba le premier sans que Victoire opposât la moindre résistance. Ils s'abandonnèrent à l'euphorie de leur premier baiser. Tremblant de plaisir et d'excitation, Thomas n'était plus en mesure de se maîtriser.

— Il ne faut pas... murmura Victoire avant qu'ils ne basculent dans l'interdit.

Thomas se ressaisit et voulut se dégager, mais elle le retint, écarta ses cheveux de chaque côté de son front et, le regard noyé dans le sien, comme on s'incline devant l'inévitable, elle chuchota:

— Ça devait arriver…

Victoire savait que désormais, plus rien ne serait pareil entre eux. Elle s'accouda à la fenêtre, pensive, semblant oublier sa tenue, un jupon de drap bordé de volants de dentelles. De la manche de sa blouse, elle essuya les gouttelettes de sueur qui glissaient sur son front.

— Il vaudrait mieux que tu t'en ailles, maintenant, dit-elle d'une voix émue.

Partir ainsi, Thomas ne pouvait s'y résigner. Il fit quelques pas vers elle, dans l'espoir de trouver les mots… Des mots pour dire quoi? se demanda-t-il. Leurs regards se croisèrent de nouveau, fiévreusement.

— Je voulais… Je voulais te proposer une promenade à l'érablière, dimanche prochain.

Victoire accepta. Ses lèvres tremblaient et sa chair pleurait, brûlante de la volupté d'un corps à sa première faiblesse. Mais une autre voix se fit entendre à travers ce désaveu inconsidéré du plaisir. Pourquoi cet instant de pure lascivité ne pouvait-il pas être l'expression de l'amour? Un amour sans fêlure. Allait-elle y renoncer, elle qui avait connu les vicissitudes de la passion?

Victoire sut qu'elle aimait vraiment Thomas.

≈

Plus que l'embarras avec lequel Thomas avait parlé de cet incendie, l'attitude particulièrement complaisante de Victoire à son égard au cours des mois qui avaient suivi cet événement et l'allure qu'adoptait son fils en la présence de la jeune femme avaient éveillé l'attention de Georges-Noël. Des doutes de plus en plus irréfutables le rongeaient. Il avait mal, déchiré entre une passion qu'il n'avait pas encore réussi à mater et la possibilité que cette même passion fût partagée par son fils. Il sortait de l'hiver avec l'impression de n'en avoir jamais vécu d'aussi long et grisâtre. Il cherchait encore les moyens de vaincre cette insupportable mélancolie lorsque Thomas le rejoignit près de la charrette, lui lançant à brûle-pourpoint :

— Ça faisait longtemps que vous connaissiez maman quand vous l'avez demandée en mariage ?

En d'autres circonstances, Georges-Noël eût sans doute apprécié le doigté de son fils, mais le moment et le sujet étaient mal choisis. Il leva un sourcil, lui signifiant de ne pas le prendre pour un naïf. Chacun de son côté de la jument, les deux hommes tiraient sur les courroies du harnais avec autant de force dans les mains qu'ils auraient voulu trouver d'audace sur leurs lèvres pour livrer le fond de leur pensée.

— Pas aussi longtemps que tu connais celle qui te coupe l'appétit, lança Georges-Noël qui, sans égard pour son fils qui comptait bien prendre place avec lui, sauta dans sa voiture et fila seul vers Yamachiche.

« Mais qu'est-ce qu'il a tout d'un coup ? On jurerait qu'il est fâché contre moi », pensa Thomas.

Le lendemain de cette altercation, il fit part à Victoire des réactions de Georges-Noël.

— Tu ne trouves pas qu'on a mieux à faire que de se tourmenter pour ses sautes d'humeur ? répliqua-t-elle.

Loin d'apaiser Thomas, cette considération le troubla davantage. Que Victoire manifestât une telle indifférence donnait à croire qu'une mésentente avait pu survenir entre elle et Georges-Noël. Cela inquiéta le jeune homme d'autant plus que chaque fois qu'il avait voulu aborder le sujet, Victoire l'en avait détourné.

En mal d'apaisement, il cherchait l'occasion favorable pour se confier à son ami Ovide. Un soir d'avril, il le croisa à l'écurie du moulin.

— Fatigué, Thomas?

— Y a pas de quoi l'être de ce temps-ci...

— Tu as l'air tracassé. Des problèmes avec le patron?

Plantés devant leurs chevaux, les deux jeunes hommes demeuraient sourds aux ébrouements des bêtes. Thomas se vida le cœur.

— Elle a raison, Victoire. S'il fallait soupçonner quelqu'un de nous en vouloir chaque fois qu'il a l'air grognon...

Thomas demeura perplexe.

— À voir l'importance que tu accordes à l'attitude de ton père et à la réaction de ta blonde, on dirait que tu n'es pas très à l'aise dans tes amourettes, osa Ovide.

— Ce ne sont pas des amourettes. C'est tout ce qu'il y a de plus sérieux.

— Si tu l'aimes à ce point-là, ta belle Victoire, qu'est-ce que tu attends pour tirer ça au clair avec ton père?

~

« Il y a promesse de mariage entre Mlle Victoire Du Sault, fille majeure de Rémi Du Sault et de Françoise Desaulniers domiciliés en cette paroisse, et Thomas Dufresne, fils mineur de Georges-Noël Dufresne et de feue Domitille Houle-Gervais domiciliés en la paroisse de Notre-Dame-de-la-Visitation de Pointe-du-Lac. »

Georges-Noël n'avait disposé que de quelques mois pour faire provision de courage en vue de ce moment qu'il avait appréhendé tout autant que celui de la visite solennelle rendue à la famille Du Sault à la mi-mai, en compagnie de son fils aîné.

Revêtu pour la circonstance de son complet des jours de fête, Georges-Noël avait dû, avant de se rendre chez ses voisins, s'habiller le cœur de l'amour qu'il éprouvait pour son fils et de celui tout aussi grand, bien que différent, qu'il réservait à Victoire Du Sault. Le bonheur qu'avait manifesté Thomas en parlant de demander la main de « la fille la plus exceptionnelle de la terre » aurait pu apaiser la douleur de Georges-Noël. Mais il se consolait difficilement d'avoir été privé du même bonheur, alors que trois ans plus tôt, il avait tout prévu : l'endroit, le moment et l'anneau qu'il rêvait de passer au doigt de Victoire Du Sault.

Non seulement Georges-Noël avait mis une partie de l'hiver à se faire à l'idée que la jovialité de Victoire n'était pas due qu'à la bonne marche de sa cordonnerie, mais il avait poussé la présomption jusqu'à penser que ses propres serments d'amour pouvaient en être la cause. Aussi avait-il reçu comme un coup de poignard en plein cœur la nouvelle que Thomas lui avait apprise à quelques jours des fêtes pascales. Loin d'être sur le point de s'évanouir, les amourettes de son fils avaient pris une intensité telle que des fiançailles se préparaient pour le jour de Pâques. Georges-Noël s'estimait naïf d'avoir présumé que Victoire n'accompagnerait Thomas dans ses premières expériences amoureuses que le temps de le convaincre qu'il en allait de son intérêt de courtiser des filles de son âge. Mais, au bonheur qui rayonnait sur le visage de

Victoire au moment d'acquiescer à la demande de Thomas, Georges-Noël admit qu'il était possible qu'elle aimât son fils autant qu'elle l'avait aimé, lui. D'un amour limpide, cette fois. Que Thomas en fût amoureux à la folie, nul autre que lui ne pouvait mieux le comprendre. Comme il comprenait son indignation au moment où il lui avait imposé de reporter à l'automne un mariage projeté pour les premiers jours de juillet.

En quête de réconfort, Georges-Noël était retourné frapper à la porte de Justine Héroux et, à sa grande surprise, il avait été accueilli comme l'homme le plus désirable de toute la Mauricie. Au cours des mois qui suivirent, Justine ne lui apporta pas que le témoignage d'un amour fidèle et courageux. Ses rapports avec Ferdinand s'étaient améliorés, et elle ne demandait qu'à seconder Georges-Noël dans sa volonté de faire du mariage de Thomas le plus beau à être célébré dans la région.

Rien ne devait être épargné. Les dimensions de la maison s'y prêtant avantageusement, la noce serait célébrée chez le père du marié, et Georges-Noël avait confié la responsabilité du dîner à sa sœur Elmire, réputée pour ses talents culinaires et pour son expérience dans l'organisation de banquets. On blanchirait tous les bâtiments de la ferme à la chaux et on peindrait en noir les linteaux des portes et des fenêtres de la maison pour les faire mieux ressortir. Justine se chargerait de coudre les costumes des garçons et filles d'honneur.

Lorsqu'au premier coup de huit heures trente, en ce 14 octobre 1873, le carillon de l'église de Yamachiche sonna à toute volée, les réjouissances en étaient à leur troisième journée après l'arrivée, le dimanche précédent, de la parenté des États-Unis.

Dans la résidence de Georges-Noël, les meubles se miraient dans le plancher de chêne fraîchement ciré. La chaise berçante, réservée à la mariée pour la circonstance, occupait une place privilégiée entre les deux fenêtres du grand salon. Entouré de daguerréotypes de forme oblongue, un Sacré-Cœur au regard mélancolique et au cœur couronné d'épines veillait sur tous ceux qui passaient dans cette maison. Des rameaux tressés ornaient le coin gauche d'un cadre où une jeune femme souriait gracieusement.

Aux premières heures de ce matin encore enveloppé par la brume diaphane de l'été des Indiens, Thomas s'arrêta devant cette photo de sa mère. Comme sa présence lui manquait en ce jour! Dans la douceur de son regard, il n'imaginait pas qu'elle se fût opposée à son mariage comme l'avait fait son père. Il présumait, au contraire, qu'elle l'en aurait félicité. Soudain conscient qu'une réalité lui avait échappé, il se rappela que Domitille n'avait que quelques années de plus que Victoire aujourd'hui, lorsqu'elle les avait quittés. Thomas crut que si sa femme devait mourir aussi jeune, il ne survivrait pas à ce deuil. Il se mit à trembler pour elle, pour lui et pour leurs enfants s'ils devaient à leur tour être confiés à des étrangers. Une voix rassurante le ramena au moment présent.

— Serais-tu un brin nerveux, mon garçon, ce matin?

Sans nier ni confirmer, Thomas prit prétexte de l'arrivée imminente de la parenté pour demander que la bénédiction paternelle lui soit accordée sans plus attendre.

Digne sans se montrer austère dans son costume sombre des grandes occasions, l'homme aux tempes d'argent traça le signe de la croix au-dessus de la tête de son fils et, d'une voix frémissante, il demanda à Dieu de les protéger, lui, sa femme, ainsi que les enfants qui naîtraient de leur union. L'accolade qui suivit cacha à Thomas les larmes qui coulaient sur les joues de Georges-Noël.

Seul devant la glace de sa commode, Thomas Dufresne regardait l'homme qu'il était devenu : des traits presque virils sous une chevelure obstinément bouclée, des bras de travailleur aguerri et des mains charnues, à peine plus velues que sa poitrine. Dans moins de deux heures, il serait agenouillé devant l'autel pour recevoir le consentement de Victoire Du Sault, sa femme. Son visage s'illumina d'une expression qu'il savait héritée de son père.

Les voix qui montaient du salon, dont celle de Madeleine Dufresne et des tantes qui avec insistance réclamaient le futur époux pour l'applaudir dans son habit de noces, lui rappelaient que l'heure était venue d'aller rejoindre la mariée.

Victoire l'attendait dans sa robe de taffetas dont le vert menthe s'harmonisait fort bien avec la couleur feuille d'automne de ses prunelles. Le col de dentelle qui épousait parfaitement la finesse de son cou se pro-longeait en V jusqu'à la taille. Ses cheveux noués avec fantaisie rehaussaient l'éclat satiné de son visage. Son regard était serein. Ce que Thomas eût donné à cet ins-tant pour se retrouver seul avec elle, déjouant à la fois le temps et les invités impatients de participer aux festivi-tés ! Mais l'heure était venue pour chacun de gagner les places qui leur avaient été réservées dans les calèches.

À la tête du cortège, Victoire et son père prenaient place dans la voiture fraîchement peinte en noir et décorée de fleurs des champs. N'eût été le dessin des veines sous la peau amincie de ces mains un peu déformées par tant de labeur, Victoire se serait méprise sur l'homme qui l'accompagnait, tant il posait, fier et heureux. Elle n'aurait pu en dire autant de Françoise dont le regard se couvrait, bien malgré elle, d'un voile de tristesse. À moins que ce ne fût d'inquiétude. Détentrice des confidences de Victoire, elle avait assisté en témoin discret et compatissant à ses longues luttes, comme à ses exaltations amoureuses. L'intense désir d'enfanter qui habitait sa fille depuis nombre d'années, et la crainte d'entamer la trentaine sans pouvoir le combler avaient-ils influé sur ce mariage? Françoise ne pouvait que faire des hypothèses tant Victoire avait tenu à la rassurer sur toutes ces questions et sur ses sentiments envers Thomas. Elle eût voulu la croire, mais le nuage qui avait rembruni son visage lorsque Georges-Noël l'avait félicitée après la demande en mariage de Thomas avait ranimé ses doutes. Aussi Françoise dut-elle puiser réconfort dans la force de caractère de Victoire, dans sa maturité et dans le courage qui, le temps venu, est donné à chacun devant l'adversité.

Avec toute l'élégance que lui conférait son complet noir, Thomas avançait dans l'allée centrale, une fleur blanche au revers de son veston, et dans la main droite, le haut-de-forme qu'il convenait de retirer en entrant dans l'église. À ses côtés, un homme à la démarche grave et pondérée avait pris soin d'indiquer à ses invités du Massachusetts la place qui leur était destinée sur le banc d'honneur de feu le député François Desaulniers, cousin commun des deux familles.

Tantôt la présence d'un couple qu'on n'avait pas vu depuis des années distrayait les assistants, tantôt la difficulté à mettre un nom sur un visage pourtant connu provoquait des chuchotis dans l'assemblée.

Les futurs mariés, maintenant agenouillés sur leur prie-Dieu près de la balustrade, attiraient les regards admiratifs de tous.

Au plus profond de son cœur, Victoire implorait mille faveurs pour Georges-Noël, celui qui l'avait préparée à ce grand jour. L'amour qui les avait liés s'était transformé dans toute sa noblesse, à l'abri de toute désillusion, avec une intensité plus grande que celle des corps qui se donnent.

L'agitation cessa comme par magie lorsque vint la minute solennelle, celle de l'échange des consentements et du baiser. Georges-Noël ferma les yeux. D'une magnanimité que seule Victoire pouvait imaginer en cette circonstance, il demeura sourd aux oraisons, implorant une faveur, la seule qui lui importât à compter de ce jour : « S'il est un Dieu qui nous entende et qui daigne exaucer nos prières, qu'il me soutienne à chaque instant de mes jours et de mes nuits, afin que la raison m'écarte de toute parole et de tout geste que des désirs interdits pourraient m'inspirer. »

Les mains de Victoire tremblaient, tant les battements de son cœur s'étaient accélérés. C'est dans le regard amoureux et la voix posée de Thomas qu'elle retrouva son calme, la bénédiction des alliances venue.

Au rythme de la marche nuptiale, rayonnants de bonheur, Thomas Dufresne et son épouse ouvrirent le cortège qui les mena jusqu'au presbytère pour la signature des registres. Après que la salve eût retenti de ses cinquante coups pour souhaiter aux jeunes époux de revenir dans cinquante ans fêter leurs noces d'or, tous reprirent la route vers Pointe-du-Lac.

La tiédeur de cet été des Indiens caressait les invités, les prédisposant à toutes les ivresses. Le vent léger qui soufflait du sud-ouest et la poussière qui s'élevait au passage des chevaux maintenaient la joie et stimulaient la soif. Les grelots accrochés aux harnais s'agitaient dans une joyeuse cacophonie. À l'écurie, tout avait été prévu pour nourrir et abreuver les bêtes.

Un Thomas radieux et sa ravissante épouse posaient, entourés de leurs parents et amis, devant l'entrée principale de la demeure de Georges-Noël Dufresne.

Au moment d'embrasser la mariée, son beau-père s'avança, accompagné de Justine Héroux qui depuis la fin de la cérémonie religieuse avait pris place à ses côtés, ce qui rassura Victoire.

— Je te souhaite la plus cordiale des bienvenues dans ma famille, Victoire. Sois heureuse, tu le mérites, avait-il ajouté, avec une infinie tendresse dans la voix.

Victoire savait qu'il n'aurait pu être plus sincère.

Qu'adviendrait-il au lendemain de cette magnifique journée? Victoire refusa de s'y arrêter, préférant faire confiance à des événements comme ceux qui s'étaient faits complices d'une telle issue.

— Et à toi, Thomas, mes félicitations et mes meilleurs vœux de bonheur et de prospérité.

Thomas n'aurait jamais cru vivre une si grande félicité. Une femme d'une intelligence et d'une beauté remarquables était devenue sienne, et son père semblait parfaitement réconcilié avec la situation.

Parents et amis défilèrent à leur tour, exprimant leurs souhaits avant de prendre place près des grandes tables couvertes de plats et d'argenterie du meilleur goût. Verres en main, ils n'attendaient que les occupants des places d'honneur pour boire à la santé des nouveaux mariés. Puis le rhum coula généreusement.

Le repas terminé, on démonta les tables et on couvrit le plancher de poudre blanche. Le violoneux pouvait enfin lancer les mots que tous languissaient d'entendre :

— Et maintenant, place à la danse !

Les mariés ouvrirent le bal sous les regards envoûtés des vieux couples qui retrouvaient soudainement le sentiment amoureux qui les avait unis quelques décennies plus tôt. Pleins d'espoir, ils se laissaient aller à croire que cette flamme qui renaissait allait s'intensifier au rythme endiablé des *reels,* gigues et cotillons. Les danseurs enlacés se surprenaient à rêver que toute la vie ne fût qu'une grande noce. Les enfants trouvaient aussi leur compte de plaisirs dans cette atmosphère de gaieté et de liberté. Le spectacle réjouissant des parents qui s'amusaient incitait les adolescents à la confidence et aux complots.

Fidèle à lui-même, Ferdinand avait fait exception à la règle. Sitôt après le dîner, il avait fui ce joyeux tumulte pour aller on ne savait où. Madeleine l'avait suivi de près, plus discrète qu'elle ne l'avait été de toute sa vie. Quelques couples nés de cette noce profitaient aussi de la danse pour s'afficher et susciter l'approbation des parents, particulièrement bien disposés en pareille circonstance. Comme il se devait, Georges-Noël servit un rafraîchissement au violoneux pendant que le père de la mariée poudrait de nouveau le plancher.

Non loin de Victoire, Françoise se laissait porter par l'euphorie de la fête, souhaitant que sa fille vive éternellement amoureuse de celui qui avait gagné son cœur.

En fin d'après-midi, la griserie avait pris une telle intensité que l'on dut de nouveau servir à manger. Pour ce deuxième repas, Françoise avait cuisiné tous les plats et Rémi offrit à boire aux invités. Les caprices de l'étiquette ayant cédé le pas aux besoins de rapprochement, les nouveaux époux assis côte à côte se virent entourés de leurs parents respectifs dont Georges-Noël accompagné de Justine. Sur un ton mi-solennel, mi-taquin, le père du marié à qui un peu d'alcool avait apporté un nouvel entrain prit la parole.

— Chers parents et amis, il me fait plaisir de vous accueillir chez moi!

Les applaudissements retentirent.

— Au nom du nouveau couple, je tiens à vous remercier de votre présence.

Les applaudissements se firent plus généreux encore.

— Que la fête continue avec la même gaieté et que tout le monde s'amuse!

Les convives se levèrent, battirent des mains et trinquèrent en l'honneur de Georges-Noël qui les avait invités à une noce aussi exquise.

Grâce à de jeunes arrivants de la dernière heure, la soirée connut un regain. Ne sachant plus s'il trébuchait de fatigue ou d'ivresse, le violoneux dut céder sa place à un nouveau venu. Au vu de son état, tous pouvaient présumer qu'il finirait la soirée dans un coin du salon jusqu'à ce qu'un bon samaritain se chargeât de le ramener chez lui.

Thomas accueillait avec fierté les félicitations chaleureuses de ses amis, persuadé que d'aucuns l'enviaient d'avoir su conquérir, si jeune, une femme d'une telle qualité. Et ce soir, celle qu'ils avaient désirée secrètement leur était prêtée le temps d'un rigaudon. « En autant qu'ils ne s'avisent pas d'abuser du privilège », pensa Thomas que la jalousie gagnait à mesure que des rivaux audacieux se glissaient sur la piste de danse. Aux jeunes filles qui se réjouissaient de danser avec le nouveau marié, il présentait son bras à contrecœur, ne souhaitant plus qu'une chose : quitter la fête et s'enfuir avec sa bien-aimée vers la chambre nuptiale qui leur avait été préparée chez les Duplessis. Il attendait que l'accordéon soufflât une autre mélodie pour se précipiter vers son épouse et s'offrir une dernière danse. Mais voilà qu'on l'avait devancé. Victoire virevoltait dans les bras de Georges-Noël. L'allégresse se lisait sur leur visage. Leurs corps se retrouvèrent au rythme d'une grande valse, cette fois. Thomas se choqua. Au dernier temps de cette danse, il se précipita vers sa femme, lui saisit le poignet et l'entraîna à l'extérieur pendant que les danseurs, de plus en plus ivres, continuaient de fêter sans eux.

— Veux-tu bien me dire qu'est-ce qui te prend ? demanda-t-elle, sitôt le seuil franchi.

— Je n'en peux plus, moi. Tu t'en donnes à cœur joie avec mes amis, et par-dessus le marché, tu danses avec mon père comme si c'était ton amoureux. Tu es ma femme, Victoire. C'est avec moi que tu dois prendre ton plaisir. Et avec moi seul.

Victoire le regarda avec tant de stupéfaction qu'il se ressaisit.

— Pardonne-moi, ma chérie. Je t'aime à en devenir fou...

Thomas serra sa femme contre lui avec une fougue qui lui rappela celle qui les avait accrochés l'un à l'autre après l'incendie dans l'atelier. Victoire marchait à ses côtés, troublée par ce moment de vertige qui l'avait poussée dans les bras de Georges-Noël, inquiète de l'attitude de Thomas, mais heureuse de se dérober au tumulte de la fête. Les vibrations des cordes sous l'archet et les cris de joie des danseurs les poursuivirent jusqu'à l'entrée de la maison des Duplessis.

Les flammes projetaient suffisamment de lueur sur le plancher pour guider leurs pas jusqu'à la chambre nuptiale, à l'étage, là où un lit de cuivre les attendait. Refermant la porte derrière lui, Thomas s'y adossa, gardant captive celle qui possédait le pouvoir de le tourmenter autant que de le conduire à l'extase.

— J'ai eu peur de te perdre, Victoire. J'aurai toujours peur de te perdre, lui murmura-t-il en la couvrant de baisers.

— Il ne faudrait pas, Thomas.

Victoire ferma les yeux, le priant de l'abreuver de ses caresses et de son amour. De ne cesser, ne serait-ce qu'un seul instant, de creuser en son cœur et en son corps le besoin de sa présence amoureuse. De l'éblouir jour après jour par son courage. De l'amener là où il le voudrait bien, pourvu qu'il l'embrasât de sa fureur de vivre.

Penchée sur cet homme devenu son mari, Victoire goûtait la délicieuse tension du désir et l'ivresse de la capitulation entre les bras de Thomas Dufresne, comme s'ils se fussent donnés l'un à l'autre pour la première fois.

Sous les premiers rayons de l'aube, au léger frôlement des cheveux de Victoire sur sa joue, Thomas ouvrit les yeux, enchanté de retrouver à ses côtés une femme plus radieuse que jamais. Leurs ébats amoureux les emportèrent de nouveau, couvrant les voix de quelques invités de la veille venus les chercher pour les escorter jusqu'à leur nouvelle demeure, celle de Georges-Noël Dufresne.

Généalogie des Dufresne

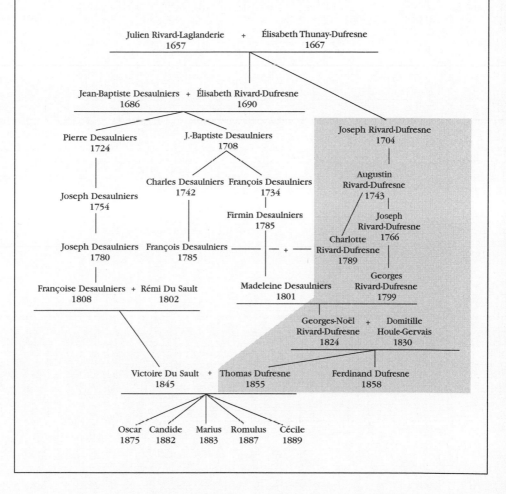

Julien Rivard-Laglanderie + Élisabeth Thunay-Dufresne
1657 1667

Jean-Baptiste Desaulniers + Élisabeth Rivard-Dufresne
1686 1690

Pierre Desaulniers
1724

J.-Baptiste Desaulniers
1708

Joseph Rivard-Dufresne
1704

Charles Desaulniers
1742

François Desaulniers
1734

Augustin
Rivard-Dufresne
1743

Joseph Desaulniers
1754

Firmin Desaulniers
1785

Joseph
Rivard-Dufresne
1766

Joseph Desaulniers
1780

François Desaulniers
1785

Charlotte
Rivard-Dufresne
1789

+

Françoise Desaulniers + Rémi Du Sault
1808 1802

Madeleine Desaulniers
1801

Georges
Rivard-Dufresne
1799

Georges-Noël + Domitille
Rivard-Dufresne Houle-Gervais
1824 1830

Victoire Du Sault + Thomas Dufresne
1845 1855

Ferdinand Dufresne
1858

Oscar Candide Marius Romulus Cécile
1875 1882 1883 1887 1889

AUTRES TITRES PARUS
DANS LA MÊME COLLECTION

Gagnon, Madeleine, *Le vent majeur*

Gagnon, Marie, *Les héroïnes de Montréal*

Gagnon, Marie, *Lettres de prison*

Gélinas, Marc F., *Chien vivant*

Gevrey, Chantal, *Immobile au centre de la danse*
  (Prix Robert-Cliche 2000)

Gilbert-Dumas, Mylène, *Les dames de Beauchêne*
  (Prix Robert-Cliche 2002)

Gill, Pauline, *La cordonnière*

Gill, Pauline, *Et pourtant elle chantait*

Gill, Pauline, *La jeunesse de la cordonnière*

Gill, Pauline, *Le testament de la cordonnière*

Gill, Pauline, *Les fils de la cordonnière*

Girard, André, *Chemin de traverse*

Girard, André, *Zone portuaire*

Grelet, Nadine, *La belle Angélique*

Grelet, Nadine, *La fille du Cardinal*

Gulliver, Lili, *Confidences d'une entremetteuse*

Gulliver, Lili, *L'univers Gulliver 1. Paris*

Gulliver, Lili, *L'univers Gulliver 2. La Grèce*

Gulliver, Lili, *L'univers Gulliver 3. Bangkok, chaud et humide*

Gulliver, Lili, *L'univers Gulliver 4. L'Australie sans dessous dessus*

Hétu, Richard, *La route de l'Ouest*

Jobin, François, *Une vie de toutes pièces*

Lacombe, Diane, *La châtelaine de Mallaig*

Laferrière, Dany, *Cette grenade dans la main du jeune Nègre est-elle
  une arme ou un fruit ?*

Laferrière, Dany, *Comment faire l'amour avec un Nègre sans se fatiguer*

Laferrière, Dany, *Eroshima*

Laferrière, Dany, *Le goût des jeunes filles*

Laferrière, Dany, *L'odeur du café*

Lalancette, Guy, *Il ne faudra pas tuer Madeleine encore une fois*

Lalancette, Guy, *Les yeux du père*

Lamothe, Raymonde, *L'ange tatoué* (Prix Robert-Cliche 1997)

Lamoureux, Henri, *Le passé intérieur*

Lamoureux, Henri, *Squeegee*

Landry, Pierre, *Prescriptions*

Lapointe, Dominic, *Les ruses du poursuivant*

Lavigne, Nicole, *Les noces rouges*

CET OUVRAGE
COMPOSÉ EN GARAMOND 14 SUR 16
A ÉTÉ ACHEVÉ D'IMPRIMER
EN SEPTEMBRE DEUX MILLE QUATRE
SUR LES PRESSES DE TRANSCONTINENTAL
POUR LE COMPTE DE
VLB ÉDITEUR.

IMPRIMÉ AU QUÉBEC (CANADA)